U0667530

MINGUO TONGSU XIAOSHUO
DIANCANG WENKU

民国通俗小说典藏文库·顾明道卷

惜分飞

（第二部）

顾明道◎著

中国文史出版社

目　　录

第一回

别有野心簧宫争逐鹿
独怀去志北国做迁莺

窗外一丛芭蕉，绿叶齐舒，映得四周都觉绿沉沉的，好似张着一座翡翠屏风。庭中有一个木香棚，更有许多名草鲜葩，红的紫的黄的，极尽烂漫，两三粉蝶在花丛里迷香寻芳，一忽儿飞上长廊，来在绿纱长窗边一上一下飞着扑着，好似窥探着这个幽静雅洁的兰闺。这一间室是朝南的，室中陈设都是立体式的红木器具，非常精美。东首沙发上坐着一个少妇，穿一件浅色绸的长旗袍，一手支着下颐在那里假寐，手腕上系着一只白金手表，一手垂在沙发外边，一本书已落在光滑的地板上。妆台上的小金钟长针正指着五点十分，四下静悄悄的，没有什么声音。隔了一会儿，便有一个身穿白短衫黑裤子的俊俏女婢，托着一只小小玻璃缸，走进室来，见伊的女主人睡着在沙发上，不敢去惊醒，便将那缸轻轻放在沿窗桌上，又过来拾起地上的书，横置在沙发扶手上。那女主人微微睁开眼来，唤了一声：

"阿香，你代我去煮的梅酱可好吗？"

阿香答道：

"新少奶，梅酱已煮熟，请你尝尝味道是酸是甜，可够味儿？"

说罢，遂去取过一个小碟子和一柄小银匙，开了缸盖，舀了一些梅酱在碟子中，走至伊的女主人面前。少妇接过银匙，尝了一尝，点点头道：

"你煮得很入味，又酸又甜，很是可口。"

1

阿香笑嘻嘻地说道：

"这样说来，婢子的手段还不算恶劣呢，少奶慢慢儿地吃吧！"

二人正说话时，外面革履之声托托，早有一个西装美少年推门而入。阿香说一声少爷来了，忙将手里的小碟子放到桌上，悄然走出室去。那少年探下头上的草帽，脱下西装外衣，一齐挂在衣架上。从他衣袋里掏出一块手帕，拭了一拭额上的汗，走至少妇所坐的沙发边，带笑说道：

"慧君，你一个人独坐家里，可觉得寂寞吗？"

慧君点点头道：

"稍微有些，不过近来身子却觉得懒洋洋的，有些似病非病，不知为了什么缘故？粥饭吃不下，只想吃酸的东西，或是水果。"

少年听了这话，又向桌子上望了一眼，说道：

"这是你叫阿香煮的梅酱吗？"

慧君道：

"是的，因我很爱吃这个东西。"

少年笑了一笑，脸上露出喜色，凑到慧君耳畔低低说了几句。慧君的颊上早已飞起两朵红云，说道：

"谁要……"

伊的话没有说完，少年又道：

"到那时你自然要爱着小孩子了。"

刚要再往下说时，阿香已捧着一盆面水进来，放在面汤台上，又取过一块洁白的毛巾，洒一些花露水在上面，带笑说道：

"请少爷洗脸吧！"

少年便过去洗脸了。

原来这一对少年伉俪，就是黄天乐和潘慧君，他们在元旦日订了婚。光阴很快，转瞬已是废历的暮春三月，天乐的父亲黄琪从兰州坐了飞机回南，和家人团聚。天乐也请假赴京。其时毅生要和美云结婚了，黄太太和伊丈夫一商量，索性两桩事一齐干去，要天乐也和慧君成婚，仿集团结婚办法，拟于同日举行男婚女嫁，了却向平之愿。天乐的心里

2

虽愿如此，然在没有征求得慧君同意之先，尚不敢回报他的父亲。于是他又坐了火车赶回杭州，特地约了慧君出外，把这事和伊商量，要伊允诺。起先慧君果然不能表示同意，以为自己身任教职，日期短促，一些没有预备，如何能够出嫁，最好暑寒假期中较为便利。后经天乐再三恳求，说此次婚礼力求简单，在南京举行，一切自有老父安排，叫慧君不必预备什么，务要答应。慧君又申前议，说自己婚后仍要在此执教鞭。天乐道：

"这个自然，一任你的自由，况且我们结婚虽在南京，而将来一同卜居杭州，组织小家庭，此层已得到父母的许可，请你不必多虑。"

天乐费了不少唇舌，方求得慧君同意，遂飞函回报了父亲。黄琪便择吉在国历四月初旬，为天乐娶妇，美云于归，自有一番忙碌。天乐便在杭州寻觅青庐，有几处房屋，终是不惬于心，最后经友人介绍，在南屏山东面人境庐租了四间精舍，买了许多新式器具，费了一番精神，布置得又幽雅又富丽。那居停主人姓陶，名景先，是个隐者，拥着这个大好园林，种花养鱼，不问世事，本来是不肯出租的，碍着情面，方肯通融租与天乐呢。慧君方面虽因天乐说过不必预备什么，所以妆奁可以不置，然多少总有些忙。伊又将这消息报告与寄父知道。陈柏年知慧君出阁在即，十分喜欢。他是寄父，而慧君又是他抚养长大的孤女，早已没有了家，那么陈柏年便是女家方面的主婚人了，应当代慧君预备一些。但一因婚期急促，二因又在南京举行，自有许多不便，三因他们早已说定不要置办妆奁，一切由天乐在杭和慧君办理，所以他也乐得不必多费心了。在银行里写了一个五千元的存折，赠予慧君，聊表寄父的情谊。到得结婚期，陈柏年夫妇和女儿锡珍先到杭州，然后再和慧君、天乐等同车赴京。慧君在学校里已请得一人代庖了。他们到了南京，便住下中央饭店，黄琪早借下薛小修的兰心别墅为子女成婚。想不到杜粹和项锦花相识之地，即为慧君和天乐结婚的场合，杜粹知道了，又当作何感想呢？

到那天，兰心别墅悬灯结彩，门前车水马龙，十分热闹，男女来宾观礼的足有七八百人。往日南京大学里的同事和师长们也来贺喜。晚间并有名伶堂会，以及各种游戏节目。两对新人真是璧合珠联，人间鸾凤。新郎穿着簇新的礼服，新娘穿着绣花的新衣，一同在这边摄影，旁观的人莫不啧啧称美。黄琪夫妇、陈柏年夫妇以及高毅生的家长都是笑逐颜开，心花怒放。还有天乐的叔父黄珏夫妇俩，特地从北平赶来，参与婚礼。见礼时，十分热闹。毅生和美云的青庐是在英威街，所以深夜客散之时，他们先乘汽车回去。天乐和慧君的青庐虽在杭州，但黄琪夫妇在他们自己宅内另辟楼上东首的一间为临时洞房，布置也很华丽，应有尽有，预备他日儿媳们回来也可居住的，所以这一对新夫妇也从兰心别墅里坐了扎彩的花汽车回归陆家湾本宅。唯有陈柏年夫妇携了锡珍回转中央饭店，不免有些感触。

次日，天乐便请陈柏年等到黄家会亲，同时高家的家长以及毅生、美云一起来，大家欢聚，亲朋咸集，又热闹了一天。又次日毅生夫妇设宴相请，陈柏年也假座嘉宾楼答席。众人你来我往，天天欢娱，倏已数日，陈柏年夫妇因家乡有事，所以先告辞回甬。慧君校中也不过请得十天的假期，不能多在南京耽搁，就和天乐别了翁姑和美云夫妇，预备回杭去。黄太太便叫使女阿香跟随儿媳至杭，以便伺候。慧君因阿香伶俐可爱，也就同意，遂带着同去。隔了几天，黄琪假期也满，仍坐了飞机回皋兰，供职去了。毅生夫妇时常回到黄家去问候黄太太，以慰寂寞。好在黄太太爱打牌的，只要一摸着牌，万事都忘了。

天乐夫妇返杭后，便住在入境庐新居，因慧君校中的同事以及学生没有到南京吃喜酒，而天乐在省府里的同事也须补席，所以先后在酒楼里设宴相请。慧君的同事有几个亲密些的便到人境庐来看新房，和慧君闹笑。慧君仍到学校去教书，天乐的心愿已偿，心里说不出的温馨，每日一到办公完毕，便欣然返家去妆台旁陪伴玉人。倒是慧君校中时时有事羁绊，往往迟至天晚方归，劳得天乐眼睛也望穿了，甚至打电话去问。慧君却不许他如此，恐防学校里当作笑话。阿香在一边见新夫妇十分亲密，也常常匿笑，以为多情眷属，幸福无量。

驹光如驶，转瞬间已由春而夏了。天乐因为这几天他夫人慧君不到学校，恐防伊要感觉到沉闷，所以一等到办公完毕，立刻走出省府，跳上人力车，价钱不讲，赶紧回家来了。天气甚热，小婢知趣，打上洗脸水来。天乐洗过脸，回身又走到慧君坐的沙发前，指着慧君的腹上，带笑说道：

"大约这里面已有了我们爱情的结晶，将来呱呱坠地时，不知是男是女？"

慧君啐了一声道：

"不要你胡说八道。"

天乐笑道：

"我不说，往后去你也瞒不过人。"

慧君微叹道：

"我最怕如此，所以我不……"

说到"不"字，骤然停住，面上露出娇怨之色。天乐道：

"真是对不起你的，将来有了小孩子，可以雇乳母吃奶，你仍可出外服务，并无妨碍，你不必忧虑。不过现在服务教育也有许多烦恼，今天我读了报纸，知道你学校里的风潮还没有平息，恐怕教育当局要采取严峻的攻势了，这真是两败俱伤。"

说着话，把一手插在裤袋里，一手扶在沙发靠背上，好像静候慧君说话。慧君果然说道：

"事情已闹僵了，非弄到这个地步不可，但是国秀女学的前途也由光明而趋于黑暗了。我深望贤明的教育当局和地方人士，为了教育而着想，且莫要忘记这学校是一位没有受过教育的老太太捐出伊的遗产而创办的，千万不要败于一旦，摧折了义务学校的前途才好。"

天乐道：

"那么究竟孰是孰非，你站在哪一方面呢？不妨也发表些意见出来。"

慧君道：

"我自己只知道为了教育而服务，平常在校里对于校政方面，并无别的野心，并且也不喜欢随意批评。我们教育界中人，只求为学生方面多谋些福利，便是第一天职，并于门户之见是千万不可有的。何况争的

5

都为私人方面，多感情用事，却牺牲了许多学生的学业，真是言之痛心。社会人士对于这事，必定也有不少感想，将视我教育界中的人也和一班诪张为幻争权夺利的政客无异了，这真是教育界的耻辱。所以我自从校中闹了这个极大的风潮以后，便绝迹不到学校，不愿意参加任何方面，被人家利用。"

天乐道：

"这样说来，你倒是出污泥而不染，独善其身，跳出三教外，不在五行中了。"

慧君道：

"我也是不得已而如此，实在这事是混淆的，两方面各个极力宣传自己的理由充足，排斥对面，以致外间人更难明白个中真相了。"

天乐道：

"你倒说说看，衅由谁开。我却同情于校长方面的。你总有些意见，对我说了也不妨啊。"

慧君把脚在地毯上践了两下说道：

"你相信那些学生攻击校长的十大罪宣言吗？"

天乐摇摇头道：

"我不信，当然在这世上欲求人格完全的人，是景星卿云，不可多得了。倘若你存心和这人捣蛋，吹毛求疵，随便抓着一些，也可说得这人一钱不值、体无完肤的，所谓欲加诸罪，何患无辞。那位孔校长，我也见过伊两次，很是热心于教育的。但恐其人的手腕不甚高明，以致校中掀起了这个风潮而不可收拾。至于教务主任傅是今和理化教员项强、美术教员毛羽丰、史地教员田慕欧等，都是年少气盛之辈，意气相投，自成一系，专得学生欢心，怂恿学生和校长反对，在学生面前诽谤校长。而在教务员会议席上，他们又事事掣校长之肘，存心作对，破坏学校的行政。这些事都是你告诉我的。那么此次闹风潮当然是傅是今等一辈人和校长捣蛋，而学生不过做的傀儡，所以我同情于校长方面了。"

慧君道：

"傅是今自负奇才，睥睨一切，孔三畏早不在他的眼，久有取而代之的雄心。只因孔三畏的资格很老，又得校董会的信任，所以无隙可乘。孔三畏也知道傅是今虎视眈眈，迟早将不利于己，况又事事和伊反对，不早设法，大权旁落，这国秀女学将成傅家天下了。恰逢美术教员毛羽丰和女学生发生了不名誉的事件，虽然外边没有知道，而校中已闹得满城风雨，若不解约，何能整顿校风？于是伊毅然决然将毛羽丰中途辞退。傅是今等当然十分不满意，曾联合同志向校长请愿。要求将毛羽丰留至学期结束后方解约。但孔三畏坚不允许，傅是今差不多和伊说翻了，当面讥斥孔三畏为顽固不化、头脑陈旧的落伍分子，不配做校长。幸经他人劝解，两边忍住气，没有闹成。但傅是今自知难安于位了，暗下和他的一党中人秘密运筹，想要达到推翻校长的目的，联络了高中二年和初中二年的学生，组织学生自治会，向校长请愿，改革校中行政。孔三畏不承认这个组织，不让学生干涉校政。傅是今在众学生面前施行挑拨，学生们对于校长皆有怨言，感情不睦。毛羽丰又在外面小报上联络一班报界里熟识的人，信口雌黄，登载孔三畏许多不是之处。经孔三畏去函责问以后，方稍敛其锋。但傅是今进行益力，而孔三畏却并无什么准备，只将各教员的聘书缓发，以为到了那时，将傅是今等解了约，可以没有事了。谁知傅是今岂肯默尔而息，他知道下学期孔三畏不再聘请他们了，遂为先发制人之计，指挥学生自治会加强组织。前日在大礼堂开会时，众学生派出代表，把孔三畏硬请到台上去，要求答复。孔三畏却心平气和地劝慰一番，不得结果而散。当孔三畏出礼堂之时，已有好多人口里嘘嘘地对伊大发恶声了。孔三畏即开教职员会议，要将自治会解散，提早大考和放学的日期，以免酿成什么意外的变故。大多数的教员都赞成，唯有傅是今等反对提早日期。席散后，孔三畏即于次日宣布解散学生自治会，提早大考，同时校中却发现傅是今等的公函，张贴在公告板上，劝孔校长尊重学生意旨，准许学生自由，切勿解散已成之组织，并反对提早大考及放假，洋洋洒洒，约有数千言。学生们起先听得校长宣布解散他们的自治会，大都愤恨，又见了这篇文章，胆子大壮，有几个激烈分子早堕傅是今彀中的，立刻召集各级学生，硬行至大礼堂开会。在礼堂中，大呼孔校长为专制魔王，压迫学生，排除异己，是教育界中的蠹贼，全体学生誓死反对。便由各级推派代表到校长室去责问，要求校长收回解散之令，准许他们自由组织，并照常放假，否则全体罢课。众代表把孔校长软禁在校长室内，立逼签字。外面众学生大肆咆哮，又将许多教室的玻璃窗击个粉碎，并将校长的照取下，撕成两片，气势汹汹，不可遏止，闹得不成样子了。幸有某教员连忙去暗打电话给警署，请他们派警士来保护孔校长出校。但当这个教员走出电话间时，已有学生们来看守电话了。学生见了他，知道他打了电话了，连忙骂他是校长的走狗，要将他包围住，不许走，幸他溜得快，没有给他们扣留。一会儿，警署已派了一小队警士到校，学生见警士到临，益发愤怒，大家把住校长室的门户，不放进去。后来警士用枪刺威吓，便冲进去，把孔校长救了出来。不知怎样的，有一个学生臂上被枪刺带着，流了些血，顿时全体学生呐喊声声，都拿了木棒等物，来和警士作战。警士见了这一队声势十足的娘子军，倒不敢用武，保护着孔校长退出校去。学生见跑了孔校长，连忙又到大礼堂开会，进行驱孔运动，把持学校，不许孔校长回校。一面发出宣言，登报声讨孔校长的十大罪。"

慧君说到这里，天乐哈哈笑道：

"武王讨纣，太公宣布纣的十大罪状，后来孟子说，纣的罪恶不见得怎样厉害的。还有骆宾王讨武曌的檄文，骂得武后罪恶滔天，秽亵不堪。难道这位孔校长也有什么十大罪吗？伊是牛津大学的毕业生，道德学问均没有令人訾议之处，他们却攻击得伊如此地步，显见得别有用意，甘为傀儡。"

慧君道：

"当然这全是傅是今等一干人在幕后指挥的，他们现在索性贴起逐孔校长的标语，发出欢迎傅是今掌校的传单和通电了。这事情闹得很大，未易解决。国秀女学虽然是私立的，然在省垣之内，又是有名的学校，出了这个大大的岔儿，省教育厅和本地教育局岂能不问，所以早派人去调查一切。校董会方面，也在开会商讨如何应付的方法。孔校长办学多年，受了这番的重大刺激，彻宵不寐，痛苦得很，已向校董方面递上辞职书，表示消极。可是有许多赞助伊的人，不甘横被蜚语中伤，也发出宣言来，代孔校长辩白，暗斥傅是今等播弄学潮，存心叵测。傅是今也在那里极力运动各界，所以此后的演变还不知怎样。平心而论，孔校长虽有小疵，并无大过，而且对于校务很是热心，长期以来，颇有兴革。不过稍有倚老卖老的态度，对于教职员不善调遣，持事郑重，校规甚严。于学生不稍苟且，奇装艳服，严厉取缔。因此学生见了伊都喊头痛，感情不甚融洽。有几个喜欢出风头的学生，尤其恨伊。记得有一次本地学校联合会举行水灾募捐游艺大会，其中秩序是各学校分任的。我们国秀女学二年级有一个学生，姓蒋名唤秋霞，是天津人，性嗜皮黄，曾在家学习，能歌之剧很多，常在同学面前低声哼唱。大家知道伊善歌，所以便请伊担任京剧独唱一项，伊贪出风头，一口答应，那天在游艺大会中登台独唱《玉堂春》，和以琴弦，果然珠圆玉润，响遏行云。台下听众不由大声喝彩，掌声不绝，要伊再来一个。伊又唱《六月雪》中法场的一段，听众狂呼叫好。次日报上便有人投稿，登了一篇闻歌小纪，大大赞美伊一回，说伊很似程砚秋，倘置身红氍毹上，必能饱人眼福不浅，且写明伊是国秀女学的高才生。这事给孔校长知道了，以为侮辱，立即打电话给报馆要求更正，又把蒋秋霞唤至校长室中训斥一番，责伊不该登台歌唱《玉堂春》等淫剧，学歌女模样，自取其辱，又损坏校誉，立即记一大过。并布告以后本校学生，倘有出外担任义务表演，其节目必须先由本校通过，京剧、俚剧绝对不许歌唱。蒋秋霞求荣反辱，哭得双目红肿，学生们都抱怨孔校长责人太苛，不该便将蒋秋霞记大过，且《玉春堂》也不得谓为淫剧，说伊不懂艺术。所以此次宣言中也提及此事，说孔校长太多绅士习气，守旧之性很重，顽固不化了。但是傅是今要想掌校，我料他也是妄想，不能成功的。最大的损失当然是学校和那些学生了。"

二人说着话，阿香跑进来，将一封信递到慧君手中说道：

"新少奶，这信刚才寄来。"

慧君接过拆开了，抽出一张波纹信笺，看了一遍，对天乐说道：

"原来我的同学欧阳毓秀，下学期将任北平明德女子中学的校长，伊特地写信告知我，且问我可有意北游？到伊那边去做教务主任，相助工作。你瞧吧!"

一边说,一边将信授给天乐。天乐取在手中,站直了身子,很快地一览,便带笑说道:

"欧阳毓秀写得好一手欧字,在今日女界中倒也难得,你和伊的感情大约很好,所以伊要请你去一起工作,语气十分诚恳,盼你即复的。那么你的意思怎样呢?"

慧君道:

"这里的事我很抱悲观,下学期国秀女校也不知谁人来做校长?必有一番大大的更动,并且元气也大伤,我有些无志于此了。明德女学是在华北很有名声的,欧阳毓秀又是我的好同学,彼此相知有素,又是伊来征求我同意的,颇欲借此北上,呼吸些新鲜空气呢!"

天乐道:

"故都确是好地方,风景也好,是一座文化古城,可惜近年以来,为着外患侵逼,那里已非乐土了。你说要去呼吸新鲜空气,恐怕那边的空气十分浑浊吧。尤其在这啼笑皆非、喜怒由人、铁骑充塞、荆棘满途的当儿,要在那边办教育,更是难之又难了。"

慧君道:

"我不管,只要北平未亡于人,那边都是我们的同胞,岂可一日没有教育?换句话说,在此国难严重之时,华北教育更是重要的。"

天乐点点头道:

"你说得也不错,很有大无畏的精神。"

慧君微笑道:

"不用你赞,我倘然要到北平去,你能够允许我吗?"

天乐把信放到妆台上,回转头来,伸手搔着头道:

"我既有诺言在先,当然任何地方都让你去的。你要到北平去,我也不能反对。不过新婚未久,你若丢下我一人在杭,而北上执教鞭,那么这凄凉滋味,叫我怎能忍受?每天晚上我还能坐在这个幽静之地,独对孤灯吗?"

慧君听了,低下头去,默默然没有回答。天乐又道:

"我倒想着一个计较了。"

慧君抬起头来问道：

"你说什么计较？"

天乐道：

"我的叔父珏在北平政界服务很久，他和婶母等都住在北平。前次我们结婚时，他到南边来，曾问我可想到北方去做事，我却没有答应。现在你既有意北上，我不妨修函前去，托我叔父想想法儿，倘有较好的位置，我也可以和你一同到华北去走一遭呢。"

慧君点点头道：

"你既有法可想，那么请你从速进行，我可以就此答应欧阳毓秀的请求吗？"

天乐道：

"当然要你的事先解决了，然后我的事再可定夺。倘然你不到北平去的说话，我为什么要抛弃了你而一个人独作远游呢？"

慧君道：

"好，我明天便写回信去答应伊，只要聘书一到，可算解决了。生平足迹没有踏到北方，故都名胜不可不去赏识一下。说句不祥的话，倘然故都不幸有而他变的时候，恐怕我们也不能自由出入其地呢。"

天乐闻言微喟。二人讲了一刻话，天色已暮，慧君立起身来，天乐挽着伊的手臂说道：

"我们到园里去散步吧！"

于是两人一同走出兰闺，在后边园中散步，妮妮闲谈。一会儿，屋中电灯已明，阿香早跑去请吃夜饭了。

次日天乐依然上省府去办公，慧君仍不到校，写好了一封信，答复欧阳毓秀的，吩咐阿香去付邮。看看本地报纸，自己校中的学潮仍未解决。忽然校中的同事缪尚文跑来拜访。缪尚文在校中教授高中一年的英文，伊是金陵女子大学文科毕业生，伊的父亲缪宏便是校董会的一分子。伊和慧君很投合，所以前来晤谈。慧君把缪尚文引到房间里坐下，阿香献过两杯果子露，缪尚文先说道：

"这几天学校里闹得乌烟瘴气，天时又很热，我已多日未见慧君姊，不知你好不好？因此今天特地前来问候。"

慧君道：

"谢谢盛情，我的身体不知怎样的有些慵懒，恰逢校中发生这种不幸之事，更觉沉闷。校董会若不迅速解决，其祸害更将扩大。"

缪尚文道：

"这件事情完全为着傅是今等一干人在幕后指使，所以学生们敢如此小题大做，闹得不成样子。现在省方也急欲解决，授意校董会从严办理。我又将事实详细告诉了家父，今日校董会再开过一次会议后，恐怕便将执行了。"

慧君道：

"你可知校董会大概将怎么办呢？"

缪尚文喝了一口果子露，把手中鹅黄色的羽扇摇摆几下，徐徐说道：

"大概他们要将学生团体立即用武力解散，免得学校房屋器具再受损失，而使他们无从集合，闹不出什么事来。同时布告学校，提早即放暑假，教职员完全解约，下学期由校方另行聘请。这么一来，傅是今等也无所施其技了。学生方面将为首的几个开除去，以惩将来，其他不再深究，务期大事化为小事，小事化为无事。不知决议后是不是这样办？"

慧君道：

"尚称和平处置。但学生方面终究是牺牲得很大了。不知现在孔校长抱的什么态度？"

缪尚文道：

"昨天我见过伊一面，伊对于此事非常灰心，伊说在教育界服务了许多年头，却得到这种侮辱，痛心得很，无论如何，决计不再掌校了，希望校董会秉公办理。所以孔校长是下学期绝不再来了，国秀女学大受影响呢。慧君姊，你为什么在这学潮声中却高蹈远行，一切不予闻，莫非抱的独善其身宗旨吗？"

慧君道：

“我并非喜作壁上观，心中也非常担忧，不过近来自己身体常觉不适，所以有了此事，益发懒得问询了，请姊姊莫笑。”

缪尚文闻言，对慧君面上相视了一下，带笑说道：

“姊姊的贵体有些不适吗？我瞧你像生病。”

慧君有些虚心，给伊这么一说，颊上不由微红。缪尚文心中的理想更觉证实了，便又说道：

“恐怕姊姊要请我们吃红蛋了。”

慧君摇摇手道：

“不要打趣，你何所云然？”

缪尚文道：

“你也不必赖，这事早晚便知分晓的，到时我再来向你索取，你就图赖不得了。”

二人又讲了一会儿话，缪尚文方才告辞而去。

下午天乐回来，慧君把这消息告诉给他知道。天乐道：

“我也料孔校长不高兴再干了，此后不知将谁来掌校？总而言之，是学校的不幸。”

慧君道：

“也是学生的不幸，还有两班毕业生背地里恐怕哭笑不得呢。他们是不想如此的，无奈被大多数的同学强迫加入，牺牲得更觉无谓了。”

天乐道：

“所以青年千万不可盲从人家啊。狡黠者流，往往惯会利用学生，播动风潮以遂其私。学生们容易被惑，感情用事，血气方刚，以致一发而不可收拾，到后来也许知道自己是受人之愚了。可惜！可惜！”

慧君听了这话，长叹一声，且说道：

“在这国秀女学里，肆业的很多家道清贫的女儿，因为这校是义务性质，非但不收学费，而且旁的杂费也收得很少很廉，且有奖赏金等等嘉惠学子。倘然下学期不能到这里读书，那么对于她们的前途，岂非大有影响呢？”

天乐道：

"这一层她们怎顾得到，总之都是傅某等一干人搬弄出来的，这么一闹，叫作三面俱伤，何苦如此?"

慧君道:

"衅起阋墙，争城以战，那些执政的往往为了派别关系、利害关系，甚至忘却当前大敌，一家人也要火并起来，祸国殃民，斫丧国家元气也不顾了。所以我最怕学校也犯有政治化，那就糟了。并且还有一个弊病，只要换了一个校长，那就要像舞台上换了戏班，全班底子都要更动。新官上任，旧官请出，这也是很不好的现象。国秀女学下半年校长既然更换，教职员自然也要换一伙人来了，我希望欧阳毓秀那边早有佳音报到，无论如何，我也无意再在此间了。"

天乐道:

"好，你静候回信吧，你既无意于此，我当然也无意在此间了。"

过了两天，国秀女学的风潮，经校董会、地方当局用严厉的手段解散学生，勒令出校，提早放假，关闭校门，就此了事。教职员也照约补发了薪金，一齐解职。傅是今等见情势如此，只得罢手。且喜孔校长也做不成校长了，他们借此可以吐口气，出码头别找事做。唯有那些开除回籍的女学生，回家去见不得家长，都哭得涕泗滂沱，悔之晚矣。孔校长自觉不善办校，辞职他去。

慧君天天盼望北平的回信，隔了一星期，果从欧阳毓秀那里来了一封快信，大意是说承蒙慧君同意相助，不胜快慰，尤为欣幸云云。天乐见了，向慧君恭喜道:

"你的事情已定局了，我正在拜求叔父代我积极想法呢，不知佳音何日报到?"

慧君道:

"早晚总能成功，你放心便了。"

遂写了一封回函，把应聘书挂号寄还。

这时各学校已纷纷结束放假，炎炎长夏已临人间，慧君仍和天乐住在人境庐避暑。天乐的妹妹美云曾和毅生一同来杭小游数日，慧君把国秀风潮中一切的事告知了美云，且言自己将北上执教明德。美云和欧阳

14

毓秀也是同学，知道慧君果已答应，当然也无间言。但说：

"此后大家更将远离了，哥哥将如何呢?"

慧君又说天乐业已托珏叔代为在北平介绍一职，以便可以同行。美云听了，方才稍安。临去之日，叮嘱慧君等北上时，预先回南京多聚数天，慧君也答应。

美云等回去后，约莫隔了半个月，天乐接到他叔父黄珏的来函，说北平新任市长是他的好友，经他代为说项之下，已得秘书一职，嘱天乐速即北上接洽。天乐得了这个喜信，马上发了一封回信，于是一边向省府辞职，一边准备动身回京，把人境庐新屋退租。慧君因为自己即将北上，寄父那边不可不去交代，遂买了许多东西，独自回甬探望寄父等诸人。陈柏年得了这个消息，知道慧君是个有志的新女性，虽作远游，无所不可，只叮嘱了数语，叫伊常通音信。慧君说他们到了北平以后，如寄父有兴出游，请来华北一行。陈柏年道：

"我和北平已有十多年阔别了，十年沧桑，现在的华北谅已面目尽改，但总算是我们的国土。倘有机会，我准来望望你们，兼游故宫名胜。"

慧君道：

"我很望寄父能够实践此约呢。"

伊又到自己以前所住的房中收拾收拾物件，无意中得到一包照片，检阅之下，其中有杜粹在普陀海滨代自己在玄武湖舟上所摄的一影，题着"宛在水中央"五字，又有杜粹全身和半身的照片，黄美云和自己同摄的小影，义务夜校成立一周年的全体纪念摄影，自己和杜粹并立在一块儿。回想当时情景，不过数载光阴，却已变幻如此，令人可叹。伊呆思呆想了一歇，仍把那些照片包好，放在箱子里，不带出去，只拣出一些用得着的东西放在手提箱中。自思此去不知何年再回故乡，所以次日又到伊的祖坟上去祭扫一会儿，然后辞别了陈柏年夫妇和锡珍等众人，回到杭州。

天乐早已将一切物件预备好了，人境庐的新屋也已退租，所有细软东西分装皮箱网篮，——交由转运公司运到南京去，再作计较。他们走时，只带两只随身皮箱，且欲在上海逗留数天，小婢阿香带了同行。至于屋中器具因卖去不值钱，由天乐别和一个姓林的友人商妥，一齐寄于林家一间空屋之内。

这一天正是星期六，七月之杪，天乐、慧君带了阿香，离别了西子湖边，来到上海，住在扬子饭店。写了一封信，到家里去，说他们业已动身离杭，在沪小游数日，八月三日可以返家。所有在杭托转运公司代运之物，到京时即烦毅生、美云照单查收。当晚因天气甚热，二人到国泰戏院去看了影戏出来，便雇了一辆汽车四处去兜风。后来因慧君怕吹风太多，身体要受影响，便回转旅店。

次日是星期日，上午二人出去买了一些东西，下午慧君想起兆丰公园，浓荫生凉，颇欲一游，天乐遂伴着伊坐了汽车前去。二人步入园中，果然风景佳妙，游人杂沓，碧眼儿很多，林下水边常见有把臂双双，笑语同行的情侣，渐渐走至一个小池之前，池旁置有长椅，供游人憩息，天乐问慧君可要休息一下？慧君点点头。来到一长椅之旁，刚要坐下，忽见东首椅子上有一西装少年，正独自支颐坐着，背对着他们，好似静对池水，悠然遐想的模样。他听得身旁有人到来，回过脸来一看，不由立起身来，点点头喊道：

"密……"

说了"密"字，缩住嘴，转换道：

"慧君，你和黄先生怎样来此的?"

这时慧君和天乐也听得清楚，那少年正是杜粹，连忙过去招呼。寒暄数语，慧君便将他们要到北平去的事约略告诉他听。杜粹道：

"很好，贤伉俪有远游之志，前程浩达，使我不胜歆羡，此后尚望不吝赐教。"

慧君道：

"惭愧之至，你不要这样说，你在上海想必非常得意。"

杜粹摇摇头道：

"谈不到得意，不过尔尔。"

慧君又问道：

"密司脱杜怎么一个人在此？尊夫人在哪里？可曾同来？"

杜粹道：

"伊没有来，我独自到此走走，吸些新鲜空气，不想巧遇二位。想二位要在上海耽搁数天，今晚请到酒楼一叙何如？"

慧君道：

"盛情谢谢，但我们明天便要动身的，今天晚上已答应一个友人的小宴，所以不再叨扰了。"

杜粹搓着两手道：

"莫打诳。"

天乐道：

"确是实情，异日南归，我们当蹱门拜谒。"

杜粹道：

"倘蒙大驾光临，蓬荜生辉了。"

三人遂又坐下，闲谈了一会儿，慧君把国秀女学闹风潮的事情告诉一些。杜粹听了，也不禁慨叹。看看时候已有五点钟，杜粹先立起身道：

"此时我还要去看一个朋友，你们住在什么旅馆内？明天当来访问。"

天乐道：

"不敢当的，我们明天一准动身，请杜先生不要空劳玉趾吧！"

杜粹听了，脸上有些不自然，只得说道：

"那么我们下次再会，愿二位一路平安。"

又向慧君点多头，掉转身躯，便向外走。杜粹去后，慧君对天乐说道：

"你瞧今天杜粹的脸色常常现局蹐之状，一定有什么不快之事，否则他不在家中伴爱妻，却独来园中静坐做什么呢？"

天乐冷笑一声道：

"这个我们不必去管他吧，我很不愿意和他遇见，偏偏一再邂逅，这真是令人不明白了。"

17

慧君见天乐这样不悦杜粹，也就不说下去。天乐一挽伊的玉臂，立起来说道：

"我们到池塘那边去走走吧！"

于是二人踏着芳草，走向池东去了。

那杜粹独自走出了兆丰公园的大门，回头又向园中望了一望，叹口气，立停在马路上搔着头，瞧着往来疾驶的车辆，默默地不作一声。良久，又仰天叹了一下，说道：

"我还是回家去吧，这滋味我真忍受不来。"

遂举步而行，到那边去跨上一辆公共汽车，风驰电掣般把他带到了静安寺路。

第二回

寂寞叹空房微嫌初起
绸缪欢子夜好梦重温

　　一带小小牡蛎墙，墙上挂满绿色的草，点缀着紫色的花，被风吹动，好似碧浪翻舞。中间高耸出一座欧式的红楼，外面两扇绿漆的小铁门，微微开着。左边有一个梳着辫子头的年轻小娘姨，手拿着一柄蕉扇，站在门前，东张西望地不知等候什么人。这时候杜粹下了公共汽车，径向这边跑来。那小娘姨一眼瞧见了，便迎上前，撮着笑脸叫道：

　　"少爷，少爷，你到哪里去的，老太太命我连打了几个电话，都问不到，要我出来找你。但是偌大一个上海市，叫我到哪里去找寻呢？好少爷，你现在来了，可以使老太太心中安慰，快快进去吧！"

　　杜粹将手搔着头道：

　　"我总要回来的，老人家何必如此呢？"

　　小娘姨道：

　　"我去通报了。"

　　说着话，回身跑进去。杜粹叹了声，跟着走进铁门，将门关上，低着头踏过一片草地，跨上白石阶级，步入左边的起坐室，见他的母亲正坐在上首藤椅子里，脸上露出戚戚然之色，小妹妹明宝坐在圆台边吃西瓜。杜太太瞧见儿子回来，勉强一笑道：

　　"你到什么地方去的？"

　　杜粹道：

　　"我跑到兆丰公园去一趟。"

杜太太道：

"你一个人去的吗？"

杜粹点点头。杜太太叹道：

"你变成个傻子了，一个人去做什么？是不是为和你妻子怄气而如此？"

杜粹道：

"只为我这两天身子有些不甚舒适，别的地方玩得腻了，所以想到空气新鲜的地方走走坐坐，稍避都市的尘氛。不料伊不谅于我，和我闹起来，谁甘心让伊呢。"

一边说，一边向沿窗椅子里一坐。小娘姨走上前问道：

"少爷吃西瓜呢，还是喝汽水？"

杜粹把手一摇道：

"都不要吃。"

杜太太道：

"你出去了一会儿，岂有不渴之理，不如做些鲜橘子水喝喝吧！"

小娘姨答应一声，走出室去。杜粹将两手抱着头，俯倒了身子，不语不动，好似寻思一般。一会儿，小娘姨托着一杯鲜橘水走来，放在杜粹身旁短几上，带笑说道：

"少爷请用吧！"

杜粹抬起头，瞧着黄色的橘子水，不由伸手取过，张开口咕嘟嘟一饮而尽，小娘姨拿着空杯去了。杜太太又道：

"近来我家的情形益发不安宁了，论理呢，添了一个孙女孩，你又升了副经理，应该大家快乐。可是锦花的态度太傲慢，行为太浪漫，虽然现在时势不同，而我的眼睛里实在瞧不惯。从前我在南京老家，大媳妇绮霞朝夕在我身边伺候，没有锦花这样眼高于顶、目无尊长的。我为了你的缘故，所以事事容忍，假作痴聋，不和伊计较，只求相安无事，姑媳之间，客客气气，免得彼此伤了感情。谁知伊偏偏一些也不知道好歹，全不把我看在眼里，常在背后骂我老不死。又骂我是十八世纪的木乃伊，我本来也不懂什么叫作木乃伊，明宝却知晓的，告诉我说，木乃伊是非洲地方埃及国中的一种死尸，他们的国俗喜欢把死者的遗骸用了香料药物等防腐剂，埋藏在坟墓内，可使千百年不会腐烂，仍保有本来面目，那么伊也是骂我老死人。又说我头脑陈旧，迷信鬼神，不配做伊的姑嬷。我也没有和伊理论，不过气得肚子饱胀罢了。若是多在你的面前说伊不是，你虽然是明白的，可是常要使你不快活，也不是我乐意的事。"

杜太太说到这里，顿了一顿。明宝吃罢西瓜，走过来，噘起嘴说道：

"哥哥，我不是做尖嘴姑娘，在哥哥面前说嫂嫂的坏处。实在嫂嫂太把我和母亲瞧不起了。伊背地里骂母亲为木乃伊，又唤我小鬼。不知有什么地方开罪了伊，我们在这里又不是吃伊的饭，不用伊来讨厌我们。况且起初我跟母亲来沪，也是哥哥接我们来的，若然这般憎厌，反不如让我们回南京的好了。"

杜粹把手摇摇道：

"小妹妹不要发急，母亲也不必气恼。锦花确乎脾气太坏，年纪轻不懂事，大概在家里任性惯了，所以如此。我绝不偏袒伊，希望伊年纪稍大，可能改去一些。"

杜太太叹道：

"古话说得好，江山好改，本性难移。我看伊只有坏，不会好的。你也受伊欺侮了，为什么事事不敢违拗伊呢？我们冷眼旁观，很是清楚的。"

明宝道：

"哥哥是怕老婆的男子，我前番看过昆剧的《狮吼记》，真是令人又好气又好笑。哥哥就是季常一流人物，恐怕夜夜要跪在床前的呢。"

说着话，哈哈地又笑起来。杜粹脸上一红道：

"好，小妹妹你来调侃我吗？不要胡说，我不是这种人。不过有时免淘气，少不得依依伊。今天便是为了我不听伊的话，所以大家负气，各走各路。"

明宝道：

"这也是难得的，嫂嫂大约又要到舞场去。你今夜争一口气，不要去找伊，待伊自己回来，没得落场，将来自不会再和你争执了。"

杜粹道：

"当然我不去的。我方才在兆丰公园里静坐了好一会儿，却遇见一个人，真是想不到的。"

杜太太道：

"是谁？"

杜粹道：

"你们猜猜看。"

明宝道：

"哥哥的朋友甚多，我们大都不认识，叫我们怎样猜呢？"

杜粹道：

"这个人你们也认识的，所以叫你们试猜。"

明宝道：

"那么我来猜一下子，是男是女，请你先说明了？"

杜粹道：

"是女。"

明宝和杜太太各说了几个，都猜不着。杜粹道：

"这人现在好久不来我家了，以前在南京时伊却常来的。"

明宝道：

"莫不是慧君姊姊？"

杜粹点点头道：

"被你猜着了。"

杜太太道：

"潘家小姐吗？伊嫁了黄美云的哥哥，住在杭州，怎么会在兆丰公园和你邂逅呢？"

杜粹道：

"伊和黄天乐一起来沪，现在要到北平去了，所以我没有邀伊前来。"

明宝道：

"慧君姊姊是很好的。自从哥哥和锦花嫂嫂交友后，伊就和我家一天一天地疏远。我很是思念伊。若没有锦花嫂嫂和哥哥结婚时，不怕伊不做我的嫂嫂。一样是个嫂嫂，我却宁可有慧君姊姊了。"

杜太太也说道：

"潘小姐的性情是十分静娴的，待人接物，非常和气。伊又是知道稼穑艰难的人，绝不会像锦花这样放浪的。锦花自称有新学识，其实一知半解，没有什么真正的学问，哪里有潘小姐这般真才实学呢。我也宁可有潘小姐给我做媳妇，必不至于有今日时常令人恼气的现象。但是不知道怎样的，你们的婚姻竟没有成功，你娶了锦花，而潘小姐嫁了姓黄的，谅是前世没结缘了。"

杜粹听杜太太这样说，心里也很多怅触，微微叹了一口气，取过一柄蕉叶扇子，用力扇了几下，说道：

"伊往常不肯表示真正的态度，可是到底和黄天乐结婚了，那么我的观测也没有错误啊，母亲还要说什么缘不缘。"

说着话，冷笑一声，立起身来，要往外走时，早有一个清清洁洁年可三十许的女佣，轻轻地走进室来，对杜粹说道：

"少爷，你到哪儿去的？少奶奶可要回家？"

杜粹摇头答道：

"奶妈，这个我不知道。小孩子睡着了吗？"

奶妈道：

"睡着了。我下楼来瞧瞧少爷、少奶有没有回家。"

杜粹道：

"你快回楼去，这小孩是容易醒的，身边若没有人时，一定要哭得不成样子了。"

奶妈听说，立即退出室去。杜太太道：

"刚才我们听小孩子在楼上哭得很厉害，我和明宝上去哄骗了一会儿方止。奶妈究竟是乡下人，懂得什么？而锦花养出了小孩子，什么都不管，依旧天天出去，夜夜寻欢，却将小孩子完全交与奶妈。你想下人们可以完全托付得下的吗？一旦小孩子生了病，又是麻烦的事。我在这里却不能看冷眼，只得留心照顾。但锦花又喜欢学外国人，我的说话一句也不肯听。前个月小孩子受了风寒，生了一场病，倘然好好抚养，怎会发生？生了病仍是我去照料的呢。我没有瞧过做了母亲的人，竟这样空闲舒服，百事不管的。记得我做媳妇之时，生下你们弟兄二人，哪一样不是自己当心的呢？大约现在时势变了，所以如此。"

杜粹不说什么，走出室去，一步一步地走上楼来，推开左边的室门，只见室中靠窗口安放着一座橡皮轮的绿漆睡车。上面覆着珠罗纱，里面仰卧着一个又肥又白的婴孩，穿着一件秃颈的洋式小衣，一双小手向上举起，放在自己耳朵边，小眼睛半开半闭的，鼻息微微正安睡着。那奶妈坐在旁边椅子里做针线，见杜粹进来，便起立说道：

"少爷，你瞧馨官正好睡呢！"

杜粹从珠罗纱外边看了两看，觉得自己生的这个小孩子果然玉雪可爱。这时有一阵凉风打从窗外吹入，杜粹道：

"奶妈，天气虽热，但风却很大，馨官睡熟了，不要在窗口，恐受了凉。"

奶妈听说，便走过来将睡车往里面推进一段。小孩子手臂一动，腕上系的小小金铃丁零丁零地响起来。杜粹道：

"醒了吗？"

奶妈道：

"没有。"

便推动着车儿，嘴里呜呜地唱着俚歌。杜粹遂又推开自己的室门，踏到室里，便往沿窗椅子里一坐。奶妈跟了进来，代他取过拖鞋，放在足前。杜粹脱下皮鞋，换上拖鞋。只见小娘姨手里托着一大叠烫好的衣服进房来，代他一一放好，又对杜粹说道：

"少爷可要洗浴？"

杜粹道：

"要的，你代我将衣服端整好，我就来。"

小娘姨答应一声，遂拣出杜粹的西装衬衫和衬裤等，拿着走出去了。杜粹叹了一口气，也就起身出房，到浴室中去洗澡。浴后，天色已黑，杜太太又叫老妈子上楼来请他下去吃晚饭。杜粹懒洋洋地走下楼，到餐室中，见桌上放着许多佳肴，正中的电气风扇开着，四片大叶子飞也似的旋转，风生一室。明宝道：

"哥哥吃晚饭吧，你喜欢吃鲫鱼汤，厨子老李特地去买来一条鲜鱼做汤喝的。"

杜粹答应一声，和他母亲、妹妹三个人一同坐下吃饭。杜太太坐在正中，明宝坐在下首，杜粹坐在左首，却只有右边空着。杜粹觉得今天进晚餐缺少了一个人，便乏兴趣，没精打采地吃了一碗饭，喝了几口汤，便把筷子一搁，不吃了。小娘姨连忙拧上热手巾来，杜太太料到伊儿子的心事，只不便说，自己也觉得有些气闷，所以只吃了一碗稀饭。

杜粹走到庭中去，将牙签剔着牙齿，抬头瞧天上星斗满天，一钩明月方从东边升起，微微的凉风拂到衣襟上来，大门外叭叭叭叭的汽车警号声不绝于耳，他想起了什么，把足一顿，刚回身走进。杜太太和明宝都走了出来，背后下人端着三张藤椅放到草地上。杜太太对杜粹说道：

"你坐着纳一会儿凉吧，不要不快活。"

杜粹恐他母亲又要提起锦花，遂答道：

"母亲，你和小妹妹坐在这里，我要上楼去瞧瞧馨官呢。"

杜粹说罢，一径跑到楼上。见馨官一觉已醒，奶妈方抱着伊正在怀中喂乳，小孩子嗑着乳头只顾吮。杜粹走近时，奶妈把手向杜粹一指，又对馨官说道：

"你爹爹来了。"

馨官虽是数月的婴孩，但十分心灵，回头来看杜粹，一对小眼睛清清白白的眼白，漆黑的瞳神，对着杜粹紧瞧，一双小手却一上一下地活动着。杜粹叫了伊一声，馨官咧开嘴微微一笑。杜粹要想去抱伊时，馨官又吃奶了。杜粹对奶妈说道：

"天气甚热，小孩子醒的时候你不妨抱下楼到老太太那边去玩一会儿，再上楼来。"

奶妈答应一声。杜粹走进自己卧闺，亮了一盏粉红色罩的电灯，又取出一支雪茄，燃着猛吸，坐在摇椅中，将身子前后摇摆不停。听得外房中奶妈抱着小孩子走下楼去了，自己很无聊地对着孤灯，想此时圣爱娜舞厅里明灯珠箔，鬓影衣香，奏出爵士的音乐，锦花等必然又在那边狂欢了，伊哪里还想得到我呢？这个人真难对付，我和伊结婚不过一年有余，生下了这个可爱的女孩子，是我们爱情的结晶物，当然我们俩的情爱更要加深加密。可是伊的性情实在太坏，好如不受羁勒的野马，事事不听人家的话，须由着伊一己的意思做去，美其名曰自由，使你不能约束。我因为爱伊之故，十九都容忍在心，什么事都退让一步，博伊的欢心，而伊仍是不知足，简直要把我视为伊的奴隶了。当在我们没有结婚之时，我虽知伊很是任性的，然不料伊如此不驯，到了现在伊的真相尽放出来，使我倒奈何伊不得了。自从我结婚以后，我的生活日渐奢侈化，这是出于不知不觉的。我的地位虽然增高，而每日支出之数也是非常巨额不办，所以我不得不做投机事业了。且喜做得尚称顺利，时有盈余。锦花见我赚钱容易，伊就尽情挥霍起来，一切都模仿欧化，学西洋的女子，自然我的母亲看伊不上眼了。伊却也常在我的面前说我母亲的不是，我怕淘气，只有假作痴呆，一面也劝我母亲不要管伊的事。但我母亲哪里容忍得下呢？往后去不是长久之计，我也只有让母亲和小妹妹回到南京去，也许可以宁静一些。不过当初她们不想来沪，是我征得锦花同意而接她们来沪同居的。今日之下，我怎说得出叫她们回老家？给戚邻知道了，也要骂我溺爱妻子，薄待老母，不孝之罪莫逃了。只有待我母亲自己做主张方可。她们婆媳俩一新一旧，各趋极端，自然不能相合。不过话又说回来了，假使换了慧君在这地位，那么伊和我母亲绝不至于起什么冲突的。以前伊和我母亲感情也很好的，这因为慧君虽是新女性，而伊没有什么胡闹的脾气，性情和善，即使双方意思有何不同，伊也能隐忍包含的啊。可惜那时候慧君对我始终不即不离，没有确切表示，遂使我灰心而恋上了项锦花，从此我和慧君南辕北辙，背道而驰，连往日的友谊也淡忘了。我负伊呢，还是伊负我？恐怕是伊有负于我吧。伊若是为了陈益智的缘故，淡于情爱，守贞不嫁，倒也罢了。为什么现在她却也嫁了姓黄的呢？伊的心里使我真不明白，难道我和伊的情感反不及黄天乐的浓厚吗？这真是测度不到的，有什么可说呢？他想到这里，又想起今日兆丰公园内所见的情景，握着拳头，在摇椅扶手上用力击了一下，又从嘴里取出残余的雪茄烟尾，向身边白铜痰盂里一丢，长叹一声，立起身来，在室中踱躞着，自言自语道：

"今天我烦恼极了！将何以排遣呢？"

妆台边本放着一座五登收音机，信手去开了，听得一阵乐声，正奏着骊歌一曲，乃是异国情调，可是缠绵悱恻，其声袅袅不绝，又似蜀道鹃啼霜天猿语，令人听了，大有荡气回肠之概。杜粹听着，心头十分难过，不忍卒听，便伸手过去停住。回转身坐在沙发上，又取过一支雪茄燃着而吸。他瞧着自己床上的银簟冰枕，面汤台上的香瓶粉盒，妆台上的裸体石刻美人，以及富丽的陈列品，还有衣架上悬着一件浅绿色的纱旗袍，就是锦花方才穿在身上的，觉得室中陈设依然，然而不知怎样的透露出一派凄凉景象来？唉！不过少了一个如花如玉的人罢了。回过脸去，瞧见壁上悬着的锦花半身放大玉照，巧笑倩兮，何等的温柔绰约。这一年来自己在温柔乡里，尽享受恋爱的滋味，但是这恋爱的滋味可以说是一半儿有些甜蜜，一半儿又有些苦辣。难道十分美满的真属不可能吗？假使锦花的性情也和伊的容貌一样美好，不是十全十美的事吗？无如伊的性情喜怒无常，豪华放浪，使我难以对付，这是我认为美中不足的缺憾。然而伊有时竟像芳冽的玫瑰佳酿，真能使人陶醉，自然而然地倾倒于伊，所以当时候我认为了伊，竟至渐渐地把慧君疏远了。他想到这里，又觉得锦花的一种媚态，显现在他的眼前。伊舞的时候，纤细的腰肢、轻软的臀波，和芬芳的口脂、婉媚的甜笑，无处不殢人心魂，比较那些庸脂俗粉的舞女不可同日而语。有时自己携着伊去赴人家的宴会，伊的交际手段又使人惬意，所以有些朋友都说我几生修到如此美人儿为夫人，似乎不胜歆羡。其实他们哪里知道我有了这位夫人，也自有一种说不出的烦恼来呢。他一边想，一边闭上眼睛，将雪茄尽吸着，脑海里充满着锦花的倩影。

隔了一会儿，又想锦花此刻在跳舞场里欢乐，自己却守在家中冷冷清清，太觉无聊了。夫妻们说错了一两句话，闹起意见来很多的，这是平常的事，锦花性情如此，我一向原谅伊的，可谓千依百顺。今天实在因我心里本来有些不爽快，所以我们俩争执起来，我也不肯像往日那样地退让，于是伊气不过，索性独自出外去了，谅伊绝不愿自竖降幡的，说不定今晚也许不回家来，那么又将如此呢？杜粹这样一想，心中更觉不安，张开眼来，把手里一小段雪茄又向痰盂中抛去，双手搓着，寻思一个转圜之计。因这时他的心已软化一半了，渐渐把怨恨锦花之念消灭，怜爱之心又生，只觉得自己不可少了锦花，宛如吃奶的小孩子想着乳母，一刻也难熬。良久良久，他将足在地板上一顿道：

"伊不回来吗？我倒要去看看伊究竟怎样的快乐。今晚我一定要伊回家的。"

于是他立起身，披上一件白色的西装，换上一双革履，取了一顶草帽，走出房来。恰巧奶妈又抱着小孩子上楼来了，杜粹道：

"馨官睡着吗？"

奶妈点点头道：

"正是。"

杜粹道：

"很好，你好好儿当心着孩子，我出去一趟就回来的。"

说罢，很快地走到楼下。杜太太和明宝正坐在草地上，见杜粹走将出来像要出门去的样子，杜太太便问道：

"这些时候你又要到什么地方去呢？"

杜粹道：

"我走走便来的。"

说着话也不停留，一径跑出大门去，向邻近汽车行里雇了一辆汽车坐着，驶到愚园路去。这时已有十一点钟，杜粹的汽车驶到了愚园路。

这是接连都市最幽静最清旷的一条大道，百乐门的尖端透露着乳白色的灯光，使行人见了会感觉到人世间的美丽，科学与物质的进化。当然这路上来来往往飞驶着的汽车，大都是载着布尔乔亚式的中西摩登士女，在这夏令之夜去追求她们的狂欢，忘记了一切的一切。有的到百乐门，有的到极司菲尔总会，有的到富有乡村风趣的丽娃栗妲村。但杜粹的目的地却是一个美丽的夏令乐园，也就是大名鼎鼎的圣爱娜花园。

汽车到得门前，他开了车门，跳下车来，付去了车资，一眼瞧去，那边靠着一字长蛇阵的汽车，其中果然有一辆青色新式的别克，又玲珑又美观，好似十六七小姑娘，一望而知是自己的东西。但汽车夫不在车上，不知到哪里去了。他就放出绅士态度，大模大样地走进了圣爱娜花园。别的地方并不流连，一直走进舞场。电炬下果见锦花艳装凝坐，还有魏明霞和伊的丈夫蒋千里陪着锦花坐在一起。原来此时魏明霞也嫁了姓蒋的，同来上海居住。那蒋千里是个富家之子，只顾游乐，不做什么的。夫妇俩遂和锦花时常往来，在舞场歌榭间消磨光阴了。杜粹走过时，锦花眼快，已瞧见了他，假作不知，把头偏向里面。魏明霞和蒋千里一见杜粹到来，连忙立起身含笑欢迎，请杜粹同坐。侍者早过来伺候，送上一杯汽水。杜粹坐在锦花身边，见锦花只不回过脸儿来，便托着汽水杯喝了两口放下。魏明霞带笑说道：

"密司脱杜，你日间到什么地方去的，为什么不同锦花姊一齐到我家来？"

杜粹道：

"我本意和锦花游了兆丰公园，然后再到府上来相聚。但伊十分性急，等待不及，先我而行。"

魏明霞早知他们闹过意见，只是不便说穿，所以又说道：

"原来如此。"

锦花忍耐不住，回转脸来，向杜粹紧紧瞧了一眼。杜粹装作不知，又问道：

"你们几时候到此的？"

蒋千里道：

"尊夫人在我家打了八圈麻将，吃过晚饭，然后到这里来的。我正想杜先生没来，未免令人缺少兴趣，且喜你到底来了，很好。"

杜粹听了"到底"二字，面上不由一红，只得说道：

"我知道你们必在这里，所以特地赶来，贤伉俪的舞兴真是不浅。"

蒋千里刚要回答时，锦花早回头抢着说道：

"当然人家有兴而来的，你既没有这个兴致，不妨坐在家中好得多，何必也跑到这里来呢？你不是说圣爱娜这种地方是没有价值的，叫人少到吗？"

锦花说了这几句话，把左手支着下颊，鼓起两个小腮，像是十分怄气的模样。杜粹勉强笑了一笑道：

"这是我方才和你说着玩的。你这个人脾气真大，谁和你怄气呢？"

锦花冷笑一声道：

"你还说不和我怄气吗？今天下午我早说要到明霞家中去的，你却偏偏提议要去游什么兆丰公园，我不依了你，你又说无论如何一个人也要去，所以我让你一个人去了。你方才在家里和我说话的时候，自己没有照照镜子，你这张脸怪难看的，似乎恨不得把人家一口生生咬死了，使出了你的野心，施用专制手段，侵犯人家的自由，却还要说我脾气大呢。真是只有你一个人说话了。嗯！我也知道的，这几天你必然听了那老太婆的话，而对我有些不满意了，还有那个鬼精灵年纪虽小，心思不小，贯会搬嘴弄舌。真气她们不过，你如有和我什么不对之处，不妨向我直说，为何有意同我作对？我岂是无端受人委屈的女子？无论如何，绝不会向你们降服的。你们不要痴想，不要串通一气来欺负我……"

说到这里，桃颜上带着数分薄嗔，杏眼也圆睁着。杜粹只得分辩道：

"你说得太厉害了，我们怎样欺侮你呢？我们俩即使有什么意见不同，也是一时的误会，何必牵扯到别人身上去？怪东怪西，话说过就完啦。"

锦花道：

"这又是我的不是了，我不会怪错人的，你不要偏袒她们。"

杜粹留心看舞场里旁人已都注意起来了，只得勉强笑了一笑道：

"这里不是讲理之所，有话回去再作计较。"

锦花道：

"要我回去吗？我有我的自由。"

魏明霞见二人断断争论，也觉得不妙，伊知道锦花的脾气的，便在

30

旁说道：

"锦花姊，既然密司脱杜说是一时的误会，那么你们两口子一向很亲密的，何必因此细故而发生不欢呢？"

锦花听了不答。明霞又对杜粹说道：

"密司脱杜，锦花姊素来是主张女权的人，你千万不可听了老太太的话而想去压迫伊，这恐非家庭之福，请你以后绝对尊重伊的意思吧！"

杜粹道：

"我哪里敢压迫伊呢？你们不可听一面之言的。"

此时音乐台上乐声又起，场中男女都起来捉对儿去跳舞，蒋千里首先站起道：

"别多说了，大家和和气气，欢欢喜喜。人生在世，最要紧寻快乐。自己夫妻闹什么意见？我们快去跳舞一下，不要辜负了良宵。"

一边说，一边挽了明霞的玉臂离座去舞。杜粹便趁势带笑说道：

"不错。"

跟着立起身子来挽锦花，锦花向他眨了一个白眼，一扭纤腰也立起来。杜粹忙依偎着伊，一同走去舞圈里加入跳舞。起初时候，锦花仍有些不大高兴的样子，杜粹要讨伊的欢喜，所以特别卖力，非常体贴，搂着锦花回旋而舞。魏明霞将一颗鬓首贴在蒋千里的胸前，偶然舞近杜粹、锦花一对儿的身旁，故意对项锦花扮作鬼脸，锦花几乎笑将出来。舞罢，仍返原座。魏明霞向杜粹说道：

"密司脱杜，跳舞之乐如何？一舞可以解忧，再舞可以陶醉。"

蒋千里哈哈笑道：

"我便是常常陶醉其中的，百舞不厌，一天不舞，便觉周身筋骨不舒服，非舞不可，好似抽大烟的人到了时候没有大烟抽不得过瘾，真是一日不可无此君了。"

魏明霞道：

"像你这样的喜欢跳舞，在上海滩上要算首屈一指了，可说是舞精。"

蒋千里道：

"我是舞精，你就是舞怪，不是精怪不成其为舞侣。"

说得杜粹和锦花都笑将起来。杜粹也很知趣，说了数句。等到他们第二次舞后，看看锦花脸上已回嗔作喜，杜粹的一颗心方才渐渐放下。他们在舞厅里消磨黄昏，不知不觉已是子夜。大家说跳舞场是火山，去跳舞的朋友便是上火山。啊呀，火山不是最可怕的地方，我们从影戏上看到罗马古城邦具埋葬在火山爆发的火焰里，惊心夺魄，可怖之至，一辈子不愿遭此惨祸。倘然跳舞场真个是火山，大众趋避不暇，怎么反肯流连其中，乐而忘返呢？恐怕有跳舞迷的男女们都视作安乐园、蓬莱岛、水晶宫、桃源洞，一入其中，销魂蚀骨，什么国家大事都会完全忘掉，无忧无虑，飘飘然如羽化而登仙呢，所以时候虽然很晏，圣爱娜花园中依然靡靡而歌，翩翩而舞。魏明霞吃了一杯冰淇淋，向三人说道：

"我们在此已好久了，不如到丽娃栗妲村去一游吧！"

锦花道：

"赞成。"

又向杜粹紧瞧一眼，说道：

"你愿意去吗？"

杜粹道：

"当然同行。"

于是四人出了舞厅，走到花园外边来。杜粹的汽车夫正在外等候，一见主人也在这里，不胜惊异，但也不敢多问，忙将汽车驶过来，开开车门伺候。同时西首也有一辆黑色的小敞车徐徐开过来，乃是蒋千里夫妇的。两对青年伉俪个个坐上汽车，又向快乐的地方去寻欢。他们到了愚园路的尽头，前面是一条小河，跳下汽车，即有一艘划子船驶过来，迎接他们摆渡过去，便处身在这个富有夏夜乡村意味的村中了。直到东方将白时，方才各自回家。分手的当儿，魏明霞含着微笑，对杜粹说道：

"你们快快活活地回去吧，我把锦花姊交与你，今后千万不可再淘气，愿你们的爱情永永远远甜蜜，旁人的话听不得的。"

杜粹道：

"密昔司魏，多谢你的美意，只要锦花对我能够谅解，我没有不妥协之理。须知亲善是要双方面同有真心诚意的啊。"

锦花听了，忍不住把手向杜粹一指道：

"你知道我没有真心吗？恐怕只有你戴着假面具对人呢。横竖我是新女子，不受人家欺侮，不怕人家压迫的，不怕你不和我妥协。"

杜粹道：

"妥协妥协，我就是你，你就是我，回去吧！"

于是他们俩别了魏明霞和蒋千里，坐着汽车回家去了。

当二人上楼入室之时，杜太太和明宝早已在睡室中深入睡乡，一些也不知道。杜粹经过外房，见小孩子睡在睡车中，奶妈却在旁边榻上睡着，遂也不敢去惊动，便去房门边开亮了电灯。那个小娘姨本在楼下一直守着，没有睡眠，此时跟着走上来伺候。锦花将旗袍脱下，换上浴衣，穿了白缎绣花拖鞋。小娘姨问道：

"少奶可是要洗浴吗？"

锦花点点头，小娘姨便先走出去了。锦花回头对杜粹说道：

"你先睡吧，我要洗浴了！"

于是轻轻地走出卧室。这时妆台上的钟已鸣四下，天也快要亮了。杜粹觉得十分疲倦，立刻脱下西装，倒头便睡。等到耳边丁零零一阵响声把他惊醒时，见锦花早睡在外床，一只手臂挽住伊自己的头，鼻息微微，睡得正熟。枕边刚才鸣着的闹钟已是八点钟了，天已大明，妆台上的一盏绿色小台灯却仍亮着。他要到银行里去的，不能再睡，便侧转身去，在锦花的樱唇上偷吻一下。锦花微微饧着星眼，一翻身子道：

"不要闹，你把我当作玩物吗？"

杜粹笑道：

"我哪里敢把你看作玩物。这是我爱你的表示，也不是今天第一遭，你何必说这话呢？"

锦花冷笑一声道：

"少说些吧，你算爱我的是不是？"

杜粹道：

"当然爱你，有什么疑问？"

一边说，一边伸手来握锦花的柔荑。锦花用力摔开道：

"须知爱情中间不能羼入一些石子的，你听了老太婆的话，存心和我反对。我这口气一时总不能平息的。你休要理我，我不是任人欺侮的弱女子，我有我的自由，谁也不能干涉。所谓不自由，毋宁死！你昨天强逼我要去游兆丰公园，我是绝对不能服从的，我不是你的奴隶。"

杜粹摇摇手道：

"这些话，我耳边听得多了，请你不要把作口头禅吧。昨天之事也不必再提，我听谁的话而来欺侮你？愿你千万不要多疑，自贻伊戚。我这颗心恨不得挖给你看，此中只有一个你啊。"

锦花哼了一声道：

"你倒会说，当我是小孩子而用甜言蜜语来哄骗我吗？我以为你的态度要诚恳一些。"

杜粹道：

"我是再也诚恳没有了，只是你遇到人家不能依你话时，便要说人家干涉你的自由，这也不是公理啊。譬如昨天我要游兆丰公园，你不肯去而要到圣爱娜跳舞，我不赞成了你的意思，你就说我侵犯自由，但我并没有强要你往那边啊，那么我也可以说你干涉我的自由了，因为你也不赞成我的提议啊。"

锦花道：

"我侵犯你什么自由？你不是仍到兆丰公园去的吗？"

杜粹道：

"那么我也何尝侵犯你的自由？你不是仍到圣爱娜的吗？况且我在夜间还赶来伴舞，有什么触犯你呢，真是天下只有你的理，没有人家的理了。"

锦花听杜粹这样说，不由扑哧一声，笑了出来。杜粹道：

"现在你该明白了，从前孔门弟子曾子，一日三省吾身，我请你也要自己省察一下，不要只怪怨人家。今后我们言归于好，不必再起无谓的争执。"

锦花道：

"你究竟爱我不爱我？"

杜粹道：

"这是要你自己说的。"

于是锦花点了一下头，附在杜粹耳朵边低声说了一句，杜粹便又在伊的樱唇上接了一个很长久的吻，方才起身道：

"时已不早，我要赶上写字间去了！"

下得床来，穿好衣服，开了房门。见奶妈正在外房，拿着一个小响铃逗馨官笑，叫了一声少爷，便把馨官抱过来。杜粹接过，抱至锦花床前问道：

"锦花，你瞧小孩子可爱不可爱？"

馨官见了伊母亲，眯着双眼，嘴边露出微笑。锦花伸过手握了一下小手，说道：

"怪爱的。"

这时小娘姨早走来，开开热水龙头，端待杜粹洗脸。杜粹要把小孩子送到锦花怀边，锦花道：

"你不要打搅我，我正要睡呢，奶妈何在？"

奶妈连忙跑进房来，将馨官抱出去了。杜粹便去洗脸漱口。小娘姨又送上牛乳和面包来，杜粹吃毕，看看时候已有八点四十分，忙临镜修饰一会儿，戴上眼镜，取了草帽在手，说一声我去了。但锦花早又睡着，所以没有答应。杜粹一径走下楼来，到书室里去取了公事皮包。正要出外，却见他母亲正和小娘姨在起坐间背后甬道里叽叽咕咕地讲话，杜粹故意咳一声嗽，脚下革履踏得重而响，小娘姨慌忙闪开一边去了。杜太太手里拿着一串念佛珠，走将过来。杜粹叫了一声：

"母亲早安。"

杜太太道：

"你昨天夜里几时候回来的？我和明宝直守到十二点钟才睡呢！"

杜粹道：

"母亲何必如此，让他们下人伺候好了。"

杜太太道：

"不知怎样的，我总是有些不放心。昨夜小孩子又哭了两三次，是不是受了惊吓？"

杜粹道：

"在家里怎会受惊？小孩子啼啼哭哭是免不了的，母亲由她去休。"

杜太太叹了一口气。杜粹要紧出去，不再说什么，往外便跑，坐上自己汽车，上大同银行去了。

杜太太皱皱眉头，说了一声：

"不争气的儿子，妻子人人有的，难道独有伊是天仙化身，胜过其他一切的了？你便一夜工夫也抛不脱吗？莫怪伊要有如此态度了，真是令人灰心。"

口里叽咕着，走到那边放佛堂的所在，点了三支香恭恭敬敬地装在一个羊脂白玉的观世音面前古铜香炉里，刚才坐定，提起念佛珠想要念经。明宝拿着一本连环画书从门外一跳一跳地跑进来，对伊母亲说道：

"我问过他们的，昨夜将近四点钟时，我哥哥同嫂嫂一齐坐着汽车回来的。汽车夫告诉我，说哥哥自己寻到圣爱娜舞厅上，和嫂嫂相见，还有魏明霞等都在一起。他们从舞厅里出来后，又到丽娃栗姐村去玩的。哥哥说不去找伊，而仍旧去找伊回来，那么白天何必闹什么意见？恐怕嫂嫂反要怪我们怂恿的呢。"

杜太太道：

"不用说了，小娘姨都告知了，怪来怪去我总怪你哥哥自己不好，为什么要捧伊到三十三天呢，我的肚子都气饱了。不是圣爱娜，便是百乐门，十夜倒有七八夜在舞场中厮混，不吃饭不能过日子，难道不跳舞也不能过去的吗？上海这地方真是住不得的，你哥哥现在的情形和在南京求学时大不相同，前后如两人了，我还有什么话可说呢？他们开口自由，闭口自由，还有许多新名词，我真有些不懂。伊的一张嘴宛比九十月间叮石臼的蚊子，满口都是伊的理由。这种女子我也罕见的。"

明宝道：

"嫂嫂把自由来吓人，但我们也有我们的自由，伊也不能来侵犯。

我们不要怕伊，总不能把我们一口吃下肚去。金钱都是我哥哥赚来的，为什么要由伊一人独享受呢？母亲，我们今天也可以坐了哥哥的汽车去游半淞园，故意迟些回家，让伊坐不着。"

明宝正说得起劲，奶妈早抱着小孩子走来了。杜太太知道这奶妈惯会做程咬金，撺掇两边人相骂的，忙喝住明宝道：

"我要念佛，你不要在此胡乱讲话，温习你的书去吧，快要开学了，假期作业尚没有做完呢！"

于是明宝回身走出去了。杜太太便朗声念起《高王经》来。奶妈也不敢去打伊的岔，在旁边站了一歇，又走到楼上去。

等到锦花好梦醒来时，已有十一点钟，小娘姨忙过来伺候，送上一个很大的茉莉花球。锦花洗面妆饰后，换上一件黑纱旗袍，把茉莉花球系在襟上，对着镜子用法国胭脂在自己两颊上涂了两小堆，又用蔻丹涂了指甲，然后下楼来吃早点。

杜太太已念过佛，见面时锦花只淡淡地叫了一声，也不说什么，回到楼上去看报。午饭后听了一会儿无线电，吩咐厨役老李今晚添煮几件精美可口的肴馔，因为自己要请客人吃饭。老李听是少奶奶的吩咐，不敢怠慢，自去购备。锦花便去电话间打了一个电话给魏明霞，又打一电话给杜粹，叫他办公时毕必须回家，因为自己已请明霞夫妇吃晚餐，杜粹自然唯唯允诺。锦花遂去浴室里洗了浴，看看时候已近四点钟，馨官沉沉地睡在楼上，伊就走下来，到得会客室，不由一呆，却见杜太太正陪着一个六十多岁的老和尚在那里谈话，明宝也坐在旁边，好似听得津津有味的一般。那老和尚一见这位明艳动人如花似玉的少奶奶走进室中，连忙从椅子里站起身来，很恭敬地眼观着鼻，向锦花当胸合十行礼。

第三回

一衲远来邪辞诱老妇
千金散去豪博结同俦

这个老和尚从哪里来的呢？原来午后杜太太因为心中很觉气闷，无可排遣，伊在上海地方是一切生疏的，除了烧香而外，总不出去，马路如虎口，汽车如飞走，使伊更是胆怯，自己年纪大了，不要做了汽车轮底的游魂，进了枉死城，不得超生。所以伊就和女儿明宝走到大门口去站着闲观，瞧见两边来来往往的车辆，暗想：上海真是忙，他们不知从哪里来，到何处去？这些汽车看得人家眼也花了。

明宝要伊母亲一同坐着汽车出去兜圈子，杜太太不肯，说道：

"我们在这里看看不好吗？自己坐了，开得快时，我就要头晕。倘然汽车夫一个不留心，开到浜里去，或是和人家撞一下，那就危险得很了！"

明宝将嘴一噘道：

"照了你的说话，大家都不敢坐汽车了。这些汽车里面坐着的难道尽是不怕死的人吗？"

二人正在分辩，忽然马路旁边走来一个老和尚，布衲黄履，长须白眉，手里提着一串念佛珠，对杜太太母女相视一下，又瞧瞧杜家的大门，像是贵族门第，遂在杜太太面前立定，双手合十，念了一声阿弥陀佛。杜太太见了这位老和尚满脸道貌，似从佛国里来的，心中已有数分敬意，正要开口询问，老和尚早已说道：

"老太太是佛门弟子啊。"

杜太太道：

"师父怎知我是信佛的？"

老和尚道：

"阿弥陀佛，世上任你什么人，贫僧一瞧便知分晓。我从老太太一双慈祥的目光中，一望便知是有夙慧有佛骨的人。老太太一向修行吃素的，难得难得。"

杜太太听了这几句话，十分喜悦，便还问道：

"师父，你说得不错。师父从哪里来？"

老和尚道：

"我是打从山西五台山云游至此，和老太太在此相逢，真是佛说有缘。老太太你贵姓啊？"

杜太太答道：

"我姓杜，请教师父法名。"

老和尚笑了一笑道：

"贫僧号心禅。"

杜太太道：

"心禅师父，你几时到上海来的？"

心禅道：

"来沪只有三天，我看上海地方的人民造孽太深，想要遇见几个有缘的，救他们脱离地狱。"

杜太太道：

"师父真是菩萨心肠，现在的世界越发不是了。"

心禅叹道：

"浩劫将临，难以避免，这也是天意，唯信佛的或可以不在此劫中。老太太，希望你多多修行，将来自然可登西方乐土，不和凡夫俗子同休。再会吧！"

说罢，拔步便走。杜太太觉得这是一位有道高僧，不可错过，怎么略说数语便走了呢？刚要唤住他，但是心禅走了数步，却又回过来说道：

"阿弥陀佛，贫僧本待走了，只是方才瞧老太太的脸上气色很不好，恐怕在这数月内必有什么灾殃。贫僧若是直说，恐老太太不信，若不说时似乎心中不忍，所以走了，又回来告诉你一声，信不信却由你。再会，再会。"

心禅说着话，又似要走的样子。此时杜太太连忙说道：

"师父不要走，你说我气色不好，将有灾殃，不知有何解免方法？近来我肚里实在气闷异常呢。"

心禅又念了一声阿弥陀佛，不说什么。杜太太又道：

"倘蒙师父不弃，请入内坐坐，喝一杯茶，我要听师父的佛法呢。"

心禅道：

"可方便吗？"

杜太太道：

"请，请。"

说了两个请字，回身便让心禅入门。心禅便一步一步地跟着杜太太走。明宝见伊母亲十分相信，也不便阻挡，一同走到里面会客室中。杜太太请心禅老和尚坐定，便叫下人送上一杯茶来。心禅坐定后，便大讲五台山风景。杜太太因恰才在门口听了自己有灾殃的话，一颗心不得安宁，要请教老和尚有无解救办法。心禅便说道：

"老太太一边多行善事，一边还须在菩萨前多做些佛事，庶几可以逢凶化吉。"

杜太太道：

"我也早有此心，要想到杭州灵隐寺去做九天水陆道场，还请师父指教。"

心禅道：

"老太太你相信我的话吗？我们五台山上的文殊菩萨是救苦救难的，非常灵验，北方许多善男信女年年要到山上来进香还愿。现在老太太可以到我们五台山去拜七七四十九天道场，便可消灾免祸。还有我们寺里正在重修大殿，倘然你老太太肯捐钱给菩萨，那是更好的事了。"

杜太太道：

“我们妇人家不能出远门的，山西离此甚远，叫我怎生去得？师父可有别的法儿想想？”

心禅掐着念佛珠，略作沉吟，说道：

“虽然有一个法儿，只不知老太太可能相信？”

杜太太道：

“师父既有法儿，这是再好也没有的事了，请师父快快告诉我。”

心禅道：

“贫僧不日即将回山，老太太若是相信我的话时，贫僧情愿代劳，回去后便在我们庙里文殊菩萨前连做七七四十九天道场，当请住持静贤大师主持法事。他是山上有道的高僧，顶上常有舍利子现出，得他主领这佛事更是有效的。我们可以约定下月初一日起始，老太太可在府上每日吃素念经，当天点一副香烛，便如亲身前去了。只要老太太把自己的姓名年岁生辰等另录一纸给贫僧，可以代你将名字写上，更请静贤大师代你起个法名也好。”

杜太太道：

“我本有法名的，名唤智贞。”

心禅道：

“那也好，就用智贞两字。府上倘有老爷、少爷、小姐等可以一起写下大名，大家消灾纳福，益寿延年。”

杜太太道：

“我家老爷是早已没有了，家中有一位少爷、两位少奶奶、一位小姐、一位孙小姐，很简单的。”

心禅道：

“少爷在哪里发财？”

杜太太道：

“便在本埠大同银行任副经理之职。”

心禅听了，点点头道：

“老太太好福气。”

杜太太道：

"靠菩萨的保佑。"

心禅拿起茶杯，喝了一口茶，向四下里间瞧着，好似等候杜太太的吩咐。杜太太遂问道：

"依师父的办法也是很好的，我一准拜托师父代我到山上去拜七七四十九日的道场，自己在家中斋戒拜佛，好免去我的灾殃。但不知山上做佛事可要费几多钱？"

心禅道：

"约需七百元左右，老太太现在不妨先交给我五百元，我再来时可以把账单奉阅，再和你清算。且把佛前供的花带来给老太太戴在头上，可以永远没有头晕目眩之疾的。老太太你以为如何？"

杜太太一听心禅所说的数目，起初似觉太贵一些，然细细估计，当真拜起四十九天道场，那么此数也并不贵了，现在自己手中所有积蓄的现款只有三百多元，不足之数只得等儿子来再和他商量。所以伊正踌躇着未即回答，恰巧伊媳妇项锦花闯了进来。心禅知是少奶奶来了，怎敢怠慢？忙立起行礼，想要乘机说几句凑趣的话。谁知锦花是个新女子，并非杜太太一流佞神信佛的人，所以也不回礼，站在室中，一手叉了腰，一手指着心禅问道：

"你这和尚从哪里来的？怎么陌陌生生，无缘无故，跑到人家门上来，是何道理？"

心禅一听这几句话，又见锦花面色凛然，如罩着一层严霜，便知这事尴尬了，只得带笑说道：

"女菩萨不要错怪，我到府上来也可说是有缘的。贫僧是五台山上的高位，云游至此，并非走江湖的叫花和尚可比。恰逢府上老太太是佛门弟子，所以谈谈。"

锦花道：

"那么你们谈些什么呢？"

锦花这句话好似问心禅，又好似问杜太太。杜太太只得把心禅方才讲的话告诉一遍，且说：

"我也尚有些踌躇未决，要待粹儿回家时商量了再说呢！"

锦花便冷笑一声道：

"婆婆，休要上人家的当，你好端端的有什么灾殃，却要花钱去拜道场？除非你自己信神信佛着了魔似的，情情愿愿把你的钱去用在和尚们身上。杜粹必不能同意的，他赚钱也不容易。在这不景气的当儿，哪里肯把钱靡费呢？我是素来不赞成的，迷信神佛是十八世纪人的头脑。我们若是有钱，尽可捐助给社会上那些劳苦的群众，何必要孝敬那些和尚呢？"

心禅听了这几句话，不觉面色陡变，带笑说道：

"阿弥陀佛，罪过罪过，少奶奶休要这样说。须知这是敬事菩萨，为的赎自己罪孽，免自己灾殃，怎说布施给和尚呢？我们得人钱财，与人消灾，也要拜七七四十九天的道场。阿弥陀佛，出家人怎敢欺骗一班善男信女呢？少奶奶须顾口孽。这是要老太太做主的，贫僧并非走上门来叫花啊。"

锦花是受不起人们一句半话的，听心禅说什么口孽不口孽，便将脸色往下一沉道：

"你这和尚不要在此胡说八道，若不是自己走上门来，难道我们特地到五台山请你前来的吗？我也不管你是高僧，或是走江湖的叫花和尚，总而言之，我们不是小孩子没得见识的，快走快走！回头我打电话叫巡捕房来捉你去。"

心禅此时也冷笑一声，气吽吽地说道：

"你不要大言吓人，我没有犯什么罪？即使你叫巡捕房里人来，也不相干。你问你家老太太吧，伊相信我，要托我想法，所以贫僧开口的，却白担受一个欺人的恶名吗？真是真是……"

锦花不待心禅的话说完，早跳着脚，大声斥道：

"快与我滚出去，你敢强硬吗？"

接着便去喊汽车夫来，要撵走和尚。这时候杜太太见锦花咆哮发怒，倒觉说不出话来。心禅见情势不好，便又道：

"出家人不动无名之火，何必如此呢？我去就是了，老太太再见吧！"

说毕，回身便往外走。锦花已将汽车夫喊来，见和尚匆匆走出门去，汽车夫遂追上去，骂了数声贼秃，砰地把铁门拽上。锦花见杜太太不响，便说道：

"这种人是骗子，婆婆不要受人之愚，太迷信了。"

说着话，叽咯叽咯地走到自己楼上去逗引馨官了。杜太太坐在室中，想想锦花方才的情形，虽然是斥责和尚，然须知和尚是我请来的，伊不顾我的面子，太觉目无尊长了，所以心里顿时气恼得很。明宝在旁也说道：

"嫂嫂说话太厉害，伊因母亲信佛，有意把这和尚赶掉的。伊当母亲要向哥哥取钱去做佛事，便更发急了。"

杜太太道：

"我又不用伊的钱，便是要粹儿拿出些，也是应该的事，否则我养了儿子何用呢？少停你哥哥回家，我倒要告诉他，请教他评评理，究竟谁的不是？"

明宝道：

"不错，母亲休要只顾退让，嫂嫂当我们是好吃果子呢。不听伊方才又说你不是十八世纪的人吗？母亲虽然有些迷信，但伊却不能这样出言无忌，乱得罪的啊。"

于是杜太太专待伊儿子回来理论。

四点钟过后，果然杜粹回家了。他今天本想陪着总经理去一处酬酢，但因锦花已有电话来知照过，千万不能再忤了伊的意旨，所以只得诿称家里有事，不克同往。办公时间完毕，他略坐了数分钟，便走出银行大门来，早见他的汽车已靠在那边等候，立刻坐了回家。先走到书室里，却见他母亲独自一人呆呆地坐着，脸上充满着怒气。他不觉一呆，他的母亲为何不坐自己房里而坐书室中，明明是要等他回来时说什么言语，难道她们婆媳俩有过什么口角吗？心里大大地志忑起来，便叫了一声母亲。杜太太忍耐了多时，此刻便开口道：

"我不明白，我家究竟可有尊卑长幼之分？为什么我的事情要媳妇来干涉，一些不给我面子？难道现在的媳妇一切都要压倒婆婆，一家人中唯有伊独大吗？"

说着话，把手揉搓着自己的胸脯，喘着气。杜粹不知是什么一回事，将手搔搔头问道：

"母亲为了何事而如此气恼？可是锦花有得罪你的地方吗？"

杜太太便一五一十地将方才的事详细告诉。杜粹道：

"母亲，那和尚一定是骗钱的歹人，他说是五台山上的高僧，好在人家没有到过五台山，哪里知道他的真伪？凭他信口开河，欺骗那些迷信的……"

杜粹说到这里，杜太太早大声喝道：

"你也说我迷信吗？莫怪锦花要骂我十八世纪的头脑了。不管那和尚的话是真是假，我总是信神信佛的，伊不该当着和尚骂贼秃，连我也一起骂在里面。况且即使那和尚骗钱，也是我节省下来的，我终不要媳妇代我出钱，干伊甚事？而伊却偏说我靡费，那么伊常常要你伴着去跳舞，去吃大菜，去买跑马票，这些都不是靡费吗？难道儿子不是我养的，我不能向你要些钱用吗？"

杜太太一边说，一边眼泪早已簌落落下堕。明宝掩进室来，立在一旁，将手指抵着樱唇，只不作声。奶妈走到室外，在窗边偷眼张看。杜粹道：

"母亲不要发急，锦花受了新思潮的洗礼，伊什么都不信的，所以如此说法，未免激烈一些。伊不知母亲是一生信佛的人，一新一旧，难免冲突了。伊总是小孩子气，母亲不要去睬伊。待我去叮嘱伊，以后不可如此。母亲信佛，休要伊干涉。"

杜太太叹道：

"你总说伊是小孩子气，这样大的人还好算小孩子吗？伊说出来的话，再也厉害不过。没有人家的理，只有伊的理，真是歪理十八条了。我本来是旧式的人，年纪已老，再不会变成新式的人。你们既然要新的家庭，不如由我退让了吧！"

杜粹道：

"母亲不要说这种话，我知道母亲的。你若要做水陆道场，不妨到

45

杭州去，或是普陀山，我也可以出钱。只是门外路过的和尚，大都是走江湖骗饭吃的人，不可轻信。他和母亲初见面，怎会知你将有灾殃呢？明明是一种念秧之术，母亲不要放在心上吧！"

杜太太听杜粹这几句话很是和平，究竟是自己的儿子。伊只恨媳妇，所以静默着不响。

杜粹趁势退出书室，走到楼上去，见奶妈走下楼来，向杜粹微笑。杜粹低低问道：

"少奶奶在房中吗？"

奶妈答应一声是。杜粹走进房中，只见锦花在妆台边对镜画眉。他走到锦花身后，向镜子里瞧到锦花的娇颜，一笑道：

"水晶帘下看梳头，古人以为韵事。我今梳妆台畔看画眉，真是画眉乐事了。"

锦花不声不响，只作没有看见一般，自顾修饰伊的两道纤眉。杜粹见伊不说话，也就静静地立在伊后面。一会儿，锦花画眉毕，回过身来，杜粹便问道：

"你打电话来说今晚要请客，着我相陪，所以我虽有总经理相请酬酢，也没有去，马上赶回来，可尊重你的意旨吗？"

锦花冷笑道：

"给你的脸，你回家来时为什么不一径就到楼上，却到书房里去和老太婆讲什么？伊又算受了我的气而来，哭诉于你了。你是非总该辨个明白，看你把我怎样办？我是不受任何人欺侮的。"

杜粹道：

"我明白了，你赶那老和尚出去也有道理，不过太激烈一些，以致老人家不快活了。"

锦花道：

"哼！若要老人快活，除非让我离开这个家庭。我是直心直肠，叫伊不要上当。我若不把那和尚驱逐出去时，老人家的钱已被他骗去了，听说要七百元，伊还要向你要呢。你肯把金钱白白送给和尚吗？反说我激烈，那么又是我的不是了，是则是，非则非，你快快说一个清楚，不要一味偏袒那老太婆。我不受人家欺侮的，休想压迫我。"

杜粹道：

"你又来了，谁存心要来压迫你呢？横竖和尚已去，我们不要空费唇舌吧！"

锦花道：

"老太婆又抓着题目了，说我侮慢伊。老实说，伊既不像家长，我也不把伊当作尊长，我难道怕伊吗？今日中国的妇女已非十九世纪屈服在专制家庭下的可比了。伊真是苏州人说的，肉骨头敲鼓，可笑之至。"

杜粹听伊说得起劲，皱着眉头不说什么。小娘姨却匆匆地跑上楼来说道：

"蒋家少爷和少奶都来了。"

杜粹忙和锦花一齐下楼去相见。魏明霞又换上一身新装，很活泼地跳过来，和锦花握着手说道：

"你请我们来吃晚饭吗？又叫我们早来，我和千里老实不客气就来了。"

锦花道：

"这样很好，你若迟到时，我要罚你。"

明霞笑道：

"你又要罚我吗？休要弄错了，我不是你的黑漆板凳啊。"

锦花道：

"算你会说。"

明霞又问道：

"你们昨夜回来后大概已和好如初了，本来有什么大事情，何必翻脸呢？"

这时杜粹已让蒋千里到客室中去，锦花陪了明霞也走进室里，杜太太早已躲到别处去了。大家不客气的，随意坐下，忙杀了下人，敬烟，献茶，端盆子，绞手巾，十分殷勤。四人在客室中胡乱谈了一会儿话，天色渐晚，锦花便叫开饭。停一刻，小娘姨过来说，酒菜都已摆好，即请入席，锦花便请明霞夫妇同至那边餐室中去用晚膳。精美的肴馔放满了一桌子，明霞遂说：

"何必如此客气，我们又非大宾。"

杜粹倾了威士忌酒敬客，在吃的时候，蒋千里开口问道：

"现在不过六点多钟，吃完晚餐，至多七点钟，我们上哪儿去逛？圣爱娜呢，百乐门呢？还是……"

明霞对蒋千里紧瞅了一眼说道：

"你又要上圣爱娜吗？你这跳舞的精怪，听说大都会里的舞星张玲玲和你很相好的，有这事吗？"

蒋千里把手摇摇道：

"明霞休要信人家的离间计，大都会虽有一个张玲玲，但和我蒋某是毫无关系的。"

明霞道：

"你这话当真吗？我不信，前天你的写字台抽屉里怎么发现有一张玲玲的照片呢。"

蒋千里道：

"这是朋友放在我处的。"

明霞道：

"不要赖，你莫要鬼鬼祟祟，瞒了我去那边跳舞。若给我撞着时，绝不和你甘休的。"

杜粹笑道：

"空穴来风，必非无因，我盼望蒋先生有则改之，无则加勉。"

蒋千里道：

"没有没有，你们不信时，今晚就上大都会，看我和张玲玲怎么样？"

明霞道：

"你的跳舞瘾又发作了吗？今晚我偏不去，你如想念那姓张的舞女，可以一人前去。"

蒋千里道：

"我若一人独去，你肯甘心吗？不要说得嘴响。"

明霞笑道：

"我就是看你怎么样？"

锦花说道：

"我们今晚不要去跳舞了，省得你们斗口，不如一同到回力球场去吧。记得上月我和他去那里输了七百块钱，还没有翻本，倒有些不愿意。密司脱蒋是谙于此道的，所以我想今晚邀你们一起去，可以讨教讨教。"

蒋千里道：

"这是不敢当的，我也不懂什么，大概总是碰运气而已。"

明霞道：

"好，我也想去玩一会儿，我们准上那儿。"

于是大家吃罢晚饭，杜粹和蒋千里仍回客室里憩坐。锦花却陪明霞二楼去洗面修饰，自己换了一套衣服，带上钱，一同下楼，对杜粹说道：

"我们去吧！"

杜粹道：

"钱带吗？"

锦花道：

"有了。"

四人遂走出大门，分坐两辆汽车，赶向回力球场去了。

杜太太待他们去后，方才走出来，问小娘姨道：

"你可知少爷、少奶奶上哪儿去的？"

小娘姨道：

"我听说他们都到回力球场去的。"

杜太太哼了一声道：

"又要到这种地方去了，他们真输不怕的。依我看来，与其输去，远不如斋僧。况在佛菩萨面前多做功德，无论如何，定有益处。"

杜太太心里十分懊恼，走到楼上去，见馨官正在奶奶怀抱里吃奶，暗暗叹道，你这小孩子也没福气，偏偏逢着这种母亲，常常把你抛在一边不管，好像不是伊肚里养出来的，使人家最是气不过呢。小孩子见杜太太来，回过头来对杜太太瞧了笑笑，依旧吃奶。杜太太便好孩子、乖孩子地逗引了一番，然后叮嘱奶妈留心陪伴小孩子睡觉，不要受了凉。奶妈微微一笑，似乎答应地说了一个"是"字，心里却嫌老太太多管闲事呢。杜太太回至自己房中，闷闷不乐，和明宝闲话一番，熄灯安睡，至于儿子媳妇在外边的事，伊老人家却不能再顾到了。

直到两点钟过后，杜粹方和锦花从回力球场回来，锦花身边带出的八百元纸币一齐输去，还借了魏明霞两百块钱，夫妇二人大败而归。杜粹不免有些懊丧，但也不敢怪怨锦花，而锦花却反以为今天遇见了和尚，搠了霉头，所以出军不利，不免怪到老太太身上去。杜粹道：

"你见的和尚，又非尼姑，于我们赌钱有什么关系？你是个新时代的女子，何以也会迷信起来，这不是矛盾吗？"

锦花只得笑道：

"我也说说罢了，胜负乃兵家常事，下次再去翻本便了。"

杜粹听着，却接不下去。夫妇俩也就解衣安寝。

睡不多时，天色已明，杜粹仍是先醒，他也不去惊动锦花，自己在枕上望着上面的天花板，默默地想着他的心事。原来杜粹自和锦花结褵之后，住在上海过着繁华的生活，娱乐的光阴，温柔乡中常做甜蜜之梦。可是每月的开销很大，加以锦花尽管浪费金钱，一点儿不肯搏节，种种娱乐的消耗，已是其数可观，还要时常到跑马、赛狗、回力球场合那里整千整百地送去，所以他虽然做了副经理，每月的收入却是有限制的。何况家中本来的一些财产也不过仅供温饱，叫他怎能够维持得过呢？当然要想些别的生财之道了。他是银行界中人，平常时候自然做做公债，又卖买标金。可是他的贪心太重，因此公债上虽时有盈余，而标金上常常失利，得不偿失，别人家做投机事业很多发达的，他却始终如此。最近他有一个计划，就是要在上海另行创办一个跑马场，又办一个有奖储蓄机关。这几天和他的友人正在进行，不免要动动脑筋，不能像锦花那样无忧无虑地一掷千金，抱着千金散尽还复来的宗旨呢。杜粹想了多时，看看时候不早，连忙起身吃了早点，赶到行里去。

杜太太也没有见伊儿子的面，不知昨晚是输是赢，向汽车夫去探听消息，汽车夫都回答不知道。媳妇面前又不敢问半句话，只好闷在胸中，自己只顾去念经。锦花磨了两个黄昏，也觉疲乏，不知不觉直睡到十二点钟，方才起身。小娘姨送上鲜鸡蛋和牛乳等东西，锦花吃罢，在房中细细妆饰。这时杜太太早已念经完毕，她们母女起得很早，已觉腹中饥饿，要吃午饭了。杜粹是有时回家吃，有时不回来吃，没有一定的。杜太太一问小娘姨，方知少奶奶刚才从床上起来，用早点，势不能一同吃饭了。杜太太不觉咕了一声道：

"现在天气热，直到这时方起身，难道也是讲卫生吗？况且连夜出去跳舞赌博，日间睡眠，夜中出去，似乎不成样子了。我那大媳妇却不是这样的，我真瞧着难过呢！"

却不防奶妈抱着小孩子轻轻下楼来，被伊听在耳朵里。杜太太又问奶妈道：

"少奶在楼上做什么？"

奶妈道：

"在妆饰。"

杜太太道：

"在家里何必过于妆饰？大概还不想吃午饭，叫我们等到几时去呢？"

明宝在旁边也说道：

"母亲，你肚里饿时可叫老李就开饭，哥哥横竖不回来吃了，我们先吃饭又有何妨？伊又不是老长辈，总不成婆婆伺候媳妇。"

奶妈微微一笑，打了一个转，便走上楼。小娘姨要紧服侍少奶奶，也上去了。隔了一会儿，杜太太正在楼下等得有些不耐，只见小娘姨跑下楼来说道：

"少奶叫我来说，伊现在吃不下午饭。老太太若然肚里饿时，不妨先吃。只叫老李把西瓜鸡留着，少奶奶特地叫他预备的。"

杜太太冷笑道：

"谁要吃伊的西瓜鸡？留着好了。我要吃鸡，明天也可照样煮一只的，有什么稀罕？"

便吩咐老李快快开饭。老李遂把饭菜开到餐室中，杜太太和明宝先吃。杜太太对老李说道：

"你明天也与我预备一只西瓜鸡，今天是少奶奶要吃的，我不吃。"

老李答应一声是，走出去时对小娘姨扮了一个鬼脸。杜太太和明宝吃过午膳，因为明宝要看电影，杜太太气不过，遂吩咐汽车夫将车开出去，她们母女俩坐了，便到南京大戏院去。

将近三点钟时，锦花下来吃饭了，听得杜太太同明宝去看影戏，便道：

"老太婆素来不相信出游的，今天居然也坐了汽车去看电影。我出去游玩时，伊就要在背后叽咕叽咕，太不平了。"

奶妈在旁边存心献媚，又在锦花面前搬弄数语。锦花因为汽车不在这里，所以负气不出门，坐到书房中去，听无线电收音。等到杜太太和明宝回来时，伊却冷冷地叫了一声，不说什么。汽车夫走进来问锦花道：

"少奶奶可要到什么地方去？"

锦花板着脸说道：

"算了吧，你只顾侍候少爷和老太太好了。我本来要出外的，但是现在时候已过了，索性不出去，省得人家又要说我夜游神，又做日游神。不知踏着了人家什么狗尾巴？只是对我狂吠，真是怄气。"

汽车夫知道伊话中有刺，默然退去。杜太太听了心中又是一气，对明宝瞧了一瞧，虽要想发话，恐怕说不过锦花，便走到自己房中去了。越想越气，自己和明宝难得出去看电影的，不想回来却受伊的发话，又说我是狗。唉！我养了儿子，讨了媳妇，反来受媳妇的气，真是岂有此理。

少停杜粹回家时，锦花却坐在楼下等候，不让他母子俩说什么私语，所以杜太太见了杜粹，也不便说。杜粹见母亲和妻子的脸上都有些悻悻之色，不敢询问，恐怕问出事来，便去浴室洗浴，浴罢，又抱抱小孩子，他自以为享天伦之乐呢。晚餐时，大家坐在一起吃，杜太太始终不说什么，明宝也噘着嘴不响。锦花却和杜粹有说有笑。餐毕，杜太太吩咐老李明天也预备煮一只西瓜鸡。杜粹听了，不由一愣，又见方才他母亲和明宝对于西瓜鸡一菜没有下筷，所以早瞧料数分，他也只得假作痴呆，不去管这事。锦花立刻走到楼上去，回头对杜粹说道：

"你一同来。"

杜粹怎敢不允？马上跟着锦花上楼。锦花换了一件睡衣，趿着拖鞋，从后房走出来。杜粹问道：

"今晚你不想出去吗？"

锦花道：

"汽车又不是我的，还是我守在家里，让别人家出外吧，免得人家说我日游神、夜游神。"

杜粹笑道：

"你又来了，谁得罪了你？"

锦花一边开着电气风扇，一边冷笑着说道：

"我只不得罪人家就是了，我是小辈，人家拿着长辈的名义，便可压倒一切，所以汽车也只好让长辈坐了。不过小妖精到底是长辈呢，还是小辈？大约摇篮姑娘大了嫂，媳妇终是外边人而已。"

杜粹方才听汽车夫说，知道母亲出去看电影的，锦花之言就是为了这事，遂在室中踱着方步说道：

"汽车是大家可以坐的，譬如你要出外去访友，或是游玩，总是你坐着去的，也没有人干涉，所以人家有事也可以坐坐。你们女人家气量太小。"

杜粹的话尚未说毕，锦花早走过来，用手指向他额上轻轻一点道：

"你才是看轻女子，我早已说男女一样是个人，你们自私自利的男子，常常藐视妇女，太不应该。你说我气量狭小吗？哼哼！人家的气量还要狭小呢，你的肚皮有几许宽大，你是量大的人吗？"

杜粹笑笑道：

"宰相肚里好撑船，我是一切容得下的，劝你不要如此。不知你和人家怄气，不但人家不快乐，你自己也是憋着一肚皮的气，这又何苦呢？我什么事都依你的，你应该快乐。和气可以致祥。一家之中又没有多人，大家亲亲热热，团结一致，岂不是好。何必为了一些小事情便和人家拗气？弄得彼此意见愈深，渐如水火，积不相容，遂使家庭中一切都不愉快，骨肉变为仇敌。倘然细细一想，便可觉悟彼此的错误了。"

锦花道：

"你不要教训我，还是去说给你母亲听吧！"

杜粹笑道：

"亲爱的锦花，因为我和你是终身的伴侣，所以向你劝几句话，请你不要存着什么成见。最大的希望，就是一家人彼此快快活活，便是有什么意见不同的地方，说过就算了。"

锦花道：

"人家不是这样想的啊，你不必向我唠唠叨叨。"

杜粹道：

"好，我多说了几句话，就惹你讨厌，那么到跳舞场去吧！"

锦花道：

"无论如何，今晚是不出去的了，心绪恶劣得很，我想回南京去住一月两月呢。前天我母亲来函，伊的意思要我归宁。我在此地常常受你母亲的气，还不如让了伊吧，使你也好节省些，你们母子三人快快活活地过光阴吧！"

锦花说着，鼓起两个小腮，脸上一无笑容。杜粹见锦花十分着恼，也就不敢再去说伊，反而想些话出来去安慰伊，所以他说道：

"你若到了南京，我一人在上海太寂寞了，休作此念，你忘记了我的爱心吗？"

锦花见杜粹已软化了，不由微微一笑道：

"你有什么真正的爱心，恐怕你早忘记了我的爱心，所以听了他人的谗言，常要来向我说些尴尬的话。你若是真的爱我，以后不许你说。"

杜粹道：

"不说就是了。我最好不说，本来谈家常的事很会讨厌，只要你多有耐心罢了。"

于是二人在楼上谈谈说说，感情依旧融洽无间。杜太太在楼下等候儿子不下来，只得闷闷地去睡了，虽有女儿明宝，究竟年纪还小，不能讲什么心话。

次日杜粹依旧上写字间去，锦花在家里看书，饭后打一午睡，然后去兰汤出浴，浴罢，换上一套轻纱新衣，恰巧杜粹回家了。伊昨日在家中守了一天，今日再也坐不住了，便要和杜粹一同到魏明霞家里去，且把前夜在回力球场借取的钱还去，杜粹自然唯唯答应。他们俩遂坐着汽车到得蒋千里家，也不用下人通报，一径向里面去。听得蒋千里的书室中嘻嘻哈哈的笑声，便知他们夫妇俩在里边玩笑了。锦花是急性的人，伸手推门进去，只见蒋千里搂着魏明霞在室中跳舞，刚才双手把明霞托起，明霞在他掌上扭着娇躯说道：

"当心些，别跌了我，放我下来吧！"

锦花道：

"好，你们却在家里乐。"

蒋千里回头见了杜粹夫妇，倒有些不好意思。明霞早已跳下来，走上前握着锦花的手说道：

"锦花姊，你怎么来的，何不先打个电话来？"

锦花道：

"我们想着到你处来就来了，你们不去舞场里玩，反在家中练习探戈舞。"

明霞道：

"今晚舞场里去不成了。"

锦花道：

"怎的？"

明霞还没有回答时，早见一个下人推门而入，对蒋千里说道：

55

"少爷，许医生来了。"

蒋千里遂向杜粹、锦花点点头道：

"请二位稍坐，我要失陪了，对不起。"

说毕，掉转身躯便往外走。杜粹夫妇不明白蒋家为什么请医生，究竟是什么事？一时摸不着头脑，倒呆了一呆。

第四回

逆耳有忠言几同水火
伤心逢厄运难作痴聋

魏明霞见二人发呆，便把手指指后面楼下说道：

"你们想，还有哪个人生病而请医生呢，就是那老不死，现在又发病了，差不多一年四季时时有病的。究竟年纪老了，又抽上了大烟，身体弱得不成样子。这种人可说是医生的常年老主顾，每一年的医药费却可观了。我不该说这种人生在世上又有何用？不如早死了吧。前几天吃了一些蟹，不知怎样的竟成痢疾，一天到晚嚷着肚子痛，水泻数十次，其臭不可向迩。亏得老姑太太胃口好，和一老妈子常侍在病榻之旁，我们只好躲到下面来了。横竖他们总说我们没良心的，各人的脑筋不同，何必分辩？我还是卫生的好。千里是做儿子的，有些地方不能不负责任，只得代他请医诊治。但据许医生说，这是噤口痢，十分凶险，老年人更是受不起。他有一种注射药，是外国药厂的新出品，今天特地带来注射，若然注射后无效，叫我们预备后事吧。好在老头儿的后事，一切早已自己准备好，花去一笔治丧费也完了。他垂死之年还把持着许多家产，不肯交给儿子，似乎恐怕他儿子要败去的样子。然而无常一到，性命难逃，我看他今番休矣，他手里的财产不能不交出来了，何不早早做人情，让后辈感激感激？我们每月拿他一千块钱，他常常唠唠叨叨说我们花费大，因是我们不得不私下举债了。一千块钱一个月够什么用呢？不过现在老头儿死后，千里还有一位姊姊，嫁在汉口，恐怕也要来分产，老头儿已托人打电报去了，可恶可恶！千里说过的，倘若他姊姊争

57

多嫌少时，他情愿和伊打官司，有钱宁可去给别人用。听说老头儿要立什么遗嘱，他是偏袒女儿的，不知怎样立法。倘然不公允时，我们也不依。我希望他早早归天，这件事迟早要办的。"

锦花听了也说道：

"老而不死是为贼，人老了还是早死的好，免得子孙讨厌。他们年纪大的人，不知怎样总是看不上后辈，可是我们后辈何尝瞧得起他们？若是长辈对于小辈马虎一点儿，那么有他们守守家，还可相安，否则谁服他们的教导呢？这叫作不痴不聋，不做阿家翁。"

杜粹带笑说道：

"你们不要这样说，自己将来也要变老年人的，那时你们将怎么样呢？"

锦花道：

"我若年纪活到老时，绝不干涉小辈的事，去结什么冤呢？有财产时一股脑儿交给他们，不管他们长家产败家产，好在我们这种人也绝不会代儿孙做牛马的啊。"

杜粹道：

"说得好旷达啊，但你们也要代老年人想想的。"

锦花走近数步道：

"想什么？想什么？"

杜粹笑着不答。这时候蒋千里走进室来，揩着额上的汗，对杜粹说道：

"家父正患噤口痢，病势沉重，倘然今天注射了药再没有效验时，恐怕老命保不住了。"

杜粹道：

"这真是可虑之事。"

明霞对千里笑道：

"你去哭吧，要扮孝子了。"

蒋千里顿顿足道：

"我就怕这个，天气兀自酷热，穿了麻衣，戴了麻帽，扶来扶去，

58

叫人怎受得住呢？哪里及得上跳舞场，在冷气里跳着华尔兹呢？"

说得三人都笑起来。锦花道：

"我们本想前来邀你们一同上圣爱娜去的，现在瞧这情形是不成功了。"

蒋千里道：

"倘然老头儿今天不走路，我也不妨陪你们去去，只恐夜间保不住，那么在家里不送他的终，给人家多一句话，这真是着恼的事。"

明霞道：

"我们若去时，可叫荣福瞧老太爷，将要真个不好的当儿，赶快打个电话到舞场里来，我们可以立刻坐了汽车回家，大概也来得及。否则人家特地到我家来邀舞，倘然我们为了老头儿缘故，真的不出去，未免对不起锦花姊姊了。"

蒋千里拍手道：

"很好，就是这么办。老头儿不见得便死的，天下没有这样巧事。本来我们守在家里，沉闷得很。"

杜粹把手摇摇道：

"不十分妥当，恕我不能赞成。既然尊大人已在危乎殆哉的时候，千里兄自然应该守在家中的。跳舞究竟不是要事，还是不要去吧。倘然锦花要去时，由我们夫妇俩前去便了。"

蒋千里道：

"密司脱杜说得也对，我只好牺牲了。"

明霞道：

"老头儿死后，你要在家守七，尽有牺牲呢。"

蒋千里道：

"哎哟！七七四十九日，这样长的光阴，倘然不上跳舞场我不要闷死了吗？"

大家听着又笑起来。蒋千里不免长吁短叹，自有他的心事。锦花要想告辞，明霞把伊挽住道：

"我们虽不能陪伴你们去跳舞，抱歉得很。但是现在时候尚早，请你们在此坐一会儿谈谈，便在舍间吃了饭，然后前往不迟。你请我们吃饭，我们不好请你们吃饭吗？"

锦花点点头道：

"也罢，但天气甚热，我不要吃汽水，可否打电话去送一桶冰淇淋来，凉一下心脾？"

蒋千里道：

"巧极巧极！我正叫荣福自摇一桶冰淇淋，大约这个时候已好了，可以请你们大吃特吃。"

锦花道：

"这样很好。"

蒋千里遂一按叫人铃，只见一个穿着一身拷香云纱衣裤的男子走了进来，垂着双手问道：

"少爷有何呼唤？"

蒋千里道：

"我吩咐你摇的冰淇淋可好吗？"

那人道：

"好了。"

明霞道：

"荣福，你可拿进来，端整杯匙，我们要吃了。"

荣福答应一声是，立刻退去，不多时端进一大桶冰淇淋来，于是四人随意取食。锦花一连吃了四大杯，说道：

"我喜吃可可冰淇淋，今天正配胃口。"

再要去桶里舀取，杜粹早把伊的手拉住道：

"你吃了四大杯还不够吗？过多无益的。"

锦花笑道：

"我爱吃就多吃些，不要你管。"

杜粹道：

"少吃些吧，不是我管你，恐防你吃坏。"

锦花道：

"你怎样如此胆小?"

于是伊又硬行吃了半杯,方才吃毕。此时他们头上有电气扇呼呼地吹着凉风,肚中又吃了冰一般的东西,神清气爽,十分畅快,忘记了闷热。晚上明霞叫了许多佳肴前来,请二人吃晚饭,其中有一只鱼翅,是从广东馆子喊来的,一盘之价已须数十元,也因明霞知道锦花爱吃这东西之故,所以席上锦花吃得最多,又喝了些酒。晚餐毕,杜粹、锦花又坐了一刻钟方才别了蒋千里夫妇,坐了自己的汽车往圣爱娜去寻乐。锦花又在舞厅里喝了两瓶冰汽水,直舞到两时方才回家。

明天杜粹依旧一早出去,锦花睡在床上没有起身。将近十一点钟时,锦花醒来,方欲爬起,忽觉头昏目眩坐不起来,同时腹中剧痛,如刀割一般,胸口也难过得很,四肢冰冷,内急得很,遂高声喊道:

"可有人吗?"

恰巧奶妈抱着馨官坐在外房,听得锦花呼喊,走进房来。锦花道:

"奶妈,我不好,你快叫小娘姨来。"

奶妈连忙一按电铃,小娘姨早跑上楼来。锦花道:

"你扶我到便桶上去。"

小娘姨也不明白是什么一回事,遂扶着锦花,走至抽水马桶边,让锦花坐着,碰到锦花的手,觉得很冷而有汗,忙问:

"少奶怎样?"

锦花一泻之后,面色更是转变,口里说道:

"不好!不好!"

奶妈发了急,忙抱了馨官,走至楼下去报告与老太太知道。杜太太正在念经,听得这消息,连忙和明宝一同上楼,见锦花坐在抽水马桶上,两手扶着小娘姨,身体抖着如筛糠一般,面色泛白,一些血色也没有了。杜太太忙问:

"怎的?怎的?"

锦花道:

"我腹中痛得非常厉害,而且全身发冷,恐怕是霍乱!"

杜太太道:

"大约是发痧，可要叫奶妈代你刮一身痧，便会好的？"

锦花道：

"刮痧有什么用？一面快打电话请周廉医生来，给我打盐水针，一面可开汽车去接杜粹回来，这是一刻也耽搁不起的！"

奶妈道：

"我去打电话，且吩咐汽车夫。"

便将馨官交与明宝抱，飞也似的跑下楼去了，一会儿上楼来，说道：

"周医生自己接的电话，马上就来。"

遂接过馨官去。锦花泻了一阵，又叫小娘姨扶伊到床上去睡，嘴里不住地哼着。杜太太见锦花病势不轻，也急得手足无措。听得门外汽车喇叭声响，接着便见杜粹跑上楼来，形色仓皇，问伊母亲道：

"锦花怎样？"

杜太太把手向床上一指道：

"你瞧吧，大概是发痧，医生已请了。"

杜粹跑到床前，见锦花头发蓬松，玉靥无色，上下嘴唇都作暗紫，双手抚腹，口里嚷着道：

"痛死我也！"

杜粹忙用手一握锦花的柔荑，其冷如冰，便说：

"锦花你究竟觉得怎样？肚里痛吗？"

锦花道：

"我犯的稳是霍乱，恐怕我要死了，这是使我想不到的啊。谁料我们要做短头夫妻的呢，我舍不了你，也舍不得馨官。"

杜粹一听这话，心里一酸，险些落下泪来，忙问道：

"谁去请的医生？"

奶妈道：

"我打的电话去请的，周医生答应就来。"

杜粹便安慰锦花道：

"你不要急，未必一定是霍乱，周医生快来了。"

锦花道：

"我痛死了！不知周医生来不来？你们再打一个电话去催催。"

这时小娘姨已空着，便道：

"我去，催一声也好。"

就跑下楼去了。杜粹便来代锦花抚摩肚腹，杜太太呆呆地靠在窗边，明宝在楼梯上走上来了，等候医生。一会儿，小娘姨跑上楼说：

"周医生家的挂号回答说，周医生已经坐汽车来了。"

锦花道：

"路又不远，怎么还不见来呢？还是送我到红十字会医院去吧！"

正说话间，听得门外汽车喇叭呜呜地响了两声，明宝说：

"周医生来了，我去看。"

明宝刚下楼，汽车夫已提着药箱，那个十足欧化的周医生履声托托地已跟着走上楼来。杜粹立起身便道：

"达克透周，又要有烦你了。"

周医生打着英语道：

"密司脱杜，你夫人有恙吗？"

杜粹道：

"正是，请你看看是不是霍乱？情形确很厉害。"

周医生点点头，按一按自己鼻上的眼镜，开了药箱，取出寒热表等家伙来，走到床前，放在锦花口里试量，又看看表代锦花诊脉，量过寒热后，又取出听筒套在耳朵上，来听锦花的内部动静，又用手在锦花腹上轻轻地扣了两下，按了数按，又向锦花脸上仔细瞧了一瞧，方才回头对杜粹微笑道：

"据我看来是不妨事的，尊夫人患的并非真性霍乱，有二度多寒热，大概今夏多受了风寒。至于腹痛而泻，也许多吃了冷物所致。吃了我的药后，只要避一二日风，休养休养，自全痊愈。"

杜粹道：

"这样最好，今夏我们晚间常在外边游玩，受风寒自是意中之事。"

周医生点点头。杜粹又对锦花说道：

"对了，你昨天在蒋家吃了许多冰淇淋，夜间又在圣爱娜大喝冰水，又吃了些油腻，以致发作了。"

锦花听周医生说不是真性霍乱，心上稍稍安定，又听杜粹说伊多吃冰淇淋，不由笑出来道：

"这个东西我非常爱吃，一吃上口，非数杯不能过瘾，要生病也不管了。"

此时周医生已倒了一盏黄色的药水，交与杜粹说道：

"现在喝下，便可使伊四肢还暖。"

杜粹遂去传给锦花喝下。周医生又取出一短白色的药丸，也叫锦花服下，便代锦花配药。锦花道：

"周医生，我的肚子仍痛，恐怕还要泻，你能够止我的痛吗？你说我不是真性霍乱吗，可对的？"

周医生笑道：

"密昔司杜放心，我绝不会看错病。你若是真性霍乱，还要厉害数倍呢！"

锦花道：

"不管真性假性，我的腹痛真忍不住，请你代我想法。"

周医生道：

"那么注射一针，也好使你早早不痛。倘然要泻尽泻，泻去也是好事。"

杜粹道：

"请你注射一针吧，内子是吃不起痛苦的。"

周医生笑笑，便取针来洗净了，又取出一小管白色的注射药水，把小刀锯去管头，用针吸收了药水，便过来代伊在静脉上注射了一针，便收拾收拾，叫汽车夫提了药箱，告辞而去。周医生是杜家常常请教的，医药费到节上一起照付的，所以此刻分文不取。杜粹送到门外，周医生跳上汽车，要紧赶回家去。杜粹回到楼上，见锦花的面色稍好一些，不像方才那样的死白了，又去摸摸伊的纤手，也比较温和，遂说道：

"你经注射后，痛得好些吗？"

锦花答道：

"略微止一些，不过仍有些痛，我还要泻一次呢，你快扶我到马桶上去。"

杜粹答应一声，便扶了锦花走过去。杜太太也就和明宝走下楼去了。锦花泻了数分钟，又回到床上，紧握着杜粹的手说道：

"我的病究竟要紧不要紧，为什么腹中仍痛呢？"

杜粹道：

"周医生医术高明，他既说无妨，你尽放心，服了药渐渐会好的。你所以如此猝然发作，必是昨天多吃了冷物，今后要留意了。"

锦花笑笑。杜粹又代伊揉搓着肚皮，倚在床边，喁喁谈话，奶妈等都退到外边去了。隔了半个钟头，锦花的痛已大止，危险时期已过，又喝了一次药水。只见小娘姨走上楼来，向杜粹说道：

"老太太叫我上来问少奶奶的病可好些？少爷肚子想必饿了，她们在楼下等吃饭，问少爷此时可要开饭？"

锦花道：

"让她们先吃好了，等什么呢？"

杜粹道：

"我真有些饿了，开饭吧，我就下来。"

小娘姨笑嘻嘻地走去了。杜粹对锦花说道：

"闭上眼睛，定心静睡一刻，我叫奶妈在此陪伴，我去吃了饭再上来看你。"

锦花道：

"这个下午我要你在家陪伴，你可以不必到行里了。"

杜粹点点头道：

"好的，我打一电话去通知一声，准在楼上伴你。"

遂又拍拍锦花的香肩，回身走下楼去。

到得餐室里，见他母亲和明宝都坐在那边等候，小娘姨帮着厨役端着许多菜看出来，汽车夫在旁边盛饭伺候。杜粹坐下来和杜太太等一同

65

吃罢午膳，洗脸毕，小娘姨送上漱口水和牙签。杜粹漱过口后，杜太太问道：

"现在已过一点钟了，你行里去不去？"

杜粹道：

"不去了。"

杜太太道：

"锦花的病果然没有大碍的，但方才吓得人家什么似的，使我更没有主张。其实只要刮刮痧，吃些痧药水，医生也不必请的。周医生这么一来，至少要四五十块出门了。周医生说的话真对，冷物太吃得多了，这种冰淇淋和冷汽水我本来不赞成的，谁叫伊多喝，这场病不是自取其咎吗？还有你常常陪伴着伊在晚上出去兜风啦，跳舞啦，直到三四点钟才归家，须知风寒受足了不是玩的，况你日间又要出去做事，不比伊可以睡到十一二点钟方才起身，你的身体也不要糟蹋坏了。现在我只有你一个儿子，不得不向你说说，我看锦花未必能够顾及你的啊。"

杜太太滔滔地说时，杜粹只是低着头，刚要抬头分辩一两句时，却瞧见奶妈抱着馨官，隐立门外，侧耳倾听。杜太太是背对着门的，所以一些不知道，杜粹连忙立起来说道：

"我要打电话去呢。"

说了便走出室来，奶妈也就闪开去了。

杜粹走到电话间去打了一个电话，重又走到楼上，见锦花一个人闭目睡着。他以为伊睡熟了，不敢去惊动伊。蹑足走至床边，见伊身上没有盖什么，遂拉过一条线毯，要代伊覆在上身时，锦花味的一声笑了出来，说道：

"你鬼鬼祟祟的做什么？"

杜粹道：

"你没有入睡吗？我恐怕你再受寒，所以要代你盖些东西，却不知你还是醒着。为什么不响，反笑我鬼鬼祟祟？"

锦花道：

"我正在默想，倘然方才我死了，不知你将作何光景？"

杜粹笑道：

"不要痴想，你不会死的，又非真的霍乱，都是你吃得不留意。"

锦花道：

"说假便假，说真便真，这是不可知的。我知道你最好我患的真性霍乱，早早死去，你便可以再娶一个新人。因为像我不合你意的，也不会谄媚你母亲的，可惜那个姓潘的也已嫁人了，否则你们倒好配成一对儿呢。"

杜粹被伊这一句触动了心弦，瞧着锦花不语。锦花道：

"是不是我已猜透你的心了？本来你不该和我结婚的，恐怕你们都后悔，恨不得我早死。"

杜粹忙掩住伊的口说道：

"锦花你不要这样诅咒，你又没有爱克斯光，怎会知道我的心？哼，你这样说时，就不知我的心了。我敢说我始终是爱你的，请你不要猜疑。现在你可好了吗？"

锦花道：

"怎会好得如此快法？不过腹中痛得好些，身体却疲乏得很呢。"

杜粹伸手摸了一摸伊的额角，皱着眉说道：

"你仍有一些寒热，大概须要明晨方才可以退热，你还是要当心，不要吃什么东西。少停若饿时，可叫小娘姨煮些陈黄米的粥给你喝，那是不妨事的。"

锦花点点头。

这天下午杜粹一直守在楼上，陪伴锦花。不过在吃晚餐的时候下楼去一趟，恰接到蒋家的电话，报告说蒋千里的老太爷已在今天下午四时逝世，现在预备舁至胶州路万国殡仪馆举丧。杜粹得了这信，忙上去告诉锦花道：

"蒋家老头儿死了。"

锦花道：

"我早知他已是阎罗王的点心，危在旦夕。死了也好，他儿子、媳

67

妇可以安心接受遗产了。"

杜粹道：

"那天你没有听他们说，蒋千里还有一个姊姊在汉口将要回来，和他们分产吗？"

锦花道：

"平心而论，男女是一样的人，应该也有权利享受遗产，蒋千里不得独吞的。听说老头儿手里至少有二百万，那么每人一百万也够用了，人家没有遗产的，一样也要过日子啊。"

杜粹道：

"蒋千里岂肯如此心平？你瞧着吧，将来一定要诉诸法律的。蒋千里现在外边已私下亏空二三十万呢。"

锦花道：

"像他们还不要紧。"

杜粹道：

"你有了病，不能去一吊。我想今晚我要去一趟，瞧瞧他们，也是少不得的例行公事，你以为如何？"

锦花道：

"你就走一遭吧，早些回家。且可告诉明霞，说我恐怕不能前去吊唁了。"

杜粹道：

"那么你静睡一下，我去半点钟便回来的。"

他说毕，便换了一身西装，走下楼去了。

锦花睡在榻上，对着电灯，好生无聊。奶妈抱着馨官开口问道：

"少奶奶，你现在好些吗？"

锦花道：

"好得多了，方才发作时很是危险的。"

奶妈道：

"我看少爷真急得很，别人是不在心上的。"

锦花道：

"那是自然，恐怕反要在背后说我坏话呢！"

奶妈点点头，笑了一笑。锦花便问道：

"奶妈，那老太婆可在少爷面前说什么？"

奶妈道：

"少奶知道老太太脾气的，让她去休息，横竖少爷和你很好。"

锦花道：

"不是这样讲的，他们是母子关系，我终是外边人，老太婆说的话少爷非常要听的。你听他们说些什么呢？"

奶妈遂将杜太太和杜粹所说的话一齐报告给锦花听，且说道：

"少爷回来时，请少奶奶千万不要提起，免得他要骂我夹嘴舌，搬弄是非。"

锦花咬牙说道：

"那老太婆实在可恶，难道我诈病吗？费去这一些钱有什么稀罕？像我这样的人，到了杜家，也算倒灶，以后总要叫伊知道我的厉害，绝不放过的。你放心好了，便是我说你告诉的，也不怕少爷怎样。"

奶妈见锦花如此说，胆子更壮，又道：

"少奶奶说得不错，老太太总在人家面前说少奶挥霍金钱，不及南京大少奶奶的贤德，又要怂恿少爷和你不睦。我在旁边听了，很是不平，别人家的老太太总希望自己的儿子和媳妇亲爱和睦，而伊却与人不同的，好似十分憎厌少奶的样子，最好少爷和少奶不对，气量太狭窄了。"

锦花气吽吽地说道：

"老太婆真的脂油蒙了心，杜家又没有什么家私，供给我挥霍。我嫁到这里来，也不见得怎样称心如意。伊的眼里已是看不惯吗？好！我从今以后偏要用钱，横竖不是用老家的钱，看伊怎样奈何我吧？我不想博伊的欢心，再不对时，不是伊让我，便是我让伊，不和伊两立的。"

奶妈道：

"少奶奶，你有病在身，耐心些吧，且到好时再和伊理论便了，只不要说是我告诉你的。"

锦花点点头，奶妈又把馨官的手送给锦花香香，隔了一会儿，走出房去。

杜粹已从蒋家回家来了，告诉锦花说：

"蒋千里的姊姊今天已从汉口坐中航机飞到上海家里了，现在他们赶办丧事，表面上还没有什么。倘然谈到析产一层，难免要彼此破脸的。他们一对夫妇遭逢大故，面上却一些没有戚容，恐怕蒋千里这几天不能上跳舞场，他的跳舞大瘾十分难过呢。"

锦花道：

"老而不死是为贼，这种老头儿的守财奴，活在世上也有何用，死了也罢，有什么悲伤呢？他不是和儿子、媳妇好像做冤家一般，挣紧了钱不肯漏下来的吗？自然老头儿死了，他们一些也没有悲哀了。"

杜粹瞧着锦花的脸，笑了一笑，又道：

"蒋老头儿也给你骂够了，他已作古，你饶恕了他吧，你犯不着和他做冤家。"

锦花道：

"不是这样讲的，我是代抱不平。"

杜粹又道：

"明霞得知你患病，很是惦念你，不过正在丧中，所以不能前来探望，伊托我代达念忱。你现在可服药吗？时候到了。"

锦花道：

"正要服呢！"

杜粹遂伺候锦花服过药，自己走到外房去看看馨官。时候已是不早，天气稍凉，睡魔已来，于是他就伴着锦花齐到黑甜乡里去了。

明日早晨，杜粹起身后，一摸锦花额上已退了热，见伊面色也好得多了，遂问伊道：

"你大概已好，可要再请周医生来诊治一次？"

锦花冷笑一声道：

"我已好了，还要请医生做什么？昨天在危险的当儿，不得已而请了医生。人家已说我装病，花费金钱，今天若再请医生，人家不知又要说什么话了？真是怄气！"

杜粹道：

"你要请医生便可打电话去请，谁人说你什么话，不必多疑。"

锦花道：

"哼！我是多疑吗？这次患病也是我自作孽，但望你不要有什么不适，否则都是我害你的，我的罪名更重了。我是不会顾怜你的，你何不娶别的贤德女子呢？"

杜粹听了，明知是奶妈搬的嘴舌，昨天他母亲向自己说的话都被伊知道了，老人家喜欢多说，却不知在下人面前要顾忌三分。这奶妈很是可恶，常常搬嘴舌，更使姑媳不睦，自己虽想歇掉伊，可是一则小孩子吃上了伊的奶，不能换去；二则锦花很宠伊，若要叫伊走时，锦花也一定不肯答应，只好暂忍了，遂又道：

"小人离间之言，千万听不得，不要说吧！"

锦花道：

"我也不知谁是小人？便是人家不报告，我也猜得着的。老太婆多厌我，不是一日的事了。我也可以让伊的，好使你做个孝子，恕我不能做孝媳。以前我看过《孔雀东南飞》的悲剧，专制的家庭，没有理由可讲，真是不可一日居的。"

杜粹道：

"拟不于伦，像我的家庭也不能说专制二字，你不是很自由的吗？请你容忍一些。"

锦花道：

"我容忍多时了，再要让步却不能。除非你去娶一个旧式女子，向你们低首下心，尽你们要长便长，要短便短。我项锦花是个二十世纪的现代女子，素来主张提高女权，解放束缚的人，绝不肯做你们的奴隶，你们休想来压迫我！"

杜粹将舌一伸道：

"奇了，你说这些话给谁听？我们有什么地方压迫你呢？我们结婚后的生活，我处处都回护你、优待你，只少得把你当作活观音供奉，做

71

奴隶有这个样子的吗？你也说得太过分了，希望你平心静气想想，己所不欲，勿施于人。"

锦花道：

"我想定了，已有准备，不用再想，你不如去教老太婆想想吧！"

杜粹因为锦花方愈，不欲和伊多斗口，免得伤了和气，又见时候已有八点多钟了，连忙说了一声：

"你好好儿休息吧，且吃完了药再说，我要到行里去了。"

遂走下楼去，匆匆地用过早点，坐着汽车出去。

这天恰巧明宝的校中开学，明宝到校去了。杜太太在起坐室里念过经，不见锦花下楼，便问奶妈道：

"少奶奶可好些吗？"

奶妈答道：

"没有痊愈，还睡在床上。"

杜太太道：

"少爷可吩咐再去请周医生来诊视？"

奶妈道：

"这个却不知晓。"

说着话，别过脸去将嘴一撇，杜太太遂慢慢儿地走上楼来，踏进锦花卧室。见锦花朝里睡着，似乎不觉着有人到临，便咳一声咳，问道：

"少奶奶，你今天觉得好了吗？可要去请医生？"

锦花口里含糊地哼了一声，回过身来说道：

"我好些了，不必再请医生，白白多花费钱。昨天所以请周医生，也是一时发了急，便没有请示，不管三七二十一地把他请来。事后想想，像我这样的人，休说患了不要紧的病，毋庸延医，便是死了，也没有什么稀罕，让杜粹倒可以别娶一位贤德的新妇呢。"

杜太太听了，不由一愣，退了两步说道：

"少奶奶何出此言？你是很要紧的人，生了病当然要请医诊治的。粹儿娶你前来，也不是容易的事，他十分爱你，难道你还不知道他的心吗？"

锦花冷笑道：

"我像不是做他妻子的人，既不会孝顺尊长，又不知节省钱财，害他娶了一个败家精，岂非对于杜家不幸？即如我这次生病，人家也说我自己招来的呢。我想病是人人害怕的，谁愿意自己有什么疾病？那人说这种话，岂非放屁吗？"

杜太太听锦花的话句句有刺，刺痛了自己的心坎，不由涨红了脸说道：

"你不要多疑，谁有说你的不是？你要请医生尽去请好了，横竖费的粹儿的钱。他爱你的，怎敢说你花费呢？你静养静养吧！"

说毕，回身便走。真是话不投机半句多了。杜太太回到楼下坐定后，一个人细细思量，觉得方才锦花之言，明明是对己而发。我没有向别人说伊不是，只有昨天吃饭时对自己儿子说了几句，伊怎会知道的呢？莫非杜粹告诉伊的？嗯，他们夫妇俩本来是爱好的，前者小有嫌隙，结果仍旧是杜粹到舞场里去迎伊回家，被伊赢了胜利，那么我在中间做什么空冤家呢？锦花总要疑惑我在里头怂恿他们不睦的了。无怪伊越要怀恨于我，不把我放心眼中。今日如此冲撞我，在伊的心中早已厌恶我至于极点了。我住在这里受气恼吗？还是回南京去，不怕没饭吃，不过明宝的学业又要牺牲了，我且耐至年底再走吧。杜太太越想越气，十分不高兴，伊以前所以娶媳妇的一番欢喜早已消除罄尽了。

隔了一天，锦花果已痊愈，马上坐了汽车到蒋家去，顺便把自己心中着恼的事告诉了魏明霞，当然明霞也不加以好说话的。伊又见明霞没有翁姑，家中要推伊独大，不觉有些歆羡。因蒋家老头儿死后，明霞得到不少珍宝钱财，一一告诉给锦花听。至于蒋千里姊姊析产之事，业已讲定，三七分派，蒋千里得全部财产十分之七，他姊姊得十分之三，尚幸没有涉讼。可是他姊姊家中也很富有，不重这些阿堵物，愿意把这三份财产捐给孤儿院，省得被伊兄弟挥霍，当然姊弟之间很是不和。蒋千里在这几天忙着检点遗产，死了老父，心里反觉十分快慰。富厚之家难出孝子，可见一斑了。锦花因明霞在丧中不能出外，所以坐了一刻便走。自己又去先施公司购了几件时式的衣料和革履丝袜而归，好在记账的，凭折可取，不用伊付现钱。

回到家里，恰见杜粹和杜太太在起坐室里讲话，不由面色一变，头也不回地走到楼上去了。杜粹一见锦花回家，连忙跟着上楼。锦花正把剪来的衣料重又抖出来看，杜粹笑嘻嘻地走近伊身边问道：

"你到蒋家去的吗？他们可好？这些东西可是从先施购来的？"

锦花回头瞅了他一眼说道：

"天气凉了，我想做几件夹旗袍和衬绒旗袍，所以从蒋家出来时特地到先施公司剪的，我没有付钱。"

杜粹道：

"当然不要你付钱，记在账上便了。"

锦花道：

"你肉痛吗？"

杜粹道：

"痛什么？只要你欢喜罢了。"

锦花道：

"恐怕你不肉痛时，老太婆见了又要说我浪费呢。像明霞那样却没有人管了，听说家产分得十分之七，那么也有一百多万，尽够用了。"

杜粹默然了一歇，又说道：

"无所谓够不够，人家拥着千万家产，说完也要完的，这又算什么呢？遗产是靠不住的。"

锦花道：

"总比没有的好些。"

杜粹笑笑，取出一支雪茄燃着，放在口里猛吸。锦花把物件一一安放好，恰逢小娘姨托着两杯鲜橘水进来，放在桌上，说道：

"少爷、少奶请用吧，今天没有一些渣滓了。"

锦花点点头，吩咐小娘姨道：

"你与我去打个电话，给钱鑫记的钱老板，叫他明天上午十时左右必要到这里来剪衣服，我等候他的。"

小娘姨答应一声，下楼去了。

锦花走过来，取了一杯橘子水，一饮而尽，回到沙发边坐下。杜粹也把那一杯喝干，走至沙发前，向锦花的脸上凝视。锦花道：

"瞧我什么，难道不认识我吗？"

杜粹道：

"不是不认识你，因你左颊上有一堆污迹，不知从何而来？"

锦花把手向自己颊上一摸道：

"真的吗？"

忙立起身向妆台上的镜子里一照，回头说道：

"啐！你又要骗人了。"

杜粹哈哈大笑。锦花过来握住杜粹的手说道：

"你哄人，我要罚你。"

杜粹道：

"你罚我什么？"

锦花道：

"明天陪我到苏州骑驴子去。"

杜粹道：

"这几天公私事务很忙，况又近节边了，实在无暇，且待到双十节时与你一同去吧。那时候明霞和千里也可以出外了。"

锦花道：

"你倒说得远了！"

杜粹道：

"不远不远，今天晚上我要和你到一个地方去，不知你赞成不赞成？"

锦花道：

"可是去跳舞吗？"

杜粹道：

"不是，但那里也有跳舞的。今晚上海实业界巨子吴哿在他的花园里请客，赴宴的中西士女都是社会上知名的达官贵人，请柬上兼邀各家夫人。昨日我在国际大饭店曾遇吴哿，他不知在哪里见过你一面的，要我和你同去。吴哿的夫人也是本埠交际的明星，你不妨去结识结识。席散后又有跳舞，比较以前南京的兰心别墅联欢会气象谅又有不同了。"

锦花听了，点点头道：

"你要我去酬酢，我就去走一遭。只是你说那边都是达官贵人，当然富丽堂皇，非兰心别墅可比。前次我与你赴某夫人的宴会，到了不少名媛淑女，我虽然比她们美丽，然而不及她们的珠光宝气，有美中不足之憾。今晚去赴会，我想去和魏明霞告借一个金刚钻项圈，伊的项圈下还垂着一颗蓝宝石，是价值连城之物，恐怕在上海没有第二颗呢。我戴了项圈去赴会，也长长你的颜面。"

杜粹道：

"现在外在时势不好，盗匪甚多，杀人越货之事，报纸上常常可以见到。我想这种过于贵重的东西戴在身上，夜间出去，未免有些危险性。况且钻镯钻戒你都有的，何必一定……"

杜粹的话还没有说完，锦花早说道：

"不要紧的，不用你担忧，我们坐着汽车来去，又不到别的地方，绝不会遇见歹人，天下断没有这样巧事。"

杜粹知道锦花个性倔强，说什么便要什么，不肯听从他人之言的，也只好由伊了。锦花遂坐了汽车到蒋家去借项圈，杜粹坐在楼上戏逗馨官。一会儿，见锦花已回来，手中拿着一个小小锦盒，向妆台上一放。杜粹道：

"时候不早了，我们要准时前去，你快妆饰吧。我去打一个电话给行长，有一件事要问他呢。"

杜粹说着话下楼去了。等到杜粹回上楼时，已隔了一刻钟，锦花早已修容换衣，妆饰得十分美丽，在镜子前面顾影微步。杜粹不由笑道：

"美极了。"

锦花嫣然一笑，便取出那个金刚钻项圈，戴在胸前，电灯下照耀人目，无异许多明星，闪烁生光。杜粹又仔细看那蓝宝石时，果然非寻常之物，戴在锦花身上，真如锦上添花了。杜粹自己也换上一身簇新的西装，各个洒上一些香水精，然后履声托托地走下楼来。杜太太正和明宝在楼下讲话，当他们二人走近前时，鼻子里先嗅到一阵芬芳的香气，跟着眼睛面前一亮，锦花身上钻光耀目。杜太太不由一呆，便问：

"你们到哪里去啊？"

锦花却别转着脸，只当没有听见。杜粹答道：

"母亲，我们今晚去赴一家姓吴的宴会，回来时一定很晚的，请母亲早些安睡，让小娘姨守门。"

杜太太道：

"这几天秋分节气，我筋骨很不舒服，本要早睡。你们早些回来，不要受凉。"

杜粹含糊答应一声。二人走到外面，坐上汽车开出去了。杜太太不由叹了一口气，心中非常难过，晚餐后便去闷闷地睡眠了。但杜粹和锦花在这晚上周旋诸贵宾间，大得其乐。锦花戴着这个项圈，和人谈笑风生，没有一个不啧啧地称赞伊的富丽醉人。跳舞时，锦花又和众人作交际舞，更见得伊流利活泼，如鹤立鸡群一般，所以杜粹心里也很快活。子夜已过，方才兴尽而返。

次日杜粹仍至银行服务，锦花因昨晚有些疲乏，睡得甚酣，耳边忽听有人呼唤，睁看一看，乃是小娘姨，心中便有些不快，问道：

"你做什么来唤醒我？我有什么大事？"

小娘姨带着笑脸说道：

"奶奶忘记了吗？昨天你叫我打电话，吩咐钱鑫记的老板在今天上午十点钟定要来此剪衣服的，现在钱老板在楼下已等了一个钟头，他说还要到别处去裁衣服，叫我来催催奶奶，所以我敢来唤醒你。"

锦花闻言，便说了一声哎哟，坐起身来，一看妆台上的小金钟已是十一点零五分了，遂一摆手道：

"你去叫他稍待片刻，我就下来。"

小娘姨回身走去。这里锦花也就披衣下床，忙着盥洗梳饰，等到伊带着衣料下楼时，楼下大钟已当当地打着十二下了。钱老板足足在此守候了两个小时，好不心焦，随着锦花到起坐室里去裁衣，锦花一一吩咐。好在锦花衣服的尺寸，钱老板早已熟悉，不必一一剪裁。杜太太走过来瞧着这些花花绿绿灿烂夺目的衣料，知道又是锦花到先施公司里去剪来的，都是舶来品，价值高贵，但也不便说什么。锦花只叫应了一声，也不和杜太太讲话。杜太太站不住，走开去了。直到将近一点钟方才竣事，钱老板挟着一大包衣料去了。锦花走到餐室里来，小娘姨问道：

"奶奶可要用饭？"

锦花道：

"老太太呢？"

小娘姨道：

"老太太今天吃素，所以先吃了。"

锦花道：

"那么我再等一会儿吃。"

说着话走到楼上去了。奶妈抱着馨官凑上来，又在锦花耳畔咕叽了几句。锦花道：

"老太婆，干伊甚事？伊又要难过了。"

这天杜粹回来时，杜太太问他要先施公司的折子，因为杜太太要代明宝做一件夹旗袍，伊自己也要添置一两件衣服，杜粹便走到楼上去向锦花要折子。锦花听说是杜太太要，便冷笑一声道：

"哼！老太婆果然量小得很。伊不过今天午时是我唤了钱老板来裁衣服，心中便不舒服了，所以她们母女俩也要剪衣料呢。伊既然自己也要的，为什么背地里说我不省钱，多制衣服？"

杜粹道：

"你不要疑心，我母亲不会说你的。你要添衣服，伊也要添衣服，恰逢其会罢了。"

锦花道：

"你总是偏袒你的母亲，把我当作外边人。奶妈告诉我的。"

杜粹道：

"小人之言不可轻信。"

锦花道：

"啐！奶妈和我非亲非眷，伊说坏你的母亲作甚？无非听在耳里，气不过，便告知我罢了。"

杜粹把手搔搔头道：

"这是小事，说也罢，不说也罢，好在你衣料已剪，且吩咐钱老板动手做了，让她们也做一两件，大家快快活活，横竖都是我来还钞。"

锦花道：

"你倒说得这样坦然，我总觉得有些不快。"

一边说，一边开了抽屉，取一个折子，向桌上一丢道：

"拿去吧！我不管。"

杜粹也不说什么，拿了折子下楼去交给杜太太。回上楼来，见锦花面上罩着一重严霜，暗想锦花也太会生气了，便又用好话去安慰伊一番，又说明天星期六大光明影戏院新到一班万国歌舞团，表演各种新式跳舞，以及奏唱世界奇妙音乐，在晚上七时开始，我们可去一饱眼福，且聆仙乐。锦花方始回嗔作喜。

次日下午，杜太太因明宝已从学校里回家，遂和明宝一同坐着汽车到先施公司去购物，不到一点钟就回来。等到杜粹回家，杜太太将折子还他，且说道：

"我们今日前去购不到六十元之数，我剪了一件，明宝剪了两件。伊要买一双皮鞋，本来我不肯代伊买的，因见折子上锦花已拿了三双，那么明宝拿一双也不为过。至于其他高贵的化妆品，我们都不敢胡乱取来，免得耗资你的金钱。但我细瞧折子上，这一节已有两千多元了，其中奢侈品占的多数。现在中秋节已近，你在外边的账目很多，可曾早早想法？"

杜粹点点头道：

"已有准备。"

杜太太道：

"如此甚好，也不用我代你过虑了，不过以后如能节省一些，未始不是做人家的好事，希望你不要亏空才好。"

杜粹听了，眉峰微蹙，也不答话，拿着折子上楼，仍交给锦花。锦花接在手中，看了一看，也没有说什么，便把来放好了。晚上二人坐着汽车到大光明去看歌舞，杜粹本来想带明宝同去的，因未得锦花同意，且因姑嫂之间感情不甚融洽，多一事不如少一事，遂没有和明宝说。明宝知道他们俩是去看歌舞的，不叫伊同去，心里十分着恼，走到房里见伊母亲和衣睡在床上，明宝告诉了伊的母亲。杜太太叹道：

"由他们去休吧，总是我家遭逢着厄运，你哥哥娶了这个女魔王，一切都改变了，他还敢带你同去游玩吗？你不要去惹他们讨厌。明天夜里我也可以和你同去的。"

明宝听母亲这样说，噘起了嘴不响，自去取书看。杜太太睡在床上想心事，但杜粹和锦花在这时候却靡靡然陶醉在戏院子里，极视听之娱呢。

不多几时，中秋日到了。杜粹计算各处节账共有五千元之数，款项早已筹得，不过自己节边事务纷纭，未能自去还账，所以把许多支票及现款一齐交给他母亲，以便各店家自来取去。杜太太因为在这几天是见节账如雪片而来，心中仍代儿子发急，见杜粹交钱给伊，略觉安慰，但不知杜粹从哪里取来的钱，未便询问。杜粹又和家人约定，在中秋节的晚上，先至菜馆吃晚餐，然后到大舞台去观京剧。因为几个新到的平津名角儿在那晚登台奏艺，自己早订下一个包厢了。还有几个朋友也要一同去的。这样可以消磨一个中秋之夜了。

到得中秋佳节，他上午有事出去，在外吃午饭，下午又到一个朋友家里去接洽一些事情，谈了一个钟头。看看时候已是六点钟了，连忙别了友人，坐着汽车回家。在路上见团圞明月已高悬天空，马路上游人甚多，十分热闹，他也觉很有兴致。汽车到了家门前，捏了几声喇叭，早有下人来开了铁门，汽车一直驶至里面停住。杜粹跳下汽车，走进去，见明宝立在一边，噘起着嘴，一声儿不响。他就问道：

"你还不换好衣服吗？我要和你们一起出去了。"

明宝依旧不答，眼眶里却滴下眼泪来。杜粹立住脚说道：

"奇了，为什么出眼泪？有谁怪怨你了吗？母亲在什么地方？"

小娘姨走过来说道：

"老太太正在心里痛，睡在床上。"

杜粹不由说了一声咦，连忙走进他母亲的房中去，唤了一声母亲，杜太太在床上答应道：

"你回来了吗？"

杜粹道：

"正是，母亲有何不适？"

杜太太道：

"唉，说起来真要令人气死，你去问锦花吧！"

杜粹听了一愣，忙又问道：

"锦花怎样？可是你们有什么口角？"

杜太太道：

"今天伊更不像样了，把我气得发昏，心里痛得不住呢。"

杜粹道：

"为了什么事？"

杜太太道：

"今日午后先施公司来收账，我付去了钱，便对明宝说道，你哥哥的负担现在很重，每月的用款很大，和以前大不同了，虽然赚得容易，但也用得容易，恐怕不够的。即如这个中秋节节账已要五千元，不知他从何处筹措得来。我们吃了他的，穿了他的，也应该代他想想，不能浪费浪用。倘然你哥哥在外边亏空了人家的钱，或是欠了债，不是家庭前途的幸福。我和明宝说这些话，并未牵涉他人，不过我不舍得你用钱这样大，所以母女俩讲。谁知锦花在门外窃听，伊不管三七二十一地跳了进来，对我大声说道：'老太婆，你不要这样糊涂，脑筋要清楚一些。你们不是又在说我浪费金钱吗？并非我一个人用的，你们娶不起媳妇，何不去领个童养媳？我是不受人家欺侮的，没有败去你们的家产，浪费些什么。我是新女子，本来不愿意住在旧式家庭里，不是你让我，便是我让你……'"

杜太太说到这里，一口气噎住了，隔了一歇又说道：

81

"伊说的话很多，我也记不清，总之伊瞧不起我，憎厌我，无缘无故地向我来寻事生非，也没有什么尊卑之分，简直把我当作老妈子也不如了。我生了儿子，娶了媳妇，却给媳妇训斥我吗？我一辈子不情愿的。你父亲早故，我抚养你们长大起来，也不是容易的事啊。竟一句话也不容我说吗？"

杜太太说着话，声音颤动得异常厉害，呜呜咽咽地哭起来了。杜粹觉得这事不易排解，只得搔着头说道：

"母亲息怒，待我去问问锦花，看伊能不能知道自己的错处？"

杜太太把手摇摇道：

"不必了，伊肯在你面前认错吗？那么我也不至于有今日了。你难道还不知晓伊的性情吗？唉，粹儿粹儿，家门不幸，娶了这种浪漫的女子，将来一定没有好结果的。我决计让伊，明天便回南京去，赖在这里受伊的气吗？"

杜粹道：

"母亲何必如此，我自有计较，你不要气伤了自己的身体。"

这时候明宝走进来揩着眼泪说道：

"哥哥，你瞧我母亲气得心里痛了。嫂嫂今日好像一头疯狂的狮子，向我母亲大肆咆哮，真是岂有此理！请你哥哥做主吧，气坏了母亲，我也不肯和伊甘休的。"

杜粹搔着头，在室中绕着圈儿走，他满拟回来和众人一同去吃晚餐、看戏，欢度良宵佳节的，哪里知道家中闹了这个岔儿，真是使他十分为难，异常的扫兴，不知如何是好。杜太太又叽叽咕咕地说个不休，杜粹偶抬头见奶妈正在房门口悄悄地张望，他心里最恨此人，遂板着面孔喝道：

"你走来作甚？"

奶妈不慌不忙地说道：

"少爷，你到楼上去看看少奶奶吧！"

杜粹被这一句话提醒，便道：

"哦，伊怎样了，我倒要瞧伊有什么理由可讲？"

回头又对杜太太说道：

"母亲，你千万不要气，我去问问伊再说。"

于是拔步走到楼上，刚踏进卧室时，只见桌上地下物件凌乱，几只手提箱已安放在门边。锦花脸色很不好看，蹲在地上料理什物，像要动身出门的样子，使他心中不由陡地呆住了，不明白锦花的意思。

第五回

含愁闻别曲无奈分飞
忍痛顾新巢不如归去

在这时候，小娘姨跑上楼来，向杜粹说道：

"少爷少爷，老李叫我来问一声，少爷，本来听说少爷少奶和老太太等都要到外边去吃饭的，菜肴不免少预备些。现在时候不早，不知少爷们可要出去？如在家里用饭，他要添煮几样。"

杜粹把足一蹬道：

"这些事也要来问我吗，我们在家吃不在家吃不用他管账，他尽管预备他的，今晚我也吃不下呢。"

小娘姨碰了一个钉子，掉转身躯便走。锦花向他脸上望望，口里哼了一声，不说什么，只顾自己检点东西。杜粹指着这些箱笼物件说道：

"怪呀，你在这里忙什么？"

锦花依然不睬。杜粹道：

"好好的事总是弄得人家不快活的，今晚是中秋之夜，明月甚好，我已向大舞台订下包厢，预备和你们一起在外边吃了晚餐，然后前去看戏。你不是早说要看梅兰芳、金少山的《霸王别姬》吗？今晚正出演这出好戏，还有谭富英的全本《打棍出箱》，真是璧合珠联，不可多得。做什么，你们婆媳俩忽然伤起和气来了？真是使我一百二十个不高兴。"

锦花站起身来说道：

"你又要怪我吗？谁叫老太婆背地里唠唠叨叨地只讲我的不是。我屡次受她的气，再也忍不住了，索性爽爽快快，和伊说个明白。好叫伊知道我不是好欺侮的。还有一句话要问问你，就是你家究竟有几多财产？自从我嫁了来后，败去了几多？也请你说明一声。"

杜粹道：

"话愈说愈多，算了吧，老人家正在心里痛呢。"

锦花道：

"心里痛吗？快些去请医生。本来我患病时请了周医生，伊心里难过得很呢，现在你也代伊去请吧。我在此间不要气坏了你的母亲，担当不起这个罪名。况且我也不愿意挨在此间受人憎厌了，我让了伊，也好使你们母子俩快活。"

杜粹道：

"什么话，你收拾了这些东西，想到哪里去？"

锦花冷笑道：

"我自有去处，本来我不是卖给你家的，我有我的自由，不用你管。"

杜粹急了，顿足说道：

"你也犯不着如此啊，你到哪里去？你不说明时，我不能让你去的。"

锦花道：

"咦，我不是你的奴隶，为什么必要和你说明？"

杜粹道：

"无所谓奴隶不奴隶，我们是夫妇，你到外边去，我不能问清楚吗？"

锦花对杜粹紧瞧了一眼，走到沿窗写字台前，从抽屉里取出一封信来，丢给杜粹手中，说道：

"你看吧！"

杜粹接过一看，乃是南京龙蟠里寄来的快函，忙拆开一看，方知是锦花的母亲写给锦花的，因为近日锦花的母亲忽然卧病，很思念女儿，所以要叫伊女儿回南京去住数天。杜粹看毕，把信放在写字台上，便

说道：

"既然岳母有疾，要你回去侍奉，我也不能拦阻，只有让你回去。但你何必如此急急？"

锦花道：

"我坐今晚的夜车去了，如何不要预备行箧？"

杜粹道：

"今晚的好戏不要看了吗？"

锦花道：

"我没有福气看梅兰芳的戏，况且老太婆是不像去看戏的了，我若同你去时，伊心里更要难过了。你是孝子，快些侍奉着你的母亲去吧！"

杜粹默然不语了好一歇，看锦花把一只手提皮包装好了许多东西，提在一边。这时奶妈抱着馨官走进房来，杜粹指着小孩子问锦花道：

"你可带馨官一同回去？"

锦花摇摇头道：

"不，馨官又不吃我的奶，伊有奶妈领着，何必带了出门，多一麻烦。留在家中，你做父亲的也好照顾照顾。况且我母亲正在不适，带了去时，免不了吵闹。"

杜粹点点头道：

"这样也好，你等到你母亲稍愈时，便可早归。"

锦花又向他紧瞧了一眼，并不答话。馨官扑过来要锦花抱，锦花却忙着检点东西，没有去抱伊，小孩子哭了。奶妈恐怕锦花要怪伊不是，连忙抱着走出房去。杜粹叹了一口气，坐在沙发里，只是猛吸着雪茄，到了这个时候，他心里虽然要向锦花说几句话，叫伊不要得罪老人家，但口中总是说不出。他明知锦花不受忠告的，说了不但无益，反将引起一场吵闹，空费唇舌。隔了一刻，钟上已鸣九下，小娘姨又走上楼来，在房间外向里探望一下，趑趄不前。杜粹回头问道：

"做什么？"

小姨娘方才走进来说道：

"老李又叫我来问少爷和奶奶可要用晚餐？菜肴都已备好。"

杜粹道：

"你问少奶吧！"

小姨娘便带笑对锦花说道：

"奶奶下楼去用饭吧，时候不早，肚子要饿了。"

锦花道：

"我早已气饱了，什么都吃不下，你们可去吃，不必来等候我。"

小姨娘听锦花如此说，又向杜粹脸上瞧瞧，只得轻轻地踅下楼去了。杜粹忍不住又向锦花说道：

"你们这个说有气，那个也说有气，其实大家若能相谅，一家和睦，何必多生出无名之气呢？晚饭为什么不要吃？"

锦花道：

"不必说了，都是我错的，好在我也要回家去呢。"

杜粹道：

"凡事是则是，非则非，是非之心不可不有，断不能为了一己的私心而掩蔽了是非，我愿你和母亲万万不可有成见，否则……"

锦花将两手掩住耳朵说道：

"我不要听，我不要听！"

于是杜粹说不下去了。只见小娘姨又跑上楼来说道：

"少爷，王老爷有电话来，问少爷为什么到此时还不去看戏？他们已在大舞台等候了，我不好回答什么话。现在电话尚未挂断，怎样回复，特来问一声。"

杜粹听说，皱皱眉头，连忙走到楼下电话间里去，拿起听筒来，问答了数声，只得推托老母忽然患病，不能出外，诸多抱歉等情，搪塞过去，遂又走到他母亲房中来，见杜太太已同明宝睡了。一问小娘姨，方知两人晚饭也没有吃。杜太太听儿子走来，便微微叹一声。杜粹问道：

"母亲的心里痛怎样了？"

杜太太道：

"好些了，你不必为我发急，也不要去和锦花争论什么了。我想了再想，决定回南京去了。"

杜粹暗想：你要回南京，伊要回南京，我这个家也不要了。心中自然十分气恼，觉得没有什么话可去安慰老人家，也不欲将锦花要坐夜车动身的事告知，所以叹一口气退出室去。见厨子老李正和小娘姨、汽车夫在那边走廊里窃窃私语，一看杜粹，大家溜开去。杜粹道：

"老李，我们都不吃晚饭了，你们不妨吃吧！"

老李答应一声，走回后边厨房里去。杜粹懒洋洋地一步一步回到楼上，见锦花一切都准备好了，方在临镜妆饰，他心里又是气愤，又是惆怅，只顾燃着雪茄猛吸，一连吸去两支雪茄。锦花见时候快到了，恰巧奶妈送上两杯可可茶来，锦花道：

"你与我去唤汽车夫上来，将行李先拿下去，我就要到北火车站去。"奶妈说声是，下楼去了。一会儿，汽车夫跟着上楼，奶妈把一件一件箱箦网篮等物提出房来，那汽车夫忙着搬下去。锦花见行李已都搬出去，遂立起身来，披上一件蓝色的披肩，拿了手皮夹，回头对杜粹说道：

"我去了。"

杜粹跟着伊走出房，奶妈问道：

"奶奶几时回家？"

锦花道：

"说不定的，馨官已睡着吗？"

奶妈道：

"是的。"

锦花道：

"你好好留心着伊。"

说着话，叽咯叽咯地走下楼梯。杜粹和奶妈一齐跟下楼下，小娘姨走上来也说道：

"奶奶到南京去吗？"

锦花点点头，走到外边，汽车夫早开了车门在那里伺候。锦花踏上车去，杜粹跟着也到车上。锦花道：

"咦！你坐上来作甚？"

杜粹道：

"我送你到火车站不好吗？"

锦花不答，对汽车夫说道：

"开驶吧！"

汽车夫便将车子开动，出得铁门，驶向马路上去了。杜粹伴着锦花同坐，可是二人在车中都很沉默地，不作一语。

不多时已到了车站，锦花首先跳下车子，杜粹跟着下来，汽车夫将汽车退出去，到停车处安歇，然后唤了一个脚夫，帮着将许多行李搬进去，结行李票。锦花自己只提一只小皮箱，走到买票处去购买，杜粹抢着代伊购一张头等车票和一张月台票。二人在站上徘徊着，等候汽车夫把行李的事办妥。杜粹靠近锦花的左臂立着，轻轻问伊道：

"你此去务要早日回来，免我悬念。"

锦花冷笑了一声，仍不回答。杜粹又道：

"你何必如此苦苦与我作对？难道你对于我有不满意吗？"

锦花回过脸来道：

"我与老太婆势不两立，我是来败坏你家的，我受不下伊的气。你是孝顺儿子，一辈子守着你的老母吧。本来这种家庭，我是住不惯的。"

杜粹听了，不觉默然。这时汽车夫早已跑来，将行李票交与锦花，退到外边去了。锦花便去上车，杜粹跟伊到了车上。坐定后，杜粹几次要想说话，锦花却别转了脸向车窗外望，杜粹便代伊买了一叠小报和几册明星书报之类，放在桌上，不由叹了一口气。这时车上又有几个男女客人来，锦花回脸时，杜粹遂向伊说道：

"你匆匆动身，一些东西也没有买回去，况且岳母病了，我也该买些食物给你带去，现在……"

锦花摇摇手道：

"我母亲有病，也吃不下什么，你也不用客气。"

杜粹道：

"那么你可要钱用？"

锦花道：

"我身边有钱，你可留着给你的母亲吧！"

锦花说这句话，也并非是客气。伊平日从杜粹手里常常要钱，所以不愁无钱用。杜粹碰了个钉子，心里说不出的气闷，坐着不语。一会儿，车站上无线电话报告火车快要开了，叫送客的人快些下车，杜粹只得站起身来，和锦花握手道：

"愿你珍重，岳母处代我请安，盼望你可以早日返沪。"

锦花很勉强地答道：

"你回去吧！"

杜粹走下车的时候，又听无线电话中播出一种歌声，奏着外国有名的别离之曲。杜粹是知音的人，心里便觉酸楚，站定锦花所坐的窗外边，却不见锦花探头外望，忍不住喊道：

"锦花！锦花！"

他喊了数声，锦花方才微露螓首，对他说道：

"你唤我做什么？回去睡吧！"

杜粹道：

"不，我要站在这里看着火车开出去后，然后离开，否则也不算送你了。"

锦花也叹了一口气。这时候，无线电里所播送的歌曲是更奏得凄凄切切，不胜哀怨，令出行的人听了不由回肠荡气，黯然销魂。杜粹和锦花四目对视着，个人心中自然都不能无动，尤其是杜粹十分难过。酸辛之泪盘旋在眼眶里，几乎掉落下来。接着呜呜的数声汽笛，火车软软然开动了。杜粹呆呆地立着，直瞧到火车驶出月台，奔雷般加足速率而去，一些影子也不见了。他仍旧如木偶一般痴痴地立着，一个车站上的人员慢慢儿跑过来，向他问道：

"喂，朋友，车已开得远了，你一个人站在这里做什么？"

杜粹被这一句话提醒，四下看看，果然送客者都已走了，遂拔步走出站去，叹了一口气，回到自己的汽车那边，仍坐着汽车回家。虽在子夜，马路上仍是热闹。想此刻戏院未散，梅郎正在红氍毹上献技，但自己绝没有兴致再上大舞台去了。

一路回转家门，下了汽车，悄悄地走上楼去，觉得房中冷冷清清，又是一种景象。奶妈去伴小孩子睡了，小娘姨送上一杯茶来，问一声："少爷可要什么？"

杜粹一摆手道：

"你们都去睡吧，门户要当心关闭。"

小娘姨答应着，下楼去了。

杜粹瞧瞧窗外天空里一轮明月，泻出它的大好清光来。正是月到中秋分外明，大家在此良宵，飞觞醉月，乐叙天伦，不失及时行乐之意。今夜满拟和家人快活快活，谁料家中闹出这个岔儿，真是使人徒唤奈何。但她们婆媳俩的冲突也非偶然之事，平日积下嫌隙，以致不能相容，一新一旧，竟如水火般不能相合，所以我的家庭没有快乐了。锦花的性情是十分傲慢而不受拘束的，我们虽然待伊很宽，很放任，而伊心中总不满意。我母亲心地甚好，不过喜欢多说些话，便惹起了锦花的憎厌，此番恰巧南京来了一封信，伊便借此去了。听伊所说的话，一时不即回沪的，我也只好听其自然，奈何不得了。他想到这里，心头十分烦闷，觉得自己竟得不到一些安慰，无以自解，以前的甜蜜滋味，现在加上些涩色味了。人生真是难料的，我将如何去解除她们婆媳间的隔阂呢？很惭愧地，自己竟不能有巧妙的方法，怎生是好？他越想越恨，长叹了一声，取出一支雪茄燃了猛吸，背负着手，在室中走来走去，一眼又瞧见那娟娟明月，映着伊身旁的彩云，又如披上了金缕衣，益发美丽。他心里不由恨起来道：

"今夜的月亮为什么这般皎洁？照在我面前，更使我难堪，不如起一阵狂风雨，把这月亮隐蔽得无影无踪，大地变成一片黑暗吧！"

他惘惘地想着，把一支雪茄吸完，又吸了一支，听钟声已鸣两下，于是他把窗帘拉拢，推出窗前月，返身脱衣，到床上去睡。但是哪里睡得着，他遂尝到失眠的滋味了。

次日早上，他起身后，便去看他的母亲。杜太太也起来，正在洗面。杜粹见了他母亲，叫了一声，又问：

"母亲心里痛怎样？倘然仍在痛时，可请医生来诊治。"

91

杜太太道：

"我不痛了，你们晚上怎样？"

杜粹知道昨夜的事下人们尚没有告诉，便道：

"锦花去了。"

杜太太放下面巾，很惊奇地问道：

"锦花到哪里去呢？"

杜粹道：

"南京。"

杜太太道：

"为了我的缘故吗？"

这时明宝也从房外跑过来，问杜粹道：

"哥哥，我要问你，嫂嫂真的回南京吗？要不要回来？"

杜粹口里咄了一声，答道：

"管伊来不来，随便伊怎么便了。"

杜太太道：

"锦花到底打什么主意？你可曾为了我而和伊发生口角吗？"

杜粹道：

"母亲，这种人是劝告无效的，你不必生气，由伊去好了。况且伊此次回南京，是得着了伊家里的信，知道伊的母亲有恙，所以便坐夜车回去。"

杜太太咳了一声嗽道：

"但愿得不要为了我而负气出行？因我心里终希望你们夫妇和好的。我自觉年纪老了一些，脑筋不免也陈旧，和这种新派的女子久居一起，决难相合，倒累得家庭中时常不安，使你心中也不快乐，左右做人难。我是原谅你的，所以我情愿明后天就回南京去。"

杜太太说到这里，掉下泪来。杜粹退后了两步，搓着手说道：

"你们这个要去，那个要去，家庭也不成模样了，叫我走到哪儿去呢？"

杜太太道：

92

"你自然在这里，不要走，我年纪已老，一切不中用，常被伊骂作木乃伊。况且锦花对我如此态度，我若再住在这里，自觉惭愧。我受伊的教训已够了，所以我决定回到南京老家去，住那边也有绮霞侍奉，胜过锦花多多了。不过你妹妹已入学校，不能半途中止，伊住在学校里，星期日也许回来一次，你和明宝是同胞关系，总要照顾一些，休要因我不在上海，而更加欺侮伊。"

　　杜粹未及时回答，明宝早哭起来道：

　　"不！我要跟母亲回去的！母亲在此，嫂嫂尚要多厌我，倘然你去了，哥哥又不常在家中的，我和伊一定不能相处，所以我还是离去的好。母亲到什么地方，我就到什么地方，我宁死也不愿独住在此。"

　　边说边哭地投入杜太太怀里。杜太太抱住了明宝，滴着眼泪说道：

　　"你既然不愿意留在上海，那么你可跟我回去，只好停读半年了。"

　　杜太太道：

　　"这又何必呢，我总可想法的。我既把母亲接到上海来住，现在又让你回去，岂不惹人笑话？"

　　杜太太道：

　　"这是顾不得的了，横竖我自己要去，在他人面前绝不说你半句坏话是了。"

　　杜粹道：

　　"无论如何我对不起母亲的，你们不要回去，仍住在此。锦花倘然返申，你们不必睬伊，待我劝醒了伊再说。"

　　杜太太将手帕揩着眼泪说道：

　　"这个人还可以劝导的吗？伊好如没笼头的马，你不给伊欺侮就是了。我譬如没有这个媳妇，决定不再和伊同住一起，我是气不起的人。也许我走了以后，伊和你没有什么淘气的事。因为伊心目中只憎厌我们母女两人罢了，但是……"

　　杜太太说到"但是"两字，顿住口不说下去。杜粹将足一顿道：

　　"这真叫我没有法想了，我也随便你们吧！"

　　杜太太又道：

"我所以要回南京，也为的是你，好使你得着平安。你若想着我的，放假时候可以到南京来望望我，总算我没有白生儿子。"

杜粹听着，一颗头低下去，心中十分难过，隔了一歇遂问道：

"那么你们即刻要回去吗？"

杜太太道：

"当然。"

杜粹道：

"我料锦花一时不即回来的，请你们再住几天，等到伊要回来时再说。否则我一到外边，家里便没有人，而且馨官也乏人照顾了。母亲，你想如何？"

杜太太本已决定明后天回南京去，现在听伊儿子这样说，心里不由又软了下来，遂叹口气道：

"我为了你的缘故，只得再住几天。但我不愿意再和锦花相见，一等到伊有返家的消息，我就要走的。"

杜粹道：

"到时再说了。"

他留住了母亲，便到行里去，心中异常沉闷，能够去告诉谁呢？晚上归家和母亲略谈一刻，便去看看馨官，馨官只要吃奶，也不觉得自己的母亲不在这里，依然笑着玩耍，但杜粹看了，总是有异样的感触。黄昏时独坐在房中，开了收音机听听歌曲，也是无聊得很，只得上床去睡，枕边余香犹存，扑到鼻子里，心头又觉非常难过，真是银簟冰枕，好梦难成。在这已凉天气的秋夜，尝到劳燕分飞的滋味，多情的杜粹怎生受得下呢。

次日是星期日，杜粹不出去办公，平日锦花在家时，他必要陪着玉人出去遨游，现在锦花已归宁，他一人也不高兴出游，想着了自己所希望的投机事业，便去拜访几个朋友谈谈商情，因为时局不好，多少受些影响，恐难有胜利的把握，心中更是觉得乏味。晚上回家，也不高兴去和老母闲谈，自到楼上去看书。杜太太见杜粹这般情绪颓丧，也觉没有话说，暗自嗟叹。

光阴过得很快，眨眨眼又已一星期了，锦花去后，也没有一封信来。杜粹暗想：锦花心里果然恨极了，回南京已有十天，竟无片纸只字给我，她和我母亲意见不合，连我也深恨在内吗？以前伊偶然回家时立刻就有快信寄来的，有时也会打长途电话和我闲谈数语，住不到数天，很快地回来了。此刻情景大异，难道伊果有长住之意吗？真叫人捉摸不定了。于是他忍不住便写了一封快函前去，向岳母问疾，并询锦花归期。谁知函去三日，依然如石投大海，杳无回音，更使他十分狐疑。又回想锦花临行时的态度，曾声明不愿再与我母同居，也许伊真的不肯回来了，唉！想不到伊貌美于花，而心冷如铁，抛下我和馨官，一走什么都不顾了。这一遭事态严重，胜过了前番，竟使我难以处置，徒唤奈何，我也只有听其自然了。又过了数日，看看锦花归宁已逾半月，非但玉人不归，来鸿亦无杳。在这半个月中杜粹毫无兴致，舞场里也绝迹未去，夜间回家总是早睡。双十节快近了，杜太太见媳妇一去不返，也劝杜粹去接伊回沪，但杜粹初时尚不肯屈服，又恐母亲心中要不快活，所以踌躇着，不即实行。先去打了数次长途电话，询问锦花状况，谁知锦花都没有来接谈，经下人回报，不是伊在打牌，便是出去访友，如同白打一样。杜粹竟没法想了，心里懊恨万分，欲想置之不理，但又放不下。

恰巧这天魏明霞打电话过来，请杜粹去一谈，杜粹便在晚上坐了汽车到蒋家去，见了蒋千里夫妇，蒋千里便对他说道：

"好多天不见了，我在家中闷得慌，常常聚了几个朋友打牌，手气很旺，赢了几千块钱，真是赌钱不输，天下第一营生。今天有个朋友从昆山来，送了我一大篓阳澄湖的肥蟹，你来得很巧，今晚请你同我们持螯，好不好？"

杜粹听了一愣，正要说话，魏明霞早带笑说道：

"密司脱杜且请坐了，我有话和你讲。"

杜粹答应一声是，便向东壁一张大沙发上一屁股坐下，把手支着下颐，静候明霞说话。下人献上烟和茶来，他也不吃不喝。明霞坐在他对面的摇椅里，双手抱着自己的膝，身子前后摇动着，慢慢儿地说道：

"我们在家守丧，好久没有到府上来，加以这几天沉浸在一百三十六张中，什么事都不想到了，所以锦花姊回南京的事，我一概没有知道。今天早上接到伊的一封信，从南京寄来的，方知伊已回去兼旬了，究竟你们为了什么事而又冲突起来呢？"

杜粹道：

"我并没有和伊冲突，伊回南京去，是为了岳母患病，那边有信前来，要伊回去，所以归宁的啊！伊的信上告诉你什么？"

明霞道：

"伊也没有详细说出缘故来，但是伊的语句很是愤怒，对于你们母子二人有些不满意，所以结末有几句话：'大错已铸，夫复何言？未知何日再返春申江边与姊握手叙旧也。'"

杜粹听了，把手搔着头，这是显出他的一种踌躇态度，不知不觉常要露出来的。蒋千里在旁插嘴道：

"夫妇间发生小龃龉，这是常有的事，譬如我和明霞有时也要说僵，甚至彼此不睬不理，好如陌生人，但不多时又言归于好了。你们俩何以如此决裂，恐怕事情不是这样简单的吧？"

明霞道：

"锦花和老伯母意见很深，一新一旧，最易冲突，此番究竟为了何事，密司脱杜也能告诉我吗？"

杜粹遂将中秋那天的事约略告诉一遍，且说道：

"并没有什么大事情，不过我母亲喜欢多说几句话，而锦花的脾气近来更大，简直不容许人家说一句话，所以至于此极。倘能互相谅解，绝不会闹得如此地步的。"

明霞道：

"是啊，这是由于平日积嫌所致，虽没有大事，往往有几句无关系的话也会闹出大问题来，总而言之，彼此一有意见，自然如水火不能相容。据我站在第三者立场而说，也不必说定她们谁是谁非，只要以后使她们婆媳不再住在一起，便没有事了。锦花姊的性情，我深知的，你只有和伊组织小家庭，绝对让伊自由，本来当初你们接老太太来沪同居之时，我很不赞成的，估料你们的家庭绝没有美满的幸福，果然现在不出我之所料。密司脱杜，并非我劝你不孝，我看你还是把老伯母送回南京吧！"

杜粹叹口气道：

"自从锦花去后，我母亲也十分气恼，所以伊对我说要回南京去住了。"

明霞道：

"这样再好也没有了，你一准送老伯母回去，此事便易解决，不怕锦花不回上海。"

杜粹道：

"我真是惭愧多多了。"

蒋千里摇摇手道：

"你心里不必难过，事情只有这么办的，现在的时代，潮流所趋，你是个受过新学说的人，须知不能勉强的。你和伯母分开住，也不打紧，听说你们南京老家尚有一个寡嫂，那么老伯母也不愁无人侍奉啊。"

杜粹听了，不觉点点头，又摇摇头，不说什么，取过一支烟来燃着便吸。明霞瞧杜粹这种情景，不由笑了一笑道：

"密司脱杜，你不要犹豫不决，我想锦花意志很是坚决，此去当然不肯轻易便回。你写信去，伊不复，你打长途电话，伊不接，这不是已显出伊的决心来吗？你在这里痴望伊回家是不行的，不如依我办法，可以及早补救。否则迁延下去，岂是彼此的幸福，不是徒然增加苦痛吗？"

杜粹吐了一口气，说道：

"不错，我近来内心的苦痛很深，对于一切似乎都有些灰心，依你又怎样办呢？"

明霞道：

"你赶紧把老太太送回南京，顺便即去项家迎接锦花姊姊回来，伊得知老伯母已不在沪，大约能够和你一同返沪的，所以写信打电话，什么都不中用，非得你御驾亲征不可。大丈夫能屈能伸，你看这样办好吗？"

97

明霞说罢，回头向蒋千里看了一眼道：

"凡事夜长梦多，不可不及早转圜，只有如此最为干脆，你说我出的主意好不好？"

蒋千里哈哈笑道：

"好，你是女诸葛了，不知杜兄能不能照办？"

杜粹道：

"我待锦花不薄，也放任伊自由，伊却对我如此无情吗？"

明霞将手向膝上一拍道：

"唉！并不是我袒护锦花，你若始终爱伊的，还是这样做吧，哪一个时代女性肯卑躬屈节受男子的奴使呢？"

杜粹道：

"差不多现在的男子反做了女性的奴隶，这又岂是平等的真理？"

明霞刚要再说时，室门上起了一阵剥啄之声，蒋千里早站起来，说道：

"请进来吧！"

跟着门开了，走进一对青年男女来，明霞和杜粹都立起招呼。原来这二人是蒋氏夫妇的稔友，男子姓陆名守洁，女子姓葛名淑芳，是一双新夫妇，在荷花香里结婚的。葛淑芳是交际之花，夫婿陆守洁也是翩翩少年，在洋行里做事。杜粹以前曾和他们在圣爱娜舞厅中见过两次，所以不用介绍，彼此招呼。葛淑芳把外面一件白哔叽单大衣脱下来时，陆守洁早已接过去代伊挂在衣架上。大家坐定后，葛淑芳带笑说道：

"今天蒋先生请我们来吃大蟹吗？"

蒋千里道：

"正是，我已叫厨下预备了，承蒙贤伉俪光景，不胜荣幸。"

下人献过香茗，大家又胡乱谈了数句，下人来报蟹已煮好，于是千里、明霞陪着杜粹和陆氏夫妇到餐室中去吃蟹。一切酱油、醋、姜都用小碟子盛着，且有四碟佳肴。五人在圆桌前坐定，陆守洁便问：

"可有他客？"

蒋千里道：

"本来小杨答应来的，但他忽然要陪如夫人去看蹦戏了，不能前来。"

陆守洁又问杜粹的夫人为什么不见同来？杜粹只得说锦花归宁去了。少停，下人托着一大盘无肠公子上来，果然又肥又大，不愧名产，足供持鳌。蒋千里在各人面前斟过酒，说道：

"蟹是很好的，可惜东篱菊花还没盛放，不能兼赏黄花，美中不足。"

淑芳道：

"我们目的是吃蟹，没有花也不要紧。"

于是大家或团或尖任意选择，大嚼起来，许多横行将军供人口腹之欲，双鳌利器被做下酒物，穷兵黩武之结果不免如此，昔日威风又到哪里去了呢？座上诸人都有欢然之色，蒋千里虽遭大故，却依然寻欢作乐，毫无哀思，只有杜粹觉得身旁少了一个玉人，眼瞧着人家双双俪影，喁喁情话，使他的心里又添一重刺激，所以酒也喝不下，只吃了三只大蟹，先告辞欲行。明霞等留他不住，只得送他出来，临别时明霞叮咛杜粹快去照伊所说的办法实行，休要耽搁。杜粹诺诺连声，别了他们，走出蒋家，跳上自己的汽车，驶回家中，一直走到杜太太房里。

杜太太刚才吃罢晚饭，回房中和明宝讲起南京的嫂嫂，因为前天恰巧绮霞有信来问候起居，杜太太遂叫明宝写了一封回信去，说起她们母女俩不久要回老家居住，今日绮霞又有信来问询行期，杜太太觉得还是家中的大媳妇能有点儿孝思。杜粹见过了母亲，杜太太便说道：

"你什么地方去的？我们等候多时不见你回家，所以先吃晚饭了。这时候不知你有没有吃呢？"

杜粹道：

"我在朋友家里吃过蟹，所以晚饭不要吃了。"

说罢，站在一边，又把手搔着头，脸上露出忧郁之色。杜太太瞧瞧伊儿子的脸色，便把绮霞的信递给杜粹道：

"你看这是绮霞来的信，伊倒很盼望我回去，因为伊独居老家，很觉寂寞呢。"

杜粹接过看了一遍，放在桌上，也不说什么。杜太太又道：

"我到上海来也有一年多了，现在想想这一年光阴，烦恼多而快乐少，反不及以前在南京时候的自在，我总是为了不忍离开你，所以一只眼睛张开，一只眼睛闭着，模模糊糊地过去。但是人家以为我年老可欺，一步一步地逼迫，我不能不回去而和你相离了，我仔细思想，还是我退让的好，遂决心回老家，希望你们在我去后仍能和好无间，那么我心也安宁了。你若是想着我的，逢着假期可以回南京来省视我一两趟，比较住在一起好得多了。现在新派妇女都喜欢独自组织小家庭，不愿住在老家里的，即使勉强了，也是没有好结果。现在我也明白了，免得你常常做难人，所以我劝你即于日内把我们母亲送回南京，顺便可去岳家走一遭，看看锦花如何态度，伊若然和你没有什么问题，你不妨趁势接了伊回沪，岂非一举两得呢？"

杜太太说完了静候伊儿子回答，杜粹把手插在衣袋里，在室中踱着，仍是不说话。杜太太又道：

"你不要踌躇了，快照我的话行事吧！"

杜粹走到他母亲身边，立定了，很郑重地问道：

"母亲一定要回去吗？"

杜太太道：

"是的，阿弥陀佛，我总是为了你们前途的幸福设想，所以如此。今年我合当有灾晦，前番五台山上心禅老和尚说的话，绝不是虚语，我回到南京后也要叫清凉寺的僧人到家里来拜七天经忏，消除消除，最好我受了媳妇的气就算数了。我去后，那个小孩子你们更要特别注意去爱护，因为我冷眼旁观，常见奶娘没有节制的，给小孩子乱吃东西，试想这样小小婴孩，除了吃奶，能吃什么别的东西呢？还要抱着伊到门外马路上去逛，往后天冷了，必要受风寒，我是不怕做冤家，常要喝住的。锦花虽是母亲，伊能管什么呢？因此我倒有些不放心了。"

杜粹听了，点点头道：

"母亲说得不错，那个奶娘只知道拍少奶奶的马屁，小孩子的事情却不知晓，是个说嘴郎中，我对伊很是憎厌的。"

杜太太咳了一声嗽，默然不响。杜粹道：

"母亲，我很觉对不起的，为了锦花累你老人家受许多气恼。"

杜太太道：

"这是没得话说的，我问你究竟何日有空，能够送我们回去？我好叫明宝先写封信去通知绮霞，把我的房间打扫清洁，添雇一个女佣，不致临时匆促。"

杜粹想了一想说道：

"后天是星期六，我可以请假一天，送母亲回去。"

杜太太道：

"很好，准这么办。"

杜粹心中总觉十分歉然，又坐谈一歇，方才告辞回房。馨官已睡熟了，所以他不去惊扰，自己看了一会儿书，解衣安寝，心中稍觉安定。他们母子俩决计这样做，但锦花来不来尚在不可知之数呢！

星期五的那天，杜粹从外边买了不少食物回来，给他母亲带回南京去的，又剪了一件衣料给他的嫂嫂，另外又办了几样礼物，预备带到项家去的。杜太太将一切物件收拾好，准备明天动身，杜粹吩咐奶妈、小娘姨等好好留心家中的事，又叫汽车夫等不要出外，看守门户，说明自己要送老太太、小姐回去，不过两天工夫便要回来的。大家也知道他们的事，都愿意老太太去，乐得眼睛面前少了一个人在旁监视，所以唯唯应诺。

次日一早杜粹和杜太太、明宝一行三人带了许多箱笼物件，坐八点钟的特别快车回南京，临走时杜太太又叮嘱奶妈千万要留意馨官的寒暖，不要抱在门前玩，惊了小孩子。奶妈抱着馨官，送至门口，杜太太跟着杜粹等坐上汽车时，回转头来，瞧了馨官，不由心里一酸，落下两点泪来。小孩子却伸起双手一扑一扑地在那里欢送呢。汽车驶到马路上，杜太太回头瞧瞧家门，眼泪止不住从伊的面颊上淌下来。杜粹见他母亲的神情，心中也觉十分凄惶，勉强抑住悲伤的情绪。

到了火车站，三人下车，杜粹和汽车夫去结行李票，又买了三张二等车票，汽车夫自回家去。杜粹扶着杜太太上车坐定，三人一起坐着，杜粹买了两份报看。一会儿，车已开了，杜粹偶瞧他的母亲脸上一团不快的神色，难以掩藏，眼眶中常有泪珠盘旋着，明宝也支着颐闲瞧窗外风景，有些无聊的样子，使他不由想到当初接她们来沪之时，母女俩非常高兴，锦花也和她们有说有笑，在车上吃一顿西菜，他母亲将刀割猪排，险些儿割碎手指呢。哪里知道今日婆媳如此不睦，弄得自己左右为难，不得已而送她们回老家，正是从哪里说起呢。又想想明霞和自己说的话，此去见了锦花之面，虽然我是委曲求全，一意和解，欲化大事为小事，打开阴霾，重见光明，但不知锦花可能有诚意言归于好？使此行不致徒劳往返，因为伊的性情甚是倔强，难于对付的啊。所以车声辘辘，转动不已，杜粹的一颗心也在那里如车轮般旋转着，然而无疑地这么一来，他又向锦花重竖降旗，抱着不抵抗的态度，忍痛做城下之盟了。

第六回

龃龉重生为狂童腻舞
凄凉难受痛爱女长殇

　　秋天的晚景，未免带有一些清凄的色彩，尤其是在静安寺路上，昔日道旁浓荫盖地的绿树，现在木叶渐脱，露出许多光秃的瘦削的丫枝来，即此一点儿，已足使大地上添着默然可怜的情景。一丸凉月自云中微现娇容，淡淡的月光照着这个秋之夜，似乎是美人迟暮，才士穷途。飕飕的晚风吹到人们身上来，若是衣服单薄的人便要觉得有些刺骨难忍，红楼里透出的灯光和远处送来的钢琴声，可知正有情乐种子在那里消磨这个秋的黄昏呢。坦荡的柏油路上一辆一辆的汽车载着许多布尔乔亚的骄子，追逐他们的娱乐而去，车前的巨灯发出虎眼一般的白光来，闪耀在一班窭人的眼中，便觉得可望而不可即了。

　　这时有一辆青色的摩托卡正从一家铁门里驶出，向东边疾驰而来，车中坐着一对青年男女，依偎着情话喁喁，心头各有十分温馨，这正是杜粹和项锦花了。他们到哪里去呢？原来杜粹送了他的母亲回京以后，次日便跑到龙蟠里项家来和锦花相见，且问候岳母起居，顺便把自己送母亲和妹妹回老家居住的经过告诉了锦花，要接锦花回沪。起初锦花态度很是倨傲，对杜粹不睬不理，后经伊的母亲卢氏和怀仁的三姨太太在旁劝解，方才颜色稍解，表示同意。杜粹又给他岳母教训了几句，他只得耐着性儿，抱着无抵抗的态度，重和锦花妥协，要求锦花即坐夜车返申，因为自己行里有事，不能耽搁。锦花却对他说道：

"我回到南京，母亲之病不久便愈，所以天天出外遨游，大有此间乐不思蜀的情景，你若不来接我，我就一辈子不回来了。"

杜粹道：

"纵然不思念我，难道家中的小孩子也不在你的心上吗？"

锦花道：

"我本来不甚喜欢小孩的，馨官有你们当心，干我甚事？最好社会上实行儿童公养，不放在家里，更是省却许多麻烦，新时代的妇女理该为社会服务，谁耐烦在家里管领小孩子呢。"

杜粹听了伊的话，心中暗想：你又不在社会上服务，何必借口于此，而把自己生下的小孩丢在脑后呢？真太无情了，未免有些不快，但又不敢和锦花申辩。卢氏听杜粹要求锦花当夜动身，便说：

"如何这般局促，明天早上动身吧。因为今晚孔夫人要请我们母女俩去听戏呢。"

杜粹只得答应，于是杜粹便在项家吃午饭，见了项怀仁，不得不敷衍数语。他最怕见官僚，幸亏怀仁事情甚忙，一会儿，坐着汽车出去了。下午杜粹伴着锦花出外买些食物回来，预备带回上海的。五点钟时候杜粹得个空隙，溜回家中来见他的母亲，说自己明日将和锦花坐早车回沪，此后母亲如有事情，可以写信到行里来，家里用款每月如期汇上，至于南京的房产田地收入悉由母亲和嫂嫂绮霞支配。杜太太听了，也没有什么话可说，但吩咐杜粹好好留心照顾馨官。杜粹在家中坐谈一刻钟，连忙赶回项家。孔夫人已打发家里汽车开车子来迎接了，锦花要杜粹跟随同去，杜粹自然十分情愿地做他夫人的亲随。锦花母亲在楼上妆饰良久，然后一同走出来，装扮得非常明艳，芳香四溢。杜粹遂跟着她们到孔家去，这一夜自然尽欢而归，杜粹即下榻项家。

次一日清晨起身，催着锦花登程，于是夫妇俩携着行李，拜别卢氏，至于怀仁和三姨太太都在被窝里没有起来，只得托卢氏代为告别了。卢氏吩咐汽车夫送他们至车站，又向杜粹、锦花个个叮咛数语。锦花道：

"母亲，你放心吧，新年中我们接你到上海来游玩游玩，不妨住个一两月。"

卢氏含笑许诺，二人遂又道声珍重而别。

他们回到了上海，奶妈抱着馨官和小娘姨等都来欢迎少奶奶返家，锦花见家中少去杜太太母女二人，眼中之钉已去，很是得意。下人们一齐向伊献媚，尤其是奶妈带着几分表功的样子，把老太太如何回去的经过告诉锦花听，锦花笑笑道：

"倘然老太婆不走时，我也不回来了，现在伊该知道我的厉害。"

晚饭后锦花要和杜粹到蒋家去，拜望明霞，好使他们知道自己回来，杜粹自然同意，遂先打了一个电话过去。明霞听得锦花回沪，不胜之喜，要他们立刻前去，所以杜粹和锦花坐着自己的汽车出来消磨这个秋的黄昏。二人坐在汽车里，手握着手地说说笑笑，不一会儿，已到了蒋家，跳下车来，走到里面，明霞已迎上前，见了锦花，双手握住锦花的柔荑，带着笑说道：

"锦花姊，好久不见你的面了，使我想念杀，你回南京，怎么不给个信与我知道，直等到接着你的来鸿，我马上打电话请密司脱杜前来问问这事情的真相。我曾和密司脱杜说，除非你到南京去接姊姊回沪，方可好梦重回。密司脱杜也以我的说话为然，现在他果然接你回来了，好姊姊，你何苦如此呢？"

锦花道：

"多谢明霞关怀，我实在忍耐不住了，我母亲适又患病，所以回去的，若不是我母再三劝我来沪时，我也不愿意再到杜家来了。"

杜粹在旁笑道：

"啊呀！你倒如此硬心肠的，谁说女儿家最多情呢？"

锦花道：

"你们男子也未必多情，譬如你只听老太婆的说话，不把妻子放在心坎上，使人家多么气恼。"

杜粹道：

"我自问一向委曲求全，对于你甘作南人不叛，现在又牺牲了我母子的关系，把我母亲送回老家，然后接你来沪，一片苦心，在我已是煞费周章，完全顺服了，你却心上还不满意吗？真叫做丈夫的也难……"

杜粹的话没有说完时，锦花早白了一眼道：

"难道什么？你不愿意吗？舍不得你的母亲吗？"

魏明霞在旁带笑说道：

"这事过去了，你们何必再说什么废话？今天应该大家快乐快乐，才是道理。我们本当请你们吃一顿团圆夜饭，可是时间已过了，只得改日再请，现在我们出去玩玩吧。我们自从老头儿死后，一直闷在家里，好不枯寂，好在已过终七，不妨出去散散心，所以昨晚我们俩也出外看电影的。今晚你们要想到哪儿去，我们俩准可奉陪。"

锦花刚要开口，蒋千里早嚷道：

"到跳舞场去，好久不上火山，我的身体没有温度了，筋骨都在发痒，不如去舞一下子。"

锦花笑道：

"这多时真难为了密司脱蒋，那么我们就上圣爱娜去，好不好？"

明霞道：

"今晚我们换个地方，到百乐门去吧！"

蒋千里道：

"都好，我只要有跳舞。"

锦花道：

"明霞姊要去百乐门，我们就到那边去吧！"

明霞便立起身来，挽着锦花的手，一同到楼上房间里去妆饰，杜粹和蒋千里坐着闲谈些社会事情。一会儿，锦花等已翩然走来，明霞因在丧服之中，所以穿了一件黑底银花似绸非绸似布非布的长旗袍，银花璀璨生光，臂上挽着一件浅色羊毛绒短大衣，手腕上系着一只白金手表，手指上也套着一只钻戒，和锦花手上的一样闪闪光亮，脚踏黑色高跟革履，更见文雅。蒋千里笑嘻嘻地瞧着伊说道：

"我们去吧！"

于是四人拔步便往外走，各人坐上自备汽车，驶至百乐门，已有十点多钟。四人走进舞厅，拣个雅洁的座头坐下，各人喝一杯咖啡茶。蒋千里因为好久不到舞场，所以一闻乐声，立刻挽着明霞的手臂去舞，杜粹也陪着锦花同舞。他们一对儿是羁勒多时的野马，一对儿是分飞重聚的海燕，格外觉得愉快，一连舞了两回。蒋千里又要求他夫人允许他和舞女跳舞一会儿，明霞起初不肯，后来答应了，蒋千里遂和一个姓俞的舞女去舞。锦花也叫杜粹和舞女去舞，伊自己情愿伴着明霞憩坐，明霞在旁瞧着那个伴伊丈夫同舞的舞女，脸蛋儿也生得不错，态度却是非常娇媚，很有吸引男子的魔力。蒋千里搂着伊，恍恍惚惚地如在云雾中，忘记了其他的一切，等到舞毕，他的魂灵儿仍萦绕在舞女的身上呢。明霞便对他瞅了一眼，说道：

"允许了你时，你却又像失魂落魄似的挂在妖精身上，你们这些男子真是一步也不能放松的。若没有我同在时，不知你要怎样忘形呢！"

蒋千里道：

"我一直被你监视着的，完全没有自由，当着你夫人的面前，还敢放肆吗？不要冤我了，让我和人家多舞数回，也是难得的，你试瞧那些男子们哪一个不同舞女跳舞的呢？否则舞女们，都要饿死了，难得破了一次戒，你又要发话了。"

明霞道：

"别人家不能管，唯有你是我好监视的，若非如此，你这个人真令人不放心，我每回伴你同舞，你却还要不知足吗？家花不比野花香，你们男子都有野心，放任不得的。"

杜粹微笑道：

"未必一定如此，我以为女子的度量处处太狭窄一些。"

锦花道：

"你不要轻视女子，看你们男子胸襟怎样宽大，我倒不信。"

他们正说话时忽然外边走进一个少年来，穿着一身笔挺的西装，头发朝后梳得光可鉴人，鼻架眼镜，手握司的克，丰神俊秀，态度轩昂，真是一个美少年，濯濯如新春之柳。他走到杜粹的座前，脱下头上的呢帽，说一声：

"哈啰，密司脱杜。"

伸过一只手来，杜粹回头一看，原来就是本地实业界巨子吴智的从弟吴迢，连忙和他握手道：

"难得相逢，巧极巧极。"吴迢又伸手和锦花一握柔荑，说道：

"密昔司杜晚安，想不到你们会在这里，我是常常到此的。"

锦花带笑答道：

"密司脱吴，我们是常到圣爱娜的，今晚换换空气。"

吴迢道：

"不错，我们追求娱乐，最好要时换空气，方不觉得厌倦。"

蒋千里夫妇也和吴迢见过一面的，彼此相识，勿用介绍。吴迢和他们说了几句话，便自去择一雅座坐定，跟着乐声又起，杜粹等这会儿暂告休息，没有去舞，只见吴迢已挟着那个姓俞的舞女在一起舞了。锦花支着粉颊，瞧得出神，不由对明霞说道：

"你看吴迢的跳舞步伐稳健，姿势老到，已到炉火纯青之候，不输于一班善舞的碧眼儿，今晚在这舞厅里要推他独步了。不是我过分夸赞他，便是蒋先生经验丰富，也及不上他天然杰出呢。"

明霞点点头道：

"不错，他可与南京兰心别墅的主人薛小修颉颃一时了。"

杜粹和蒋千里听他们的夫人这样说着，都微笑不语，因为他们已觉得吴迢的舞艺确乎在他们之上，锦花之言并非过誉。锦花又告诉明霞说：

"伊前番在吴智宴会上曾和吴迢作过一次交际舞，彼此舞得很是卖力，曾博来宾赞美的。"

此时大家虽作壁上观，却很兴奋，吴迢舞毕，便挟着姓俞的舞女同坐，开了两瓶香槟，瞧他兴致很高。乐声再起时，吴迢又登场而舞，众舞女的目光都注意在他身上。锦花等也都起舞，一会儿停止后，吴迢忽然走过来，向锦花一鞠躬显出极重的敬意，要求和锦花一舞，锦花点点头许可，遂对杜粹说道：

"我陪密司脱吴舞一会儿，你找个舞女伴舞吧！"

杜粹道：

"我本来有些力乏了，不如坐坐也好。"

靡靡醉人的乐声又吹动着，吴迢带笑向杜粹说一声放肆，便挽着锦花的手臂走去。蒋千里夫妇兴致正酣，也上场去舞。杜粹一个人独自坐着，燃了一支吕宋雪茄，纳在口里猛吸，烟气缕缕，罩住他的面庞，瞧着锦花和吴迢逢到了对手，舞得真是酣畅，心中说不出是酸是辣，觉得吴迢太会献媚于女子了，自己很不愿意锦花去伴他同舞。虽说是新时代男女的一种交际，可是总令人有些难堪的，他希望时间快快过去，乐声早止。不多时乐声果歇，大家散下来，吴迢伴着锦花走来说道：

"尊夫人舞术果然高明，我是兼葭倚玉，幸乞勿笑。"

杜粹也不说什么，一摆手请他坐。吴迢便坐在一边，问杜粹道：

"你们大概要至天明回府吧？我想请你们同去吃夜点心，不知可肯赏光？"

杜粹一看手表道：

"现在已有一点多钟了，我们并不舞到天明的，停会儿便要回去，肚里不饿，盛情谢谢，下次再行叨扰吧！"

吴迢听说，也不勉强邀请，谈了数语，乐声又作，吴迢又去和舞女跳舞了。杜粹打了几个呵欠，便要回去，因为明天早上自己必要到行里办事的。锦花却要再坐一刻，杜粹再三劝他夫人回家，锦花只得答应。明霞因锦花等要回去，也就拖着蒋千里一同回家。当他们四人离开舞厅之时，吴迢连忙走过来相送，且向杜粹、锦花说道：

"今晚未能略尽敬意，缓日当造府奉访。"

杜粹连说：

"不敢不敢。"

彼此说一声再会而别。杜粹等出了舞场，各自坐上汽车回去，当他们回到家中时，奶妈等已伴着馨官早睡下，二人喁喁叽叽地又讲了一会儿，方才同入罗帏，重圆好梦。

这次二人和好以后，杜太太已不在这里，锦花如愿以偿，逼走了老人，除去眼中之钉，自己得到胜利，完成新家庭的愿望，伊欲如何便如何，更觉十分自由。杜粹到了银行，伊在家里感觉到寂寥时，便到明霞家中去游玩，又认识几个富商巨公的夫人，所以常常出去交际，不在家里的时候甚多。家事都交代给奶妈和小娘姨，一切由她们怎样去办，因此奶妈姘上了厨子老李，而小娘姨又和汽车夫私下结识得火一般热，只要杜粹、锦花一出门，或是锦花宴起的时候，家里好似没得主人，什么事都做得出来。杜太太去后，不但锦花心中欢喜，而下人们也都称快呢！

有一天是星期六，杜粹从银行里别家，想要同锦花出去上新开西菜馆吃大菜，忽然汽车夫报称有客求见。二人正在会客室里坐谈，杜粹接到名刺一看，便对锦花说道：

"原来是他来了。"

锦花向名片上一看，看见"吴迢"两个仿宋字体，不由笑道：

"他来作甚？莫非邀我们去参加什么跳舞会吗？"

杜粹只得说道：

"请他进来。"

汽车夫回身退出，一会儿，便听革履之声托托，走进一个洋气十足的美少年，正是吴迢。二人连忙立起欢迎，吴迢和他们握过手，便在旁边一张沙发上坐下。小娘姨送上茶来，杜粹又取出一支雪茄，敬与吴迢，吴迢接过谢了，衔在口里，锦花早取过火柴匣，划着了一根，凑上去代他燃烟。吴迢连连鞠躬道谢。吸了一口烟后，带笑对二人说道：

"舞场一别，已有好多日子了，我今天特来拜访。也因家兄有一封信要送给密司脱杜，所以我顺便做个青鸟使者。"

说着话，便从大衣反面口袋里掏出一封信来，双手奉上。杜粹听说是吴智的信，如同得获捷音一般，忙道：

"不敢不敢，有劳迢兄。"

接过来，拆开信一看，脸上更露笑容。这因为杜粹新近想开办一个信托公司，向熟悉的朋友募集股款，他曾向吴智要求认加百股之数。现在吴㗅来信竟然答允，却要杜粹在星期日下午一时前去会谈，杜粹自然十分快活。近来他因生活奢侈，投机不利，所以常在筹划他种企业，希望早日成功的。他得到了喜信，便不知不觉和吴迢极尽周旋。锦花看了信也是喜悦。吴迢又拿出几张券来赠送给二人，说道：

"下星期三我们票房诸友在大舞台公演夜戏，务请拨冗赏光。"

锦花道：

"密司脱吴多才多能，你在那晚演出什么名剧?"

吴迢道：

"我演的是《女起解》，还请指教。"

杜粹道：

"我们准来，但我是门外汉，完全不懂的。"

吴迢道：

"不要客气。"

说罢，起身告辞。杜粹因时候已近六点钟，要请他一起吃夜饭去，吴迢倒也不客气，并不推辞，于是三人一齐坐着汽车出去。吃过大菜，然后各道晚安而别。次日下午杜粹便去拜访吴㗅，谈话圆满，欣然而归。星期三夫妇俩又去大舞台观吴迢演剧，但在这几天杜粹为着筹划信托公司开幕之事，十分忙碌，所以常常迟归，有时吃了晚餐才归家，锦花便有些不高兴。杜粹也是没法，耐着性常看他夫人怏怏的容色。锦花哪里守得住独在家中，因此常常出去，也不在家中吃饭。这天晚上杜粹因为信托公司业已开幕，事务稍松，想要早些回家，给锦花一些温慰，谁知跑到家里，锦花却已出去了。他忙问小娘姨可知少奶奶上哪儿去的? 小娘姨回答说：

"方才五点钟过后，吴迢先生来过的，曾在会客室里和少奶奶谈天一刻钟，然后他们两人一同出去的。"

杜粹瞪着眼问道：

"那么他们到哪里去的?"

小娘姨微笑道：

"这个我却不知，少奶出去，谁敢问伊一声?"

杜粹听了，不由一愣，把手搔搔头，呆了一歇，便跑到楼上去。只见奶妈正坐在沙发中偷吃他们买来的莱阳梨，小孩子睡熟在伊的身上，也不遮盖一些。奶妈一见杜粹，有些着慌，忙把手中梨向沙发下一丢，口里唱出催眠之歌来。杜粹板着面孔说道：

"小孩既已睡熟，为什么不放到摇篮里去？你可知少奶和那个姓吴的到什么地方去了？"

奶妈道：

"我却不知情，少奶去时曾留下一个字条在妆台上银花瓶之下，少爷请去瞧着看吧！"

杜粹便走至妆台前，移开银瓶，取过锦花的字条一看，上写着：

今晚伴吴迢君往百乐门茶舞，你若回家早时请至百乐门可也。

末后签了伊的名字，杜粹把这张字条双手一搓，变成一个小小纸团，向痰盂里一抛。奶妈估料他心里发恼，不敢说什么，抱着馨官出房去，给小孩子睡了。杜粹燃了一支雪茄，向窗边椅子里一坐，两足向前一伸，口里吸着烟，心中暗想：这几天自己忙得不亦乐乎，所为何来？我不是为了子孙做牛马，是为娇妻做牛马了，伊应该原谅我一些，多给我精神上的安慰，怎么反和别人家的男子出去跳舞呢？这也未免太放浪形骸了吧。我虽然不该对于他们有所猜疑，可是吴迢是个纨绔儿，这种人有什么道德？锦花若去和他交际，难免不受他诱惑的，在上海这种事很容易发生，数见不鲜，我倒不可不防，免得引狼入室，后悔无及。本来我和吴迢敷衍，无非是为了他堂兄吴哿的关系，现在信托公司已成立了，有奖储蓄已通行无碍了，以后我对于吴迢不妨冷淡一些。我知道他是个抖乱，常在外边闹出风流事情来的。锦花的为人表面上似乎十分明达，口才也好，其实真实的学问一无所有，而醉心欧化，喜欢混在外面交际，自以为十足典型的新女性，哪里知道世路险巇，人心鬼蜮呢？我必要设法使他们二人不再接近，也可说是防患于未然了。他这样想着，

112

更觉惴惴然不能放心，一支雪茄烟已吸去了半段。小娘姨跑上楼来问道：

"少爷你可要用晚餐？少奶是出去了，不会就来的。"

杜粹道：

"我不要吃，恐怕我还要出去。"

小娘姨又去倒了一杯茶来，放在杜粹面前，退下楼去。杜粹把半段雪茄抛在痰盂中，拿起茶杯喝了一口茶，当的一声向桌上很重地一放，又想这个时候他们绝不会便上百乐门的。也许锦花以为我仍要迟归，所以这样写着，我也何必就到那边去呢？不过现在他们二人既不在百乐门，又到什么地方去呢？倒叫人难以忖度了。哦，此刻不如先到明霞家里去探问一下，也许他们在那边的，说不定明霞和千里会和他们一起同乐。他想定主意，便戴上帽子，匆匆走下楼去。汽车夫站在门边，连忙问道：

"少爷出去吗？"

杜粹点点头。汽车夫遂把铁门开着，将汽车靠过来。杜粹伸手开了车门，往车厢里一坐，说道：

"快与我开到蒋家去。"

汽车夫便把汽车开出门去，一会儿，已到了蒋家门前，杜粹跳下车去，跑到里面一问，方知蒋千里夫妇今天早上到无锡去吃喜酒了，要明天回沪。杜粹想他们既不在家，也无话可说了，立刻回转身跑上自己的汽车。汽车夫不知道杜粹再要到哪里去，慢慢地开着引擎，回转头来听候杜粹吩咐。杜粹此时并无目的地，肚子里已先饿了，遂说道：

"到大西洋菜馆去吧！"

汽车夫听他的话，便开到了大西洋。杜粹一个人跑到楼上，他以前常在这里请客的，所以侍者认识他，便带着笑容，上前招呼道：

"杜先生请客吗？"

杜粹摇摇头道：

"不。"

踱进了一个房间，探下呢帽，侍者接过去，代他挂上，又问道：

"那么杜先生可要等什么人？府上有人来吗？"

杜粹道：

"我不等什么人，你与我送一客公司菜来便了。"

侍者闻言，带着奇异的样子说了一声：

"是。"

便走出去了。杜粹叹了一口气，呆呆地坐着，脑海里很不宁静，一会儿，侍者摆上刀叉，一道道送上菜来，杜粹只顾闷吃，最后喝了一杯咖啡茶，付了钞，立起就走。侍者托着他的呢帽追出来道：

"杜先生不要忘记了帽子。"

杜粹已走到楼梯边，回身接过帽子，向头上一戴，噜噜走下楼梯，回到汽车上。汽车夫见杜粹不响，只得问道：

"现在要上哪儿去？"

杜粹道：

"北四川路。"

汽车夫照着他的吩咐，把汽车驶至北四川路。可是杜粹始终没有叫他停车，直开到北四川路底，汽车夫忍不住回头问道：

"哪一家？"

杜粹本无目的，是信口说的，遂道：

"我说错了，你与我开到霞飞路去。"

汽车夫听了这话，暗想：主人今天怎么神经有些错乱，难道少奶不在家，他便过不去，好在自己已在家里吃过饭，燃去的是主人的戤司林，任凭他在马路上一夜开到天亮也好，遂捏了两声喇叭，掉转车身，大转弯向南驶回来，一霎又到了霞飞路。汽车夫已知杜粹并没有一定的地点，也就尽管向前驶去。一条霞飞路早已驶完，杜粹向手表上一看已近九点钟了，料想此时锦花已在百乐门，遂对汽车夫说道：

"到百乐门。"

汽车夫几乎笑出来，不明白他为什么要如城头上出棺材般远兜远转，吃他一碗，凭他使唤，所以又将车子开到了百乐门停住，一开车门，杜粹跳下车来，走进门去。到得舞场中，因为今晚是茶舞，来宾到得较早，但是锦花等仍没有来，他心里不觉又是一愣，只得坐定一处，静静等候。直到了九点三刻，方见锦花和吴迢并肩而入，背后还跟着一男一女，都是风流年轻的摩登人物。大家的目光一齐注射在他们身上，杜粹却装作没瞧见，仰首望着上面悬的万国旗。吴迢早已瞧见他，连忙走到杜粹身边，脱帽鞠躬道：

"密司脱杜，对不起得很，还是让你先来。"

杜粹立起身来，淡淡地说道：

"你们上哪儿去的？我在此等候多时了。"

锦花一笑道：

"你见我的字条吗？前几天你不是常要到晚上十点钟过后方回来吗？怎么今天回得如此早呢？我在门口一见自己家里的汽车靠在一边，便知道你已来了。"

杜粹道：

"是的，你们上哪儿去的？"

吴迢听杜粹这样地要紧问，便又向他一鞠躬说道：

"对不起，我今天到府拜望，是想请你们吃夜饭，且到这里来跳舞的。不料密司脱杜没有回家，等了一刻，你夫人说你公事务忙，每晚宴归，蒙你夫人赏光，我们遂一同到太平洋去吃大菜的。凑巧在那边遇见了我的朋友，他们要我们去百代公司一聆名伶灌音，因为时候尚早，遂陪了你夫人和他们两位一起去听了多时，然后到这里来的。不想密司脱杜已先我而在了，真是对不起。"

说罢，便代杜粹和他同来的两人介绍道：

"这位是唐吼，就是沪上闻名的唐九爷，大概你也有些知道的。那位是密司蔡，也是一位交际之花，我们俗不拘礼，大家请坐吧！"

于是大家坐下，今日到此的大都是些达官闻人、名媛贵妇，有许多人都和吴迢、唐吼等相识，走过来向他们招呼。一会儿，乐声已起，唐九爷第一个立起，来挽着密司蔡的玉臂，对他们一笑道：

"我们去舞了。"

吴迢两手按着桌子，斜着身躯，向杜粹夫妇说声：

"请。"

杜粹道：

"今晚都是些跳舞能手，我不敢去献丑，只有作壁上观。"

锦花微笑道：

"你既然不愿意舞，我就与密司脱吴去舞一下子。"

一边说，一边举步走至吴迢身畔。吴迢遂向杜粹说一声：

"放肆了。"

于是他便伴着锦花到场中去舞。杜粹却独自坐着，猛吸雪茄，神情十分落寞。吴迢等舞毕，一齐走回座来，锦花见杜粹没精打采，一团不高兴的样子，伊就忍不住向他说道：

"怎么你一点儿不放些精神出来？到了这里，为何又不跳舞？须知道这里是寻欢作乐的所在，没有人坐在百乐门舞厅里想心事的啊。"

杜粹对锦花瞧了一眼，慢慢地答道：

"不错，我本来不想上这里来的。"

锦花听了这句话，面上顿时笑容尽敛，喝了一口咖啡，又说道：

"那么你为什么要来呢？"

杜粹道：

"咦，你不是留着字条叫我来的吗？"

锦花道：

"你不高兴来时何必勉强来呢？"

杜粹道：

"也没有什么勉强不勉强，我近来为了信托公司的事情，确实忙得心神交瘁，所以缺乏精神了。"

吴迢起先听他们夫妇对话，也不便就插嘴，此刻也忍不住说道：

"密斯脱杜是个忙人，我们却是有闲阶级，一天到晚地陶醉着声色犬马之好，生产之业却不顾了。我以为一个人在世上最重要的是寻乐，种种的娱乐不可不尝尝滋味，不必拘束，不必认真，但求尽欢，就是有不得一分勉强的。密司脱杜大概赞成我的话吧，快些鼓舞起欢乐的情绪，陪你的夫人快乐。"

杜粹笑了一笑，不说什么。锦花道：

"密司脱吴说的话正合我意，寻欢作乐有不得一分勉强，你看今日来此的人，哪一个不是满面春风，陶醉在这快乐的空气中吗？你敢是病了，何以有如此态度？"

杜粹点点头道：

"恐怕我要病了，我自己也不知。"

他们说着话，唐九爷双手插在衣裤里，眼睛斜瞅着杜粹，一句话也不说，密司蔡别转着脸向他处瞧。锦花觉得杜粹这个样子，对于伊是辱慢，脸子上很不好看，遂冷笑一声道：

"你既然身子有些不适，我不该叫你前来，好在汽车停在外边，你不妨先回去便了。"

杜粹道：

"你叫我回去吗？也好，那么对不起，我要先走了。"

说着话，将要站起身来。吴迢见杜粹说这些话，心里也很觉得不爽快，碍于情面，只得说道：

"密司脱杜身体有些不适，自然也不能勉强，不过此刻时候还早，不妨再宽坐些，好让你夫人舞了几回，然后一同回去，岂不是好？至于我们在舞厅里，非要等到天明不肯回去的啊。"

杜粹点点头道：

"我再坐一会儿也不妨。"

锦花道：

"我既已出来，也要等到天明归家了，你既有不适，先走也好。"

杜粹本想忍耐，现在又听锦花如此说，心中更觉气恼，遂说道：

"你说得真不错，我既是羊公不舞之鹤，坐在这里也没有什么意思了。"

遂立起身来，取过帽子，向吴迢、唐吼说一声请原谅，改日再会吧。唐吼任便他去，若无其事。但吴迢因为锦花是他邀出来的，只得送到舞场门口，又说道：

"你回去早些睡眠也好，再隔一个钟头，我必伴送尊夫人回府，你请放心。"

杜粹勉强一笑，道了一声夜安，走出百乐门。汽车夫见主人一个人出来，又是一愣，忙把车子开过来。杜粹跳上汽车说道：

"回家去。"

汽车夫立刻将车子驶回静安寺路，杜粹回到家中，见家中冷清清的寂寞无声，不知怎样的厨子老李却在后面小房间里溜出来。杜粹正要询问，却又见奶妈头发蓬松，衣服不整，慌慌张张地蹿上楼梯去了。杜粹心里有几分明白，不由想起他母亲来了，闷着一肚皮气，走到楼上。奶妈已在伊自己的房里，杜粹大声问道：

"小孩子睡着吗？怎样你不在楼上陪伴呢？"

奶妈在房里期期艾艾地答道：

"我下去问一句话。"

杜粹说一声咄。走至自己房中，脱下呢帽，向桌上一丢。小娘姨早跟着上来伺候，见杜粹脸色非常难看，遂悄悄地立在门边。杜粹道：

"你去吩咐汽车夫守门，你们好好儿地去睡吧！"

小娘姨答应一声，退下楼去。杜粹又吸完了半支雪茄，自言自语地说道：

"我是呆鸟，等伊做什么，吴迢真不是个好东西，以后我一定不让他们一起玩。"

这时钟鸣十二下，他便脱衣先睡，但是他的脑海里非常复杂，思虑甚多，方才在舞厅里又多喝了些咖啡，叫他哪里睡得着。只是在床上，一会儿长长地叹气，一会儿将手捶着床沿，恨恨不已。直到三点钟后，听得门外汽车喇叭响了数声，接着汽车夫开门的声音，和高跟革履叭咯叭咯的声音，他知道锦花回来了。一会儿，锦花已走到楼上，灯光下杜粹一眼瞧去，见锦花脸上也罩着一重严霜。锦花见杜粹瞪着两眼，没有睡熟，伊不作一声，把手中皮夹向妆台上一丢。小娘姨已跟进房来，取过拖鞋，给锦花换。锦花向沙发里一坐，换上拖鞋，依然不响，小娘姨把革履放到鞋箱中去，便去送上一杯香茗来。锦花道：

"没有你的事，你去睡吧！"

小娘姨走了，锦花立起来，把门关上，也就解衣上床，两人面面相觑，都不说话。过了一刻钟，锦花已闭目入睡，大约伊舞得十分疲倦，所以倒头酣睡。杜粹依然不能成寐，直到五点钟过后，蒙眬入梦。梦中见锦花和吴诏坐着火车到苏州去，他又气又急，追上去时，火车已开。他两手攀住车厢的窗口，还要想跳进去，向二人质问。二人一齐用手来推他，他自己手中一松，跌下轨道去，惊极而号，耳边听得呼声，睁开眼来，知是梦魇。锦花早说道：

"做什么这样狂喊？真是讨厌。"

杜粹道：

"吴……吴……诏……"

锦花向他白了一眼道：

"你喊吴诏做什么？"

杜粹道：

"不，我在做梦。"

锦花冷笑一声，别转脸去。杜粹忍不住问道：

"方才吴诏送你回来的吗？"

锦花道：

"不是他还有谁？你为什么在舞厅做出那种样子来，不是丢人家的脸吗？"

杜粹微笑道：

"我做什么样子，丢谁的脸？"

锦花道：

"嘿，你自己还不觉得吗？不知你存着什么心眼，这几天你忙着公司里的事情，不能陪我出去游玩，我常常寂寞地坐在家里候你，难道你不觉得的吗？人家走上门来，坚请去百乐门参加茶舞，我却情不过，遂伴着他出去的。吴诏本是你的朋友，你用得着人家时，便和他周旋，用不着人家时，立刻就要冷淡吗？太不近人情了。况且我和他出去，也是一种酬酢，十分光明磊落的，留下字条请你也到那边去，可算给你的脸了。你却这样回答吗？我要问你一声，你是不是一个有新思想的大学

119

生，为什么还脱不了十九世纪的封建思想呢？难道只许你们男子在外边交女朋友，而不许女子在外交男朋友的吗？太轻视女子了，你既然不赞成和人交际，为什么常常叫我出去赴人家宴会，这不是矛盾的事吗？"

杜粹道：

"我也别无他种意思，但你似乎不该和吴迢如此亲近，他是个专在女人面上用功夫的小白脸。老实说，我有些不放心，也觉看不过。"

锦花不等他说完，便说一声：

"啐！我也猜到你狗肚皮里没有好念头，我和吴迢出游一次，便算得亲近吗？我和他是普通的朋友，并无何种秘密，不瞒天地，也不瞒你。寻乐是人生应有的事，调剂生活上的枯寂，你到外边去办事，只许妻子独守在家里，不能越雷池一步吗？仍旧是以前男子们专制的行为。须知我项锦花不受这种无价值的束缚的。"

杜粹道：

"我不是不许你出去，终觉得像你们这个样子，使人看了难过。"

锦花瞪起眼睛说道：

"放屁！你说话要谨慎一些，这明明是侮辱我了。昨晚我在百乐门已被你扫颜，现在你又对我说这些不三不四的话，真要把人家气死了。你如有不满意我的地方，不妨提出离婚，谁在你面前低头呢？"

杜粹口里哼了一声道：

"低头？你是一向抬头惯的，要别人在你面前低头罢了。我一辈子做你的奴隶，好不好？"

锦花道：

"你莫不是借着题目和我翻脸吗？我明白了，本来老太婆回到南京去时，你心上是十分勉强的，所以处处对我不满，不怀好意。那么你不妨快去接老太婆来，我可以退避三舍的。"

杜粹道：

"我母亲不在这里，这件事丝毫与伊无干，你不必拉扯到伊的身上去。"

锦花道：

"安知你不是这样想念？"

说到这里，两人静默了一歇，窗上已有曙色，杜粹伸手一按床上开关，把那盏紫罗兰的台灯熄灭了，叹一口气。锦花又说道：

"你这样猜疑我是十分不应该的，我是个新女性，以前在南京时，朋友很多，男的、女的没有什么异样的区别，你别是不知道的啊。难道你还把古时男女授受不亲的观念来限制我吗？荒谬之极，你不是也交过女朋友的吗？像潘慧君等都是和你很亲热的，我没有猜疑你，只知有己，不知有人，真令人怄气。"

杜粹道：

"你休要反咬到我身上来，潘慧君是我同学，现在伊早已嫁了他人，我和伊久不通信，以前和伊也不过友谊上的关系，光明磊落的，你自然不能说我坏话。"

锦花道：

"你倒会为自己辩护，那么我应酬了你的朋友作一次茶舞，便算不光明磊落吗？更见得你是故意侮辱我了，否则定是发神经病。"

杜粹道：

"说来说去总是你的道理，算我神经病，但你也该为你的丈夫想一想的。这几天我在外边，并非是寻欢作乐，而丢了你在家中冷冷清清，我也是为了生活问题。我与你既然是终身的伴侣，荣辱相关，休戚相共，你当然要原谅我的。昨天我因为好多日没有伴你出去娱乐，公司开幕之后，事情稍松，所以特地早些回家。哪知你已和人家出去了，一算百乐门的茶舞的时候尚不到，你们上哪儿去的呢？我到明霞家中去找你们，他们已到无锡去了。我只得一个人独在大西洋吃晚餐，这已是多么令人懊恼的事，及至跑到百乐门，你们却又不在那边，那时候试想我气不气？急不急？"

锦花冷笑一声道：

"你为什么要发急？我终不成跟了人家逃走？何必这样紧我？我却没有顾虑到了。你在外边做了事，便以为天大的问题，足以压倒女子吗？须知现在世界是男女平等的，我不久也要出去找个事做，那时你不必再来管我。"

杜粹道：

"我何尝是管你呢？不过吴迢那厮你千万不可和他交友的，我向你下个最后的警告。"

锦花道：

"警告吗？哀的美敦书也无用的，我绝不向你屈服，我早已说过了，吴迢是你找来的朋友，你不该诬蔑他，又侮辱我。"

两人在床上叽叽咕咕地斗着口，不觉钟声已鸣七下，杜粹正要起身，只听小娘姨跑上楼来，在房门上轻叩两下，杜粹喝问道：

"做什么？"

小娘姨道：

"少爷少奶，可要起来，有亲戚从南京来了。"

杜粹道：

"什么人，你不问明白吗？"

小娘姨道：

"一男一女，他们说是姓王。"

杜粹道：

"哦，知道了，你请他们到会客室里去坐，我就下楼来。"

便对锦花说道：

"不要拌嘴，你快起来吧，必然是你的表兄来了。"

一边说一边披衣起身，锦花打了一个呵欠，跟着也扒起身穿衣。杜粹匆匆盥洗毕，跑下楼梯，至会客室一看，正是王君荣和他的新夫人董秀娟女士，便过去和王君荣握手道：

"你们今天到上海的吗？怎么不先给我一个信？"

王君荣道：

"我还是昨天和内子想起的，突然而来，所以一点儿东西也没有带，哪里来得及写信？"

杜粹道：

"不要客气，你们此次来沪，可有什么要事？"

王君荣笑道：

"有什么事情呢？我是著名的白相博士，内子也是跳宕嬉戏，和我有一样的性情。我们想着到上海来玩乐几天，也就来了。"

杜粹点点头道：

"很好，请坐请坐。"

于是大家一同坐下。君荣又问道：

"我的表妹呢？"

杜粹道：

"伊在楼上洗脸，快要下来了。"

王君荣道：

"近来你们俩大概很是和好，多享些温柔滋味。"

杜粹不自然地笑了一笑，也没有回答。王君荣道：

"你上次回南京，却没有到舍间来谈谈，等到我得信，你已去了。"

杜粹脸上一红，答道：

"那时候我因送家母回里，兼迎锦花返沪，日期不多，所以不能来拜访，抱歉得很。"

王君荣道：

"这也不算什么，我希望你们夫妇的爱情与日俱增，不要发生什么裂痕。锦花的脾气是不好惹的，我劝你也只有让伊一些，便是怕老婆也不打紧，免得我要给人家打媒酱。"

说罢，哈哈大笑，他的夫人在旁也忍不住地笑了起来。这时，锦花已走进室中，王君荣和他夫人忙立起招呼。锦花见了董秀娟，表示很亲热的样子。王君荣对锦花说道：

"我们坐平扈通车到上海的，一清早就跑来，惊破你们的好梦，你们不要背后骂我吗？"

说着话，又是一个哈哈。锦花道：

"这两天我正觉有些气闷，你们来了，我非常欢迎的。"

王君荣闻言，回头对他夫人一笑道：

"那么我们来得还凑趣。"

他们遂一同坐着闲谈一切，杜粹看手表上已是八点半，遂去打一个电话到行里去，说明自己家中有事，不到行里办公了。这一天杜粹和锦花陪着王君荣夫妇出去吃饭看戏，极诚招待。偏偏到了晚上王君荣要去游跳舞场，杜粹不得已陪他们上圣爱娜去。可是到了那边，王君荣和他夫人很有劲地去参加，而杜粹和锦花却坐着不舞。锦花因为昨宵的气恼尚没有消除，便感觉不到兴趣，杜粹也是这样。王君荣是个聪明人，如何瞧不出气色？

　　有一次他硬拖着锦花去舞了一会儿，他因为杜粹、锦花不起劲，所以到了十二点钟便说要回去了。杜粹夫妇也不欲多留，便伴着他们坐了汽车回家，家中本有客室的，当然留他们下榻。当锦花陪着秀娟在楼上更衣时，王君荣在楼下和杜粹在书房里谈心。王君荣因为这天杜粹夫妇虽然一同伴着他们出游，然而他们俩却没有交口，非但兴致淡漠，而且彼此脸上时常露出不欢的情绪来，料想他们夫妇间必然失和，夜间在舞场里的情景更足以证明了。所以他在这个时候直接痛快地向杜粹询问。杜粹因大家是老友，又是亲戚，遂毫不隐瞒地一一告诉。王君荣笑道：

　　"以前的事我表妹也有些不是，所以伊在南京时，我也曾向伊劝过数次的。但是这番的事，我却要怪老友未免多疑了。你知道锦花是个新女子，自己又是常常要同伊出去交际的，男啦女啦，怎顾得了许多。伊难得陪了人家出去交际，况且又未瞒你，你怎可以马上起猜疑之心，而要向伊加上约束呢？伊自然要坚决反对，说你仍有男子们自私的观念、封建的思想，倘然伊伴我出去游了一次，难道你也要疑心吗？你若然是个不开通的男子，这也不能怪你，但你总是个受过大学教育的新青年，岂能贸然说出这些话来？毋怪我表妹要不快活了。老友，我不是责备你，请你自己细细思想吧！"

　　杜粹听了这话，点点头道：

　　"你说得也不错，不过那个姓吴的是个佻佌之子，所以我有些不赞成，一时忍耐不住了，这也是我爱锦花甚深，以致如此。"

　　王君荣道：

　　"不是这样讲的，我劝你不要再坚执成见，得落篷时且落篷，以后你们俩不必提起这事，依然和好，否则猜疑益甚，嫌隙日深，岂是家庭的幸福呢？一方面我也要去劝劝我表妹，希望你们彼此相互谅解，扫开云霾，情海不波，大家快快活活。否则大风起于蘋末，不可不谨慎的。"

杜粹笑道：

"谢谢你的忠告了。"

他们又谈了一刻话，时已夜深，各自去安寝。杜粹给王君荣说了一席话，心中郁勃全舒，对于锦花又恢复以前的态度了。明天杜粹要到行里去办公，锦花独自陪着伊的表兄嫂出去游玩购物，王君荣得闲又劝了锦花数语。

又次日是星期日，杜粹有暇，又和锦花陪着他们去玩。王君荣见他们夫妇俩已是讲话，渐渐有说有笑，脸色也和平了许多，暗想：自己做了氤氲使者，兼做和平使者了，心头也觉快活，便在这天晚上和他夫人别了杜粹、锦花，回南京去。

杜粹和锦花因王君荣一来，一场风波总算平息，那个吴迢也曾来过一次，略坐便去了。杜粹因欲使锦花快活，夜间常常陪伊出去游玩，有时自己不出去，便让伊和魏明霞等一起去玩。他开办的信托公司添办有奖储蓄后，存户很见踊跃，在外面信用甚佳，杜粹有了资金，更见活动，但是他办的跑马场却还没有成功，耗资已不少了。锦花达到了小家庭和新家庭的愿望，在家内唯我独尊，一切自由，一天到晚地在外面交际娱乐。杜粹因为冲突了一次，也就不敢再去管伊了。

光阴迅速，一年容易，又到了夏天，其间杜粹曾回南京去探望过母亲。杜太太听说杜粹夫妇间情感尚好，家庭平安，馨官已大了许多，心中略觉安慰。锦花的母亲卢氏，也曾被锦花接到上海去住了一个多月而去。

这天正是旧历的七夕，魏明霞夫妇请锦花等到天蟾舞台去看应时新戏《天河配》，杜粹因为这晚银行界中的许多巨头公宴英国来的经济专家，所以他也要去陪客，不能同锦花看戏了。席散以后，他又和某某银行行长为了金融的事情谈了好多时候，看看时候已近十一点钟了，觉得有些疲倦，遂坐着汽车回家。当他走到楼上时，悄悄无声，只见馨官睡在窗口一张藤榻上，那奶妈也睡在一起，袒胸露乳，鼾声大作。他们的楼是朝南的，窗子开着，一阵阵的凉风直吹进来，吹得室中悬着的那盏深绿的电灯如走马灯般旋转着。杜粹过去一摸小儿的臂膊，真像冰肌一般，毫无半点汗，连忙喊道：

"奶妈！奶妈！你怎样和小孩子睡在这里的？"

喊了几声，奶妈方才醒了，摩挲双眼，一见杜粹，吓得直竖起来，说道：

"少爷回吗？奶奶呢？"

杜粹沉着脸说道：

"你别管，小孩子几时睡着的？今晚天气并不怎么热，南风很大，为什么你和小孩子睡在窗边？须知小孩子是吹不起的，生了病你担得起这个干系吗？"

奶妈道：

"方才馨官有些烦躁，哭个不停，所以我抱伊睡在窗边喂奶的没有一刻时候呢。"

杜粹道：

"怎知道你？小孩子哭总有什么不适宜，你该逗伊玩的，还不抱到床上去睡吗？"

奶妈闻言，连忙抱起馨官，拖着拖鞋，走到后面去了。杜粹本待要严重责伊数句，因恐小孩子要惊醒，所以耐住，走进自己房中。开了灯，脱下外衣，见台上新寄来一本美国的《家庭》杂志，他遂拆开了，信手翻阅。见里面有一篇著作，英文的题目大意是《我们怎样有健康的家庭》，其中有许多关于小孩子卫生的话。杜粹看得出神，暗想：这篇东西倒可以给锦花一阅，可是伊喜欢在户外交际，我觉得伊户内的事很少注意的。其实家庭中的主妇应该担负起改造家庭的责任，要使家庭有美化，有纪律，合乎卫生，治理得井然有序，虽然不要躬操井臼，亲自清扫，而监督指导设计等种种任务，却是不可少的。欧美女子虽大都到社会上服务，而家中也是非常注意的，尤其是中下之家，类多自任其劳。现在我国的摩登女子，事事模仿欧化，大多数只知在外交际娱乐，而家政却是不愿顾问的，锦花就不免蹈了此弊。他正想着，听得门外汽车停止的声音，接着电铃声，乃是锦花回来了。锦花走到楼上，一阵香风扑入杜粹的鼻管，灯光下见锦花婀娜的腰肢早靠在自己面前，装饰得如出水芙蓉，非常清丽，向他嫣然一笑道：

"你什么时候回来的？为何不到天蟾来看戏？"

杜粹握着伊的手说道：

"我回家时也有十一点钟了，所以懒得上戏院，他们是不是送你来的？"

锦花点点头，便走到后面去更衣，换了一件轻纱的衫子出来，透露冰肌玉肤，拖着一双拖鞋，手里拈着一个很大的茉莉花球，又是一种妩媚的姿态。杜粹把手里的新《家庭》递给锦花道：

"你瞧瞧吧，这里面有……"

锦花接着向旁边一丢道：

"明天看吧！"

杜粹说不下去了，小娘姨倒上两杯汽水来，悄悄退去。锦花又到面汤台前去洗脸擦粉，回过身来，将一杯汽水喝下肚去，又去开电气风扇。杜粹道：

"天气不热，况又夜深，你为何总是这样贪凉？现在外面流行感冒很是厉害的。"

锦花笑笑道：

"哦，我是怕热的人。"

杜粹遂把方才小孩子睡着在窗口的事告诉锦花，锦花却没有表示，并不说奶妈的不是。杜粹又将以前瞧见奶妈和厨子老李偷偷摸摸的事情告诉锦花听，且说道：

"这奶妈我一向不赞成的，最好伊和老李同时滚蛋。"

锦花摇摇手道：

"你就将就一些吧，馨官没有断奶，怎样罢得下呢？老李烧的菜，我们又是吃惯的，只好马马虎虎，多一事不如少一事。"

杜粹闻言默然，二人坐谈了一刻，钟声已鸣两下，也就上床去睡了。

次日，杜粹一晚便出去，五点钟从行里出来，本想要到吴旮那边去谈谈，因为约的时候是六点钟，不必早去，想起馨官，遂先回到家中去瞧瞧。当他的车子驶到家门时，奶妈正抱着馨官立在门口，一见杜粹到来，连忙缩进去。杜粹下车跑到里面，一看馨官皱眉哭脸地啼哭，伸着双手要杜粹抱。杜粹便抱着伊到客室里坐下，奶妈跟进来，馨官只是哭，喉咙有些哑，垂头丧气的没有精神，所以哭得也没有力。杜粹一摸伊的额上和身上十分发烫，不由说道：

"哎哟！小孩子病了，你怎么还抱着伊到门外去呢？少奶在哪里？"

奶妈立在一旁答道：

"馨官今天不要吃奶，常常哭，却没有眼泪。少奶在三点钟时代馨官洗了一个澡，蒋家有电话来，奶奶就出去了。我因馨官哭个不住，所以抱伊到门前来闲瞧，不料伊仍是要哭。"

杜粹将足一顿道：

"该死！馨官有了病，你和少奶怎么一些也不知道的？准是昨夜睡在窗口受了风寒了，你快些抱伊去睡，千万不可再到外面来吹风。"

奶妈听主人已有怪怨，连忙接过小孩子，跑到楼上去了。杜粹本想马上要去请周医生来诊治，只因自己要践吴旮之约，锦花又不在家，只有挨到自己从吴家回来后再说了。他叹了一口气，便走到电话间里去一拨自动电话，向蒋家一问，恰巧蒋千里夫妇陪着锦花出去了，不知到什么地方去，无从寻找。杜粹遂叮嘱蒋家下人，他们倘然就回来时，叫锦花立刻回家，因小孩子有病了。他吩咐毕，又走到楼上去看看馨官，虽已睡在床上，可是神情不好。他皱皱眉头，叮嘱了奶妈数语，自己出门坐了汽车到吴旮家里去谈话，本想谈妥就走，偏偏吴旮要留他用晚餐，且有几个实业界中相识的人在一起，自己不便推辞，只得勉强同意。直到他回家时已有十点多钟了，一问锦花还没有回来，他搔搔头，走到楼上去看馨官，觉得馨官的寒热益发烫了，胸口起伏得很高，喘着气，喉间呼噜呼噜地有痰。他心里发急起来，奶妈却若无其事地坐在旁边扎鞋底。杜粹回下楼去，小娘姨走上前对他说道：

"方才蒋家有电话来说少奶在新光大红院看中国剧团公演新剧《光荣的一日》，叫少爷回家后便去。"

杜粹道：

"该死！小孩子病得这样，还有什么心思去观剧，你快去吩咐汽车夫将汽车开至新光大戏院接少奶火速回家，不得迟延。"

小娘姨答应一声，走出去了。杜粹遂到电话间去打电话请周医生，恰巧周医生自己接的电话，答应马上就来。杜粹打罢电话，负着手在客室中走来走去，等了一刻，锦花回来了，一见杜粹便道：

"小孩子好好的生什么病？很好的新剧你不让人家看吗？"

杜粹不由将足一蹬道：

"你好糊涂，馨官有了很高的寒热，你却不知道吗？"

遂将自己下午回家察觉馨官有病的情形，讲给伊听，且说道：

"你怎么还代伊洗浴呢？你们都是糊涂的，你想把小孩子交给奶妈吗？须知这是靠不住的，准是昨夜受了风寒所致。这奶妈很可恶，既不会领孩子，又不肯听人家的说话，逢着你又是一概不管的，自己倒和人家去看戏，难道不要这小孩子吗？"

锦花听杜粹埋怨伊，便旋转娇躯，叽咯叽咯地走到楼上去了。杜粹跟着也到楼上，锦花站定在馨官床前，将手在馨官额上摸了一下，果然发烫。小孩子向锦花干号着，似乎十分难过的样子。锦花回转头来说道：

"哎哟！真的病了，奶妈如何不当心？"

奶妈见主人、主妇都怪伊，遂低着头不响。锦花又问杜粹道：

"你可曾去请周医生？"

杜粹道：

"当然已请了。"

说着话周医生也来了，小娘姨提着药箱导至楼上，杜粹夫妇和他叫应后，便请他去看馨官。周医生细细诊视后，就皱着眉头对杜粹说道：

"这是急性肺炎，病势不轻，你们怎样觉察得迟慢？"

杜粹叹了一声，遂说道：

"我们都在外边，所以不知道，请你费神医治这小孩子吧！"

周医生遂打了一针，代馨官在胸前敷上一层厚厚的安福膏，又配了一些药水，叫杜粹每隔两点钟给馨官服一格，倘然到天明时，小孩子能够睡得着，平静一些，或可有救，否则再打电话来通知他。周医生吩咐一过匆匆便走，杜粹送出门去，回到楼上，锦花已坐在自己房里。杜粹对伊说道：

"急性肺炎是很重的病，这小孩子非常好玩的，倘有不测，岂不可惜？"

锦花心里也有些发急了，一手支着香颐，默然无语。杜粹道：

"若然早上便请医生，总是比较好一些，偏偏你们一个儿代伊洗浴，一个儿抱着在门口吹风，岂非雪上加霜，要伊病重吗？"

锦花道：

"你不要尽管怪我，我若知道馨官有病，也就早请医生了。"

杜粹道：

"糊涂，不负责任。"

锦花将足一蹬道：

"什么糊涂糊涂，小孩子生病又不是我害伊的，你去问奶妈好了。"

杜粹见锦花不肯认错，不免又悻悻然，回到馨官房中去看小孩子，隔了两点钟把药水灌给伊吃。这天夜里杜粹一直守候在馨官病榻之前，没有来睡。锦花起初也一同看护，陪到三点钟时，伊却把这责任交给杜粹独当，自己去房里睡觉了。可是小孩子病势渐渐加剧，到天亮时更是危险。杜粹便去唤醒锦花说：

"这小孩子不好了！"

锦花倒先哭将起来，杜粹含着眼泪，又去打电话请周医生来。不到二十分钟，周医生来了，一见面便问：

"小孩子不佳吗？"

杜粹摇摇头道：

"不佳不佳，达克透周，你可有什么急救的方法？"

周医生便去诊察馨官，打着英语对杜粹说道：

"很可怜的，恐怕令爱是没有希望了。"

杜粹一闻这话，恍如兜头浇了一勺冷水，呆呆地问道：

"难道没有法子想吗？"

周医生道：

"难了，姑且再注射一针，尽尽人事吧，或者你去请外国医生来看看也好。"

杜粹发着急说道：

"你是第一流的名医，果真无法想吗？"

周医生道：

"倘有法想，我也不说这种话了。"

杜粹便到各处去请中外名医，好像发痴地一连请了七八位，但都束手无策，虽有两个外国医生施用了几个方法，依然无效。到下午两点钟时，玉雪可爱的馨官已离开了伊的父母，而到别的世界去了。杜粹见这小孩子死得可怜，不觉放声痛哭，锦花也嘤嘤啜泣，但人死不能复活，只得买了一口上等的小棺木安殓，把柩寄在殡舍里，预备葬在万国公墓，造一个很好的坟墓，常常纪念伊。

次日，杜粹也没有到行办公，大家讲起馨官病情，小娘姨背地里告诉杜粹，奶妈曾开了冰箱里的西瓜吃，馨官在旁吃了几块，晚上奶妈吃冷面，馨官在旁边看，奶妈又把冷面喂给伊吃，又睡熟在风口里好多时候，也许从这个上起的。杜粹本来深恨奶妈，死了女儿，一肚皮的悲伤怨恨无处发泄，听了这话，真是火上加油，便唤奶妈过来，向伊脸上重重地打了两下巴掌，又踢了一脚，喊伊立刻滚蛋，以前拿去的工钱也不要还了。奶妈掩着脸一边哭，一边嚷道：

"冤枉冤枉，这是少奶奶给馨官洗了一个浴起的。"

锦花听了，便说：

"放屁！小孩子给你害死了，反怪主人吗？"

即唤汽车夫将奶妈撵出门去，奶妈走了，杜粹夫妇二人在楼上讲讲话，又发生冲突。因为杜粹总要怪锦花太不当心，从此家庭中少去了一个小天使，增加上一重愁云惨雾。杜粹心里十分的不快，常常和锦花龃龉失和，锦花也觉得很乏兴趣，经魏明霞的劝解，到外边去寻快乐，所以更是时常不在家里了。杜粹写了一封信告诉他母亲，杜太太听说馨官患肺炎而死，心中十分悲伤。伊离开上海，早料到奶妈必要误事的，现在果然失去一位宝贝的孙女儿，这要怪谁的不是呢？

自从馨官离开人世，倏已半载有余，大地春回，伊的坟墓早已造好。杜粹常要去凭吊，忽忽如有所失，跳舞场也不去了，尽让锦花去寻欢吧。他和友人经营的跑马场，因为不得当局准许，未能成立，着实损失了好多万，这也是他的一种亏空，心上更是愁闷。

有一天是星期日，午后锦花要到魏明霞家里去，杜粹勉强陪伊同往，明霞夫妇正和几个朋友在家中打扑克，邀他们入局。锦花欣然答应，杜粹勉强玩了一个钟头，没有兴致，遂想去看个朋友，先行告辞。因为这天汽车夫请假回去，所以他没有坐自备汽车，坐了街车出去的。当他在友人家里告别出来的时候，已近四点钟了，和暖的春风吹到身上来，很是舒适，马路上充满着春的景色。

杜粹便信步走回来，一会儿，已走到莫利爱路，那地方很是幽倩。法国公园的西部园门正在一边，路旁绿荫如盖，空气清爽，三五别业中朱楼翠幕，隐现墙角间，或有庇霞娜的声音传送出来，有数对青年情侣并肩缓步地向着法国公园门里走去。杜粹瞧着，不觉又有些怅触于怀，又向前走了二三十步，左手乃是一家欧式的新厦，门前有一片草地，恰有一个年轻女仆推着一辆汽车式的藤车从门里出来，将近人行道时，拐了一个弯，正向杜粹迎面推至，车中坐着一个近两龄的小孩子，生得眉目清秀，肥皙可爱，穿着一套新式的童装，张开两只小手，手里握着一个小洋铜鼓，咚咚地敲着。杜粹瞧见了这个小孩，觉得十分好玩，不由想起了馨官，含着眼泪，呆呆地站住身子，却听门里面又有人娇声唤道：

"奶妈，你推到哪里去了？"

杜粹侧转头去看时，见有一个风姿美丽的少妇，穿着一件苹果绿色的软绸夹旗袍，双手也推着一辆小车，说也奇怪，小车中也坐着一位小孩子，面貌服装和先前的一般无二，大约是孪生子了。这一对小天使，不知谁家孩儿？活泼泼的真可人意。杜粹一心注意在两个小孩子身上，那少妇把车子推至近身，要追着前面的车子，忽然一抬头瞧见了杜粹，连忙停住，带着笑向杜粹点点头说道：

"咦，密司脱杜，你好吗？"

杜粹再一看那少妇的面庞，不由脱帽鞠躬道：

"原来是密司……"

说到这里，却又改换道：

"慧君，你不是到北平去了吗？怎么在这里？"

慧君笑道：

"人是活的，一会儿南，一会儿北，哪有一定之理？我们是初春时候回到沪上的，密司脱杜是否仍在静安寺路？门牌记不得了，一向没有拜访，抱歉得很。伯母身体健佳吗？明宝妹妹谅已长大不少了。"

杜粹道：

"她们现在住在南京老家，府上可是在这里吗？"

说着话，将手向着新厦一指。慧君道：

"正是，我们是新近租的，密司脱杜可否入内小坐？"

杜粹道：

"密司脱黄呢？"

慧君道：

"今天他不在家。"

两人说着话，小孩子回头叫了一声母亲，意思要伊推车。杜粹又指着一双小孩子问道：

"这两位宁馨儿大约是令郎了？"

慧君点点头，正要开口时，忽听那边叭的一声，有一辆银色新型的摩托卡疾驶而来，到得门口，渐渐歇住。车上只坐着一位少女，自己驾驶的，轻轻跳下车来，水蛇一般的腰肢，踏着一双高跟革履，穿的一身新装，非常靓丽。胳肢窝里夹着一卷报纸，拍着双手道：

"潘先生，我来了。"

慧君回头一瞧，便道：

"很好，里面坐吧！"

杜粹见慧君处有客人来，自己不便再站在这里说话，遂对慧君说道：

"你去陪伴贵友吧，改日有暇，我当到府奉访，祝你快乐。"

说完话，戴上帽，匆匆就走。慧君要留他也不可能了，遂推着小车，招呼着前面的奶妈一同回过来和那少女讲话。杜粹低倒了头，只是向前走，也不回顾，当然他心里又多了无限的感想。

第七回

北国漫游争看丰采
沪江小憩肆力文章

人生是时时变幻的，所以只有回忆的价值。一般人对于已往的历史，没有不刻刻憧憬着，尤其是过去爱情的影事，无论如何，永永镌在心版上，不可冲洗，不可磨灭。

杜粹和慧君当日的情愫已是很深厚的，不料后在情海中发生波折，于是中道易辙，彼此渐渐离开了，各自成了一个家庭。现在虽然事过境迁，可是别后重逢，自然不能不有回忆。而杜粹的环境更是容易使他发生感触，至于他心里回忆的滋味，究竟是甜是酸，是苦是辣，这却只有杜粹自己感受到了。然而慧君不是在前年和天乐一同北上做故都的寓公的吗？怎样又回到沪滨来呢？

原来慧君在那年，因为国秀女学闹了风潮，无心恋战，遂经同学欧阳毓秀之招，到北平明德女校里做教务主任。天乐因为不舍得和他夫人分离，所以托了他叔父黄珏，想法在北平市政府获得一职。夫妇俩一同呼吸北方的空气，在情天中快快活活地过光阴。年底慧君临蓐，产下了一双孪生的男小孩，夫妇俩十分喜欢，尤其是慧君钟爱非常。先生的取名伯燕，后生的取名仲蓟，因燕与蓟都是北平在昔的名称，小孩子凑巧在北平，遂取用这两个名字作为他日的纪念。慧君在生产时，曾请人代庖了一个月，过后她用了奶妈，自己仍到校里供职。但伊有了小孩子以后，有许多心思都用在小儿身上，日间到学校教书，夜里便忙着照顾小儿，虽然雇用了奶妈，而饮食寒暖，一切都要伊自己操心的。天乐因伊身体素来不强，恐怕伊过劳了，有损玉体，常常劝伊节省精神，然慧君总不肯听。家庭里多了一双小孩子，自然十分热闹，休沐之暇，慧君也恋着小儿，难得有工夫去陪天乐出游了。

天乐到了北平，喜欢打猎和滑冰，慧君既不能奉陪，只得和几位友人出去了。其他暇时便到他叔父黄珏家里去闲谈。快乐的光阴一天一天地很容易过去，其间却有一件是慧君心里大大悲伤的事情。就是伊的寄父陈柏年先生在家乡忽然患着脑出血而逝世，噩耗飞来，慧君五中摧裂，哀哭了数次。想到寄父给予自己的恩德，山高海深，自己没有什么报答他。易箦之时，也不能在旁边送终，这更是非常歉疚的。北平远隔数千里外，自己又有小儿羁绊，未有回乡奔丧，徒呼负负，遂发了一个唁电回去，伊心里足足悲伤了两三个月呢。慧君在北平，除了学校里欧阳毓秀以外，朋友很少的，时常和南京的黄美云通通信。

当夏天到临的时候，恰巧天乐有个姓倪的朋友，名大文，要办一种图画文字的半月刊。他到天乐家里来聚谈，想请慧君担任教育上的谈话，慧君却说事务忙，不能应命。彼此谈起一班新文艺作家，倪大文向伊问起在南方文坛上享有盛名的白人凤女士可曾相识？天乐夫妇便说认得的，天乐且将他们怎样和白人凤相识的经过，告诉他听。倪大文欣然道：

"真是难得，白女士的著作在北平有许多青年学子非常爱读的。伊的新旧诗词都作得非常佳妙，可说是多才多能。前年伊出版的《秋水楼诗词草》，我不知颠倒读了数十百遍。非绝顶聪明的人，安能有此芳逸隽永之作？听说至今已十七版了，我很想在我所编的半月刊里要得伊的大作，一则增不少光荣，二则在销路上必可得到益处。只苦和伊向无一面之缘，未能向伊索稿。你们既然和伊是朋友，这件事要拜托贤伉俪了。"

天乐道：

"这大概很容易办到的吧，伊现在寓居上海，前月曾通过信，寄一张照片给内子的。不过听说伊的稿费很高，小说散文每千字至少十元八元，而诗词是不以字数计的，新诗旧诗每首润资也要二三元呢！"

倪大文点点头道：

"照伊今日的声价，当然要达到此数，这倒不成问题的。我既一心要得伊的作品，当然可以如数奉酬，而且可以预先寄去，好使伊的稿子早日寄来，第一期便可刊出。只望我的出版物能够畅销，区区稿费何敢计较？"

一边说一边便从身边掏出皮夹，取了一叠纸币，数出十张十元的纸币，交给天乐道：

"请你即日写封很诚恳的信，代我将此款汇去，请伊作一篇小说和几首诗词前来，以后的稿费当随到随寄。"

天乐接了纸币，笑笑道：

"你真是一心奉请了，我当代你大大地吹一下子，让伊高高兴兴地寄稿来。"

倪大文又说道：

"我这出版物是图画与文字并重的，各种照片尽在搜罗。第一期的封面本想用北平交际之花李荷的玉影，现在听说你们有白人凤的照片，请你们拿出来给我一看。倘然用了伊的，更是名贵了。"

慧君道：

"倪先生的意思很好，但我你在没有得到伊同意之前，岂可贸然交给人家制版刊登呢？"

倪大文答道：

"你们放心，我的刊物并非毫无价值的，把伊的玉影刊登封面，也是尊重伊的意思。我看见有几种刊物上也有伊的小影，伊是个很开通的新女子，此事绝没有问题的。你们只要在去函上声明一下便得了。"

天乐点点头道：

"不错，慧君，你去取出来。"

慧君笑了一笑，遂走到房中去，取了白人凤的照片出来。倪大文接到手中一看，乃是一张半身照片，仰着脸，似乎在盼望的样子，风姿美丽，真如天上安琪儿，遂大喜道：

"此影很好，我制了版再奉照。"

说罢，立即将照片向衣袋中一塞，又向二人说道：

"我还有一个企望，就是要请你们能不能请白女士到北平来一游？我当竭诚招待。想这里新文艺中的同志，欢迎伊的必定大有其人，倒可以轰动一下的。我的出版物更能因此唤起大众注意了。"

慧君听了这话，便对天乐说道：

"白人凤前次来信，不是说伊也很有意思到故都来一览名胜吗？我们倘然邀请伊来时，也许能成事实。我校中已放暑假，左右无事，有伊来谈谈，正合我心。"

天乐听了，便道：

"好，我们不妨去请伊来盘桓半月，我觉得你虽然落落寡合，而对于白人凤却很沆瀣的啊！"

大文闻他们已答应去请，更是快活，谈了一刻，方才告辞而去。

这日天乐果然照了倪大文的说话，修书寄给白人凤，且将款项汇去。隔得数天白人凤那边来了一封航空信，大意是说稿费业已拜收，日内当即写作，在七月二十日动身来故都访晤，兼游名胜，拙稿当亲自带上云云。天乐夫妇见了这信，很是快慰。屈指计算再有十日光阴，白人凤便可到这里晤言一室之中了，天乐便去告知倪大文。倪大文得了信，乐得手舞足蹈，马上各处宣传出去。且约了几个同志商量，等白人凤来平时，他们怎样欢迎，促起北平文艺界的注意。大家议定了办法，专等白人凤来了。小报上也早刊出白人凤妇女作家来平的消息，果然有许多爱慕伊的人都在延颈跂足地盼望伊。

夏日虽长，然而十天工夫也是眨眨眼睛便过去的，到得白人凤莅平的那天，天乐和慧君都到车站去接。只见伊大文和不少文艺同志，以及小报界中人都来站迎迓，手中各执着小旗帜，上面写着欢迎的字句。沪平通车到站时，大家拥上前去。天乐和慧君、倪大文上车去迎候，他们陪着白人凤走下车时，百十道目光一齐注射到白人凤女士的身上。只见白人凤身材娇小玲珑，头上烫着云发，脸上不施脂粉，天然妩媚，颊旁有个小小酒窝。身穿一件淡蓝纱的旗袍，脚踏白色革履，手里挟着一个蓝色的小皮夹，手指上套一只小小钻戒。年纪十分轻，想不到伊的文学竟是一等，名满士林，大众更是一百二十个佩服，把白人凤围了一个圈子。白人凤料不到自己这番来平，竟有许多人来欢迎，妙目斜睇，向大众略一点头。天乐等遂陪着伊一齐坐上汽车，开到中央公园，在今雨轩中开欢迎会。这是倪大文和同志们预备好的。至于白人凤带来的一些行李，天乐早吩咐自己下人送到他家里去了。众人都坐着汽车一同赶来，大家坐定后，天乐敬过汽水，倪大文马上立起，向白人凤致欢迎辞。又有几个少年作家立起来演说，无非是说起景慕白人凤著作佳妙，思想新颖，以及报告北平文坛最近状况等话。众人演说后，白人凤也立起身来，向众人一鞠躬，轻启樱唇，用国语发表谢词，非常谦逊，态度十分自然，声音清脆，大众不由一阵鼓掌，有几个人拍得手掌都肿起来了。

　　散会时，众人又取出手册，纷纷地请白人凤签名，白人凤将自来水笔在各人手册上随意书写，笔姿娟秀，不多时一一签就，遂由天乐、慧君陪着到他们家中去，倪大文也一同随往。

　　到得黄家，白人凤瞧见了伯燕、仲蓟两个小孩子，十分喜爱，向天乐夫妇道贺。倪大文又向白人凤说了许多景仰的话，白人凤便从行箧中取出伊的稿件，交与倪大文说道：

　　"我作的东西自觉毫无佳处，滥竽文艺界中，惭愧得很。蒙倪先生不弃，要我贡献刍荛，我只得东施效颦，自忘形丑了，还请倪先生郢政。"

　　倪大文双手接过，说道：

　　"白女士的大作是一向佩服的，今日相见，真是幸事，承蒙你肯赐大稿，光荣之至。回去当盥薇雒诵，以后还要请白女士时时赐稿，必能纸贵洛阳的。"

　　白人凤笑了一笑，又向他问问出版物的大略内容，倪大文很高兴地讲给伊听，且约定明晚在酒楼中设宴为白女士洗尘，要请伊和天乐夫妇一同前去，白人凤等都答应了，倪大文遂别去。

　　他去后，白人凤又取出许多礼物送给天乐夫妇和小孩子的，大家坐着话旧，彼此十分快慰。这夜白人凤便在黄家下榻。天乐夫妇既然邀伊来平，当然要尽地主之谊了。次日天气很热，白昼没有出去，天乐、慧君伴着伊在家中，只是浮瓜沉李，雅谑笑谈，消遣这个永日。到了薄暮，慧君和白人凤兰汤浴罢，在房中临镜装饰。倪大文又已驾汽车前来迎接，于是四人一同坐了汽车到中央饭店，倪大文的一辈朋友已在那里守候了。众人遂请白人凤和慧君、天乐等上坐，席间谈笑风生，宾主尽欢。宴会后，倪大文又陪着白人凤等坐着汽车去什刹海等处兜风，直到夜阑始归。

白人凤到了北平，果然新文艺界中轰动一时，有许多报纸上都竞载着伊的游踪和谈话。倪大文又约期开了一个新文艺座谈会，请白人凤出席，彼此讨论文艺。白人凤讲的题目是"新旧文学之沟通"，讲得很是中肯，大众很是钦佩。明日便有人记录了，在报上刊登出来。倪大文一边忙着筹备他的刊物出版，一边又要陪着白人凤等去到清宫参观古物，游览许多伟大宏丽的宫殿，又去游览北海、颐和园等处，真所谓竭诚款待了。白人凤是初到北平，所以一处处地游览，非常高兴，增加了不少见闻，暇时便写成《北游漫话》，寄到上海的杂志上去发表，晚间却和慧君、天乐坐在庭中纳凉闲话。天乐夫妇都觉得白人凤好似玫瑰的佳酿，使人不禁沉醉。有时夜间也出去游玩，不知不觉一住兼旬。

倪大文的半月刊已出版了，登着白人凤的封面和作品，因为白人凤本人正在北平，所以销路更见畅盛，初版四千册不胫而走，数天之内销售一空，于是再版两千，订户多至五千余，乐得倪大文笑口常开，夸口自己的手腕灵通了。但白人凤接到伊在沪友人的一封快信后，便要早日南返，天乐等又挽留伊多住几天，伴伊到西山去游玩。那边天然的胜景很多，山峦苍翠，林木阴翳，又加着人工的点缀，便于人而适于野。尤其是在暑天，山间十分凉爽，一班故都的达官贵人，都喜欢到那里去避暑。白人凤瞻仰了人工所成的巍巍城郭，峨峨宫阙，又到这天然胜景的名山遨游，遂认识这个故都的面目了。

倪大文本要再陪白人凤去南口，凭眺长城古迹，但因天气尚热，白人凤的朋友接一连二地来信催促，白人凤不能再留了，便答宴众人，向倪大文等道谢招待的高谊。倪大文等又设宴为伊饯行，合摄一影，作为他日的纪念。白人凤走的那天，天乐、慧君买了许多北平的土产赠送给伊，又和倪大文等送至车站，恋恋不舍而别。白人凤回到沪上，便修书答谢。这样伊在北平给一班文艺家留下了一个很好的印象，而伊和慧君、天乐的友谊也是更深一层了，彼此差不多每星期必有来鸿去雁，互通款曲。

暑假后，慧君依然到校执教鞭。可是在中秋节边，北平市政府有某种关系而改组，于是天乐的位置不能蝉联。他在家中没事做，伴着两个小孩子玩，或是看看报，读读书，兴致时写些东西，给倪大文等去刊登。他虽然不是什么作家，然而作的政治上的评论和外交上的意见、国际形势上的分析，非常透彻，文字也很简洁，倪大文大为赞叹。白人凤读到了，也写信来赞许他的新著，这样天乐更觉得有了兴奋，作品渐渐地多了。有时他跑到他叔父黄珏处去闲谈，黄珏因为天乐赋闲在家，很想代他在别处去谋个位置，苦于没有相当的。因为位置太小了，天乐也不高兴做，位置比较大的，一时难找。然而天乐对于政治的生活也觉有些厌倦了，他觉得赵孟之所贵，赵孟能贱之，自己若然不肯枉道从人，混在里面，没有什么多大的意思，所以可得可失，完全不放在心上，反而把他的心思用到著作上去。这也是他个人中的一种变化了。

慧君虽然执教明德，伊是完全想为一辈女界造幸福的，真是用心用力，诲人不倦。然而社会上的事情，大都难如人意，不肖分子处处在那里捣乱，达到他们自私自利的目的。欧阳毓秀接任校长以来，锐意改进，把明德女校的校务办得十分完善，蒸蒸日上，学生也日多。照理这样的校长，应该让伊多任几年，不料有人在校董方面造作种种蜚语中伤伊，要觊觎伊的位置。因此有几位校董对于欧阳毓秀起了猜疑之心，有些意见不合，大有把伊更换之意。欧阳毓秀便生了灰心，忠而被谤，勤而无功，觉得在这个时代，真所谓黄钟毁弃，瓦釜雷鸣了，遂和慧君商量之后，自动辞职。慧君自然也是态度消极，一同请辞。

在寒假开始时，二人都脱离了明德女校。欧阳毓秀有个朋友招伊到山西去，伊便征求慧君的意见，可否同去。但慧君因为天乐在北方也没有事情做，夫妇俩都想回南方去，所以决计不就。天乐写了一封家信回去，黄太太立刻回信，叫他们速回南京。于是夫妇二人收拾行李，将房屋退了租,一切手续料理清楚,辞别了叔父黄珏和几个朋友,带了两个小孩子南返。幸亏他们雇的奶妈也是南方人,经慧君许以重利,遂肯跟他们一起走。

天乐夫妇回到南京,暂住在萨家湾老家。黄美云和毅生等都来相聚,彼此十分快慰。唯慧君心中不免有些感慨和孤愤,伊想到上海去活动,黄太太劝他们在南京度过了岁,方才离去。二人体贴老人的意思,决定在南京度过旧历新年再说。黄美云和毅生结婚后尚没有小孩子,伊瞧见了伯燕、仲蓟玉雪可爱,心里十分喜欢,常常要抱着他们玩。毅生也是如此,他是力气大的人,每把这一双小孩子左一个右一个托了起来,大踏步地走,小孩子也嘻嘻哈哈地很爱跟他玩。黄太太家中觉得非常热闹。

有一天,慧君想着自己的母校,便和黄美云坐了汽车到母校里去游玩,校中已开学,但有许多教职员已不认识了。她们以前办的平民义务夜校也换了一位姓车的做校长,慧君从校里出来时,黄美云说道:

"我们到了这里,索性往夜校去一瞧吧。"

慧君很表同意,两人遂坐上汽车,开到清凉山去。途中经过桃花桥,慧君留心瞧看那桃花桥早已改筑了阔而且平的水泥桥梁,桥下干涸的小溪也已开深,东首不知哪一家新造了一座小小洋房在此。西首的荒地也有一道短短的围墙圈了起来,麦田不见,松林也减少了,桥下还立着一个警察。伊脑海里不由想起数年之前,独行旷野,猝遇暴徒的一幕。那时候自己正和杜粹交谊密切之际,幸亏他奋身相救,使自己脱离危险,然而杜粹却反受了伤,睡在医院里疗养好多日子呢。又想起松树那边的石氏昆仲,不识他们是不是仍在那边抱瓮灌园,还是已出去荷戈杀贼?际此四郊多垒之秋,倘长埋没在此,也是很可惜的。伊的思潮转动,车轮也是不定地向前滚进,一会儿,已把她们带到目的地。美云携手同下,一看这个平民义务夜校门前已换了一个新的校门,她们进去时,静悄悄的,只有一个校役,上前问询,慧君说明来意,校役便让她们自己去看。有几间教室都已改换了样子,火神殿也改建了一座小小礼堂,居然看不出以前是火神庙了。只有庭中老柏却依旧凌霄矗立,挺着它的巨盖，露出孤拔不俗的样子。二人看了一遭，因为日间无人在此，不便细问，但已觉得后人办事的精神很可佩服，自己输助的捐款也不是白白地耗费的了。慧君、美云仍坐着汽车回去，在慧君心中颇有沧桑之感了。

隔了数天，慧君接到她同学的来函，要请伊到上海神州女学去教书。慧君复函应许，伊遂将小孩子留在家中，交给伊婆婆照顾，自己便和天乐到上海去接洽妥当。又去古拔新村拜访白人凤，因白人凤在那边租得一座小小红楼，窗明几净，笔酣墨饱，过着伊作家的生活了。白人凤早已得到他们南返的信，渴望他们来沪一叙，现在他们来了，白人凤不胜欢迎，便陪他们出去游玩了两三天。因为慧君要回到家乡去拜祭伊的寄父，所以二人别了白人凤，到得宁波。慧君和天乐跑至陈家，陈柏年的儿子是不在老家的，慧君见了蔡氏和锡珍，相对凄然，便去陈柏年灵前祭拜，天乐当然要跟着行礼，锡珍在旁答谢。慧君的眼泪已如泉水般涌出，勾起她们母女俩的悲伤，一齐哭了一场，经天乐劝住。蔡氏又把陈柏年临终的状况告诉慧君听，因为是猝患中风，所以没有一句话交代，但是陈柏年先生平日热心社会事业，也足够值得乡人的敬佩和追思了。

慧君在陈家住了两日，二人又同至杭州，游了三四天，然后回到上海，在莫利爱路租下了一所新厦，把寄在杭州的器具运到上海，又添了一些，布置得十分华丽而整洁。他们遂回南京，把小孩子接到上海来住。黄美云也同来盘桓数天，然后回京。慧君日间到神州女学去上课，散课后回到家里，又要料理家务，照顾小儿，没有以前在杭州教书的闲适了。伊的精神完全用在这两件事上，所以对于天乐倒觉得讲话和游玩的时间减少了不少。

那么天乐作何生涯呢？他在朝晨常常到法国公园去散步，独自呼吸新鲜空气。午饭之前，坐在书房里译一种西洋的政治史，预备他日出版的，又要写些零星的稿件，应友人之征。下午出外访友，看电影。晚上和小孩子玩玩，这是他一天的功课。他很想伴他的夫人出去交际，或是狂欢，可是慧君哪里有工夫，难得在星期日出去走一遭，然而伊的一颗心却又系在小孩子的身上，时候很早，便要回家了。因此天乐独自出去的时候多，有时候约了几个朋友到家里来茶话，一会儿政治，一会儿文学，一会儿天文地理，上下古今，天空海阔地纵论不倦。其间不速之客要算是白人凤了，伊是三天两天时常到此的。慧君不在家中的时候，伊便和天乐坐在书室中谈谈文艺，往往要消磨两三个钟头。最近伊的踪迹更密，因为天乐有几个友人怂恿他在上海开设一家新书店，自己出版书籍杂志。天乐很高兴地赞成这计划，他自己先拿出一万块钱来，其余去合股，进行得很顺利。不上政治舞台而做书店老板，也算是努力于文化事业呢。房屋看定在四马路一家已闭歇的小书店旧址，用了一位会计以及两个店员，学徒也有一个，且把门面修饰得焕然一新，定名为前进书店，所以他这几天很忙着筹备开幕。他想起北平倪大文出版的图书文字半月刊，借重了白人凤的关系，销数果然不恶，至今不衰，遂也想利用白人凤去号召一班醉心于伊的读者。白人凤听说天乐要开书店，自然伊也很表同情的。

一次，白人凤到黄家来，天乐把自己的计划向白人凤说了，要请伊担任前进书店的编辑主任，出版一种周刊。白人凤一口答应，且说自己正在译一长篇说部，将来也可把版权让给前进书局的，稿费不妨稍廉，或抽版税。天乐听了不胜快慰，又请白人凤向文艺界中的同志去拉拢稿件，务要把这周刊编得非常出色，一鸣惊人，所以这几天白人凤也是为了周刊的事很忙。伊自己能驾驶汽车的，今天伊开了汽车，到几个文坛巨子那边去接洽稿件，大家为了白人凤的面子，都愿赞助，尽先撰奉佳稿，结果很是圆满。伊遂到天乐处来报告好消息，到得黄家门前，跳下车来，却见慧君拉着小孩的车子，在门外和一个不相识的少年立着讲话，便唤了一声，那少年已掉转身躯走了。慧君走过来请伊进去时，伊对慧君说道：

"那是谁？不要我来了，打断了你们的说话，何不招呼他一同进来坐坐？"

慧君摇摇头道：

"不必了，此人是我昔年在南京大学的同学，好久不相见了。今日他偶然走过此处，遂不免招呼起来。"

白人凤点点头，一同走到里边书房里。奶妈和一个小丫头推着小孩子到另一间去玩耍，白人凤将皮夹和报纸放在圆桌上，有一个女仆送上茶来，白人凤忍不住问道：

"黄先生不在家里吗？"

慧君道：

"今天下午他在家里等候你好久，不见你来，他遂到四马路店里去的。这两天他为了筹备书店开幕的事情，简直忙得茶饭无心了。"

白人凤笑了一笑道：

"潘先生，你要笑我们吗？我也是为了周刊的事而来复命的。"

慧君道：

"你们忙着文化事业，我怎敢来笑你们？我自己很惭愧没有什么著作贡献给你们呢。"

白人凤道：

"哎哟！你不要这样客气，你是个女教育家，希望你有暇时把教育上的心得写些出来给我们读读。"

慧君笑道：

"你等着吧！"

白人凤一边说话，一边在室中绕着圈子走。慧君道：

"你坐下吧，天乐出去时说，密司白倘来时，可打电话到店里去，他就回来的。"

白人凤道：

"很好，待我去打吧，我家里也许有客人来了。"

伊马上跑到书室前面电话的所在，一拨自动电话，取了听筒，凑在口边，便说道：

"你们是前进书店吗？黄先生有没有在店里？"

接着便听天乐的声音在电话里回答。白人凤又道：

"黄先生快来吧，我在这里了。"

电话里听天乐答应一声来了，白人凤便挂断电话，回转身对慧君

说道：

"黄先生来了，否则我开汽车去接他，也是很快的。"

慧君一拉伊的柔荑，走至一双大沙发边说道：

"我们坐一会儿吧，他就要来的。"

白人凤遂和慧君一同坐下，喁喁细语。慧君在沪除了几个同学，外边朋友是很少的，新交中要推白人凤最为亲密。因慧君一则爱伊饶有文艺天才，绝顶聪明，二则爱伊活泼美丽，如一只金丝雀，没一处不可人意。而白人凤对于他们夫妇二人也视为最好的良友。自从他们自北回南后，彼此都在沪埠居住，白人凤便时时要跑来变作入幕之宾，亲热得无异一家人了。

二人坐谈一刻，天乐已赶回家来，见了白人凤，连说：

"对不起。"

就坐在白人凤的对面。白人凤遂将自己向诸作家接洽的经过告诉天乐知道。天乐把手向自己额上一招，和白人凤行个敬礼，笑嘻嘻地说道：

"有劳密司清神，那周刊务要积极进行，取名《白虹》，好不好？"

白人凤点点头道：

"很好，大有含意。"

慧君也笑道：

"白小姐主编《白虹》，更是名副其实了。"

白人凤道：

"黄先生叫我编，我不能不遵命，姑且一试。倘然没有成绩，还是要你们另请高明的。"

天乐道：

"白，你休要客气的，有你的芳名在上头，宣传出去，一定能够畅销。倪大文编的半月刊，不是也借重你的大名吗？你前天说的那部长篇小说，不知何日可以脱稿？让我们可以拿去复印。因各书局新开幕的时候，很需要有价值的名著。还有你的《秋水楼诗词续草》，能不能早日续成？我想这部书传诵海内已有很好的成绩，《续草》问世，必能

146

风行。"

白人凤道：

"不错，《秋水楼诗词续草》也有好多人来探问出版消息，书局里也争欲取得我的版权。我情愿让给你们的前进书局出版，所以一概没有答应。但现在所集的新书诸作，篇数尚嫌不多，想要续作若干首。可是近来文债山积，四面催稿的函件不绝而来，所以迟迟至今，不能抽出工夫。无论如何，我必在最短期内先完成这《续草》。"

天乐道：

"希望你笔健脑灵，日书万言，倚马可待。"

白人凤笑道：

"我哪里有这种敏捷的才思呢？况且人们的脑子究竟不是一种机器，尽管可以压榨出来的，岂能镇日价写作？"

慧君道：

"我也是这样想，然而近来你的大作散见在各种报章杂志，很多很多，他们都要得到你的片纸只字以为荣，我真佩服你写得如此之多。而你又是时常要出外交际，或是寻求娱乐，那么你也可以当得'日书万言，倚马可待'这两句话了。"

白人凤道：

"哪里哪里！"

这时候奶妈和丫头抱着两个小孩子进来，大家扑到白人凤怀里去，要伊抱。白人凤伸手把两个小孩子抱在怀里，和他们吻了两下，说着话，逗小孩子笑。伯燕伸起小手，只是在白人凤的颊上抚摸。天乐说道：

"密司白，你驾驶自备汽车来的吗？今晚若然有兴，我们一同去看电影，好不好？因为慧君放了春假，尚没有和伊出去玩过呢。"

天乐说了这句话，白人凤便道：

"哎哟！我几乎忘记了，家中恐怕有朋友要来看我，我要早些回家去的。黄先生请你原谅我，今晚不能奉陪了，贤伉俪大可去看看南京大戏院的《无愁君子》。"

天乐道：

"密司真的不能同去吗？"

白人凤道：

"明天我当陪你们出游，此刻我不再留了。"

一边说，一边把伯燕送到奶妈手里，仲蓟向着慧君憨笑，白人凤便把他送到慧君手里。自己立起身来，整整衣襟，向圆桌上取了皮夹和报纸，对二人说道：

"对不起得很，明天会吧！"

立刻走出室去。天乐、慧君等一齐送到门外，看伊跳上汽车，掉转车身，向北疾驶而去，也就回进去，预备吃了夜饭出去看电影。

白人凤开着汽车，不多时回到了古拔新村。伊赁的一座小楼，是和一家姓冀的洋行里跑家做同居，楼下没有伊的地方，一间楼面隔为前后两间，前面的是卧室，后面的布置得和画室一般，兼作会客之用，都收拾得雅洁不俗。还有一间亭子间，是伊姑母住的，家中的事务都由伊的姑母掌管，雇一个年轻的女仆。白人凤一些也不顾问，伊不是坐在楼上看书写字，便是到外边去。姑母姓冯，女仆唤伊。冯太太非常疼爱白人凤的，伊以为自己侄女能够写文章去换金钱，是一位新时代的女才子，了不得的人物，每在人家面前夸赞伊的侄女。当然人家也交口称誉，谁不说白人凤女作家是个锦心绣口的少女呢？

白人凤小时候，父亲不知流浪到何处去，死在他乡，没有回家的。白人凤的母亲略有一些私蓄，存在银行里，靠着利息过活，一心一意栽培伊的独生女儿，攻书上进。白人凤真是聪明女儿，小学时代在学校中已是高人一等，考试常冠同侪。尤喜披阅小说，有时伎痒难搔，胡乱诌几首新体诗，或是短小说，很有几分可取之处。大家说伊有文艺的天才。但不幸伊在中学读书的时候，伊的母亲也弃养了，临终之时把白人凤托给姑母照顾。因为白人凤的姑母虽然嫁在宝山冯家，可是早年守寡，孑然一身，又没有子女，白人凤母亲病中也是请伊来服侍的，所以白人凤的母亲托孤与伊。冯太太遂住母家，当心侄女，不再回去了。起初她们是住在城里的，后来白人凤从中学毕业后，继续求学，考入文粹大学肄业，年华渐长，交际渐广，更兼伊出落得如芍药初放，浓艳幽香，在校中有校花之誉。许多男同学又因伊很会写作，校中每有出版物，必请伊参加，于是伊的芳名更著了。后来不知怎样的，伊的诗词越作越好，进步之速，一日千里，渐渐投稿到外间的刊物上去，都争先登出，编辑主任极尽揄扬，接着白人凤的短篇小说也出现在读者眼帘里了。

自从伊的长篇杰作和《秋水楼诗词草》出版后，文坛上声名鹊起，许多人都知道有个女作家白人凤了。大学毕业后，有人介绍伊去苏州教书，可是伊不愿意干那粉笔黑板的生活。因为这时候伊的著作很能换钱，书局报馆都要罗致伊的作品，名利双收，竟觉得著作之乐胜于南面王了。但是很令人惊异的，就是白人凤常常在外边交际，并非一天到晚埋头窗下。然而伊的作品除了长篇单行本而外，其余东鳞西爪散见在各种刊物上的也很多。大概伊总在夜深人静的当儿握管了。古拔新村是最近乔迁到此的，以后不知在哪里得来一辆新型轻便的摩托卡。据说是一个爱读伊著作的政客，特地到上海来拜访后而赠送给伊的。伊有了这摩托卡后，便早晚练习驾驶之术。伊是个聪明人，自然一学便会。又到工部局去受过试验合格，领了执照，遂时常驾驶着摩托卡，飙轮若飞地奔驰在马路上。友人们顾见伊的情影，每叹谓望尘莫及，真是一朵时代之花了。

这天，她从天乐家里回来时，将汽车照常寄置在邻近一家汽车行里，很快地走到自己的秋水楼头去。伊姑母正从楼上走下，一见白人凤，便道：

"很好，你回来了，思廉在楼上足足等候了一个钟头了。"

白人凤笑了一笑，叽咯叽咯地步入伊的书室。室中有一个西装少年，坐在沙发里，拿着一本书浏览，听得革履声，脸上顿时露出笑容，抛去书卷，站起身来欢迎。

第八回

镂玉雕琼为人作嫁
心猿意马有女同车

白人凤走到少年身边，带笑说道：

"思廉，对不起得很，累你久候了。"

说着话，伸过柔荑。少年连忙也伸出手来，和伊紧紧一握，说道：

"人凤，你到哪里去的？昨天你不是叫我今日下午四点钟必要来的吗？"

白人凤道：

"我就是为了周刊了事，去向诸位作家接洽，以致耽搁不少时候。请坐请坐。"

于是少年仍坐了下来。白人凤放去手中东西，坐在他的对面，向少年说道：

"这几天我忙着在外边交际，不得片时的宁静，所以竟没有什么心绪去写什么东西。《秋水楼诗词续草》，外间一班人很盼望早日问世，但是我竟急不出来。现在黄天乐创设的前进书局快要开幕了，他要求我把这部《续草》的版权让给他。我已应诺，只怕他在后边不时地催促，倒有些难以应付。不知你作的数首词可已脱稿？"

少年把手向窗前写字台上一指道：

"来了，来了。"

白人凤闻言，立刻跳起身来，走到写字台边，见上面放着一小叠稿笺，用玉狮座压着，遂取在手里，一首一首地慢声低吟。少年也走近伊的身边，反负着手，静听伊的吟咏。白人凤身上的一种甜香，时时扑入他的鼻管。等到白人凤把这数首词一齐吟毕，回头向少年嫣然一笑道：

"辛苦你了，那首《鹧鸪天》，尤其是刻骨镂心之作，置之宋人词中，可乱楮叶。"

少年听这几句赞美的话，出自玉人檀口，如膺华衮之荣、九锡之赐，便笑道：

"承蒙你这样过誉，使我不胜愧汗了。还有你写的几首大作，我已胡乱地僭易数字，不知能否有当？依然要请你指正的。"

白人凤笑道：

"哎哟！你怎么和我客气起来？待我看一下再说。"

伊一边说，一边将自己作的诗词看了一遍，经少年改换了数字，果然工稳得多，便笑道：

"我一则功夫尚浅，二则心思不定，勉强作出来，总欠自然，被你改削润饰之后，好看得多了。你真是点铁成金。"

少年笑道：

"恐怕点金成铁吧？"

白人凤又道：

"你译的那部长篇小说，究竟几时可以竣事？"

少年道：

"这也说不定的，大约还有两三个月。"

白人凤道：

"这样太迟了，现在前进书局赶紧要出版，黄天乐屡次向我催促，请你可能赶快译完，以一个月为限何如？"

少年道：

"要快也可以的，只是你的《秋水楼诗词续草》也要同时出版，恕我没有李太白倚马之才。因作那些诗词是很费功夫的，家里还有四首词尚没有推敲成熟，所以尚不敢奉上呢。"

白人凤将纤手拍拍少年的肩膀说道：

"真是难为你了。你是我的灵魂，有了你在身边，我的心便快慰得多，望你努力。"

少年对白人凤紧看了一下，微笑道：

"人凤，究竟我是你的灵魂呢，还是你是我的灵魂？"

白人凤听了这话，回眸一笑道：

"任凭你说吧，灵魂和身体是不能分离的，大概你的身体里有我的灵魂，我的身体里也有你的灵魂。"

少年拍手道：

"此语妙极了！古人有诗云，心有灵犀一点通，你无意代它做了一个注解。"

他们谈得正起劲，冯太太走上楼来，笑笑道：

"你们都是呆子，一天到晚讲著作，我不信在你们小小的脑子里怎么写不完的。肚子里可觉得饿，要吃些什么点心？"

少年道：

"不饿不饿，伯母别要费心。"

冯太太走到房里去了。少年又对白人凤说道：

"今晚我们到南京大戏院去看电影，好不好？"

白人凤一想方才我已谢绝了天乐夫妇，今晚去时不是真撞个着吗？便摇摇头答道：

"我不去，今晚我尚有些事要干去，恕我不能奉陪。六点半钟我要出外，你也不如回府去多译一些小说吧。待到这两部书脱稿以后，我当伴你到杭州或苏州去畅游数天。好在电影佳片是常常有的，我们不妨改日去看。思廉，我对不起你了。"

少年听白人凤这样说，也就罢了。他们又坐着谈了一会儿，天色已黑，室中亮了电灯，听钟声已鸣六下。少年立起身来说道：

"你要出外吗？我也要回去了。晚上一准多译些小说，将来和你畅游一下。"

白人凤跟着也立起身，点点头说道：

"我也不留你了，我就开汽车送你回去，你且等一会儿。"

于是白人凤走到伊的房间里去，换了一件深色的衣服，重又修饰一回，走出来说道：

"我们走吧。"

两人走下楼去。冯太太问道：

"你们到哪里去?"

白人凤道：

"今晚我不回来吃饭了，现在我送思廉回去后，还要到吕班路去一遭，你们不必等我。"

冯太太因伊的侄女是常在外边的，所以问了一声，也不去管伊了。少年告辞了冯太太，和白人凤携手走出门去。到得马路上，白人凤先去把汽车开了过来，向少年招招手，少年遂跳上去，伴着白人凤一同坐下。白人凤又捏了一下喇叭，把汽车驶向马路上去。少年因白人凤亲自开机，不敢和伊多说话，以免分去伊的精神，只随便谈了数句，静观伊怎样驾驶。一会儿，汽车已驶到了小南门小九华口停住，少年立起身和白人凤握了一下手，说道：

"我们明天会了，愿密司晚安。"

白人凤便说声再会，等到少年跳下车后，便拨转车头驶回去。

少年站在马路旁边，看那白人凤的汽车飙轮疾驶，烟尘滚滚，一霎眼间又不知到哪里去了。他本想问白人凤今晚要到什么地方去，但知道伊的脾气是素来不喜欢人家多问的，所以他也只好听凭伊的自由了。他低着头，转弯走向一个里内，到得第三家石库门前，伸手摇动铁环，便有一个老妇出来开门，少年叫了一声母亲，便走到左面一间房里去。这一间是统厢房，分为两间，前面连厢房的，布置得像书室一般，就是这少年戴思廉读书写文之地，后面是他和他母亲住宿的房间。思廉走到他的书室里，开了电灯，便在写字台边坐下，双手支颐，伏在桌子上，一声儿不响。觉得自己身上尚沾有白人凤的余香，白人凤纤纤玉手开汽车的一种姿势，映在自己眼帘之前。他母亲走进来，见他这个样子，便问道：

"思廉，你可是头痛吗?"

思廉放下双手，抬起头来说道：

"没有什么。"

他母亲又说道：

"今天你又到白家去的吗？"

思廉似答应非答应的，喉咙里哼了半个"是"字来。他母亲又问道：

"你可曾在外边吃点心？肚中若然饥时，我马上可以去烧夜饭的。"

思廉答道：

"没有，母亲去烧晚饭也好。"

思廉的母亲听儿子说要吃晚饭，立刻回身走到厨下去了。思廉遂从台上拉过一本很厚的西书，翻到二百六十八页，又取出一叠稿子，将钢笔蘸着蓝墨水，继续翻译，这就是白人凤提起的长篇说部了。他看一会儿，写一会儿，纸上沙沙有声。不多时他母亲走来唤他吃晚饭，他遂立起身到外边客堂里去，和母亲同用晚餐。餐后，他揩了脸，洗过手，又回到他的书室里去继续工作。他母亲做完事后，也回到伊房中去。

这晚，思廉特别努力，将近十一点钟时，已译完两章。喝了一杯茶，休息一会儿，想着昨天所作的四首词，遂将译稿放在一边，从抽屉里取出几首词来，重行修改。第三首填的《惜花阴》，下半阕中觉得有几个字不十分稳妥，想要换去，然而脑子里一时也想不出别的好字眼来代替，搦着一支笔，冥思良久，真觉得有些江郎才尽。恰巧楼上租的一家人家正合着几个朋友在夜间打牌，所以头顶上牌声隆隆和哗笑之声打成一片，楼中间又是一家人家开着无线电收音机，这样，他的脑海里更觉不能宁静。他暗想：这个环境恶劣极了，我几时能够搬到一个清静的地方去住呢？为了经济问题，也只好如此。但处于这个环境中，要用心写作，不是很难的吗？唉！我的理想何时可以实现呢？他想到这里，不由搁下笔，从抽屉里取出一个美丽的西式信封，又从信封里抽出一张小小照片来。他拿在手里，对着影中人凝视着，似乎越看越有滋味的样子，真像古董家摩挲他的古物，细细欣赏，爱不忍释。这照片究竟是谁的呢？一泓清水之前，有一株绛桃，灼灼的桃花临风竞艳，开得正盛，一女郎明眸皓齿，新装入时，露出两条玉藕的手臂，抱着桃树，向人做浅笑，颊上露出两个酒窝，真是人面桃花相映红，美丽活泼，我见犹怜，这自然是白人凤的倩影了，旁边签着伊的芳名，又加上"思廉同志惠存"六个字，笔姿娟秀，恰如其人。思廉瞧着这照片，好似精神上服了一帖兴奋剂，他的脑海中又做幻想了。那时候他译的小说等各书都已出版了，销路大畅，他们抽取的版税也有惊人之数。自己和白人凤到西子湖边遨游，又到富春江一带去探胜，青山绿水，和素心人徜徉其中，魂梦甜适，心神愉快，忘记了其他的一切。他跪在白人凤的面前，向伊乞婚，可爱的伊，竟从红红的樱唇中发出了满意的答复，这时候天下再没有更快乐的事了。于是便想怎样回到上海来结婚？卜居新屋，他要布置得如琅环仙境一般。自己有了倾城倾国多才多艺的夫人，足够傲视一切了。

他在这样地幻想，耳边忽听有人唤他道：

"思廉，思廉，你还不要睡觉吗？"

他回头一看，正是他的母亲，连忙将照片纳入信封里，放到抽屉中去，回头答道：

"我还有一首词没有写好呢。"

他母亲叹道：

"日里要到学校中去授课，夜间还要手不停笔，做那些劳什子的东西。弄到深更半夜，还不想睡。试想你有多大的精神，不要连心肝都呕出来吗？"

思廉说道：

"母亲，你哪里知道我的笔，我译的这部小说，白小姐因为书局里催得紧，所以要我赶快译完，以便早日出版，于是我不得不多费一点儿时光了。"

他母亲又问道：

"你译了这部书，究竟可以换到几个钱呢？"

思廉道：

"这是不能说定的，以人凤的声价，当然必能畅销，一二万部书是很容易卖去的，那么版税抽得也不会少。"

他母亲慢慢儿走到写字台前，向台上瞧了一会儿，又说道：

"这书写上了白小姐的名字，那么外边谁知道是你译的呢？书局里付款当然也要付给伊的。不知伊能够给你多少钱？这要看伊的良心了。白小姐本来也不是有产业的，但近来我看伊生活渐渐奢华起来，当然用的钱很多。钱在女人手里，肯爽快拿出来的吗？恐怕你代伊白白地耗费许多心血，自己仍是拿不到什么钱，徒然让伊去名利双收，这又何苦呢？以前你不是也曾代伊写过译过书的吗？伊不过送了你一些礼物罢了，有什么钱呢？此刻既然伊要你赶译，你何不和伊讲定你的酬资呢？"

思廉口里咄了一声道：

"伊又不是书局里的经理，我怎能向伊讨价？也不像什么知己朋友了。"

他母亲道：

"那么你不如写上自己的名字，直接卖给书局去出版，你就可以得到一笔钱了。"

思廉叹道：

"这件事你老人家弄不明白了，我若是将这部书译完以后，亲自向各家书局去接洽，写了我自己的名字，恐怕书局的老板，十个倒有九个不要收买的。即使勉强售去，一定也得不到重酬，也不是羊肉当狗肉卖吗？"

他母亲道：

"我真弄不明白了，一样一部书，怎样写了你的名字便没有人买，而写了白小姐的名字，就值钱呢？"

思廉将头点了一点，说道：

"此中自有道理，这就因为白人凤是已成名的作家，人家自然欢迎伊的大稿。而且伊是一个第一流的女作家，才貌双全，文坛上哪一个不愿意捧捧伊？自然成名得快了。而我是无名的，我为了伊牺牲精神尽些义务，也没有什么不愿意，反觉得是一件很快活的事，索性让伊去出风头吧。我对于伊另有一种希望，只要我的希望能够达到，这就是今日我耗尽心血的收获了。"

他母亲听了思廉的话，不由叹一口气说道：

"痴心的孩子，我也知道你心里的事，所以你肯为了伊而这样尽心尽力的，毫无怨言。什么希望不希望，我要问你所抱的希望究竟有几分把握？否则你不是枉费心思，被人利用，到底不值得。现在的白小姐不是前几年可比了，一则伊是个大学毕业生，至少要嫁个出洋留学的，你不过中学毕业生，伊怎会把你看在眼里？二则像伊这样的人，至少要住洋房、坐汽车，我们寒酸之家，你每月也不过赚数十块钱的薪水，怎样娶得起伊呢？三则白小姐在外边交际很广，朋友很多，都是有地位有家产有声望的人。前天冯太太到我家来摇会，说起白人凤新近认识政界里的要人，那要人送给白小姐不少贵重的礼物，一心要和伊交友呢。因此在我看来，这重婚姻恐怕难以成就。痴孩子，你不要这样的热心吧。楼上陶家的二小姐在家里很能操作，脸蛋儿也生得不错，人家很有意配给你，你却不在心上。我看还是陶家的亲事比较容易成功一些，只要你答应，我同他们一说，便可达到目的了。"

思廉听他的母亲起初批评白人凤，把他的一团高兴打消殆尽，后来又讲起什么陶家二小姐，忍不住将头一偏，说道：

"你说得这样没有希望吗？恋爱是神圣的，我和伊志同道合，彼此有了相当的爱情，还要讲什么财产和声望呢？伊不是旧式的女子，绝不像一般买卖式的婚姻。人凤倘然嫌我是个穷小子，那么像你所说的，伊在外面阔朋友很多，何必恋恋于我呢？况且古人说，精诚所至，金石为开，只要我用一片诚心去待她伊，迟早必能成功的。像伊这样的新女子，自己已能赚钱，难道还要贪阿堵物吗？母亲休要管我。"

他母亲见思廉打定主意，一点水都泼不进，只得说道：

"好，你等着吧，当然我也希望你成功的。但你伏案的时候已多，可去睡了，明天还要早起。"

思廉答应一声，依旧拿起笔来去修改他的词。他母亲回到房里去，口中自言自语道：

"什么新女子？不是和旧女子一样的，没有金钱怎能娶伊呢？思廉这孩子真是痴心太甚了。"

思廉的母亲在房中感叹着，而思廉却在写字台前绞他的脑汁，等到钟声鸣了一下，他方才将四首词修改完毕。自己读了又读，觉得千锤百炼，已是无懈可击了，心里十分喜欢，把来抄录一遍，预备明日去交给白人凤，又好博美人的欢心了，遂熄了灯，到房里去睡眠。但他写了多时，脑海里转的念头过多，脑筋紧张，虽然到了床上，依然一时不得松弛，所以把以前的事一一回起来，又把他母亲方才说的话细辨滋味，觉得这话也不错，难道白人凤果然是这样的吗？照自己的理想，伊是一个冰雪聪明的女子，绝不至于和一班寻常的女子同一陋见。我对于伊是始终爱慕的，本来天下的事只能向前进方面去着想，努力奋斗，以求最后的成功，所谓有志者事竟成。总理的致力革命事业，何尝不是如此？若一回顾，那么便觉得有种种困难，自然而然地生出畏葸和退缩之心了。所以我不要听母亲的说话，用我主观的见解，秉着坚忍的毅力，去达到我的希望吧。于是他一幕一幕地想起自己以前怎样和白人凤相识的经过。

　　原来思廉的母亲孟氏，早年守寡，凭着这一座两楼两底的房屋，得些租金，苦度光阴。所以楼上租了两家人家，亭子间里又租了一家人家，自己只住得楼下一间统厢房。伊儿子思廉在高级中学读书，是一个好学不倦的青年，对于中西文学皆所擅长，都是自己研究出来的。有了钱便去读书，买不起的书或是到图书馆里去浏览，或是设法借来阅读。他一生所好的便是文艺，只因他不善交际，不喜欢出风头，所以文章虽然写得好，却藏在敝箧中，没有人去赏识他。后来竟有一个人大加赏识了，此人是谁？就是他引为知音的白人凤女士。因为这一年，白人凤的姑母嫌所住的房屋太嘈杂，便谋迁居，出来看房屋。恰巧思廉家里楼上的统厢房空着，她们一看便合意，马上搬进来了。

　　那时候，白人凤刚入大学，平日寄宿在校，星期六偶然住回来，见了思廉，以为他是一个中学生，程度比自己浅，也就不去理会。思廉是诚实的青年，难得和白人凤见面，彼此竟如风马牛不相及。到了暑假，思廉也从中学里毕了业，本想再入大学。无奈他的母亲没有力量再栽培他了，赶紧要他谋生活。恰巧城里某某小学缺了一位五年级的级任教员，那校长是和戴思廉校里的教务长相识的，谈起这事，那位教务主任便介绍思廉去担任教职。那校长一口答应，思廉得到了消息，就去接洽一过，受了聘书，决定做事，不再求学了。在暑假中看看书，填填词，消遣永日。

那时候，白人凤也回到家里度伊暑期的生活，有一天，白人凤的姑母冯太太坐在思廉母亲的房里闲谈，因为思廉的母亲待人和气，冯太太和伊很是相投的，空闲时常要走来谈些家常琐事。这天思廉出外买书去了，白人凤开着一个很甜的西瓜，遂走下楼来请伊姑母去吃。伊第一遭走到戴家的房里，顺便一瞧那思廉的书室，恰巧一阵风来，把写字台上放着的一张稿笺吹落地上。思廉的母亲连忙走过去，拾在手中，对冯太太说道：

"我这儿子一天到晚只是看书写字，方才写了一会儿，忽然想着什么似的，又出外买书去了。他写的字纸十分宝贵，有一次我无意中团去了一张字纸头，累他跑到垃圾桶边去找，好似失去了值钱的东西一样，可笑不可笑？字纸是他刚才写的，所以不要吹去了，又累他找，找个不了。"

白人凤听了这话，便取过这张稿纸一看，见上面填着两首词，一首填的《相见欢》，一首填的《蝶恋花》，清新俊逸，不同凡响，不觉心里大为赞赏，上面涂改几个字，墨沈才干，改得很有意思，足见此人很能下推敲的功夫。自己虽能作些诗词，然而远不及他了，遂问思廉母亲道：

"这是戴先生写的吗？"

思廉的母亲道：

"是他自己作的。"

白人凤又看了一遍，方还给思廉的母亲，伊就和姑母到楼上去吃西瓜了。次日下午，思廉正坐在他的书室中看一本书，忽觉眼前一亮，有一位年轻小姑娘走进室来，身穿一件白纱旗袍，足上穿的白皮鞋，如出水芙蕖，清丽可人。定睛看时，不料就是自己同居住的那个高自矜持可望而不可即的白家女郎，便丢下书，立起相迎。白人凤对他点头微笑，说起昨日拜读新词，非常钦佩，所以今天特来讨教。思廉起初不明白是怎么一回事，后经白人凤申说一下，方才知道自己作的词，无意中会被伊人瞧见，许为词林妙手，所以要来讨论。他心里大为欣喜，连说：

"不敢，不敢，恶劣的作品恐怕不堪入目的。密司倘不见笑，已是幸事了。"

白人凤遂取出自己填的一首《八宝妆》来，要请思廉斧正。这首词是白人凤以前填的，曾请伊校中诗词学教授改删过的。那位教授也是个文坛上有名的辞章大家，这首词当然修改得很完美的了。思廉接过一看，想了一想，遂对白人凤说道：

"密司填的词十分工稳，已是上品，不过据我的谬见，第三句某字虽稳，然不若换一某字，来得有含蓄了。我是胡说乱造的，密司以为如何？白人凤听了，更是佩服，遂说道：

"戴先生真是一字师了。"

遂相对坐着，大谈文学，娓娓不倦，直到天晚白人凤才回到楼上去沐浴。伊觉得思廉虽然是个中学生，可是中西文学俱有根底，吐属不凡，自己甘拜下风。若不是前天偶然见了他的新词，怎样知道在我这里竟有一个无名的文艺家呢？所以到了明天，伊又走到思廉处来闲谈。同时思廉也觉高山流水，忽遇知音，而这位知音又是绝妙才华的女相如，此后赏奇析疑，斯文相通，可得一红粉知己，岂非天假之缘吗？对于白人凤也是非常倾倒，自然而然地发生爱慕之念。

在这一个很长的暑期中，二人差不多天天在一起，上下五千年，纵横十万里地高谈阔论，彼此心里十分投契。暑假过后，白人凤依然到校，而思廉为着生活的问题，不得不去执教鞭了。白人凤星期六回家时，仍和思廉一起研究文学，二人的友谊一天切近一天。其时白人凤经伊师友的介绍，在报章杂志上登起伊的著作来，许多文艺家见白人凤的作品思想很新，技巧也很好，遂一致推崇，于是白人凤的文名渐渐响起来，各处都来求伊的稿件。白人凤一面要读书，一面要写作，又要出外交际，觉得大忙而特忙，自己的精神对付不下。越是不肯作时，人家越要伊作，好似不论什么书报有了伊的作品，倍增光荣。

有一次，白人凤适有小恙，请假在家静养，而一家周刊社向伊迭次催稿，因为前一期早已有了白人凤新著的预告，倘然不刊出时，有失信用的，不得不急如星火地催促。白人凤本来写一篇小说，只写去了三分之一，自己不能用脑，正在尴尬之时，想起思廉虽然不作小说，而很有文艺的天才，不如请他补写完毕，一定能够混得过的，遂对思廉说了。思廉当然十分愿意尝试一下的，于是费了两个黄昏，思廉早把这篇小说续完。白人凤读了，觉得他描写的技巧只在自己上，不在自己下，遂向思廉道谢了，立即将稿送去。这篇小说登出后，一般舆论很好，有某某前辈作家在报上作了一篇评论，说出白人凤这篇小说的好处，完全在后半篇中。白人凤拿给思廉看，思廉心里当然欢喜，便说：

"幸不辱命，惭愧得很，以后你倘然来不及写稿的时候，我可以代你写一些。"

白人凤正需要有这样一个绝妙的人才相助，所以从此以后，伊竟老实不客气把一部分稿件托给思廉了。思廉在代伊写作的时候，偶然高兴，游戏三昧，把他自己作的几首诗词，写上了白人凤的芳名，一齐送到报馆里去。编辑先生读着了这许多黄绢幼妇之作，大大激赏，马上刊出，给白人凤添了一个《秋水楼诗词草》的题目，又代伊作了一篇小序，刊在前面，揄扬备至，誉为李易安第二。果然刊出后，有目共赏，要求续作的来函多如雪片。编辑主任亲自去拜访白人凤，要伊多赐几首新词。白人凤不好说出所以然之故，只好答应。此后一大半诗词，都是思廉代作的。后来又出单行本，纸贵洛阳，遂有《续草》的刊行了。

这几年来，思廉常代白人凤写作，外间人哪里知道其中的内幕？对于白人凤的一支健笔，欢喜赞叹不绝，所以白人凤要说思廉是伊自己的灵魂了。至于思廉却抱着书中自有颜如玉的宗旨，无代价地为白人凤著书，也可说他的代价是虚悬的希望，将来的收获，可以有一朝得到颜如玉，便不负他现在呕出心血，为人作嫁的一番辛勤了。他想了良久，似乎觉得白人凤已翩然来归，心头得到不少的安慰，渐渐入梦。

次日，他带了所作的诗，又来看白人凤，但是白人凤不在家中，一问冯太太，知道白人凤到莫利爱路黄家去了。思廉虽没有见过天乐，而知道黄天乐就是前进书局的老板，将来自己译的那部小说和《秋水楼诗词续草》都要由他出版的，而且白人凤最近担任了《白虹》周刊编辑主任，更是繁忙。伊曾许我做伊的助理编辑，每月酬我一些薪水，其实我要伊的报酬，不在金钱上啊！伊此刻想又去接洽事情了，不知伊在什么时候回来？遂坐着看书，静静地等候。但是等到天黑，依然不见白人凤回家，他不耐久待。因为明天是星期六，遂取过桌上的信笺，写了几句留言给白人凤，约伊明日下午相见。又把四首词留在桌上，然后走回家去赶译小说了。

但这天白人凤是到黄家去陪着天乐、慧君一同出去吃夜饭、看电影，直到子夜方才回来，瞧见了思廉的留言和四首词，不觉微笑道：

"痴儿，不要做了缚茧的春蚕，明日我就奉陪他出去一游，让他心里快乐了，好多作几首词，多译些小说。"

所以明天下午伊不出去，在家等候。一点钟刚才敲过，思廉已来了。白人凤向他道歉数语，思廉已告诉伊说那部小说昨日又译去了两章，照这样加足了速力地赶译，一个月后便可脱稿了。白人凤道：

"很好，天乐办的前进书局数天后便要开幕了，先出《白虹》半月刊，这部小说也是急需的。"

思廉道：

"包在我身上便了，今天风和日丽，我们到什么地方去游？"

白人凤道：

"我们不如到吴淞去观海，然后回到江湾叶家花园一游。"

思廉自然赞成，于是白人凤换了一身新装，更见美丽，和思廉携手同出，驾着自己的汽车到吴淞去凭吊了一回一二·八的战迹。二人又坐在海滩上娓娓浅谈，遥望着海天风帆，胸襟一畅，白浪打到脚边，海风甚大，吹得白人凤云发飘蓬，伊唱起一支《渔光曲》来。思廉聆看着美人的清歌，心中非常恬适，他不觉也高吟起苏东坡的那首大江东去的《浪淘沙》来。白人凤对他说道：

"思廉，这首《浪淘沙》词意悲壮苍凉，寄慨深远，今日我们在此凭吊战迹，濯足海浪，你何不也填一首《浪淘沙》，聊写我意呢？"

思廉点点头，脑海中思想了一会儿，遂一句一句念给人凤听，人凤击节称美。思廉道：

"尚有几个字不妥，待我回去修正了，录出予你。"

白人凤道：

"很好。"

二人又坐了一会儿，方才回到叶家花园。等到他们从叶家花园回转时，天已黑了，白人凤又陪思廉到一家馆子里去吃晚饭。白人凤见思廉十分高兴，便道：

"我们明天早上索性到嘉兴烟雨楼去游玩可好？也给你多作些词，而我也要自己作诗数首，不到外边去是没有吟兴的。"

思廉欣然道：

"愿陪清游，明日上午八时我一准先到你府上来。"

约定后，遂由白人凤付去酒钞，握手而别。白人凤独自坐着汽车回去，思廉也高高兴兴地回去。

次日，白人凤一清早起来，梳洗毕，吃过早餐，思廉已来了，将昨天口吟的那首《浪淘沙》词写好了给伊看，改换了数字，更觉完善。又作了两首新词，都是借着白人凤的口吻而写的。白人凤读了一过，很快活地收藏了。冯太太便问他们今天要到哪里去游，白人凤告诉了，便和思廉赶到南火车站去坐车。这一天他们在鸳湖畅游至晚，方才返沪。思廉在这两天伴着素心人同游，其乐无极，也多了不少诗情，所以隔了数天，他作得不少诗词，一起交给白人凤。白人凤自然很是欢喜，伊因为前进书局开幕日子已到，所以每天下午都和天乐在一起经营擘画。天乐又借着白人凤的名义，在大东酒楼宴请数位文艺家，为《白虹》刊物帮忙。数天后，《白虹》半月刊已出版，登出大广告，极尽宣传能事，果然订户踊跃，一星期中已订去了一万多份，恐怕这也是白人凤的魔力所致吧。思廉因白人凤屡屡催促，所以一个月后已将那部小说译好，将一叠稿纸交给白人凤。伊接在手中，满面春风地向思廉微微一鞠躬道：

"多谢你了。"

于是伊将小说再去交给天乐，赶紧排印。这小说出版之日，《秋水楼诗词续草》也已脱稿。天乐知道这部书一定受人欢迎的，因此特地精印，果然这二书问世后，销路甚畅。前进书局虽然是新开的，而营业大盛，一跃而为头号的书局，无人不知了。天乐心中非常得意，推许白人凤是他的功臣，而白人凤的囊中也格外充盈，而思廉却只得着一丁杭纺，是白人凤送给他做衣料的，还有一些文房用具，这就是他耗费心血的收获了。不过他的希望岂是这样的，他正喜滋滋地理想着将来美满的收获呢。

但自前进书局开幕以后，白人凤也许是为了辑务的关系，差不多天天要到黄家来。慧君对于白人凤是一向钦佩，以为伊是个天才的女作家，绝代才华，不可多得。况且现在天乐努力文化事业，开了书局，请了白人凤做编辑，时时刻刻有事情商榷的，所以很欢迎白人凤为入幕之宾。但自己校中功课甚忙，家里又有两个小孩子缠扰，没有空工夫去奉陪，也只有让天乐去和伊周旋了。白人凤和他们熟不拘礼，伊到了黄家，随便什么地方坐，随便跟他们吃喝笑谈，宛似一家人了。

春天小孩子最容易传染痧痘，有一天伯燕忽然生起痘来。慧君听了医生之言，恐防仲蓟传染，所以便将伯燕住到医院里去，自己也跟着同去，校中的课程请人代庖。伊的一颗心完全萦绕在小儿身上，又叫天乐在家当心仲蓟，不要多到外边去。天乐听从慧君的说话，只得坐在家里当心小孩子。

下午四点钟时，白人凤来了，二人坐在室中闲谈了一刻。白人凤要到法国公园去散步，天乐因为法国公园是近邻，所以陪着白人凤同去，只叫奶妈看着仲蓟，不要走开。他们在法国公园里踏着芳草，谈谈说说，走到一株大树之下，白人凤席地而坐，天乐也跟着坐下来。白人凤问起《秋水楼诗词续草》的销路，天乐便报告一个好消息给伊听，说这部诗集不仅在长江一带销路畅盛，而南方的读者也是非常欢迎，昨天广州某书局汇款来，要这里批发两千部去，香港方面也来批发一千五百部，局中存书已罄，所以又去添印六千部了。自出版以来，已销去一万四千余部，版税当然不薄。白人凤听了，很觉快慰，前星期伊已向天乐

164

支取过五百块钱，现在伊听得这个消息，又要向天乐支取三百元。天乐一口答应，明天交付，遂又谈起诗词来。天乐道：

"我对于此道是门外汉，密司竟有这般婉妙轻灵之笔，既有六朝人的风调，而神韵自然，思想新颖，真是绝顶聪明，使我佩服得五体投地。"

白人凤微笑道：

"这个算什么，我自己也不知道写得怎样，其实是人家过誉罢了。"

天乐说了不少赞美的话，白人凤却只是微笑。直到天黑，方才出来，天乐便留白人凤在他家里吃晚饭，白人凤也不推却。伊抱着仲蓟，逗着他玩笑，直到黄昏时，白人凤方才坐了汽车回去。

次日白人凤又来取款，天乐如数付与伊，并请伊再译些小说，预备出单行本，白人凤也答应。这天，恰巧沪上到了一位俄国的音乐家，和本埠的中西音乐名家在卡尔登联合奏唱，白人凤要去一聆妙歌，天乐便情愿陪伊同去，遂坐了白人凤的汽车前去聆歌，直到六点半钟方散。天乐又请白人凤到一家菜馆去吃了晚餐，然后分别。他回到家中时，见仲蓟已睡了，便问奶妈，少奶奶可有电话来？奶妈说：

"有的。"

天乐道：

"你怎样回答的？"

奶妈道：

"我说少爷和白小姐一同出去了。"

天乐听了，眉头一皱，又问道：

"可有别的话？"

奶妈道：

"少奶奶没有再问，电话就挂断了。"

天乐点点头，遂去电话间里打一电话到医院里去和慧君谈话，问问小孩子怎样了。慧君在电话里回答说小孩子经过良好，没有妨碍，叫天乐不要挂念，当心着家里的仲蓟。天乐唯唯答应。他听医生的叮嘱，为要和病人隔离，所以自己不能到医院里去探望，和慧君已有好多天不相见了。慧君又问天乐方才同白人凤到什么地方去的。天乐一想慧君再三吩咐自己无事不要出外，倘然说了和白人凤去听音乐的话，一则显见自己不能守约，二则难免不使慧君生疑，心中一个忐忑，遂撒了一个谎道：

"我因为《白虹》的辑务，所以陪着密司白到书局里去的，没多时就家。"

慧君听了，也深信不疑。二人谈了一刻话，彼此道了一声晚安，挂断电话。

天乐回到书房里，独自在灯下坐着，拿起一本《秋水楼诗词续草》，朗吟了数首，不觉自言自语道：

"绝世聪明绝世姿，人凤人凤，天下不知有多少人为了你而着了疯魔，连我也有些意马心猿起来了。"

他这样想着，脑海里便觉有白人凤的倩影映在他的眼前，白人凤开车的姿势微妙极了，自己方才在伊的身旁幽香沁脾，宛如傍着醉人的玫瑰。有女同车，此乐无极，他这样如嚼谏果地回味着。同时又生出许多幻想，忘记了本来的家庭，忘记了慧君，忘记了自己的小孩子，以及一切的一切，好似处身在别一天地中了。

第九回

山水流连微通心坎语
神魂颠倒细味枕边书

　　一个人的理智与情感往往会冲突起来，而情感这样东西尤其是神秘的，它的发生也是大都出于不知不觉，所谓如琥珀拾芥，磁石吸铁，自有一种力量潜伏在内，不可以常理测度的，所以一班人的理智常被情感所克服。而男女的恋爱问题更是玄之又玄，不可思议，事到其间，连局中人也像操舟大海之中，失去了舵，一任那狂风巨浪把它吹送前去。至于古人所称力挥慧剑，斩断情丝，道是有情却无情，非有大智慧的人不能将理智去克服情感的。

　　天乐是个活泼多情的美少年，他以前经他妹妹的介绍，认识了慧君，以为这是一个性情温淑学问高深的新女子，爱慕之情油然而生，便把自己的爱情很热烈地输送到慧君心里去，千回百折，以求达到他的目的。慧君不答应时，甚至于害起相思病来，茂陵秋雨，憔悴病床。当时的天乐，对于慧君自然是一片真爱，完全没有一些渣滓，很可富贵的。而慧君一颗已冷之心，也被他感动，到底有情人成了眷属。婚后的光阴可算甜甜蜜蜜，常在乐园之中，又多了一对小天使，也是他们爱情上的结晶。照常理而论，他们的前途宛如开着璀璨的花，方兴未艾的。可是前年无意中在火车上遇见了白人凤，多认识了一个文艺上的朋友，这是很普通的泥上偶然留指爪，鸿飞那复计东西？想不到在北平因为朋友方面要求拉稿子，而把那位女作家邀请到北平去聚首了好多时候。然而这也是朋友间酬酢常有之事，彼此无所动心。后来天乐和慧君一同南返，而天乐厌倦从政，忽然开起什么前进书局，他便和白人凤的踪迹渐渐亲密起来了。慧君以赤心待人，觉得人凤的天才可爱，也竭诚招待。因为自己事务忙，白人凤和天乐又时时有出版物的商榷，那些事不用伊去顾问的，所以常常由他们二人去谈话。白人凤是个在外交际惯的新女子，大家又是十分相熟，自然不拘形迹了。天乐先后读了白人凤许多著作，尤其是《秋水楼诗词草》，使他爱慕日深，以为人凤是一个奇女子，有时耳鬓厮磨，十分亲密，反而比较慧君和自己接触得多了。

最近几天，慧君为了小孩子出痘，而在医院里看护，他和白人凤的踪迹更见得亲密一些。虽然在白人凤方面是行云流水，一点儿没有什么影痕，而天乐的心里却想入非非，不可自制地飘起一缕情丝来。这当然在道德上是不可有的，但是他方面的不自觉的诱力，已使他的理智渐渐不能克服了他的情感，所以他和慧君的情爱忽然掺和了一些渣滓，竟要发酵起来，而使他们纯洁的爱情发生腐烂的变化。他自己也不可解释的，一方面他处处觉得白人凤的可爱，而一方面又觉慧君有许多地方使他心里失望。因慧君的意旨和嫁前没有变动，伊要为女子教育而终身服务的，是一个纯正的、朴实的妇女教师，日里到校授课，夜间还要在灯下改课卷、编讲义，休沐之日也有些校务羁缠。伊的性子是不喜欢丢给别人去做的，也常要到学校里去办公事。平日稍有闲暇，既要管理家务，又要照顾小儿，处理得井井有条，俨然又是一个纯正朴素的主妇，因此没有多大的精神去用在天乐的身上了。这个当然也是促进天乐心理上的变化，使他见异思迁，自堕魔障。然而慧君却尚未觉得呢。

不多几天，伯燕业已痊愈，伊遂带了小孩子欣然回家。对于伊丈夫和白人凤往回频繁的事，不闻不问，见仲蓟在家里很好，心里已快慰不少。又因缺了好多日子的校课，马上要到校里去授课。白人凤也照常前来，天乐特地布置了另一间书室，算是白人凤的编辑室，放着许多书报杂志，并在壁上挂了一帧白人凤的画像，就是广州一个名画家也为了爱慕白人凤的关系，而看了伊书上的照片，聚精会神地绘出这个造像来，特地寄至前进书局，转给白人凤女士的。天乐得了这帧画像，见画中情影，婉媚的风姿，如活的人凤无异，便向白人凤要了过来，特地配了一个精美的镜架，挂在这里的。以后白人凤一到黄家，便坐到编辑室中去阅稿。天乐常在一边陪着，倒好似做了伊的助手。白人凤在前进书局第二部的译品，正在戴思廉笔下赶写，而伊自己却实在很少工夫下笔了。思廉屡次要想见见这位新书局的老板，可是白人凤不欲他们俩相见，总是托故不代引见，思廉也无可奈何。其间白人凤曾伴思廉到杭州去游玩了三天，以践前约。当他们在湖上遨游时，思廉很有几句话，恳切非常，但是白人凤仍没有什么表示。思廉以为时机未熟，只得耐着心期待了。

白人凤回沪时，天乐早来拜访了，告诉伊说他因前进书局营业大盛，徇南方人士的要求，将要在广州设立一个分局，自己也有一个朋友，愿意担任分局之职，现在正在接洽，等到时期成熟，他也许要到广州去一行。前闻人凤很想作华南之游，自己倘然成行，可否一同前去畅游山水？白人凤听了，心里也很有些活动。隔了几天，又有凑巧的事情来了。广州的一班文艺家发起一个文艺大会，欢迎各地的作家前去参加，共同讨论，因为白人凤是享有盛名的女作家，遂一个请柬寄到白虹周刊社来。白人凤得了这请柬，益坚南游之志。天乐又在旁怂恿，时期为八月二十日，和前进书局广州分店的开幕日相去无多，天乐更再三邀请，伊遂决定和天乐同往了。天乐又将这事告诉了慧君，慧君也很赞成，并无他想，所以天乐渴望着这日子到临了。

在这个炎炎长夏中间，白人凤差不多天天在黄家，有时总是和天乐夫妇到法国公园里去闲坐纳凉。慧君要照顾两个小孩子，浴后慵懒，往往让他们二人去，天乐和白人凤常在公园中徘徊至黄昏。白人凤回至黄家，用了晚餐，方才驾车回去。

有一天晚餐后，白人凤和天乐、慧君到丽娃栗妲村中去作夜游，天乐喝醉了酒，竟要求白人凤和他去跳舞，白人凤当然不肯同意。慧君见丈夫醉了，恐防他醉后失礼，遂要先和天乐告辞回去，白人凤却若无其事地仍把自己的汽车送他们回家。次日，天乐酒醒，慧君把这事告诉了他。天乐道：

"这是我的醉后失检，今天等伊来时，当向伊道歉。"

慧君戏言道：

"我瞧你和白人凤真可称得同志，白人凤清才绝艳，我见犹怜，倘使你当时没有娶我，那么你和伊倒是绝妙的佳偶了。"

天乐笑道：

"癞蛤蟆想吃天鹅肉，不是呆子吗？我得你为妇，已是很不容易，岂敢别有妄想呢？"

慧君笑了一笑，也就不说什么。下午白人凤来时，天乐便向伊道歉。白人凤却一些不以为忤，且带笑说道：

"跳舞一道，我也学习得一二，本来友朋之谊作一次茶舞，未尝不可。但是我除却在宴会之上，对于跳舞场里却不愿厮混的。"

天乐道：

"很好，我也难得有兴舞的，以后倘有机会再当向密司请求何如？"

白人凤微微一笑，便坐到写字台上去阅稿了。伊以为自己不久要到南国去一游，所以赶紧把《白虹》周刊的稿件预先排好数期，免得自己走了，有停止之虞。天乐帮着伊写信发稿，言笑晏晏，一同工作。慧君却开着好的西瓜，拿来请白人凤吃，所以他们的感情更加深厚。至于那个戴思廉放了暑假，却蛰伏在家中赶译小说，难得和白人凤见面，有时到白家去访晤玉人，而白人凤常常不在家里的。

转瞬间已到八月之初，前进书局在广州的分店开幕期近了，分店里的经理迭有快函催促天乐早日前往。更有天乐的一个朋友姓蔡名纯的，是广州的富家子，在东山筑有宏大富丽的别墅，名唤纯庐，知道天乐要到广州，且与女作家白人凤同行，也很欲一亲这位女作家的丰采，所以来函愿意招待二人下榻在他的纯庐中。于是天乐便和白人凤商定六日动身，预先买好了船票，并购办许多土产，预备分送给广州朋友的。

六日的晚上，天乐和白人凤经过店中职员饯行以后，他们带了行李下船。他们订的是大菜间，所以较为舒畅，慧君也一同送到船上，叮嘱他们旅途中一切谨慎，早些返沪。当他们细语别离之际，忽然有一个白衫少年，翩翩风度，走上船来和白人凤相见，原来就是戴思廉。白人凤见了他，不由一怔，对他说道：

"我们日间已告别了，怎样你在这晚上又跑到船上来呢？"

戴思廉笑了一笑，说道：

"我因为没有送你上船，所以赶来相送。"

白人凤微笑道：

"谢谢你了。"

伊只得代他介绍与天乐夫妇相见，说是自己文艺上的朋友，幸天乐也没有详细询问，坐了一会儿，白人凤安慰他数语，劝他早些回家。戴思廉很是面嫩的，因有天乐夫妇在一起，也不便多说，遂先告辞而去。慧君又坐了一歇，惦念着家里的小孩子，所以道了数声珍重，也告辞回去。天乐见他们去了，喜滋滋地陪着白人凤闲谈，时已子夜，白人凤有些疲倦，先去睡了，天乐也只得自去安眠。

等到起身时，邮船已出了吴淞口，向南面海天里鼓轮驶去。二人在甲板上眺了一会儿海景，胸襟觉得很是豪畅。天乐对白人凤说道：

"我们这番作南国之游，密司归来时可写一篇游记，而我也可附骥了。"

白人凤道：

"当然要写上你的大名。"

天乐很得意地笑道：

"这真是三生有幸啊！"

这一天到了香港，天乐又陪伊上去游了一回。到得广州，那分店的经理早已在长堤轮船码头上欢迎。二人看到这热闹的街市，已可窥见广州繁华的一斑。分店经理接他们上岸后，就用汽车将他们载送到广州大旅馆安歇，当夜在酒楼上设宴，代二人洗尘。席散后，二人因坐了几天的船，精神不免有些疲乏，所以早回旅馆安睡。

次日上午，经理便来请他们到分店里去视察，一同坐着汽车来到双门底。这里行人、汽车、黄包车、货车来来往往，非常拥挤，有大新公司的支店，有戏院，有游戏场，而最多的商店便是书局，如商务、中华、世界、北新、开明、现代等书局的分店，都开设在此，好像上海四马路的情景，所以双门底可说是广州的文化街。前进书局的分店也在这里，虽是一开间的店面，而装饰得很是美丽。天乐和白人凤到店中去视察了一番，觉得布置得很好，心中很是满意，向经理赞美数语。经理当然很是快慰，他对于白人凤的文名也是久仰的，午间便请二人到外边去吃饭，游玩各种市街，和新建的海珠铁桥。天乐的朋友蔡纯已到前进书店来访问他们了，知道他们住在旅馆里，便又到旅馆里来等候。恰巧天乐和白人凤游罢回来，相见后，蔡纯便请他们立即到他的别墅去下榻。

天乐见蔡纯十分诚挚，便付了房资，带了行李，和白人凤一同坐上蔡纯的汽车到东山去。那地方很是清幽，在东山大都是达官贵人的住宅区，私家的花园很多，一路过去，总看见有许多宏伟富丽的门上，挂着些铜牌或蓝底白字的匾额，上面写着什么园、什么庐等名目。矮的新式短垣，粉刷着各种幽雅和美丽的颜色，攀绕着一些绿藤或牵牛花之类，里面露出些楼台花木，这可见得都是有闲阶级或是资产阶级怡情悦性高卧退休的所在。转了两个弯，已到纯庐门前，汽车夫捏着喇叭，便有一个司阍者，把铁门开了，汽车一直驶进去，乃是一片草地，两旁是水泥的走道。又有几株参天绿树，浓荫匝地，一阵阵凉风吹来，虽然还有一些夕阳在山边斜照着，天空余霞成绮，可是暑气全消。中间一排新式的洋房，建筑得如琼楼玉宇一般。汽车停住后，蔡纯便请二人下车，缓步进去，在一间会客室里坐谈。蔡纯是在这里养病的，眷属也不多，下人却有十多个。天乐和他闲谈一切，蔡纯也是爱读白人凤著作的一分子，所以格外殷勤款待。晚上蔡纯又设宴为二人洗尘，辟东楼精室两间，给他们下榻。天乐的行李也早已安置在室中了。天乐把带来的土产送给蔡纯，蔡纯一些不客气地都受了，又叫一个男仆、一个婢女在东楼下侍候二人的起居，所以天乐和白人凤在此居住，比较旅馆中舒畅而又清静得多了。

次日，蔡纯因为二人初到羊城，当尽地主之谊，遂陪伴他们出去游玩白云山、越秀山等名胜之处。那白云山在广州为群山之冠，高峰翠壁耸入云霄，在山上可鸟瞰广州市的全景，是风景优美的地方。这天恰巧天阴，山顶白云翁郁而起，遥望半壁尽成素色，不愧白云之名。山麓有一濂泉寺，寺旁就是有名的蒲涧。这地方是秦始皇时隐士安期生的旧居，也是秦皇帝求之不得的方士。白云苍苍，富有诗意。白人凤在此徘徊多时，后来又去瞻仰黄花岗七十二烈士埋骨之地，摩挲墓碣，想起当年悲壮热烈的史绩，不觉爱国之念油然而生。足足游览了一天，羊城胜景略窥一斑。

次日，蔡纯因为昨天疲乏，所以不能再出去，天乐和白人凤遂到分店里去，仍由经理陪着游玩海珠岛，赏玩珠江景色而归。

又次日，是分店开幕之日，天乐和白人凤都到店里去主持一切，忙了一天，才回东山。可是白人凤来粤的消息已被人探知，在一家小报上披露出来，便有数位仰慕白人凤作品的人，跑到东山来访问，白人凤只得出现。明天报上便有一篇《白人凤女作家访问记》，将伊描写得很是详尽，捧到三十三天，于是广州文艺大会的发起人都来相见，请伊出去浏览，并大开琼宴为伊洗尘，而开会的日期也近了。大会时，白人凤和天乐一齐列席，有数人坚请白人凤登台演说。白人凤推辞不脱，只得走上台去，演讲文艺复兴与民族复兴的关系，口若悬河，滔滔不绝，态度更是雍容大方。天乐在下面听着，乐得嘴都合不拢来。讲完时，鼓掌的声音如春雷一般响起来。大家对于白人凤，又加上一重认识了。这天晚上二人回转东山，天乐向白人凤夸奖一番，伊只是微笑。这几天天乐跟着白人凤和广州一辈文艺家接席联欢，他自己觉得脸上很是光彩，真像古人说的，我虽为之执鞭，所忻慕焉。

白人凤连日酬酢，好像被人包围住，不得脱身，遂和天乐商量要到广西去一游阳朔的山水，借此可以摆脱。天乐自然欣然同意，但是他接到家中的快信来催促他返沪了。因为他在上海动身的时候，恐慧君一人在家寂寞，遂写一封快信到南京去，请伊的妹妹黄美云来沪盘桓半个月，也好使慧君有个伴侣。他知道美云已放暑假，无事羁绊，又和慧君本是知己的同学，又是亲爱的姑嫂，一定能够答应他的请求。他到了广州，只写了一封家书回去，报告旅途状况和分店开幕的情形，其他游览的事一笔不提。又因为自己常和白人凤在一起，连写信的时间都没有了，而慧君却先后来了两封信。这两封信上都是催他回去的话。他妹妹美云也附一素笺，说南京学校开学在即，自己不日即将回去，毅生也有来函催归，其势不能再留。而慧君的学校也要开学，家中无人，劝他早离羊城，莫要乐不思蜀，字里行间很有不赞成他和白人凤同游南国的意思。他素知他妹妹是精细的人，不像慧君那样的冲淡平易，将至诚待人的，此番一定在慧君面前不说好话，所以慧君也要催促他回去了。然而自己业已答应了白人凤同游阳朔山水，既已到此，怎能半途而返？他想了好几个念头，硬硬头皮，决计不写回信，只算自己已动身赴桂，那么将来她们也不好深责自己了，所以天乐便将这封家书划了一根自来火烧去，一面便收拾行李，赶紧和白人凤动身。

白人凤见天乐这样兴高采烈，心里很觉欢喜，便跟着他和蔡纯告别。分店里的经理也来相送，并送了几本旅行导游，和桂林游记等书给天乐。二人遂离了广州，先至梧州，然后再到柳州及桂林。一路玩赏，青山绿水，果然广西的山都很深邃而又雄伟，郁郁苍苍，又是一种气派。在桂林登山眺望之时，天乐对白人凤说道：

"尘世扰攘，几无一片清净土，古时白乐天为江州司马，自言愿在青山绿水中为风月主人。我今游了阳朔山，又有素心人同伴，此乐虽南面王不易，故我也有此种感想。密司清才丽质，是今之女相如，使我非常佩服。但今日的欢聚，岂能永久？天苍苍兮云团团，山巍巍兮水泱泱，不能不有感叹。"

白人凤微笑道：

"苏东坡咏的'人生到处知何似？应似飞鸿踏雪泥。泥上偶然留指爪，鸿飞那复计东西'。人生有聚必有散，有合必有离，本来是不可免的。"

天乐对白人凤脸上瞧了一眼，又说道：

"密司说得真豁达，诗人的胸襟与众不同的。我这个人对于什么都是一往情深的，自知太近痴愚。我的心里现在最好能长伴密司筑庐于青山之巅，欣赏四时的大自然风景，多读几首密司锦心绣口的诗词，开我茅塞，去我鄙吝，于愿已足了。"

白人凤听了天乐的话，微微一笑，俯视着山岫里的白云，默然无语。天乐自觉他的几句话说得很恳挚，暴露出自己敬爱伊的情绪，然而白人凤尚无何种表示，他也不便再说下去了。二人在桂林游玩了数天，天乐写了一封家信回去，说明自己游历的意思，也借此做个交代。但是白人凤玉体忽然微有不适，伊不想再作远游，于是一同匆匆同到广州。

这时候已在十月中旬，天乐离家已近一月多了，分店里的经理见了天乐，便交出数封信来。天乐在夜里背着白人凤拆阅家书，有三封信是慧君托分店经理转寄的，书中很多怨望之言。天乐读了，心中很觉内疚，又看美云的信，是从南京寄来的，因伊已回南京，劝天乐早返沪上，以慰慧君之心。但是天乐此时正沉醉在白人凤的怀抱里，白人凤不说归去，他情愿一生追随美人遨游，哪里舍得言旋呢？所以他踌躇着，也不函复。

次日，白人凤谈起荔枝湾的名胜，很想一游。此番他们是住在旅馆，开着两个房间的，所以不去惊动他人。下午时候，二人坐着公共汽车，直达荔枝湾，果然一湾清流，两岸绿树，颇饶幽趣。遂雇了一艘小舟，面对面地坐着，棹着兰桨，荡舟前去。湾势很长，小艇往来不绝，都载着游客。岸边有许多红荔树，本来荔枝是岭南著名的出产，在这里每年产数很多，价格低廉。在绿荫桨声下漫游，听着树上小鸟的清歌，又可随意饱啖着红荔，凉风习习，拂人衣袂。白人凤在艇子上吃了许多红荔，天乐却不喜吃这东西的，便向伊说道：

"东坡虽有'日啖荔枝三百颗'的诗，然而荔枝是热性的果物，多食殊不相宜，请密司适可而止吧。"

白人凤笑道：

"我不知怎样的爱吃此物，以前在上海买到的，总嫌不新鲜。今天有新鲜的荔枝吃，自然要多尝些鲜味了。"

伊说了，又吃了十多颗，方才洗手。那荔枝湾附近很多苏东坡的胜绩，他们一处处地游玩，直到晚上，方才在外边用了晚餐回去。

白人凤很是高兴。因天气尚热，不耐在旅馆里枯坐，遂要天乐陪伊出去坐汽车兜风，天乐当然奉命维谨，遂去雇了一辆摩托卡，和白人凤同坐着，到长堤一带去行驶，穿过了不少繁华的街市，到十一点钟方才回至旅馆。当下车时，天乐一眼瞧见白人凤身穿的那件白纱旗袍，胸前沾着一小片血渍，连忙惊问：

"怎样有此鲜血？"

白人凤方觉得伊自己的鼻管里正出着血，遂说道：

"哎哟！这是我的鼻红。"

天乐道：

"快去觅东西塞住吧。"

遂付去车资，步入旅馆，走到白人凤的房间里，向茶房讨了一些灯草，磨好墨汁，饱蘸了墨，给白人凤塞在鼻管里。这时白人凤按在鼻子边的一块绣花手帕已是完全殷红了，天乐又将一块洗脸巾浸过冷水，按在伊的额角上，隔了一会儿，鼻血方才停止。白人凤因为衣服已脏了，便把来脱下，走到床边，从箱箧里取出一件浴衣，披在身上。又去换上拖鞋，别有一种姿态。天乐立在窗边痴痴地瞧着伊，微笑不语。白人凤道：

"大概我这几天受了些暑热，所以有此鼻红了。"

天乐道：

"恐怕这就是刚才你多吃了荔枝的缘故吧。我曾劝你少啖为妙的，这是热性的食物啊！"

白人凤道：

"我不信荔枝有这样的厉害。"

一边说，一边在窗边一张藤椅上坐下。天乐站在伊的旁边，阵阵的凉风从窗外吹入，天空里繁星如沙，闪烁不已，宛如一块大蓝布上缀满着许多小的水钻。远近无线电话里歌声靡靡，播送着新的艳曲。马路上汽车的喇叭声，由远而近，由近而远，虽近午夜，可知一班人尚在飙轮疾驰，消磨着这个新秋的黄昏呢。二人默然了一歇，白人凤抬起头来，对天乐带笑说道：

"光阴真快，我们到南国来游览已有一个多月了。我是萧然一身，天涯何处不为家？到东也好，到西也好。但是你伴着我清游了这许多时候，迟迟不归，恐怕潘先生在家里将要望穿秋水呢。伊可有信来催你回沪吗？"

天乐暗想：果然被你料想到了。但他不欲直告，便说道：

"伊虽有信来，但也不见得要我马上回去。你不知道慧君的性情，很是孤僻的，伊立志终身为教育而牺牲，一心一意地教书。伊是我妹妹的同学，本来原学北宫婴儿子的终身不嫁，后来经我妹妹做媒，我们俩遂结成了婚姻。现在生了小孩子，又分心在孩子身上，对我的情感不甚深厚，所以伊让我陪伴密司南游。我不在伊的身边，伊落得清静一些。譬如我要伊相伴出去看电影，十有七八伊总托故不去，反说我缠绕不清。密司，你想伊和我如此情形，我当然情愿跟朋友同游了。若不是有些店里的事务萦绕，我很想陪着密司在南国多游几天呢。慧君的性情哪有密司这样活泼泼的令人可……"

他说到"可"字，顿了一顿，见白人凤的桃颜上仍是笑嘻嘻的，并没有嗔色，遂又笑了一笑道：

"密司你以为我的话说得对吗？"

白人凤流利的眼波向天乐注视了一下，嫣然微笑，点点头说道：

"当然性情是各人不同的，我自己知道我还不脱小孩子气，高兴怎样便怎样，不懂什么的。所以你约我同游南国，我也不加考虑地一同来。你劝我少啖荔枝，我偏多吃几个。"

白人凤的话没有说完，天乐早抢着说道：

"这个样子是最好，所谓胸无城府，一片天真，妙极了。"

白人凤把双手加在膝上，跷起了一足，接着说道：

"潘先生是一个纯粹的教育家，伊的志向很不错。伊是南京大学里的毕业生，胸中的学问很高，我也很佩服的。"

天乐道：

"伊虽有学问，怎及得密司的天才呢？别的不要说，我读了你的《秋水楼诗词草》，文情是幽深绵邈，文笔是清丽典雅，恐怕古代的朱淑真、李易安也不过如此了。无怪到处欢迎，洛阳纸贵，天下不少文人都为你倾倒。我从没有遇见过别的女子有像密司这样的多才多艺。"

白人凤不由笑道：

"密司脱黄，你太恭维我了，使我身上愧汗直流。"

天乐哈哈笑道：

"不要紧，这里有电气风扇，不怕你出汗，要不要去开?"

白人凤摇摇手道：

"不要开风扇，今晚我头脑昏昏，身子很有些不适呢。"

天乐吃惊道：

"真的吗?"

白人凤答道：

"不是真的难道是假的吗?"

一边说一边将手在伊自己额上一摸，蛾眉微蹙，说道：

"哎哟！我还有些寒热呢!"

天乐道：

"那么不仅是吃了荔枝的关系，大约游桂时你已受了暑气，当我们在桂林的时候，你不是因为玉体有些不适而急于折回的吗?"

白人凤道：

"是的，但我回到了广州，却觉得很好，所以今天很高兴地同你出游。现在坐定后却觉得不舒适了，并且我胸口很烦闷呢。"

说着话，伸起右手去揉着伊自己的酥胸。天乐向伊说道：

"你的热度高不高?"

白人凤道：

"你试摸摸我的额角烫不烫?"

天乐遂举手向白人凤左额上一摸，皱着双眉说道：

"虽不十分烫手，然而也有两三分热度，你快些不要睡在窗口，吹了风加重你的病。"

白人凤听了他的话，遂立起身来，走到床前，向床上一坐，双手在席子上反撑着，低着头似乎凝思一般。天乐又把四扇窗关了三扇，回身走到白人凤面前，对伊说道：

"那你早些休息吧，倘然明天能够退凉，这是最好的事，不然只得去请教医生了。你别的地方有什么不舒服吗?"

白人凤道：

"我只觉得头脑昏沉，胸中烦闷，其他还好。"

天乐道：

"你安睡吧，倘然你再觉得不好时，你掀电铃叫茶房来唤我一声就是。"

白人凤道：

"谢谢你，此刻大概你也疲倦了，也请早些安寝。"

天乐便和白人凤道了晚安，退出去，代伊将房门拉上，走到自己室里去睡眠。但是他的一颗心依旧挂在白人凤身上，不知道伊的病明天好不好？今夜可能不转变剧烈，但愿伊平安无事便好，否则我伴伊南来的，终是脱不了干系。他这样想着，便不能入梦了。又想：方才自己和白人凤谈及慧君的一段话，自己大着胆向伊做较鲜明的表示，而瞧伊的神情却不以为忤，欢然言笑，那么伊人的心中对于我也未尝不有很好的情感。可惜我已和慧君结了婚，早订了我的终身，否则伊倒是我的大好情侣，娶妻得如白人凤，是何等愉快而荣幸的事啊！他想到这里，很觉抱憾。继思天下不知有许多人爱慕这位女作家，欲亲芳泽而不可复旦，我却能够伴着伊遨游山水，玩赏风月，这也未尝不是我的艳福。倘然我能够一生长伴着白人凤，青山绿波，芳草夕阳，到处流连，当然是不可多得的幸运。可惜我们总是为环境所限，哪里能长聚在一起？伊正在妙年华，文名惊海内，又具着倾城倾国貌，料想外边定有许多人想和伊做终身的伴侣，那么伊迟早必嫁如意郎君的，我不过做一场幻梦，平添着将来苦痛的回忆。唉！老天惯会故弄狡猾，何不使我早逢着白人凤？那么我也不至于和慧君再三求婚，而今日反多一重束缚了。天乐这样想着，早把自己以前和慧君怎样地热恋，以及婚后甜蜜的生活，完全抛到爪哇国里去。心中抱憾无穷，反增不少愁恨，徒唤奈何。既而握拳向床沿上猛击一下，说道：

"我要希望得着将来的幸福，只有不顾一切向伊人追求，趁伊对我情感深厚之时，达到我的目的。至于慧君一方面不得不有负伊了。好在慧君嫁我本来是勉强的，伊的好友本是那杜粹，后来因杜粹别恋上项锦花，将伊抛弃，然后和我结合的。而且又有条件，要求永远服务教育，不得干涉伊的自由。现在想想，我有些追悔了。若将慧君和白人凤比较，那么慧君好似雪里素梅，孤芳自赏，而白人凤却如甜香娇小的紫罗兰，倩雅可爱，二者不可得兼，我宁舍慧君而取白人凤，只不知白人凤的心里究竟如何？凡事先要尝试，我不要失此良机，不妨大着胆子尝试一下，也许理想成为事实，全在自己努力罢了。"

天乐想了多时，直到天色将曙时，方睡熟了一个钟头。

醒过来见窗帘上已有阳光，连忙披衣起身，洗脸漱口，早点也不及吃，匆匆跑到白人凤房前，开了门踏进去，见白人凤睡在床上，两颊发赤，口中只是哼着。身上一些没有盖，两只雪藕似的玉臂，张开在睡衣外。天乐便问道：

"密司现在觉得怎样？怎么身上一些也不盖，早上很凉的。"

白人凤道：

"密司脱黄，谢谢你，此刻我好似睡在云雾中，全身发热，很是难过，所以什么都不要盖。"

天乐听了这话，脸上充满着忧愁之色，嗫嚅着说道：

"密司患的什么病呢？"

白人凤道：

"我素来是不生病的，此番觉得支持不住，我想在旅馆中请医服药，很是不方便的，不如把我送到医院中去医治吧。"

天乐点点头道：

"也只有这个办法，待我去请经理先生来，和他商量商量，究竟进哪一家医院稳妥？"

他说毕，遂走到外边电话间里打了一个电话，到分店里去。恰巧分店经理接的电话，闻得这个消息，便说马上前来。天乐回到白人凤房间里，坐在伊的床沿上，又用手去一摸伊的额角，觉得比昨夜来得更烫了，料想热度很高，医治也很棘手，便问伊可想吃些东西。白人凤把手摇摇道：

"我胸间闷得很，哪里还吃得下食物，只想胸口舒适一些。"

伊说着话，将自己的手去胸口揉搓，天乐瞧着伊，呆呆的不说什么。这时候分店经理匆匆地赶来了，一进房便问白女士有何清恙。天乐把白人凤的病情告诉了他，又问他在广州有什么设备完全的大医院。经理遂说在丰宁路有一家博爱医院，虽是私人设立的，而规模宏大，内外各科著名的医师很多，名誉很好，不如请白人凤女士就到那边去诊治吧。白人凤道：

"很好。"

说了这句话，双手向床上一撑，要想坐起身来。但是刚才坐到床沿上，一阵头晕，摇摇欲倒，口里忙说不好。天乐跑过来将伊扶住，说道：

"密司不要动，此时你不能起坐的，还是睡吧。"

白人凤口里嘤咛一声，身子慢慢地卧下去。天乐托住伊的蠕首，轻轻放到枕上，问道：

"密司这样好吗？"

白人凤叹一口气，说道：

"怎么我一病就是这样不行？"

天乐道：

"有了病自然不能和平常一样的，待我去雇一辆汽车，舁送密司前去便了，你不必自己动的。"

经理在旁说道：

"医院里有病车的，只要打一电话去，他们自会前来，包你不必费心。我去打电话吧。"

经理说罢，走出去了。天乐又坐在白人凤床边问道：

"现在头晕吗？"

白人凤道：

"仍是晕眩，我竟不能动弹，如何是好？"

天乐道：

"密司不要恐慌，待医师诊治一过，总有法想。"

白人凤星眸微合，口里只是呻吟。经理回来说道：

"医院里立刻开车子来了。"

果然不到一刻钟，早有博爱医院里的一个女看护和两个院役带着绳床跑来，天乐和女看护说了，他们便将白人凤很平稳地轻轻移至绳床上，抬出旅馆，移上汽车。天乐和经理也一同跟着，驶至博爱医院。

院役又把白人凤舁至楼上一间头等病房里，安卧在榻上。天乐便和经理到外面去，把手续办讫。一会儿，便有一个姓熊的医生来诊治，他细细诊察后，告诉天乐说，白人凤患的是一种轻的热带病，大概伊到广西去游览的时候，在山中受了一些瘴气。途中又受些暑热，所以发作起来了。便代白人凤注射了一针，又去配了两种药水，叫看护送来给白人凤吃，叮嘱病人务须安心静养，又抽了白人凤的血去检验。白人凤吃过药，仰卧在床上，闭着眼睛，口中哼着。看护走出去了，经理因在此也不便和天乐说话，所以约定天乐到店中去吃午餐，然后告辞而去。

天乐在室中徘徊着，暗想：白人凤病了，真是不巧，不知何日方能回去。倘然伊有三长两短，我担得起这个责任吗？心里也不免有些发急。白人凤睁开眼来，见天乐绕着圈儿蹑足走，便向他将手一招。天乐连忙走过去，俯倒身子，将两手扶在床沿上，轻轻问道：

"密司可要什么？"

白人凤对他微微叹道：

"我们到这里来游山玩水，本是极快乐的事情，却不料半途患起病来，我患的又是什么热带病？当然很是凶险的，不知此生可能有重返故乡的希望呢？倘然不幸而死在外边，愿密司脱黄看在友谊的关系，代我妥办身后的事，择地下葬，倘能埋骨青山佳处，魂而有知，感谢不尽。"

白人凤说到这里，眼眶中落下两点泪珠。天乐一向见白人凤是快快活活的，好似一头轻灵的小鸟，跳跃歌唱，充满着活泼的精神，今天看伊出眼泪，还是破题儿见第一遭，心中好生不忍，更觉得格外怜惜，遂对伊说道：

"密司不要这样伤感，你不听医生说你患的是轻微的热带病吗？绝不至于有何种危险，请你不要发急。在此医治数天，保管你霍然痊愈，平平安安地回去。我们是一同出来的，现在密司病了，我心里十分忧愁，恨不将身替代。横竖我左右没有，日间可以在这里相伴。密司如需要什么，尽可呼唤，晚上我虽不便住在这里，当吩咐女看护好好在你身边侍候。你耐心静养便了。"

白人凤听了天乐的话，点点头，脸上露出很感谢的样子，勉强一笑道：

"这却有累你了。"

天乐道：

"我们好像自家人一般，你又何必客气呢？"

遂在伊床沿上坐下。一会儿，看护又进来用一种药水，解开白人凤的睡衣，在伊酥胸前摩擦一番，又给白人凤服下一种白色的小丸药。

天乐坐了一歇，看看时候已近十二点钟，遂向白人凤说明要到分店里去吃饭，午后马上回来的。白人凤道：

"你早去早来。"

天乐答应一声，便叫看护在此陪伴，他就别了白人凤走出医院，坐了街车到双门底分店里来。那经理已叫了许多菜等候。天乐一到，经理便请他到楼上去吃饭。天乐虽然坐着，而心中却牵挂着白人凤，酒啦菜啦，都是食而不知其味。经理偏又将店中近日的营业以及一切计划，絮絮地报告给他听。天乐口里只是唯唯地答应，其实他也是听而不闻，完全不在他的心上。那经理见他这种神情，也就不多说了，反安慰他说，白女士的病没有什么重大的危险的，一班北方来的旅客时常容易犯这种病。熊医生医道高明，不出几天，必能治愈。

午饭后，天乐托经理去买些花旗橘的水汁，是有益的，所以他带了橘子，又回到博爱医院里来。见人凤在床上已是睡着，他不敢去惊动伊，遂悄悄地把橘子放在地上，自己坐在一边看报。听白人凤鼻息微微，尚属平匀，脸上仍是带着绛色，暗想：医治后大概不至于有什么危险的，但愿伊早早痊愈才好。隔了一个钟头，白人凤已醒，张开眼睛，见天乐坐在床边，便带笑问道：

"密司脱黄什么时候来的？"

天乐道：

"我来了有一个多钟头，因见密司能够安眠，心中稍觉安慰，不敢惊动你，那看护怎么不在这里？"

白人凤道：

"你去后，熊医生又来代我注射一针，我遂觉得胸口闷得好些。同时也觉疲倦得很，故睡着了，那看护大约在我睡熟后离开的。"

天乐点点头道：

"你能安睡，便是一件好事，数天后必能痊愈，请密司安心。"

白人凤道：

"但愿如此。"

二人说话时，那看护又托了一杯药水进来，给白人凤服下。伊见有人在此，所以就走出去的。天乐陪着白人凤闲谈数语，想起了花旗橘子，问白人凤可要吃？白人凤点点头。天乐遂按动电铃，叫院役拿了器具进来，揩洗干净，他自己榨取橘子汁，满了一杯，又叫院役拿去温一温，方才拿来给白人凤喝。天乐不欲劳动伊，他拿了杯凑到伊的樱唇边，给伊一口一口地喝下。白人凤喝了半杯，不要喝了，向天乐道谢一声。天乐把剩余的凑到自己唇上一喝下去，白人凤瞧着不由微微一笑。喝过橘子汁后，天乐仍是陪着伊。

不觉天色渐黑，医院里电灯都亮，熊医生又进来诊察，他说血中没有什么细菌，病状也无剧烈变化，脉搏也和上午差不多，明日再注射药水后，可以渐渐退热。只要在院里好好疗养一星期，便可恢复健康的。天乐听了，自然格外安慰。熊医生去后，又叫看护拿两粒丸药来给白人凤吃。看护说，倘然白小姐要吃些粥，是不妨的，院中也有。白人凤道：

"停一会儿，给我半碗粥喝喝也好。"

看护站在旁边，又问白人凤可要什么，白人凤道：

"晚上请你常在这里相伴，这位黄先生是要回旅馆的。"

天乐也叮咛数句，看护自然点头答应。白人凤又对天乐说道：

"你肚子饿，请回去吧。我的房间你可代我回绝，不必空开着白花钱。还有我的东西也请你代我收拾收拾，明天早上请你带来，给我应用。今晚你也早些安睡，不要过劳你的精神。"

天乐听白人凤说得很体贴，便欣然答应，向伊道了晚安，离开了白人凤。

回到旅馆里，在自己房中坐定，茶房过来伺候，天乐叫了一客西菜，独自吃过后，又取出信笺信封，用自来水笔写一封家书，告诉慧君说，桂林游罢，自己本欲早日回家，不意白女士在广州中暑，猝然患病，现在医院里疗养，所以自己不能脱身，等到白女士病好后方可北上。家中可安好？两小儿谅活泼如常，不胜悬念，望伊珍重玉体云云。写好了，即交茶房付邮。便又走到白人凤房间前面，唤茶房将门开了，自己走进去，亮了电灯，又把门儿合上，遂检点白人凤的东西。先把衣架上两件旗袍取下，很留心地代伊折叠好，放在一边。又将几双皮鞋放在网篮里，桌子上的几本书以及换洗用具都放好。又到白人凤榻边枕旁，取过一串钥匙，又有一块绣花手帕，一起塞在自己西装裤袋里。又发现枕下有一个小银盒，是放口香糖的，拿在手中轻轻一扭，盒盖开了，盒中还有剩下的口香糖。最触目的就是在盒盖背后嵌着一小张白人凤的倩影，是从照上剪下来的，只有上半身，但是面目很清晰，嫣然浅笑，贝齿微露，他就关好了，托在手里。又从床里面拿出一本皮面金字的怀中小手册，展开一看，上面都是些记游之事，暗想：可以带回房去，消磨一个黄昏了。便和那一个银盒也放到自己衣袋里去，将钥匙开了皮箱，安放好旗袍等物，遂去开了门，吩咐茶房一起搬到他自己房间里去，明天这个房间不要开了，因为白小姐已住医院。茶房答应着，跟了天乐将东西一齐搬过去，天乐把白人凤的皮箱网篮和自己的东西放在一起。他在窗边椅子上坐下，又取出那个银盒来，开了盒盖，先拈一片口香糖，纳入自己口里细嚼。又对着盒盖背后的倩影，凝神注视。良久良久，自言自语道：

"这个东西我要藏着做个纪念品了，伊若问我时，我也不妨向伊要求，绝不会不答应的。"

又取出那块手帕，见很是洁净，把来包了银盒，藏在自己一个小皮夹里，放到箧中去。因为这晚起了些风，天气较凉，所以他就到床上去睡了。但他并不即睡，倚身坐在床栏边，将白人凤的手册一页一页地翻阅，从上海动身起，直到桂游回来，都有详细的记载，写得很多。天乐读着，很饶趣味，暗想：倘然把它整理一下，倒是一篇绝妙的南国游记，将来刊在《白虹》上，必得读者欢迎。料想白人凤归后，必要录出来的。他渐渐读至在桂林数天的游记，忽见有数行小字，写着道：

"黄待我殊殷勤，迩来所语，一若钟情于我。黄虽亦美少年，努力于文化事业，可称同志，然罗敷纵未有夫，使君固已有妇，黄似未免痴心矣。"

天乐看了这几句，心弦大为震动，不觉从头至尾读了好几遍。对着这本手册，默默然出了神似的，想伊人写这几句话，我的心思已被伊猜着了。伊不愧是个聪明女儿，细玩语气，伊人对我也不是淡漠无情。当然彼此声应气求，都是志同道合的，而此番南游，朝朝晚晚，厮守在一起，情感的浓厚，不言可喻。我为了伊也煞费心思了，得此数语，好像使我在茫茫大海中得见了灯塔。伊似乎恨我已是使君有妇，是一个莫大的缺憾。不错，这真是我和伊中间的一重深深的障碍，然而天定固能胜人，人定亦能胜天，我和伊倘能同心一德，有了真爱，努力干去，何尝不可把这障碍想法撤除呢？唉！人凤人凤，我这颗心已系在你的身上，只要你能够爱我，其他一切都愿意牺牲的了。天乐想到这里，神魂颠倒，恍恍惚惚，好似瞧见白人凤的倩影姗姗来迟，向他点头微笑，张开双臂，投入他的怀抱里来。他把伊紧紧抱住，高唱着得胜之歌，一同走入乐园中去。

第十回

闲谈情死案妙语双关
重感谷风篇愁怀独抱

明日天乐带了白人凤的行李，坐了一辆汽车，又到博爱医院里去探问，见了面，觉得白人凤的面色比较昨天又转变得好一些。白人凤说道：

"今晨熊医生又来代我注射了一针，我头也不昏了，胸前不闷了。虽然尚有一些寒热未退，医生说不妨事的，迟到明朝必要完全退热。"

天乐向伊一鞠躬道：

"恭喜恭喜，我听了你的报告，心中说不出的快活。密司可以不再多所顾虑，安心静养。我左右无事，朝晚必来相伴。"

白人凤听了，微微一笑。天乐遂将带来的行李，吩咐院役搬到房里，放在一边。白人凤道：

"你代我整理一过吗？又大大费你的神了，只不知可有什么东西遗失？"

天乐答道：

"恐怕没有吧，在密司枕边的一本日记，我也代你放入箱子里去了。"

说着话，笑嘻嘻地向白人凤瞧了一眼。白人凤脸上微微一红，带笑说道：

"这日记是我随笔乱涂的，将来回去时还要好好地整理一过，你可曾翻看吗？"

白人凤说到这里，又说道：

"哎呀！我不该说这话的，密司脱黄，请你原谅。"

天乐又对白人凤一鞠躬，走近数步，柔声说道：

"我也请密司原谅，不敢在你面前说谎，当我拿起这本日记时，曾信手翻阅了数下，我不该偷看人家的日记，请密司恕我应得之咎。我知道密司天生慧质，早明白我的心理，必能原谅我的憨直，而怜我痴愚的。"

天乐说这话，明明含有双关之意。白人凤芳心早已明了，但也不便回答什么，所以又笑了一笑，恰巧看护送药进来，给白人凤服下。那看护曾读过白人凤的著作，知道伊是一位享有盛名的女作家，又知天乐是前进书店的主人，所以站在一旁，和他们闲谈起文艺来。白人凤很高兴地告诉伊听，讲了一刻话，看护恐伊疲倦，便退出去。天乐叫白人凤闭目静睡，他自己坐在旁边看报，看了一会儿，正想问白人凤可要吃什么东西，却见白人凤已睡着了。他痴视着伊的睡态，不觉想起以前自己在西子湖边卧病医院，慧君朝夕相伴的一幕情景，以及他自己的妹妹黄美云，为了他婚姻的事特地赶来，尽力撮合，才得到慧君允许之后，从国秀女学里走回来报告喜信的情形，都在他的脑海中，还没有忘记。怎么自己结婚不到数年，忽然情不自禁地又去向别一个女性求爱呢？在道德上是十分不应该的，也是太浪漫的，自己怎对得起慧君呢？他这样想着，良心上很觉自谴。但他已被白人凤的情网所笼罩，这种矛盾的心理自己也解决不下，沉沉地想着。白人凤忽然嘤咛一声，业已醒来，见天乐静悄悄地坐在旁边，不由嫣然一笑。天乐被伊这一笑，又把方才自谴之念完全抛到爪哇国里去了，便立起身来问白人凤可要吃什么。白人凤道：

"可有橘子汁给我喝一杯？"

天乐答应一声，遂去制橘子汁给白人凤喝。他对待白人凤的一腔诚恳真挚的情，可说得人非木石，孰能无动于心了。这天天乐在医院里陪伴到黄昏时方才回旅馆安寝。次日天乐刚才起身，买了两份报，还没有看。分店里的经理忽然跑来拜望他，拿三封信交给天乐，说道：

"这都是上海和南京来的航空邮件，昨天晚上才到，我知道必有要紧的事，所以一清早就来交给你。"

天乐谢了一声，接过信去一看，第一封信是慧君寄来的，报告仲蓟近来出水痘，十分吵闹，家中无人照顾，催促天乐早日动身返沪，莫再迷恋在南国里。第二封信是他书店里的代理经理寄给他的，说起《白虹》周刊稿件缺乏，若没有寄去，不得不出版愆期，但恐数万读者都要诘责，如何应付，请求办法，并促天乐和白女士速即返沪。第三封信是他妹妹黄美云从南京寄来的，函中措辞很为激烈，切责他不该伴了白人凤在外边流连忘返，忘记了自己的家庭，使慧君许多失望。劝他接到信后，火速离开广州，且说：

"秋风已起，游子天涯，当动莼鲈之思。而兄偏如黄鹤，去而不返，视南国如销魂窟，岂真此间乐不思蜀耶？"

天乐看罢这三封信，当然心里很想归去，只是白人凤卧病在此，自己怎能舍弃伊，虽有天大的事也只好不顾了。所以他呆呆地坐在椅子里不说什么。那经理早已有几分明白，所以也就告辞而去。天乐转了许多念头，将三封信向桌上一抛道：

"我既和白人凤一同南来，无论如何，必要一同回去的，随便他们说怎样罢了。"

立即写好两封信，一封是给慧君的，重行声明自己不能离粤之故，略安慰了数语。一封是给自己书局里的，说明白人凤正在广州卧病，无法可想，待病势渐痊，不日即当返沪，《白虹》周刊如脱期，只得在报上登一启事，向读者道歉云云。贴上了邮票，交给茶房付邮。

一看时候已有九点钟，他遂胡乱吃了些点心，挟着报纸，匆匆跑到医院中去。见白人凤精神又较昨天好一些，寒热已退，心里自然欢喜。白人凤对他说道：

"我不凑巧生起病来，累你为着我多在这里耽搁日期，又天天来探望我，使我心里万分过意不去的。想潘先生在上海一定非常地盼望你回去了，近日可有信来吗？"

天乐摇摇头道：

"没有，我同密司到此，当然要始终尽我的责任。你一天不回去，我也一天随你在这里，断不肯抛上了你而独自回家的。何况你又在医院里疗养呢？即使慧君有信来催促，我也是抱定宗旨不走的。前几天我已写信回去，告诉你患病的情形，不得不多留数天了。伊大概不至于盼望我即归的。因为我们在上海也不是常常厮守在一起的啊，伊一生只知道教育，我在家不在家也没有什么问题。现在我觉得能够长侍密司左右，便是天下最快乐的事了。"

白人风听了这话，微笑不语。天乐遂坐在旁边椅子里，展开报纸来看。他忽然瞧见昨天广州新发生一件情死的惨案，标题十分触目，他细细看了一遍，原来是有一个姓康的大学生，家道富有，年少多才，可是他父母代他结婚得很早，所以他已有了妻子，生了两个小孩。但是最使他心里不满意的，因他的妻子容貌十分平常，略识之无，没有什么学问，且又不善出外交际，夫妇间情感十分淡漠。那姓康的近来爱上了一位女同学，那女同学是校花，才貌俱佳，不过也已许字于人。但是他们俩不顾一切，彼此有了热爱，誓欲成为伉俪。那女同学在前两月想法和伊许字的人家取消了婚约，要求姓康的快和他家中的妻子进行离婚，好达到他们的目的，然而姓康的父母都和儿子的心理相反，他们因为媳妇在家很能节俭，不慕浮华，且又生了两个小儿，没有什么不德，怎能和伊离婚？而女家的家长也是十分尊重旧礼教的，以为女儿生为康家人，死为康家鬼，离婚是极可耻的事，万万不能答应，宁可让女婿去娶妾的。但是姓康的女同学岂肯为人小星，这件事遂闹僵了，迁延数月未能解决。学校里也闹得满城风雨，有些人反而在旁讥笑，使他们俩更是难堪，受尽社会的揶揄，于是在前夜两人忽告失踪。两家的家长慌得什么似的，一边派人四处寻找，一边在报上各登启事。谁知昨天从广州到香港的海轮行至半途，突然有一对青年男女手挽着手一同奋身跃入海波。那时风浪很大，轮行正急，船上人无法捞救，事后在轮中发现一封告社会人士绝命书，写得十分悲愤，下面有他们亲笔的签名字。方知蹈海自杀的情侣就是姓康的和那位妇女学生，因婚事不成而发生这个惨剧。在这段新闻之后，附有二人的绝命书和生前的小影，占了报纸半页的篇幅。天乐看过后，便将这报纸递给白人凤道：

"密司白，这里有一件情死惨闻，你可要一读？"

白人凤接在手中说道：

"是什么人呢？"

遂也从头至尾读了一遍，把报纸放下，叹了口气，表示伊悼惜之意。天乐趁机发言道：

"密司，你想这两个可怜虫所以蹈海自杀，是不是自作孽呢？你大概没有看到下面还有一段评论，似乎对于他们很多讽刺的话。"

白人凤道：

"各人有各人的见解，因为见解不同，立论自然互异。这是在新旧过渡时代常有的惨剧，不过多牺牲些痴男怨女罢了。"

天乐道：

"我要问若以密司个人的见解而论，你如何批判他们俩呢？我极欲一听密司的妙论。"

白人凤笑了一笑道：

"我以为这两个人当然是很可怜悯的，不忍加以冷酷的评判。但他们俩难道除了自杀而外，没有别的生路可走吗？太缺乏勇气了。要求胜利的人，先须有大无畏的精神，从黑暗之中竭力挣扎，以求光明。像他们这样的行为，徒然牺牲，有什么益处呢？"

天乐听到这里，不禁拊掌大笑道：

"英雄所见相同，密司说得真不错，我也以为他们没有勇气，太消极了。"

白人凤道：

"不过话也要讲回来，批评是站在旁观的地位，所谓当局者迷，旁观者清，而且批评的人自己已没有经历到这种境遇，也许不能体谅到剧中人所受的痛苦。倘使身当其冲，也就要难作主张了。"

天乐道：

"假使我做了姓康的，一定不至于蹈海自杀，而要不惜做任何牺牲，以求达到婚姻的成功。旧家庭难道不可放弃吗？恋爱是神圣的，一切不能侵犯。"

天乐说的话很是有力，白人凤向他看了一眼，却不接口。天乐连说着可惜可惜，骤然间又向白人凤发问道：

"密司，倘然有人像康姓的学生一样恋爱上了你，你又将如何呢？"

白人凤微笑道：

"密司脱黄，我尚没有逢到这种尴尬的事情，你何必问我呢？"

天乐立起身来道：

"不是这样讲的，我也是姑妄试问。"

白人凤道：

"那么我必不赞成这种行动，姓康的虽要自杀，我也绝不愿意跟从他做无益的牺牲。"

天乐道：

"不错，你不但要不跟从他做无益的牺牲，且应该鼓励他的勇气，一同去奋斗，以求最后的胜利，是不是？"

白人凤点头微笑着。天乐又问道：

"倘然有人虽然有了室家，而一旦和密司有了恋爱，他情愿牺牲一切，摆脱旧时的家庭而跟随你，那么你赞成不赞成？"

白人凤顿了一顿说道：

"倘然他果有真心去牺牲，当然我也没有什么不赞成的道理。但是当以恋爱的真切为前提，倘然其人已有很美好的家庭，那又何必牺牲呢？"

天乐道：

"情之所钟，不能自已，爱情这样东西是很神秘的，恐怕磁石吸铁也不能做它的譬喻。若然此人情愿牺牲以前的，而欲创建未来的新世界，密司你以为如何呢？"

白人凤道：

"既然自己愿意牺牲，那就要看他的勇气了。"

天乐点点头，也就不谈下去，而讲别的事了。

这天晚上，天乐回到旅馆里，睡在床上，只是思想，他日间借着那情死惨案，故意向白人凤试探。他认为白人凤回答的话，对于他也未尝无意，只因自己已有了慧君，是大大的梗阻，所以白人凤要说既有美好的家庭，何必牺牲。后来自己又说到愿意牺牲一切，最后伊才回答说是要有勇气，岂非鼓励我去做吗？我到了这个地步，终要牺牲一个呢，要如曹孟德所说的，宁可我负人，不可人负我，倘要创造我的未来新世界，对于慧君，不得不有负伊了。他想了好多时候，心里打算的主张更坚决了数分，预备返沪后便要不顾一切地去进行了。

过了一星期，白人凤的病已告痊愈，出了医院。他们俩又到东山蔡纯的别墅里去住了数天，白人凤自己觉得精神很好，且知道《白虹》周刊业已脱期，这是很对不起读者的，遂和天乐说要定期回上海。天乐在这几天里没有接到慧君的来函，自己和白人凤天天聚在一起，倒也不想回去。现闻白人凤急于言旋，当然也唯有遵命，遂去买好了船票，定后日动身。蔡纯和分店里的经理以及他们俩在广州新认识的几个朋友，听得他们返沪的消息，都纷纷设筵饯行，且赠送许多礼物，他们也买了许多广州著名的出品，预备带回去赠送亲友。在离粤的那天，分店经理亲自送到船上，又有文艺会的代表前来欢送，天乐和白人凤在南国盘桓了好多时候，离别时也不免有些依依之情，可是在汽笛声中，二人终于离开了羊城。

这时，海上秋风已起，略有海浪，船也颠簸不定。白人凤有些晕船，常常睡卧，幸亏坐的是大菜间，尚不至十分厉害，天乐在一旁伺候。屈指计算他们在粤已将有两月的光阴，已过月到中秋分外明，而到了满城风雨近重阳。但这两月的光阴过得很快，自己也不觉得啊！

至香港，天乐发了一个电报到家里去，告诉何日到申。等到这天轮进吴淞口时，心里觉得有些异样的感触。泊舟以后，恰巧船上有十几个实业界中的人组织团体到华南去调查实业状况而归来的，便有许多眷属花枝招展地前来迎接。天乐立在甲板上，瞧瞧自己家里的慧君可来迎候。但在这人群中，哪里有慧君的倩影呢。隔了一刻，船上拥挤稍退，他便叫人代拿了行李，和白人凤走下轮船。来到码头上，忽然有一个穿着哔叽单长衫的少年从人丛中钻出来，跑到二人身边，向二人脱帽欢迎。天乐仔细一看，原来就是在白人凤离沪时曾到船上来相送的那个戴思廉，也就脱帽还礼。白人凤见了他，便问道：

"思廉，我虽然有封信寄给你，说我不日即将返沪，但你却怎知道我坐这船在这时候来的呢？"

戴思廉微笑道：

"我看了报纸，知道这威尔逊总统号轮船在今天到沪。你们大概坐此船同来的，所以跑来瞧瞧，果然被我候着了。"

白人凤听了点点头，于是伊对天乐说道：

"我们各自回家吧，我晕了船，身子很觉疲乏，要回去休息，明天再到府上来相见吧。"

天乐道：

"我先送密司回府，然后我再归家。"

白人凤道：

"这却不要多劳驾了，我自己可以雇了汽车回去的。"

戴思廉道：

"黄先生带了许多行李，不必客气了，待我送密司回去吧，我去雇汽车来。"

说罢，立即拔步跑去，一会儿，已雇了一辆汽车到来，帮同将行李搬上汽车，白人凤回头对天乐说了一声再会，坐上车去。戴思廉亦向天乐点头告辞，跟着跳上汽车。天乐立在码头，瞧他们的汽车向前转了一个弯，飞也似的驶去，已不见了影踪，他兀自痴痴地如木偶般站着。

便有一个汽车夫过来兜揽生意，问他要到哪里去，天乐遂说了一声莫利爱路。汽车夫便开车过来，搬上行李，载着天乐，驶至莫利爱路。天乐在车上瞧见了自己的家，已映着他的眼帘，不知怎样的心中反有一些不高兴，把手一指道：

"到了。"

汽车立即停住。天乐跳下车，付去车资，叫汽车夫将行李搬进去。只见阿香抱了仲蓟，笑嘻嘻地走来说道：

"少爷回来了？"

奶妈也抱了伯燕从后面走来叫应。天乐见这两个小儿子离别多时，更见得肥白了，小孩子见了天乐仍认得是父亲，都叫一声爸爸，露出欢跃的情状。天乐便问阿香：

"少奶奶在哪里？你们可接到我的电报吗？"

阿香答道：

"电报接到了，我们都知道少爷今天要回来，少奶奶因为学校里有功课，所以不能来接了。那位白小姐可是一同回来的吗？"

天乐并不回答，走到他的书房里去。阿香见天乐脸上十分严肃，毫无笑容，所以也就不敢去说什么话，便叫女仆将箱箧搬到少奶房中去，其余零碎杂件一齐安放在楼下，自和奶妈依旧伴着小孩子去玩笑。天乐在书房里闷坐了一会儿，便到自己书局里去。

这天晚上，书局中许多职员在同兴酒楼欢宴天乐，算是代他洗尘的。席间天乐讲些羊城风景给他们听，并报告分店开幕状况和营业兴盛的消息，众人听了，都举杯庆贺，劝天乐饮酒。天乐不免多喝了些，带着几分醉意，席散后，天乐坐了汽车返家，进得门来，向下人便问少奶有没有回来。下人答道：

"早已回来了，正在楼上看书。"

天乐踉踉跄跄地走到楼上，听室中静悄悄的，奶妈和阿香都去伴着小孩子睡了。他踏进房中，见慧君穿着一件格子布的夹旗袍，坐在灯下看书。他便脱下呢帽，向桌子上一丢，说道：

"慧君，我回来了。"

慧君放下手中的书，对他脸上瞧了一眼，也不立起，依旧坐在沙发里，冷冷地说道：

"你也有想着回家的日子吗？这一遭你们在南国里该乐够了。"

天乐道：

"在广州酬酢也很繁忙，不过桂林之游很见到许多青山绿水，足以荡涤尘嚣。可惜白人凤旅途中受了暑热，赶紧回到广州，伊生了病，在医院里疗养。我同伊一起出门的，所以不能独自先归，你当原谅我的。"

慧君道：

"可惜！可惜！"

天乐道：

"你可惜什么？"

慧君冷笑道：

"我可惜什么呢？我是附和你说的。"

天乐走近数步，瞧慧君的脸上很有不悦之色，遂说道：

"我们这次出去，是先得到你同意而行的。你是明白一切的人，不要听我妹妹的说话。伊写来的信，对于我热讽冷嘲，这是极不应当的。"

慧君点点头道：

"我也明白了，我不敢怪你。至于你妹妹说你的话，请你自己去向伊理论吧，我自问并非是一些没有见地的人，何必要听旁话呢？不过一个人自己也要检点，不必引起他人的猜疑，月晕而风，础润而雨，虽然是很浅近的物理，而事有必至，理有固然，可惜人们往往忽略于自己的形迹罢了。我也待人以诚，没有什么歹心肠的，但愿人家对我也要始终用一个诚字才好。我以前读到《诗经》"习习谷风"一篇，很多感叹，难道见异思迁，果是男子们普通的心理吗？"

天乐听了，脸上一红，又说道：

"慧君，你何必说这话？我是一向很光明的，断无什么不可告人的事，你不该疑心我。"

慧君道：

"我疑心你什么？只要你自己抚摸着良心，试想你到广州去，我寄给你几封信？你寄给我几封信？难道你连写信的时候都没有了吗？后来索性不给我信了，我有什么地方得罪你了呢？小孩子生病，自然要告诉你。但你却忙着看护人家的病，自己生的儿子也不在你心上了，是不是？"

天乐道：

"今天我回家来，大家应该欢欢喜喜，快快活活，你为什么独多责备我的话？使我听了，好多不愉快。"

慧君道：

196

"你给人家的不愉快也多了，我是没有方法给你愉快了。你在广州大约很愉快的，何不度过了今年才回家呢？"

天乐道：

"够了够了，我回家来是受你教训的？然而我拍了电报给你，你也不该置之不理，不到码头上来一候啊？可见你的心已大大憎恶我了。"

慧君道：

"我是学校里有课程的，没有这个空工夫。好在你自有良伴，绝不寂寞，倘然不忘记这个家庭，也自会跑回来的。"

天乐道：

"当然我要回来的，不过我瞧人家都有家里人来迎接，而我却没有，似乎觉得有些难堪。"

慧君把手支着下颐，慢慢地说道：

"这个你不能原谅我吗？可是要借此问题来吹毛求疵吗？那么你到了家中，为什么一刻也不能坐，马上就要出去，直到这时候才回来，难道家中座椅上都有针刺吗？"

天乐道：

"我到书店里去问问一切事务的，他们必要代我洗尘，人家一团高兴，我又岂能拒绝？况且我还来的时候，你也不在家中，叫我一个人闷坐着太无意味了。"

慧君又对天乐紧瞧了一下说道：

"我不明白要怎样才使你有意味呢？两个小孩子不是人吗？你和他们分别了好多日子，心里却不思念吗？回家时只看了一看，也不抱一会儿，无异别人家的孩子，不在你的心上。我虽然不在家中，而四点钟后就回来的，直到此时方见你的面呢。一个人总要严以律己，宽以待人，不要只怪人家错，而忘记了自己的不是。"

天乐说道：

"你把我当作学生看待，发不完地教训我吗？你只图着学校之乐，忘记了家庭之乐，把丈夫当作学生，这是不对的。况你既不能伴我去游玩，我自然要和别人家去同游了。"

197

慧君道：

"你越说越荒谬了，我矢志终身服务教育，是我早定的志愿，你不是不知道的。当初你托你妹妹来向我说婚的时候，我早已提出这一点，你也赞成我有自由之权的。这几年来我常在校中执教鞭，你也没有什么闲言，为什么现在竟向我表示不满起来呢？"

天乐把脚一蹬道：

"就是这一点，我觉得十分不满意的，我早知如此……"

说到这里，叹了一口气。慧君见天乐今日对于伊突然放出这种无礼的态度，还是结婚以来第一次遇见，更使伊心中的疑团格外坚固，同时也觉非常气恼，便立起身来说道：

"早知什么？你本是早知的。现在你想借题发挥吗？哼！我也明白你的心已变了。此番从广州跑回家来，是要和我交涉的，如有什么意思，尽管老实提出，我也不是仰人鼻息的弱女子。以前我容忍三分，你却尽管欺负我，使我难以忍受了。"

天乐道：

"忍受什么？谁叫你先来教训我的？"

说罢，胸口一阵酒涌上来，连忙走到痰盂边，张口大吐。慧君见他已喝醉，便说道：

"我不和你这醉汉理论，你如有什么问题，明天再和我讲个明白。"

伊遂解衣先睡。可是心里气闷得异常，又想起黄美云此番到上海来相伴之时，自己曾把天乐和白人凤亲近的情形告诉了美云。美云就叫自己须要防患于未然，男子的心是容易改变的，不可引狼入室，反受其殃。且说以后如有困难，可以写信去和伊商量，伊绝不为了兄妹关系而忘记了同学的情感的。这可见得自己为人太忠厚，不及美云的精明了。但天乐若果要中道捐弃我时，他这个人真没有良心。以前的爱情是虚伪的，仍是一时的冲动，不足恃的。他若有真的爱在心里，怎会受外来的引诱而随着环境变换呢？唉！自己深悔以前不能坚定志向，太顾及他人，以至牺牲了自己，有今日的结果。我的命宫摩羯，不知到何日方尽呢？伊越想越气，翻来覆去地睡不着。天乐呕吐了一会儿，见慧君已睡，不和她说话，自己也就脱了衣服上床去睡，但并不和慧君睡在一头。不多时，鼾声大作，已入睡乡，梦里还和白人凤在广州同坐汽车兜风呢。

次日醒来时，见慧君早已起身，梳洗后下楼去了。他按动叫人铃，下人上来伺候他盥洗已毕，跑下楼去，却不见慧君，一问奶妈，知道慧君已到学校去了。他在昨夜说的什么话，自己也有些记不清楚，只觉和伊略有些龃龉，心中异常不畅快，所以从广州买来的东西，他也懒得去取出来，仍放在箱子里，一串钥匙在写字台抽屉中，自己就出外到书店里去了。午饭时回家进午膳，伯燕扑到他怀里来，要他抱。他抱了一歇，看这小孩子真是可爱，忽见白人凤挟着一包东西，翩然而入，他忙将小孩子交给奶妈，对白人凤带笑说道：

"密司可是坐自己的车子来的吗？"

白人凤点点头，见了两个小孩子，便道：

"离开了两个月，你的两位宁馨儿已长大了不少，真好玩。潘先生到校去？"

天乐道：

"当然在校里，我昨天回家来，也没有相见，直到晚上方见面呢。伊是只知道教育，什么事都不在心上的。"

一边说，一边伴着白人凤到编辑室中去，请伊整理稿件，赶紧发出去，好使《白虹》周刊不再愆期。白人凤坐到写字台前，把一包东西解出来时，乃是两本很厚的写稿簿，递给天乐道：

"这是我译的小说，我和你动身赴粤的时候，尚有三分之一不及译完，恐怕耽误出版期，所以托我的朋友代译完成的。"

天乐接在手中，翻阅了数页，说道：

"很好，明天我就送到印刷所里去复印。密司昨天回府，可觉得疲乏吗？"

白人凤道：

"还好，不过有许多事要办，心头有些不宁静。我出去了两个月，朋友的来信堆积了不少，不知如何作复呢？"

天乐道：

"这也只好慢慢儿地去写。"

白人凤道：

"我想在报上登个启事算数了，谁耐烦一一去函复呢。"

天乐道：

"这个办法最好。昨天相逢的那一位戴先生可是密司的文友吗？还是同学？"

白人凤道：

"我已对你说过是朋友，他是在中学里毕业的，现在做小学教员。以前我和他是邻居，所以相识，他的学问还不错。这部小说就是请他补译完的。但他为人太老实，不善在外面交际，对于我却偏喜缠绕不清，不免有些令人讨厌的。"

天乐听伊这样说，也不再问。两人遂一同查阅各种稿件，除了那些特约撰述者的大作，其他都要由白人凤看过一遍，凡是可用的便用红墨水笔在稿头上做个记号，然后分配稿件，编成了两期稿子，已有四点多钟了。白人凤有些疲倦，放下笔，伸了一个懒腰，说道：

"其余的过了双十节再编吧，我的游记也要稍缓整理后，可以发排呢。"

天乐道：

"玉体初愈，不敢多劳你的精神，今天你十分烦心了，少停我们到什么地方去玩？"

白人凤道：

"我回到了上海，也没有见过潘先生的面，今日我必要等伊回来相见后，然后我们一同出去游玩。"

天乐道：

"你要等伊回来吗？我想不必了。"

白人凤道：

"等一刻儿不妨。"

天乐遂一按叫人铃，阿香推门进来，问少爷有什么使唤？天乐道：

"你去削几只梨儿来给白小姐解渴。"

阿香答应一声，退出去。白人凤立起身来，走了数步，说道：

"今天天气很凉爽，外边已是秋风萧飒，我穿了夹衣，已有些寒意，所以加上了这件单大衣。现在伏案多时，又热起来了。"

说着话，立起身来，脱下大衣。天乐忙上前接过，代伊挂好在架上，回转身来，见伊已坐到靠窗一张横沙发里了，遂过去和伊并坐在那沙发上。阿香手里托着一只高脚的大玻璃盘，盘中放着一片片削好的莱阳梨，梨上插了几支牙签，走将进来，见二人坐在一起，便一手端过一张短几，放在二人面前，然后放下那盘梨，低声说道：

"请白小姐用梨。"

说了这话，就退出去，把门带上。

这时候，慧君从学校里回来了，阿香叫了一声少奶，把手向书室门一指，努努嘴，悄悄地走开去。慧君轻启室门，踏进去，见天乐正拈着一片梨儿和白人凤谈笑，白人凤口里也嚼着梨，一只皓腕搁在沙发背上，二人同坐着，宛似一对伉俪。伊就说一声：

"白小姐，你好乐啊！"

二人连忙一齐立起，白人凤走上前和慧君握手，说道：

"潘先生，你好吗?"

慧君的心里很不愿意和伊握手，但伊见了白人凤的面却又不得不敷衍，说不出什么气愤的话来。白人凤又带笑说道：

"这遭我随密司脱黄遨游南国，本来是很快活的，却不料从桂林回到广州的当儿，我忽然生起轻微的热带病来，有累密司脱黄送我到医院诊治，使我感谢不尽的。但耽误了他的归期，对于潘先生很觉抱歉。"

慧君冷笑一声道：

"这是无所谓的，贵体好了，我也欢喜。"

白人凤和慧君说话时，天乐却去整理桌上的稿件，不和慧君交谈。白人凤又说道：

"今晚我们一同出去吃晚饭，看好莱坞新到的电影佳片，好不好?"

慧君眉头一皱道：

"这几天我的身子有些不好，懒得出外，学校里也是勉强去的，只得有负雅意了。"

白人凤道：

"潘先生有贵恙吗？"

慧君点点头。白人凤退到沙发边，意思要和慧君一同坐下。但慧君对白人凤说道：

"现在我要到楼上去歇息，恕我不能奉陪。"

说罢，回身便走。白人凤见慧君这个样子，不知伊说的有恙真假如何，心里便有些不快，回过脸去，看天乐若无其事地把桌上稿件已收拾清楚，走过来向伊说道：

"慧君是不高兴和我们出游的，我陪密司去。"

白人凤把手摇摇道：

"你夫人正有清恙，你该到楼上去相伴，怎么可以反陪我出游呢？"

天乐道：

"伊没有病，也许到楼上去改削卷子了，我何必呆呆地守在家中呢？"

白人凤道：

"无论如何，此刻你伴我出去，我心里总是不安的。我现在要到另一个地方去了，你还是在家里的好，明天我已有他约，不到这里来了。后天双十节，我在午后再来。那晚礼查饭店有茶舞，我们可以去玩玩，文艺界中人也有好几个要到的。"

天乐听白人凤这样一说，不敢再有异议，便点点头道：

"很好，谨遵密司之命。"

白人凤道：

"我要走了。"

天乐也不便强留，遂去架上取下伊的大衣，代伊披在肩上。白人凤搭上纽扣，又从手皮夹里取出一个粉盒，在盒里的小镜子里照了一照，又点一点绛唇，叽叽咯咯地走出去。天乐送到门外，看白人凤跳上伊的汽车，彼此说了一声再会，白人凤就开着汽车向马路上疾驰而去。

天乐呆立了一歇，怅怅然回进屋里，见伯燕、仲蓟两个小孩子各人手里捧着一个洋娃娃在那里玩，见了天乐，一齐叫起爸爸来。天乐瞧着他们，又是非常惘然，把手搔搔头，回到室中去。又向着壁上悬着的白人凤倩影，痴视了一刻，遂一步步走上楼去。见慧君果然坐在外房写字台边，拈着笔在那里写，他就叹了一口气，走上去说道：

"人家好意邀你出游，你却托病谢绝，坐在此间写什么劳什子的文章，真是煞风景。"

慧君回转头来，冷笑了一声说道：

"不错，你们好好儿地在室中清谈，我忽然回家来惊扰你们，这也是煞风景的事。至于驾车出游，一向是你们俩来来去去，没有我这份儿的。我不跟你们去，你们落得言笑无忌，说什么煞风景呢？"

天乐道：

"你自己总是不肯出去，却来讥诮人家吗？"

慧君道：

"悬崖勒马，迷途知返，一个人必要有清醒的头脑，万事要四面顾到，切不可误人。你不是没有理智的人，应该立定脚跟，坚定不惑。并且你也要想想，我嫁给你，是你再三向我追求而勉强我答应的，你若中道变心，怎能对得起我？唯善人能受尽言，希望你清夜扪心，细细思量。"

慧君这几句话说得很恳切，以为天乐若没有沉溺到不能自拔的地步，也许可以醒悟。岂知天乐不但毫无悔意反而冷笑一声，指着慧君说道：

"你说这些话，何所见而云然？我头脑很清醒，沉迷着什么？你说当初我向你追求而勉强答应的，这'勉强'二字就大大的不对。婚姻是要两相情愿的，一些不可勉强。怪不得你近来对我情感日见淡漠了。唉！你又何必要勉强呢？"

慧君见天乐不但不引咎自责，却抓着了伊的"勉强"两字，反咬一口起来，完全忘掉了昔日茂陵秋雨，病榻缠绵的情景。昨夜是醉后，尚可原谅，今日白昼清醒时，又向我说这种无情的话，所以心中顿时气上加气，手里握着的一支笔扑地落在桌上，脸色也变了，只说一声：

"好！你不是沉溺到了底？竟会对我这个样子吗？既然你是执迷不悟，我也何必和你多说什么无益的话呢。"

天乐道：

"你不愿意和我说话，我也何必……"

说到这里，回身走向楼下去了。

这天晚上慧君气塞胸头，饱胀非常，晚饭也没有下楼来吃。阿香和奶妈抱着小孩子上来相伴慧君，逗伊快乐。因为阿香等也看出了数分，很代她们的女主人不平，而怪天乐薄幸。但慧君心中受了气，哪里快乐得出，见了小孩子更增怅惘。天乐却独在楼下吃过晚餐，坐在书房里听无线电话，解去他的无聊。直到十二点钟时，他方上楼来，见慧君已拥被而睡，他也就一声不响地睡了。

次日起身，大家不睬不理，没有说什么话，慧君照常到校。天乐挟着白人凤的小说和《白虹》周刊的稿件到自己书店里去，吩咐店里人送到印刷所去发排。这天天乐和几个朋友相聚一番，一天没有见到白人凤的面，心中异常思念，真所谓一日不见，如隔三秋。晚上回家时见了慧君，大家依旧不多谈。奶妈在背地里和阿香说：

"少爷到了广州去，回家的时候好像换了一个人了，真是奇怪。男人家的心肠是硬的，全不想少奶奶性情如何好？治家如何克俭？又到学校里去教书。这种好妻子是难得的啊！"

阿香道：

"少爷是迷恋在白小姐身上了，所以把少奶渐渐冷淡。少奶起初时候尚不觉得，美云小姐来此时，曾怪少奶不该让少爷和白小姐一同南游的。又说当今时代妻子对待丈夫是要一点儿不能放松，牢牢地抓住他的。上海人所说钉黄包车，因为外面诱惑实在多得很，防不胜防。"

奶妈道：

"你们都说白小姐怎样美丽活泼，我却以为伊太会媚人了，也太摩登了，怎有我家少奶这样的端庄呢？少奶的容貌也很美好的，不过伊不喜欢装饰罢了。"

阿香道：

"唯其如此，所以少爷给那小妖精迷惑上了，往后不知要闹出什么事来呢。现在上海地方离婚的事情很多，少爷若不觉悟，必然无幸，你瞧着吧。"

到明天已是双十节了，慧君因学校里放假，便在家中写几封信给伊的朋友，且抱抱小孩子。天乐朝上出去了一会儿，午时回来和慧君同用午餐。餐后天乐到房里去换了一身簇新的西装皮鞋，又对着镜子修饰一番，头上的发挑了卷起的西式，光可鉴人，便走到书房里坐着等候。慧君却闷坐在楼上，思量前事，不胜怅触。一会儿，门前汽车喇叭声响，白人凤来了，这天伊装饰得更是华丽，脚上踏着跳舞皮鞋，香气四溢。恰巧阿香抱着仲蓟立在庭前，带笑说道：

"白小姐来了，好香啊！"

一边说，一边将鼻子嗅了两下。白人凤回头笑了一笑，仲蓟却扑过来想要伊抱。白人凤遂张开玉臂要去抱仲蓟时，天乐已从书室里走出来，招呼白人凤进去，指着白人凤身上一件蜜色绒花旗袍说道：

"密司穿了这种衣服，不能抱小孩子的，请到里面来坐吧。"

白人凤便拍拍仲蓟的小肩膀道：

"小弟弟，我明天来抱你吧。"

遂跟着天乐进去。天乐指着沙发，请伊坐。白人凤道：

"不坐了，今天下午二时大光明戏院特开中西音乐大会，有美国新到的芝加哥弦乐队，以及俄国的大音乐家同来奏艺，我国方面也有数位国乐大家加入。我有三张座券在此，请你们夫妇快和我一起去聆妙音吧。"

天乐答道：

"我准陪密司同去，但慧君不会同往的，你不必去请伊了。"

白人凤道：

"人逢佳节精神爽，潘先生为什么老是躲在家里不出去呢？少停听罢了音乐会，我们可以到大新先施等公司去走走，然后再到礼查饭店去看跳舞，吃西菜。我常常叨扰你的，今天让我做一会儿东道，谢谢你在广州照料的美意，所以必要你的夫人同去的。"

天乐微笑道：

"我是不贪口腹之好，不要你这样地报谢，只希望你能够怜我的诚恳，常和我聚在一起，不弃鄙陋，便是幸事了。"

白人凤向天乐一撩眼皮，微笑道：

"现在我不是天天和你聚在一起吗？人家特地跑来请你们，怎么你说你夫人不会去的呢？"

天乐尚未回答，恰巧女仆献上茶来，天乐遂说道：

"你不信时，可叫女仆去请一趟便了。"

就吩咐女仆快去通知少奶，说白小姐在此，请少奶同去听音乐大会，快快下楼。女仆答应一声是，回身而去，一会儿，走来说道：

"少奶说的，伊有些头里痛，不能一同陪往，抱歉得很，请白小姐自己去吧。"

天乐立刻对白人凤说道：

"何如？我的话可不错吗？"

白人凤听了，有些下不去，便道：

"是真是假，我不知道，现在时间已是不早，待我自己上楼去奉请，也许伊总能赏给我脸的。"

说罢，立即拔步走出书室去，天乐想要拦阻已是不及，跟至楼梯下，站在那里，听候消息。隔了一刻，见白人凤匆匆下楼，不见慧君同来，而白人凤的脸上似乎露出很不高兴的样子。天乐凑上去带笑说道：

"慧君是不识抬举的，请密司不要见怪，我当追随芳踪。"

白人凤不答，只顾向门外走去。天乐连忙到书室中抢得自己的呢帽，三脚两步地追出去，那时白人凤已开着车门，踏上车去，天乐喝一声且慢，跟着已跳到车上，在伊身旁坐下。白人凤板着脸对他说道：

"你追来作甚？"

天乐嬉皮涎脸地向伊一招手说道：

"人凤，幸恕无礼，你方才不是请我去听音乐会吗？怎么负气一走呢？幸亏我跑得快，否则你不是给我吃空心汤团吗？"

白人凤道：

"我本来一团高兴来邀请你们的，谁知你夫人推托头痛，坚执不去，对我十分冷淡。我不明白有什么地方开罪于伊？伊也该向我说个明白才是。须知我白人凤一向只会看人家的笑脸，不愿看人家的尴尬面孔，所以我就走了。你何必要跟我来呢？"

天乐仍是带着笑说道：

"这个你却不能怪我，慧君的脾气本来很是古怪的，所以我要和伊不合意。密司何必生嗔？我总是死心塌地在你宝座面前做个宠臣的。"

白人凤刚要再说，一回头见阿香抱着仲蓟立在门口，向他们偷窥。伊便拨动车机，掉转车身疾驶而去。天乐透了一口气，向白人凤脸上望了一望，说道：

"我们在广州太快乐了，回家后却受伊的气，对我的感情大不如前。但我并不是一个弱者，也有手段对付伊的，莫怪我无情。"

白人凤冷笑一声道：

"这又何必呢？你们夫妇俩本来不是好好儿的吗？恐怕为了我的关系而使你们发生不欢，那么我何苦加入这个战线中？今后我是不到你府上来的了，《白虹》周刊的职务也要辞去……"

白人凤的话还未说完，天乐早吃一惊，连忙说道：

"这……这……这个算……什么呢？我和密司好好儿同心协力地合作出版事业，来日方长，密司岂可为了这些小事而中道捐弃呢？"

白人凤道：

"须知我仍是为你的幸福起见，说不到什么中道捐弃。我是海阔天空，何处不为家的。"

天乐又道：

"我还有什么幸福呢？"

说了这句话，脸上顿时显出紧张的样子，将手在膝盖上一拍，继续说道：

"我已下决心，情愿牺牲以前的一切，创造我的未来。这个意思在广州时也曾向你吐露过，现在已如箭在弦上，不得不发。我冒着险去毁弃以前的一切，但希望密司能够鉴察我的私衷而多给我安慰，那我就感激不尽了。至于你说今后不再到我家里去，我知道你是个性高气傲的人，也不敢勉强。明天我就可以另外去找一个清静舒适的编辑室给你办事。《白虹》周刊的辑务，我是不让你辞掉的，无论如何我始终追随着你。而且情愿永永陪伴着你。你已是我的明灯，没有了你，我不要感觉得黑暗而恐怕吗？密司是明达的人，当不以我的说话为虚伪的。"

天乐说了这话，白人凤将汽车靠在一边，一同跳下车来。这时已将开会了，二人连忙进去坐定后，细聆妙乐。天乐也不敢再提起了方才的事，惹起白人凤的不快。到五点钟过后方散会，二人出了大光明，便到礼查饭店去。天乐极意向白人凤献出殷勤，同情欢乐，不肯虚度这个双十佳节。直到十一点钟，方才分别回家。

天乐一到家中，心里便觉不爽快。他真的要厌弃这个家庭，勉强走上楼去，踏进房中，见慧君横在床上，他就长叹了一声。慧君回转身来说道：

"你倒会和人家去寻快乐，把我当作什么了？"

天乐道：

"唉！人家好意请你，你自己不去，却怪我什么？"

慧君道：

"我现在知道你的心了，你对得起我吗？"

天乐道：

"说什么对得起对不起，我没有待错你啊！"

慧君霍地坐起身来，从身边掏出一物，颤声说道：

"你瞧瞧这个什么东西？还要在我面前说假话吗？"

天乐借着灯光细细一瞧，不由突然一怔，良久说不出话来。

第十一回

舌敝唇焦分忧来谏诤
山穷水尽忍痛做牺牲

慧君瞧了天乐这种神情，胸中怒气更是上涌，又说道：

"白人凤身边的东西，怎会到了你的箱子里去当作宝物般珍藏着？这是什么意思？我不知道你和伊背着我在广州干了什么事？你们真是当我为木偶了。你的良心在哪里？反要怪我不来迎接，岂有此理！你自己不知道你对我的态度已在逐渐改变吗？尤其是从广州回来后，将我看作赘疣一般，如何不使我疑上加疑，气上加气，所以今日你们出去寻那赏心乐事，我便在你写字台的抽屉里取得钥匙，把你的行箧开了检点一下。果然被我发现了证据确凿的东西，试问这个口香糖银盒子和这块手帕都是白人凤随身所用之物，盒中又有伊的小影，怎会被你拿来？可见得你已和伊有了情愫，所以亲密得什么似的，连自己的妻子也不放在心上了。怪不得你们在南国时，我迭次写快信来催你返沪，你却迁延时日，多方推诿，乐不思蜀，放浪形骸，后来索性回信也没有了，你的心是完全改变了。唉！既有今日，何必当初？现在你已爱上了白人凤，试问你把我怎样处置呢？希望你直接痛快地给我一个回答。"

天乐听了慧君的责问，仍立在那边，起初心里不免有些神明内疚，觉得自己真是对不住慧君。但一想到白人凤说的"倘然自己愿意牺牲，只要看他的勇气"两句话，又把他的良心抹杀，想趁机和慧君闹翻了，爽爽快快地拼着绝大的牺牲，和伊离了婚，那么自己反可和白人凤达到同居之爱了。自己虽然失于检点，被伊找到了这东西，然而慧君断乎不能把这小玩意儿的东西来控告自己的。他这样一想，遂挺身走上两步，说道：

"慧君，你是不是故意要寻找我的错处，而和我闹离异吗？"

慧君道：

"奇了，我为什么要寻你的错处？你是个有知识的分子，总要摸摸自己的良心，仔细想一想。"

天乐道：

"我用不着想，这个口香糖银盒和手帕是白人凤在广州患病时，伊托我到客寓里代伊收拾东西，是我一时遗忘在室中而放在我箱箧中的。这没有什么大不了的事，说什么证据确凿，好像与违禁的东西无异，真所谓少见多怪，小题大做。难道你好带到法庭上去控告我吗？岂非有意向我寻衅？老实说，今日的我，心头也觉得十分沉闷，任凭你对我怎样办便了。"

慧君见天乐一些没有愧怍的表示，反而出语强硬，不惜和伊翻脸，可见得他虽到悬崖，不肯勒马，明明是决定要把伊抛弃而恋爱上白人凤了。心中这一气，觉得喉咙间有物哽住，虽要说几句驳诘他的话，而一句也都说不出，胸口一阵难过，张口一吐，竟有两口鲜血喷溅在衣襟上，只说了一声：

"我今天认识你了。"

倒向枕边，心头跳得异常剧烈，眼前天旋地转的，好似坐在狂风巨浪中的小舟上，颠簸漂荡，不知所届。天乐瞧慧君气得这个样子，究竟天良还未尽泯，便说：

"怎样？怎样？你吐血吗？我去请医生。"

慧君把手摇摇道：

"不要请什么医生，我死了，你们便该快乐。"

天乐叹了一声，不说什么，匆匆走下楼去，打电话。这时候阿香等都闻讯惊起，阿香外衣也不及穿，拖了一双鞋子，悄悄地跑上楼来。走到慧君床前，瞧见慧君襟上的血渍，又见慧君面色惨白，周身如筛糠般发抖，不由心里一酸，眼眶中落下两滴泪水，低声问道：

"少奶怎样了?"

慧君呻吟着道:

"我心里难过得很,且非常虚空,好似要乘风化去一样,你不是伴着仲蓟睡吗?怎样丢了他跑来?小孩子醒时要受惊的。"

阿香道:

"二官睡得正酣,不曾醒的。少奶你何苦要如此气恼,现在少爷打电话请医生了,你快定心息气吧。"

阿香说话时,早已瞧见了慧君身旁的银盒和手帕,伊是聪明的使女,早已猜知一切,便把来塞在慧君枕下。慧君凄然泪下,颤声说道:

"阿香,你是明白这事的,他把我气得如此地步,还要请什么医生。"

阿香道:

"少奶千万要保重身体,以后再可和少爷讲理。"

慧君道:

"这个理是讲不通了。阿香,我今番设不幸而死,你快打电报去请美云小姐来沪,把这两个小孩子交给伊,说是我托孤与伊的,千万不要落在少爷手中,也望我把少爷自粤回来后的情形详细告诉给伊听。我是知道美云小姐的性情,伊绝不袒护兄长的。"

说罢,泪如雨下。阿香听了,几乎要哭出来,把手摇摇道:

"少奶不要说这伤心话,少停医生来了,自会医好的。"

这时候,天乐又走上楼来,阿香只得垂手而立在一旁。天乐向沙发里一坐,一声儿也不响。一会儿,医生来了,下人引导上楼,阿香连忙回房去,披上一件夹旗袍,过来伺候。见医生已在床前,代慧君把脉。阿香认得这医生是红十字会医院里的钱先生,以前请过他来看病的,又瞧天乐立在窗边,脸上很不好看,伊遂悄然在床边,听医生怎样说。钱医生把脉后,又用听筒听过,向慧君问了数语,慧君有气无力地回答数句。钱先生是个聪明人,见天乐和慧君这种情状,知道方才夫妇间已发生口角,遂对天乐说道:

"尊夫人的血是由内部小血管爆裂出来的,我已听过伊的肺部没有什么损伤，大概是受了剧烈的刺激，肝气上升，以至有这个变化。伊的晕眩，便是为了血上升的缘故。我现在可以代伊注射一针，使伊渐渐平静，但不能再有什么事情去刺激伊，请伊安睡养神，枕头也要垫得高一些。"

天乐点点头道：

"有劳达克透钱了。"

钱医生便对慧君在静脉管注射了一针，又给伊服了一片安神药，然后说道：

"明天倘然好一些。可以再打一个电话给我，我可就来的。"

遂叫下人代他提了药箱，告别出房。天乐送下楼去，将医金付给汽车夫。这里阿香便代慧君垫高了枕头，对慧君说道：

"少奶，你千万不要再气恼了，待你身体好后，再和少爷理论吧。"

慧君叹了一口气，也没有说什么。天乐又走上楼来，阿香也不便说什么话。天乐倒身在沙发里，也是一声儿不响，室中虽有三人，而静得只有钟摆之声可听。隔了一会儿，阿香恐防小孩子要醒来，遂向天乐说道：

"少爷当心着少奶，我去了。"

天乐对伊瞧了一眼，睬也不睬。阿香回到房里，奶妈也醒了，阿香把这事告诉了伊，奶妈也很抱不平，二人讲了一刻话，也就睡去。

到了次日，阿香起身后，抱着仲蓟走到慧君房里，见天乐刚走出房来，对阿香说道：

"今天我有事情必要出去办妥，少奶如要请医生，你可打电话前去。"

说毕，匆匆下楼去了。阿香跑到慧君床边，一看慧君正醒卧着，阿香叫了一声：

"少奶可好些吗？"

慧君道：

"昨晚吃了药，到三点钟时头晕渐止，不知不觉地睡着了。可是今晨醒来，血虽没有再吐，而胸口饱胀异常，且隐隐作痛，大约我的宿疾要复发了。人也软得没有气力，坐不起来。阿香，我这个人身体太弱，是不中用的。"

阿香道：

"少爷方才吩咐我说，少奶要请医生时叫我打电话，他因有要事，故到外边去了。"

慧君冷笑一声道：

"他有什么要事？一定是去看白人凤，寻他们的快乐罢了。现在他眼里非但没有我这个人，而且将我当作眼中的钉一样，极力想要把我拔去了。你昨天来不及打电报，今天可以打一长途电话到美云小姐家中去，请伊快快来沪，我有话要和伊讲。"

阿香见慧君很坚决地要请美云前来，伊只得点头答应，也许美云来了，可以劝劝少爷回心转意，使夫妇不再感情破裂，遂又问道：

"那么钱医生可要去请他来？"

慧君道：

"我的肝气病好久不发了，发起来时是很厉害的，你去请钱医生来也好。"

这时仲蓟见了慧君，嘴里不住地叫着：

"妈哟！妈哟！"

要慧君抱。慧君看着仲蓟，眼眶里不由掉下两点泪来。阿香遂抱着小孩子下楼去打电话了。少停钱医生又来代慧君诊疾，再三叮嘱慧君要放开心事，绝对不能有何思虑，又开了一个药方而去。阿香一边叫别的下人到药房里去配药，一边告诉慧君说：

"长途电话打过了，恰巧美云小姐亲自接的电话，我约略告诉了几句，伊说今晚准坐夜车来申。"

慧君点点头，奶妈也上来慰问。慧君觉得天乐对待自己反不及这些下人了。阿香把仲蓟交给奶妈兼领，伊要在房里伺候慧君。这天慧君服了药睡在床上，饮食也不能进，因为一吃下去，更要格外作痛，而致呕吐。晚上天乐回来，只向阿香问了数语，仍不和慧君开口，当然没有什么安慰之语了。阿香也没有把打长途电话请黄美云来沪的事告诉他，天乐当然也不知道这事了。夜间天乐却睡在楼上另外一间客户里去。阿香见天乐如此决裂的态度，也不敢说什么。

到了次日一清早，他打电话去，雇了一辆搬场汽车前来，将他自己代白人凤安排的编辑室中所有大小物件一起搬出去，自己也跟着出去了。阿香不知他搬到什么地方去，既不敢询问，也不敢去告诉慧君，使伊气上加气，只好闷在肚里。原来天乐对于慧君的发病，他倒十分狠心，不在他的心上，反到外边去急急地找寻房屋。果然被他在霞飞路上找到一间小小洋房，是向熟人分租的，楼下有个小园，境至幽静，租金虽贵，他也很愿意出的，且已请白人凤同去看过一遭，很合白人凤的意思，所以他回来搬东西到那边去布置，又去铸一块铜牌，上有《白虹周刊》编辑所字样。足足忙了一天，下午四点钟时候，他和白人凤到四马路书店里去坐坐，想就要和白人凤去看电影的。书店里的账房先生却向天乐说道：

"方才府上有电话来了三次，要请你火速回府，因为令妹已从南京赶来，有要事即等面谈。"

天乐听了，不由一怔，遂答应了一声，又向白人凤说道：

"我妹妹来了，不知有什么事，我不能不回去。对于密司非常抱歉，明天上午十时，我们在霞飞路编辑室里再见吧。"

白人凤道：

"很好，我本来也不想看电影，现在你家里既有事，可速回去，我也要到别处去走走了。"

天乐无奈，只得和伊一同走出店门。今天白人凤没有坐自备汽车出来，所以向天乐说了一声再会，到前面去坐公共汽车了。天乐却坐着一辆人力车回到家里，见奶妈和阿香都在楼下伴小孩子玩，天乐便问可是美云小姐来了吗。阿香点点头道：

"正是，今晨少爷刚才出门得数分钟，美云小姐已来了。伊叫我出外找少爷，但我们不知少爷到哪里去，向何处去寻觅？美云小姐向我等跳脚大骂，我只得打电话给书店里代找了。现在美云小姐正在楼上，少爷你去吧。"

214

天乐明知美云此次突然来沪，必和自己与慧君反目的事情有关系的，但自己已抱着决心，纵有仪、秦之舌，也难说动一丝半毫，遂硬着头皮，走到楼上来。踏进室中，见美云正坐在床边，慧君半身坐在床上，不知讲些什么话。美云见天乐回来，便立起身来说道：

"哥哥你好忙啊！慧君卧病在家里，怎么你老是在外边不回来视问一遭，好像没有其事呢？"

天乐听美云开口就向他责问，便立定在桌子边，将两手反扶在桌沿，答道：

"我这几天恰巧忙得很，心绪很乱……"

美云冷笑道：

"不错！你的心里确乎是乱了，你忙着些什么？到了广州，我迭次写信催你返沪，而你却是石投大海，杳无声响。我想你不知为的是什么，一个人的心何以变得这样快？你以前常说大丈夫不为环境所诱，何以现在的你已束缚于另一环境之内而变换了本来面目呢？"

天乐道：

"妹妹不要怪我，实在这个家庭使我沉闷得很。"

慧君在床上听了这话，忍不住接嘴道：

"天乐，你对于家庭有什么不满意，可以老实说出来，我没有对不起你的地方。你为什么要变换心肠，前后如同两人？你从广州回来，气得我也够了。我不是笨人，也知道你的心事。现在美云姊来了，当着伊的面，你可以怎样讲个明白。"

天乐冷笑一声道：

"你既然知道了，那么何必要我再说？你对待丈夫也自有使人不能愉快之处。"

慧君道：

"你弄错了，我又不是青楼中的妓女、舞场里的弹性钩儿，要怎样使你愉快呢？我帮着你管理这家庭，可有什么不当之处？你不必推诿什么，畅畅快快地说一句，你是胸怀二心，要把我中道捐弃了，所以对我这个样子。我曾读过古诗'上山采蘼芜'和'灯光不到明'，果然男子

215

的心里十九是厌故喜新，爱情不专一的，所谓'士也罔极，二三其德'，逃不出这个例子。古今女子被丈夫摈弃的，也不计其数。但我早已有我的宗旨，绝不受人家无理的摧残，所以特地请美云姊来沪，要你说个明白，得一解决，免得苦痛日深。"

天乐道：

"你感觉得苦痛吗？我也是如此，请你先说便了。"

黄美云听二人对白，脸上露出愤气的样子，将双手摇着说道：

"你们都不必说这种话。想当初你们结婚的时候，彼此何等亲爱，谁不说是良缘天缔？谁料到今日发生起裂痕，这是出人意外的事。我从第三者立场说，当然这是我哥哥的不是。他已走入了歧途，希望及早回头，能够力挥慧剑，斩断情丝，仍旧恢复家庭的和好，方是彼此前途的幸福。否则情海风波，必遭覆舟之祸，我岂忍坐视呢？"

美云说到这里，顿了一顿，向天乐紧瞧了一眼，说道：

"哥哥，我希望你郑重一些，慧君的性情是再好也没有的了，你把伊气到这个样子，怎生对得住呢？这件事慧君姊已详细告诉我了，我向伊劝解了一会儿，今后你如速将前进书店收歇，不要和那个姓白的相亲，另外找事去做。那么往者不可谏，来者犹可追，你们夫妇中间的裂痕不至于越发破裂而不可收拾。光明与黑暗，全在此一转念，请你仔细想想吧。我从南京来的时候，知道慧君用长途电话催我到来，绝没有好事情，在母亲的面前尚没有泄露一句，因我总希望你们能够维持以前的爱情而不至于一旦决裂的。然而我到了上海，听慧君告诉我的一番话，就知道你的不是了。别的不要说，慧君病卧在家里，你却仍旧到外边去和那姓白的厮缠在一起，这不是显而易见地，你已变换了心肠吗？慧君是诚实不可欺的人，也是忠厚朴实的女子，我和伊同学数年，一切深知伊的。伊绝没有待错你的地方，伊也不防他人对伊有什么歹心眼的，所以白人凤和你们相交时，伊是很欢迎的。谁料到祸患生于所微，世间的事真是变化不测呢。然而当你和白人凤南游的时候，我来沪陪伴慧君，细问一切，便对于你很不放心，恐防你要坠入情网，没有好的结果。现在果然不出我之所料，你和慧君的裂痕因此发生了。但是一个人不能惑

216

于当前的环境，尽管向前奔走而不细加考虑的。方才我听了你和慧君说的话，便知你陷溺已深了。但我和你是自家人，不得不向你忠告，你已有很美满的家庭，何必要自寻烦恼，甘入歧途？况且慧君是你当初极爱慕的人，你为了伊而卧病医院，两次叫我到杭州代你们撮合。我以为你们倘能成为夫妇，也是佳偶，所以尽力在中间旋施的。假使今日你抛弃慧君而恋爱他人，那么你扪心自问，能够对得起慧君吗？不要说你对不起伊，就是连我也觉难以对得住慧君了。天下的事为祸为福，全在一转念间，悬崖勒马，尚不愧是个智者。现在你若能够细细地想一想，快向慧君去赔个罪，很坦白地自认过失，愿和白人凤脱离关系，你们一同回到南京去住。那么慧君追念前情，有我在当中调解，绝不致再和你有什么说话，你们幸福的家庭仍可保住，岂不是好呢？"

美云滔滔地说了一大篇话，天乐仍在室中走着，把脚一顿道：

"妹妹，你不知道我心中的苦闷，我岂是情愿如此的，也是不得已啊！"

美云指着他说道：

"你说的什么话？我已说过你本来有很美满的家庭，不是你自己情愿要闹出不欢的事，难道有什么人逼迫你这样做吗？又说什么不得已，天下常有许多人借着'不得已'三个字，来掩饰他自己的罪恶。我希望你今夜用清醒的头脑，再慎重考虑一下，不要为了一个女子而堕落自己的人格，毁灭自己的家庭！"

美云说完这话，气愤愤地上楼去陪伴慧君了。

这天夜里，天乐仍没有回到慧君的房里，他睡在床上当然转了不少念头，几次想要听从美云的忠告，而不再萦绕在白人凤身上。然而结果却放不下白人凤，而情愿舍弃慧君，好去创造未来，打破现状。所以等到黄美云妆罢下来，再想来问问伊哥哥可能有最后的觉悟时，天乐早已出去，到他的编辑室里去和白人凤晤谈了。美云知道天乐已沉溺情海，不可挽回，长叹了一声，因见慧君的病还没有好，遂再打电话去请医生来诊治。慧君学校里的校长也来探望，至于慧君所授的课程已别请他人代庖。

慧君睡在床上，略进些饮食，旧恨新愁，一齐发作，肉体上精神上都是非常痛苦，玉颜自然消瘦得异常。见了两个小孩子，更是不住地淌泪。美云虽想用话去安慰，然已知这个病是不可弥补，还有什么话可以强作乐观呢。因为当初自己是介绍人，心里更觉万分对不起慧君的，所以伊把天乐痛恨。天乐到晚上回来，绝不提起慧君的事，美云也不再和他说。

　　这样过了两天，慧君连服钱医生的药，病势渐好，已能起床，不过仍在楼上憩坐，精神尚未复原。美云见慧君稍好，心里稍觉安慰，可是慧君和天乐破裂的事情依然不能解决，这也是无可奈何的，自己在南京也教课，不能多在上海耽搁。且在这个星期六，自己和毅生有必要的酬酢，毅生已有信来，自己不得不早日回去，遂和慧君说了，劝伊珍重玉体，暂抛愁恨，这件事且缓着看天乐怎样对付？慧君叹了一声，对美云说道：

　　"美云姊，你可以放心回去，这几天一病之后，我已大彻大悟了。"

　　美云不由一怔道：

　　"你彻悟些什么？"

　　慧君道：

　　"古人说，不如意事常有八九，可与人言无二三，世间罕有美满之事的。我本是一个孤苦伶仃的女子，幼时遭遇的困苦很深，所以我早已立誓愿为教育而牺牲。因为人家施恩于我，把我极力栽培，使我在大学里毕业出来，不是要我个人享福的，我所以和令兄缔结婚姻，也是为了彼此情感难负的关系。现在他人既然有负于我，我也何必要勉强博他人的爱。他既然觉得这个家庭使他发生苦闷，而生厌弃之念，我纵有苦心，也断难维持。此后任凭他怎样办便了，我不妨仍度着我的凄凉生活，为教育而努力，把以前的事视作幻梦。本来人生梦长梦短，梦多梦少，梦苦梦乐，无非是一场春梦，又何必过于认真呢。此后我要多读《庄子》，改变我的人生观。美云姊，你也不必为了我的问题而和天乐有什么争执，但愿他能够达到他的目的便了。"

　　美云听慧君说了这几句话，伊又向慧君的脸上仔细瞧了一眼，

说道：

"慧君姊，你果然大彻大悟吗？可是这件事情我总是万分对不起的。你的身世我都知道，现在更使你加上一重创痕，这是任何人担当不起的。虽然你能够看破一切，把人生当作一梦，然而无论如何，我想你……"

美云说到这里，声音有些颤动，忽然停住了，别转脸去，将眼眶里的珠泪硬行忍住。慧君也凄然说道：

"姊姊爱我的衷肠，我是一向深知的。只怪自己命薄，绝不敢怪怨姊姊。人在世间，宛如树上的花，随风吹坠，有些落在茵席之上，有些落在泥溷之中，这是有幸与不幸，自己也不能做主的。所以相信定命运的人，要说冥冥之中自有主宰了。"

美云又长叹一声，也就不谈这事。

到了晚上，天乐回来，美云又对他说自己要回去了，希望天乐早能忏悔，不要彼此都弄得痛苦备尝，不可收拾。天乐仍没有何种表示。美云硬着头皮走下楼去。阿香代伊提着行箧，送出门来。美云又向阿香叮嘱数语，叫伊好好留心伺候着少奶和小孩子，少爷如有什么举动，也要注意，随时可用长途电话报告，阿香自然唯唯答应。美云走到门外，天乐早雇得一辆汽车等候在那边，预备自己送美云到火车站。美云也不便推却，只得和伊的哥哥一同坐上汽车，驶向车站而去。美云因为天乐已到了沉迷不返的地步，任凭他人说得舌敝唇焦，一时也难打破他的迷梦，只有徐观其变化了，所以伊坐在汽车里，心中很是沉闷，不发一言。天乐送他妹妹到了火车站，代她买了车票，又送上了车，也就告别回家，仍是一人独宿，和慧君竟如陌路人一般。

次日，他又一早出去了，他一面漠然抛下了慧君，一面紧紧去追逐白人凤，且把自己和慧君交恶的情景告知白人凤，表示他自己已有决心创造未来。白人凤也没有批评什么话，因为伊在最近数天也有伊的忙碌，天乐哪里知道呢。他满拟早一日能和慧君离了婚，便可向白人凤求婚，将来有新的家庭、新的幸福，能得白人凤为妇，愿作鸳鸯不羡仙了。

过了七八天，慧君的病已告痊，走下楼来，一看编辑室又迁去了，天乐的态度益发坚硬，偶然相见，也不交谈一语，这是明明要逼伊先开口了。伊静中思量了好几回，想起了以前益智在普陀山海滨和伊讲的话，自己曾说人是有理智有情感的，而益智却说人们虽有理智，往往不能克服情感，所以有些时候反被情感冲动着而掩蔽着一己的理智，但情感又是很容易跟着环境而发生变化，都是靠不住的，因此把人生比作天上浮云，变幻无常，不能自主。我却说他的人生观太空虚而脆薄了，以为他是有病的人，遂说这种话。然而想想我现在和已往所遇到的，岂不是这样吗？益智是墓草已宿，不要说了，就是和自己同学四年朝夕相亲的杜粹，也可以称得知交，那时候他也向我追逐过，我看他情感很坚挚的，但后来他竟和项锦花交友，进行婚事，把我淡忘了。这岂不是情感跟着环境而变迁吗？我本不再留意婚姻问题，而恰逢天乐又来缠绕，相交日深，情感也浓厚起来，又给美云再三说项，我方才屈己从人。婚后，天乐和我的情感尚保持着相当的热度，却不料认识了白人凤，自平返沪以后，天乐跟白人凤一起研究文艺，开什么书店，于是天乐渐渐对我生了厌弃之心。南国一行后，更是态度显明了。到了现在，他连自己胞妹的话也不肯听，抱定宗旨要把我遗弃，这也不是情感跟着环境而变化吗？我想天乐未尝不知道将我遗弃是一件抹杀良心的事，非常对不起我的，然而他已被白人凤甜蜜之酒醉倒了，不顾一切，悍然出此，岂非理智不能克服情感呢？今日的事，也怪我自己当初意志不能坚定，以至在我人生的过程中更多一重深深的创痕，心中的悲痛能向谁去告诉呢？今后我只有跳出这个圈子，把我的精神完全用在教育事业上，不至埋没了自己的所学。不过伯燕、仲蓟这两个小孩子非常可爱的，是我心头之肉，我还不能放弃他们，一定不让他们在别人手里受苦的。谅天乐热恋着新人，两个小孩子也不在他心上了，总有一个妥当方法的。伊如此想着，遂忍不住要和天乐干脆地一说。

有一日，天乐因为这天白人凤没有到编辑室，自己赶到伊家里也未见面，也很无聊地回到家中。黄昏后独坐在书室里听无线电话，忽见阿香走进来对他说道：

220

"少奶奶请少爷到楼上去谈话。"

天乐听了，不由一怔，暗想：自己和慧君已有好多天不讲话了，因我不能骤然间向伊提出离婚，只有把伊冷淡到不可忍耐的地步，然后决裂。现在伊忽然要和我谈话，那么伊必然已决定一种主张，向我试行谈判了。我且上去，看伊怎样开口，若要谈别的事，我也不妨悄然一走的。他这样想着，遂点点头答应一声来了。隔得五分钟，他闭了收音机，立起身来，一步步地走上楼去。见慧君坐在沙发里，一手支着下颐，好似沉思一般，玉容已消瘦得多了。他就向伊一点头，说道：

"慧君，你有什么话要和我讲？"

一边说，一边将身子靠着窗边，两手交叉在胸口，目光紧瞧着慧君，静候慧君开口。慧君带着很沉着的声音，向天乐说道：

"天乐，你的心我已明白了，一个人理智是不能克服情感的，而情感又是跟随环境而变迁的。今日你和我的情感可以说是到了山穷水尽的境界，在你的方面已发生绝大的变化，而你的理智又已不能控制了情感，所以我虽要和你说什么话，也是不能入你的耳朵。换一句说，即是言之无益，我何必再取你的憎厌。但我想我们与其不死不活，大家受着说不出的痛苦，不如爽爽快快地说一声。所以你虽然向我不瞅不睬，而我今晚要劳你的驾，到你不喜欢来的室中一谈。"

慧君说到这里，顿了一顿，天乐已知被自己猜中了，所以冷冷地答道：

"不错，一个人的情感是变迁无常的，我最近实在感到异常的沉闷。你有什么话，不妨明言，我是无可无不可的。"

慧君见他这个样子，便冷笑一声道：

"你的沉闷快要消除了，宁可让我牺牲。你既然厌弃这个家庭，我当然不愿意再在这里做你心目中讨厌的人儿，你也不必再对我放出这种不愉快的态度。我们可以到陈律师那边去进行协议离婚的，此后让你去得着一个新的爱人，去做美满愉快的新家庭。至于我呢，当终身为教育而服务，不知有他了。"

天乐不防慧君说得这样轻而易举的，把两手放下来，很郑重地

说道：

"慧君，你说这话是从心坎里发出来的吗？不要后悔啊！"

慧君将手在沙发边上一拍道：

"绝不后悔！我只是悔了当初。"

天乐点点头道：

"很好，你的性情本来太孤僻，你为教育而终身服务，始终不变你的志向，以后更可自由。你知道我手中也没有多大资财的，但我自愿送你三千块钱，任凭你怎样去用，并请你原谅。"

慧君听了，又冷笑一声道：

"你算给我赡养的吗？我自问尚是个有能力的女子，既然抱定牺牲的宗旨，此后凭我的手和脑，生活上可以说没有什么问题，谁要你半文钱呢？至于精神上的损失，却是无涯的，岂是你的区区三千块钱能补偿的呢？不过世间事种瓜得瓜，种豆得豆，你今日对我如此，安知他日别人不对你如此吗？你叫我不要后悔，我希望你也不要后悔才好。"

天乐听了这几句话，不觉默然。慧君又说道：

"现在事情到了这个地步，我也不必再和你多谈话，请你定个日期，我们到陈律师那边去签字。陈律师是你的好朋友，你先去知照他一声也好。"

天乐道：

"那么我妹妹可要叫伊来？"

慧君道：

"当然要伊来的，我明天可以打长途电话告诉伊。"

天乐道：

"很好，今天是星期三，我们就在这个星期日的上午一同到陈律师事务所去，可以先托他起稿的。好在还有三天光阴，我妹妹也来得及赶到。"

天乐说了这话，见慧君点点头表示同意，但瞧伊的脸上忽然泛得白了，他就掉转身躯，走下楼去了。

明天他跑到霞飞路编辑室去，见白人凤已先到，坐在写字台前看稿。天乐上前叫应了，坐在一边，看过了几封信，见白人凤看罢数篇稿子，伸了一个懒腰，靠在椅背上休息，又从抽屉里拿出一盒巧克力糖，自己嚼了一块，又拈着两块向天乐那边丢过来。天乐接在手里，打着英语说了一声谢谢你，剥去了糖的外衣，将一块巧克力咀嚼着。见白人凤嘴里的糖已完了，又推了一块进去，他就带着笑说道：

"这种巧克力滋味真好，又香又甜，这甜味直透到我的心窝里，我今后的生活也要大大地变换了，我希望我能够像嘴里常嚼着巧克力一般的甜蜜，便是我的幸福。这巧克力是密司白赐予的，还望你能够赐给我一样的幸福。"

白人凤听了这话，向天乐脸上紧瞧了一眼，把口里的糖咽将下去，然后说道：

"密司脱黄，你说的话我有些不明白，你要怎样改换你的生活？"

天乐立起身来，走到白人凤的身边，眼睛里射出渴望的目光，向白人凤慢慢地说道：

"人凤，我将和慧君离婚了。"

他说了这一句话就顿住，把手扶在桌边，细瞧白人凤的态度若何，觉得白人凤似乎突然一怔，旋即镇静着，仰起蝤首问道：

"你这话可是真的吗？为什么一定要弄到这个地步？"

天乐道：

"人凤，我想你是不难知道我的。我既然要得着未来的幸福，不得不牺牲目前的家庭；这个牺牲虽然很重大的，但我要达到目的，当然愿意如此。今后使君已没有妇了，他朝夕期待着他的意中人，翩然来归。人凤，你能鉴谅我，你以前大概怀疑我没有这种勇气，现在你可知道了。然我在你的面前可以宣誓说，一生愿拜倒你的裙下，甘做南人不叛。你可怜我的，快给我些安慰，填补我这个饥饿的心窝吧。"

天乐说这话，当然是很明显的，白人凤怎样回答呢？当然是天乐万分渴望的。他现在好像一头失乳的羔羊，急急地要得到新人的乳汁，安慰他的心灵。白人凤低下头微微一笑道：

"你不要懊悔吗？"

天乐道：

"不……不……绝不。"

白人凤又道：

"是你自己情愿牺牲，没有人强逼你的吗?"

天乐道：

"当然，我只望密司早日给我精神上一种慰安。"

白人凤又笑了一笑。天乐到了这时，见白人凤虽然不说什么，而并无反对之意，明明是芳心许可，所以他情不自禁地一握白人凤的纤手，很愉快地一笑……

第十二回

挥泪托雏儿伤心欲绝
含情求佳偶望眼几穿

　　星期日的上午，陈律师的事务所中靠墙沙发上坐着两个女子，一个装饰得很时髦，可是脸上露着一团忧愁之色，又一个衣服很是朴素，低倒着头，瞧着自己纤手上的指纹，脸色惨白，蛾眉蹙损，好似罩着一重愁云惨雾。陈律师口里却衔着雪茄，烟气氤氲，猛吸了几口，向他对面坐的一个西装少年说道：

　　"天乐，你我都是很熟的朋友，所以我今天还要请你在最后五分钟内，再用你的头脑缜密考虑一下。方才我听了慧君女士说的话，和令妹的申述，觉得你的家庭本来是很好的，何必要弄到这样地解决，都非彼此的幸福。你不要听人家的怂恿，把幸福的家庭毁坏，将来也许要生后悔。我虽然是做律师的，但却希望人家伉俪和好，不要中道仳离，非至万不得已时，莫轻言离婚。何况你是我的老友呢。"

　　陈律师说了这几句话，把鼻上的眼镜推了一推，等候天乐怎样回答。天乐道：

　　"这当然非我始料所及，事已至此，我也何必再用考虑。你的美意未尝不使我感谢的，但恋爱是神秘的，来如泉涌，去如烟消，不能有半点儿的勉强。即使勉强了，双方徒增苦痛，所以今日我毅然决然地到你这里来，烦你相助我们早早解决了吧。"

　　陈律师听天乐说得这样斩钉截铁，便点点头道：

　　"我到底是局外人，当然不能参加什么意见的，不知慧君女士可还有什么话?"

慧君抬起头来颤声说道:

"我没有别的话可说了,请陈律师将稿子给我看了,我就可以盖章。"

陈律师道:

"离婚据早已交书记写好,这是协议离婚,麻烦尚少。不过你们的两个小孩子究竟此后归父管领,还是归母抚养,这一点须注明的,免得日后纠纷。"

慧君听了,向伊身边的美云瞧了一瞧,意思是要叫伊说。美云便道:

"陈律师,这一点是很重要的。我哥哥本来要这两个小孩子的,而慧君姊却又只愿和丈夫脱离关系,而不愿抛弃那一双玉雪可爱的孪生弟兄。经我费了许多唇舌,在昨天夜里已讲明白了,此后也不给父亲管,也不给母亲领,却由我第三者出来代为抚养。因为我虽和天乐有兄妹关系,而我已是出嫁的女儿,他们算了我的寄男,住在我家里。不知这种办法在法律上可有什么抵触?"

陈律师道:

"既然是出于大家自愿,也并无什么不妥。但将来小孩子对于父母的方面,当然仍有承继权的。"

说罢,对天乐笑了一笑。天乐道:

"准是这样办吧。"

于是陈律师取出三份纸头,唤过一个书记,对他说了,叫他速去写明。陈律师的嘴里一根雪茄也快吸完了,把烟尾丢在身旁痰盂里。天乐和慧君、美云等都是一声不响,室中十分静寂,只闻钟声,可见得各人心中的沉郁了。陈律师又燃了一支雪茄猛吸,隔了一会儿,书记拿着三份离婚据进来,给陈律师看过一遍。陈律师遂递给天乐、慧君各一份,叫他们各自看过,大家没有异议了,遂取过印泥缸,叫他们盖章。天乐和慧君一齐立起身来,各从身边取出图章,到陈律师写字台前来挨次盖章。慧君举手盖章的时候,手里异常颤动,勉强镇定,看准了自己的名下盖去时，手指一抖，盖得歪斜了。三张纸上都盖过后，回过身来，头向下一低，早已两滴珠泪落在自己的鞋儿上面。这时候天乐的心里也觉得有些怅惘，好似孤舟漂泊在大海中，虚空得很。美云更是不消说得，愤恨与忧伤之情交亘在胸中，觉得这是自己最不愿意亲眼瞧见的事情了。陈律师等到他们盖章以后，他也取出一方小小的水晶图章，蘸了印泥，很郑重地盖过章，把一纸交给天乐，一纸交给慧君，又把一纸留在他处，遂向天乐道：

"现在已解决了，不知你们可要登报？"

天乐还没有回答，美云早抢着说道：

"陈律师，我想这事虽是出于二人同意，可是总不名誉的，我想不要登报吧。"

天乐和慧君也不说什么。陈律师道：

"不登报也好，假使你们将来生悔时，不妨作破镜重圆之计，仍可到我这里来取消的。"

黄美云对天乐脸上看了一看。慧君一挽美云的手背说道：

"我们走吧。"

于是美云伴着慧君，告别了陈律师，坐车同去。天乐也同陈律师道谢后，出得事务所，并不回家，却赶到古拔新村白人凤家里去报告一切了。

慧君和美云回到家中，瞧见两个小孩子手里拿着玩具，在地上学步，阿香等在旁照顾着。小孩子一见慧君，都赶上来口呼母亲。仲蓟脚下一滑，跌倒在慧君身前，却并不啼哭，仰起了头，对着慧君只是嘻嘻地笑，一只左手撑在地上，一只右手高高地伸起来，好像向慧君乞援的样子，手中本来抱着的洋娃娃，早已抛去了。慧君遂俯身把仲蓟扶起，伯燕也抱住伊的小腿要伊抱。慧君忍住眼泪，对阿香说道：

"你领他们到草地上去玩吧。"

遂一手把伯燕推开，走上楼去。

黄美云跟着一同上楼，见慧君踏进室中，身子一坐定，竟伏在桌上呜呜咽咽地哭起来了。

227

原来黄美云自经慧君用长途电话告诉了这个恶消息，伊就在星期五晚上坐了夜快车来沪。两人相见，不胜黯然。黄美云握着慧君的手顿足说道：

　　"今日之事，虽是出于意外，但总是我害了姊姊。我早知如此，砍了我的头也不肯代我薄幸的哥哥来向你求婚的。叫我怎样对得起你呢?"

　　慧君摇手道：

　　"姊姊不要说这种话，我一生遭逢坎坷，命运多舛，我能怪怨谁呢?此后当秉我素志为教育而牺牲，也不负我的寄父造就我的恩德。天乐早已入了迷途，无可挽回的，他要自己毁灭这个家庭，叫我也是无可如何的，但此后又使我多了一重认识。"

　　美云道：

　　"你不怨天尤人，真是个君子。想是我哥哥的福薄，以致他走入歧途，中道生变，这也是他自绝于人。我告诉了母亲，伊老人家也是大大地不赞成，非常气愤，本要自己和我一同赶到上海来，向我哥哥理论。只因近来打牌疲乏了，有些咳嗽，精神也不佳，所以我按住伊的。伊叫我再用苦口和我哥哥劝说，希望能够挽回于万一。少停见了他的面，我不得不再和他说几句话。只恨我父亲远在苏州，鞭长莫及，倘然他在这里时，也许他有主张，不容许我哥哥做此倒行逆施之事的。"

　　慧君道：

　　"恐怕在现代潮流中，即使他老人家在此也是无效的，不如由他去休。我是早已下了决心，预备牺牲了。但这两个小孩子却是我心头之肉，我断不肯抛下他们在他人手里吃苦的，我想带了他们同去。"

　　美云点点头道：

　　"你说得也不错，我也不赞成把这一双可爱的小孩子丢给人家去抚养，将来也不知道是不是白人凤和我哥哥同居? 小孩子总是要吃苦的。俗语所说有了晚娘，便有晚爹，一定难逃这个公例。我还是有一句话要说，假使我哥哥要和白人凤结婚的说话，我们一家人无论如何，断不承认的。我第一个先不肯认这种毁人室家的浪漫女子，什么女作家，恐怕是文场之蠹吧。将来他们也没有好结果的，只恨我哥哥的迷梦不知何日才醒呢。"

二人讲了一会儿话，当然也没有什么解决。黄美云只是长吁短叹，到了下午仍不见天乐回来，美云很觉不耐，不知道天乐在哪里。慧君是早已探听明白，天乐和白人凤在霞飞路设立编辑室的一回事，但伊也不欲叫人到那里去，所以在美云面前绝不提及。

晚上美云和慧君在餐室里吃饭，天乐走回来时，他一见美云，知道是慧君请伊来沪的，好在此事明日即可得一解决，不怕自己的妹妹再来干涉了。他和美云彼此点头叫应了一声，阿香端上碗和筷来，在桌子左首拉开一张椅子，伺候天乐吃饭。天乐摇头说道：

"我不吃。"

遂背着手在室中转了一个圈子，便走到他书室里去了。美云在晚餐后，背着慧君走到天乐室中来，见天乐坐在沙发上，仰首瞧着上面的天花板，不知他心里正在转什么念头。美云在他对面坐下，向他冷笑一声道：

"我不知道你心里是不是在庆幸你的事情快要解决了，然而天下事不可知的。当初你热恋慧君的时候，你何尝不抱着一团热诚，好容易达到了目的，希望花长好，月常圆，谁知今日有这种不幸的变化呢？所以今日的庆幸，安知他日不又有可吊呢？我已告诉了母亲，母亲极不赞成此事，因为你已有很美满的家庭，为什么见异思迁，要自毁室家呢？母亲要我再向你下最后的警告，希望此事可以挽回。你能不能仰体亲心，打消你和慧君离婚之举呢？我望你为人为己，细细想一下。"

天乐摇摇头道：

"妹妹，我请你原谅我，我心里实在烦闷极了，所以不得已而出此。母亲虽然不赞成，我为自己幸福计，也不能颠倒伊的意思了，将来再向伊老人家请罪吧。明天我要和慧君到陈律师那边去签字，这是慧君自己情愿的，大概伊早已告诉你了。"

黄美云见天乐的态度坚执异常，便带着几分怒气说道：

"你说这事是慧君情愿的吗？未免荒谬之至了，明明是你逼伊走这条路的，伊为了你而牺牲一切幸福，你却毫无半点儿怜悯之意。古人云铁石心肠，你的心肠大约是铁石铸成的了。不要说慧君是我的同学，又是我做的介绍人，就是与我没有关系的，我也要代为扼腕不平。你们男子都是薄幸郎，古有王魁、李益，被后人痛骂，不想今人薄幸的更是多了，安得南山白额虎、东海青鳞鲸吃尽天下你们这班薄幸的人？你当初怎样再三恳求我代你向慧君求婚的，现在却完全忘记了吗？你忍心负慧君，但叫我怎样对得起伊呢？"

天乐见美云发了怒，遂闭着眼睛不响。美云又数说了他几句，天乐勉强笑了一笑，说道：

"妹妹，我与你多言无益，今日的我已走上了新的途径，也顾不到一切了。譬如你和毅生的婚姻，有什么问题时，我是第三者，又岂能来干涉呢？"

美云道：

"啐！你说的话可谓拟不于伦，我和毅生是好好儿的，他并没有什么野心，只知道努力于他的事业，有什么问题，要你来干涉呢？万一不幸而毅生像了你，我却没有慧君这样的忍耐心，断不让你这样便宜的。你不要以为天下女子都可以给男子欺侮的啊！"

天乐道：

"哎哟！我是不过做个譬喻罢了。我本不愿意见你们伉俪间发生什么裂痕，你和毅生的恋爱不是很坚挚的吗？"

美云道：

"那么你为什么自己反愿意和慧君离婚呢？慧君的人格不高尚吗？学问不丰富吗？性情不温柔吗？面貌不美丽吗？有什么地方使你不满意？你却像脂油蒙了心窍一般，会做出这种事来。你的人格何在？道德何在？毋怪现在社会间男子遗弃妇人的事层出不穷的了。"

天乐一声儿不响，尽美云痛快淋漓地说。美云觉得这事已无可挽回，纵有生花粲舌，也难作当头棒喝，自己也把他痛斥得够了，不必再说。于是就和天乐谈起伯燕、仲蓟两个小孩子的问题，天乐起初当然要把儿子留在家里，不给慧君带去的。他以为慧君方要去服务教育，何必多带这两个赘疣物呢？并且这两个孩子也是祖母心爱的，绝不肯让他们跟着离婚后的母亲，漂泊天涯去的，所以无论如何，不能交给慧君。况且将来承继权也有问题，自己只和慧君意见不合而离婚，却并不和小孩子脱离关系。但美云早听慧君说过伯燕、仲蓟要带着走的，断不肯留在天乐处，恐防将来吃苦，所以伊和天乐说了，便觉这个问题很难解决。美云转了几个念头，方和天乐出一个折中的办法，乃是这两个小孩子，既不留在天乐身边，也不让慧君带去，却由美云自己代为抚养。这样对于母亲方面也可稍得安慰，小孩子在伊的姑母身边，无异在自己家中一样。且在南京，反可以常常见面，而且自己膝下尚没有小孩，常嫌家中寂寞，毅生又是喜欢小孩子的人，一定欢迎的。至于慧君方面，也许可以得伊同意。彼此是知己的老同学，而又是亲戚，寄养在美云家中，比较可以使伊安慰一些。将来伊若挂念小孩子时，也可以来探望，没有什么阻碍。除了这个办法，恐怕再没有更好的了。

天乐听美云说了一遍，他就表示同情，请他妹妹去和慧君说妥。以便明日到陈律师那边去，可以迅速解决。美云遂回到楼上，见慧君正在伏案修书，是寄给某同学的，略述伊的近状，并告明以后的通信处。美云坐在一旁，等伊写好了信，便将小孩子的问题和伊讨论，并告诉慧君，自己想出的折中办法。慧君起先虽然主张要带着小孩子同去，但此后自己大都住校的日子多，漂泊天涯，漫无定所，小孩子年龄尚小，带在自己身边，究竟有些不便的。美云是自己的知友，又是伯燕、仲蓟的姑母，一向很喜欢小儿的。伊自己还没有受孕，放在伊处，比较留在别人手里好得多了，所以踌躇很久，到底答应了美云的要求。在签字的日子，很爽快地解决。但伊回到家里，瞧见了两个小孩子，想到今后就要母子分离，孩提无知，小时候就遭逢这种不幸的事，自己竟不能卵翼他们，怎不肝肠寸断？忍不住到了楼上，伏案啜泣了。美云早料到慧君的心思，也不由拭着眼泪相劝，但又岂能够安慰慧君呢？此刻天乐是只见新人笑，不闻旧人哭了。

慧君心头抑郁了好多时候，今日一哭，兜底的悲怀一齐发泄出来，眼泪如江河泄流，不可复遏。美云也在旁陪着伊哭。阿香等在楼下隐隐听得楼上的哭声，都已知道少爷和少奶奶今天实行离婚了，很代慧君不平，和其他下人们都说男子们心肠太硬，有了这样贤惠的妻子，还要弄到离婚，这真是前世冤孽了。慧君、美云在楼上哭了一场，到底美云先收住眼泪，劝住慧君的哭泣，大家对面地坐定了，商议以后的事情。慧君不欲再在这里多添刺激，决定今天就要搬到学校中去寄宿。下午搬取些行李什物，一同送到校中去。因为伊前天早和校中当局说过了，自己家乡也不愿去住，亦因陈家自从寄父逝世后，觉得情况也和以前大异，自己不过回乡时耽搁数天，岁时送些礼物，陈柏年家里的人对伊的情感，也不过如此，哪里有陈柏年的关切？于是伊又想起伊已故的寄父来了，当初自己将和天乐订婚的时候，寄父极表赞同，屡次劝我不要守独身主义，死者已矣，叫我不必去追念，须自求人生的归宿。见过天乐后，又再三叮嘱我，莫失机会，以为天乐是我很好的配偶。唉！画虎画皮难画骨，知人知面不知心。谁料到我遇人不淑，今日天乐竟遗弃我了，倘然我寄父尚在世界，不知他又要代我抱不少义愤呢？他必定能够安慰我、鼓励我，有助于今后的生活，但现在天壤间再没有知心的人。那两个小孩子尚在童龄，不识不知，他们哪里知道可怜的母亲即日要离开他们呢？此后的我又要度凄凉生涯了。假令益智地下有知，他要代我非常痛惜的。这样看来，天下没有真爱的男女，倘然有的，也唯有死者而已。伊这样沉思，美云见慧君久不说话，忍不住开口问道：

"你决定今夜不再住在此间吗？"

慧君点点头道：

"是的，我今夜不能奉陪你了，你必能原谅我的，这两个小孩子拜托你吧。"

美云道：

"好，我明天早晨便坐特别快车返京，这两个小孩子交给我便了。"

此时慧君立起身来，去把自己应用的衣服和物件聚在箱子里。伊先从抽屉里取出伊在天乐箧中搜寻得白人凤口香糖银盒和一块小手帕，以前早已给美云看过了，所以拿起银盒向地下一掷，过去重重地踏上两脚，早把那盒儿踏得扁了。又将那块手帕使劲一撕，哧的一声，也已裂成两半，可知伊心中怨恨透了。美云在旁瞧见了，不由叹道：

"你们不知怎样的会和这姓白的相识，若没有伊，我哥哥也不致和你离婚。当他们常在一起的时候，姊姊没有早些防范，又让他们双双到广州去，遂使我哥哥困于情魔而不能摆脱，这个大好家庭也就一旦摧残。姊姊真是忠厚的人，所以我上次来沪，就怪你失策了。"

慧君摇摇手道：

"不要说吧，说起来真使人痛心。现在的时代男女社交公开，男女交友已是极普遍的事，何况天乐也是有了室家的人，白人凤是个优秀的知识阶级，我未便以小人之心度君子之腹。况我家务校课很繁重的，所以没有注意到这一层。后来虽给你提醒，可是已嫌晚了。"

美云道：

"男女之间，往往容易发生多角的恋爱，越是知识阶级，越易犯此毛病。现在报纸上不是常常读到的吗？常有自命多情的人，也会见异思迁，得新忘旧，离了再离，他们仍是视女子为玩物，所谓恋爱也不过是哄骗女性的口头禅罢了。但现在外边也有许多浪漫的女子，她们骄奢淫逸、轻狂放浪，视男子如玩物的。最好使那些薄幸的男子逢到了她们，也就要叫苦不迭了。"

慧君因此又想起杜粹和项锦花的事，长叹一声，并不接话，就把抽屉里的东西放入箱子中去，聚好了一箱子。阿香上来请吃午饭，两人就下楼去，慧君哪里吃得下，只吃了两三口，便将筷子一搁。美云也不过吃了一碗饭，虽有佳肴，也是食不下咽。饭后，慧君回到楼上，依旧去收拾物件，美云在楼下同伴着小孩子玩。到四点钟时候，慧君已把东西聚好，遂请美云到楼上去，又叫奶妈和阿香抱着小孩子一同到楼上。慧君就叫伯燕、仲蓟向美云改口称呼继母，小孩子十分聪明，叫了两三遍便会了。慧君遂又指着他们对美云说道：

"我知道姊姊是一向喜欢这两个小儿的，况又是你的侄子，此后我交托给你，当然很是放心。我的小儿犹如你的儿子一般，年纪渐长时，请你严加教训，倘有顽皮之处，尽管责打，我绝不怪你的。希望他们将来都能成人，为国家社会服务，也不负我怀胎十月，辛劳数年了。将来我倘然能够到南京来时，也许要来探望一两遭。他们长大时，倘然有天良的，也不至于不认识我这个孤苦伶仃的母亲。望姊姊在空闲的时候，告诉他们一二，要使他们明白他们的母亲并不是一个失德的妇人，足贻他们之羞，乃是被他们的父亲薄幸而遗弃的。"

慧君说到这里，声音颤动得异常，喉间悲哽住，说不下去了。美云和阿香、奶妈等听了，都觉得黯然欲绝。美云遂说道：

"慧君姊，你不要过于悲伤，千万要珍重玉体。不可使你的宿疾复发，这是我代你很杞忧的，所以你虽然遭着这重大的打击，也只得远观为怀，自遣愁闷。听你说过要多读《庄子》，我很赞成你的，也许借此可以减少你的悲痛。至于这两个小孩子，我是非常心爱的，当然要把他们视作自己儿女一般。况且我和你今后更要常常通信，我必随时报告给你知道，每隔三个月，必要代他们摄一回影，寄给你看，你千万放心，他日长大了，绝不会忘记你这位贤德的母亲。"

慧君点点头道：

"这样使我感谢不尽了。"

又回头对阿香、奶妈说道：

"你们以后要跟随姑太太到南京去了，这两个小孩子当然仍要你们抱领的，你们都是我很熟的下人。今番的事，我也知道你们很代我悲愤的，我虽然不能再和你们一起，你们只要看了小孩子，如同见我一般，当然你们必能好好抱领的。我也不再多说了。"

奶妈听了，含泪点头，阿香低倒头哭起来了。伊手里正抱着仲蓟，仲蓟见阿香啜泣，便把一手推开伊的头，强着身子扑过来，要慧君抱。慧君接到怀中，望旁边椅子上一坐，拍拍仲蓟的肩膀说道：

"让我抱一会儿吧，以后不知何日再来一抱。你们可知道你们的母亲便要去了吗？"

说时泪随声下。美云也不住地将手帕揩伊的眼泪。伯燕见慧君抱了仲蓟，他在奶妈臂弯里也要扑到慧君人怀中来，美云想去接时，伯燕却拗着身子不要，慧君便用左手一接，把两个小孩子左右分开，坐在伊的膝上。伯燕、仲蓟都对着母亲笑。伯燕嘴里咿唔咿唔地唱起来：

"小将军，小将军，我是小将军来。"

仲蓟也接口唱着。慧君忍住眼泪，对他们仔细看了一会儿。美云对阿香摇摇手，叫伊停止哭泣，阿香揩干了眼泪，恐怕慧君抱得吃力，遂拍拍手把仲蓟抱了过去，奶妈也将伯燕抱去。美云道：

"你们下楼去伴他们玩吧。"

美云这样吩咐是不欲慧君重增伤感，阿香等遂抱着小孩子下楼去了。慧君黯然坐了数分钟，立起身来，走到面汤台边开了热水龙头，洗了一个面，在镜子里照照自己的眼圈仍有些红肿，叹了一口气。黄美云也过来洗脸，慧君遂对美云说道：

"美云姊，我要去了。明天早晨我到火车站来相送，即此一别，不知何日再见？"

美云说道：

"你放了寒假，不好到南京来住在我家里吗？我必要你来的。"

慧君含糊答应了一声，又说道：

"我去雇一驶汽车，把我的东西一同送到校中去吧。"

美云道：

"我要送你去。"

慧君点点头说好，于是二人一同走下楼。慧君去打了一个电话，一会儿，汽车行里的汽车早已驶至，在门外捏了几声喇叭，慧君遂叫下人把几只箱子和网篮等什物搬到楼下。汽车夫进来接过去，放在车上，慧君和美云一同走出门来，阿香等都到门口来相送。慧君又对自己的小孩子，瞧了两眼，然后和美云坐上汽车，开到自己的女学校去。

到了里边教师宿舍里，美云见房间虽小，而地位很安静，收拾得也很清洁，又是一人住的，开了北面的窗，可望见校园风景。二人坐定后，校役把箱笼物件一一搬入。慧君和美云说了一刻话，便去安排物件。另有一个女仆上来帮着伊铺床，帐子是不挂的，所以不多时就好了。美云想起以前在南京大学和慧君同学时的情景，心里又有许多感触，勉强用话向慧君安慰数语。看看天色已晚，美云便要告辞。慧君也不多留，遂唤校役去雇了一辆汽车前来，送到门外，代美云付去了车钱，说声明天会。

美云别了慧君，坐上汽车回转莫利爱路，充满着凄怆之情，暗暗洒了数点眼泪。晚餐后，小孩子都睡去了。美云独自坐在楼下书室里看书，不见天乐回来，家中少了一个慧君，便觉得黯然无生气。幸亏小孩子在平常时候本来不跟母亲一起睡的，母亲虽然去了，倒还不觉得，否则怎能够一旦离开娘怀呢？到十点钟过后，天乐方才回来，美云此时知道伊的哥哥陷溺已深，也不再去说他，只告诉他说，慧君住到校里去了，明天自己要带着伯燕、仲蓟回南京，阿香和奶妈当然也要跟去。天乐道：

"很好，有累妹妹费心了，小孩子用钱我当按月寄上。"

美云冷笑一声道：

"谁要你的钱？我既已答应担起这个责任，一切自有我在，今后你尽管同新人快活吧！"

天乐听了，默然不答。美云立起身来，说道：

"我已告知你了，时候不早，我倦欲眠了。"

天乐道：

"你们都去了，这里的房屋我暂时也不退租，你见了母亲……"

美云不等他话说完，便向门外一走。天乐又道：

"那么我明天早上送你们到火车站吧。"

美云回身向他连连摇手说道：

"不要你劳驾了，明天慧君要到车站来送行的。我想你不必再和伊见面，累我也要不自然的。"

说罢，遂很快地走到楼上去睡了。

这天夜里，美云也因受了刺激，翻来覆去地睡不着，想慧君今晚孤身寄宿在学校里，当然伊所受的刺激更要比我十二分的厉害。而我哥哥的心里却又不知怎样，大约他已陶醉在白人凤的怀抱里，痴想着将来的幸福。然而我觉得白人凤不比慧君这样的诚实诚恳，我哥哥的希望也是渺茫得很，即使成功，将来也难保没有别的问题。我不明白男子的心里，竟这样地变化倏忽，连我也不免有些寒心呢。伊前前后后地想了许多念头，休想睡得着。

一会儿，天已明了，伊就起来梳洗更衣。阿香等也都起来了，大家收拾收拾，吃了早饭，便要动身。天乐早在楼下伺候，见他们要去了，便去雇好一辆汽车。黄美云吩咐下人把行李搬出去，伊和天乐点点头，说了一声再会，便带着阿香、奶妈、小孩子等出去，阿香等也向天乐告辞一声。大家坐上汽车，疾驰而去。天乐站在门外，呆呆地瞧着他们汽车背后的尘土，不知他心里可有什么感触？

美云等到了火车站，早见慧君独自一个儿披了一件绒线短大衣，手里挟着一个皮夹和一大包糖果，面色憔悴，站在大钟底下等候。大家叫应了，美云要去买票时，慧君道：

"我早已代你们买了二等车票，请上车吧。"

美云道：

"哎哟！怎好要你破钞呢？"

于是大家走进去，轧了票，到车上坐定。慧君回头见两个小孩子蹦蹦跳跳地向四下瞧热闹，遂把糖果交给阿香道：

"他们在车上吃东西时，你可慢慢给他们吃。"

小孩子见了这袋糖果，都伸手要来讨吃，阿香便取出一些咖啡糖和饼干等分给他们吃，慧君和美云并坐着谈话。这时有卖报的过来，口里喊着许多报名，将一份《新闻报》送到二人身边，美云买了一份，又买了一束小报，便和慧君展开《新闻报》，约略阅看。慧君拿着本埠新闻，忽见有一个很触目的标题，乃是本埠大同银行副经理杜粹宣告破产，远扬无踪。慧君心里不由突地一怔。再仔细看下面的记载，大略说，杜粹自升入大同银行副经理后，交际甚广，挥金如土，家拥美妻，奢华异常，时时喜欢做投机事业，标金买卖，进出颇巨。年来与人设立信托公司，暗中收现款，而所经营之跑马场，因为种种关系，未能成立，损失不赀。最近标金亏折甚大，周转不灵，消息渐露，昨日下午各存户纷向大同银行及信托公司提取大批存款，信托公司无法应付，立即宣告破产。大同银行几被牵倒，幸总经理应付有方，尚能于惊骇风浪中侥幸度过，然已大受影响。杜粹本人昨日已告失踪，现各债户已进行控诉，追本人到案。今晨法院已将杜粹所居静安寺路的住宅查封云云。慧君一口气读完了，嘴里说了一声：

"哎哟！"

便把报纸递给美云道：

"姊姊你看，杜粹破产了，这不是一个恶消息吗？"

美云接过报去一看，叹道：

"杜粹本是一个大好青年，当初和我们同学的时候，志气非常高大的，道德也是很好的，不知怎样的后来认识了项锦花，渐渐态度改变，到上海后在金融界里很露头角，却不料结果如此，身败名裂，连我们也要代他痛惜。不知他遁迹到何方去了？今后恐怕他不能够再回上海了。还有他的夫人项锦花，遭逢着这个剧烈的打击，可曾和杜粹一同出走，还是自己回南京去？这却不得而知了。"

慧君又想起自己在上半年，曾和杜粹无意中遇见一次，瞧他的神气很不自然，后来曾听人说起他家里婆媳不睦，杜太太被逼回里，他们所生的女孩子又早作殇，可惜当时忽有白人凤驾车而来，以至杜粹匆匆别去，自己没有和他谈起什么。现在想不到我逢着这种伤心的事，而他也是弄得不可收拾的地步，真是令人感叹无穷了。伊正想再和美云讲话，听得月台上铃声丁零地响起来，知道火车要开了，遂也不谈杜粹的事，立起身来和美云握手说道：

"种种拜托，感激不尽，我去了。"

又握着伯燕、仲蓟的小手，苦笑了一下，连忙回身走下车去。美云送到下车处，向慧君叮咛数语，劝伊保重身体，然后洒泪分手。等到慧君跳下车时，火车已蠕蠕而动，慧君立在月台上，含着一包眼泪，看火车驶出站台，直到望不见了影子，伊遂低倒了头走出去，心中充满着许多感伤之情。伊不但为自己悲哀，兼代杜粹感伤，想起前尘，更多慨叹，不幸的事竟会同时发生，世间事真是变化无常了。今后的慧君当然要在学校里过那凄凉的日子，幸亏伊的同事和伊很好，而学生们又是常要向伊请教的，忙着一切事务，可以稍稍解去寂寞。

至于天乐又怎样呢？他一方面已和慧君各自分飞，把本来的家庭破坏了，而一方面尚未和白人凤达到双栖双宿的愿望，未来的新家庭还没有创造起来，所以他的心里也很是空虚，心中很是忐忑。他预备努力去向白人凤追求，以便早日成功。他近来抱着热烈的新希望。那天和慧君在陈律师处签字后，他就跑到编辑室里去等候白人凤到来，要把这个消息报告给伊听。一会儿，白人凤来了，照常坐在伊的写字台前拆阅信件和稿子，天乐趁伊休息的时候，便把这事告诉伊听。白人凤微微叹道：

"这却苦了你的夫人了。"

天乐忙接着说道：

"慧君热心教育，伊倒很情愿和我脱离关系的，只是我今后有谁人来安慰我这颗虚空的心呢？人凤，你大概知道我为了谁而下这绝大的决心，做这重大的牺牲？你不但要鼓励我的勇气，也望你早些安慰我的心灵。"

天乐说这话时，态度很是恳切，好似失乳的羔羊，亟待哺乳。白人凤不觉笑了一笑道：

"黄，我真佩服你的勇气。你夫人一些不要求赡养金吗？你这个便宜恐怕只能讨一回的。"

天乐笑道：

"以后我成立了新家庭，享受一切幸福，岂肯再做牺牲，而讨这种便宜呢？请密司放心。密司是我的明灯，希望你常常照亮我。密司是天上的安琪儿，希望你携我同游乐园。"

白人凤听天乐这样恭维自己，不由格勒一笑。天乐见伊这个样子，心中十分焦躁，恨不得即听白人凤樱唇里说出一个"是"字来，自己立刻可以拥抱着伊，一接甜蜜的吻，心灵上也就安定了。正在这个时候，白人凤家里的下人忽然跑来说，太太叫小姐立刻回去，因为有个南京的客人快要来见小姐。于是白人凤赶紧将稿件收拾好，对天乐说道：

"下午我来不来，不能说定，你不要等我，再会吧。"

就和伊的下人匆匆地去了。天乐不知白人凤家里到了什么贵客，把自己的谈话打断，好不懊丧，遂独坐着看了一会儿白人凤所编的稿件，便把伊编好的一期《白虹》周刊带到四马路书店里去。恰巧店里有几个内地来的批发书商，要批发大批书籍，尤其是白人凤的小说和诗词草批得最多。天乐为了地主关系，只得和店中一二职员陪着他们去吃午饭，又因他们要看平剧，天乐遂打电话到大舞台去预订一个包厢，以便晚上陪他们去看戏。下午三点钟的时候，他得空又跑到霞飞路编辑室中去，坐了多时，不见白人凤到来，遂也不高兴痴守了，家里也不想回去，离了编辑室，到一个朋友处去闲谈。到晚就回到书店里，伴着书商出去吃晚餐，一同到大舞台去看戏。然而天乐怎有心思看戏？勉强敷衍看，好生没趣，那几个客人却全神贯注地向台上瞧看。

天乐坐到九点多钟，实在坐不住了，遂托自己店中职员奉陪他们，他自己推托家里有事，便离了大舞台，回到家，见了美云。美云不肯和他多说话，自己也不便把心事告诉美云，所以也独自去睡。所以美云一夜未睡，天乐又何尝合眼呢？次日美云等带着小孩子回南京去了，他就跑到编辑室去坐候白人凤，决定今天要向伊明明白白地乞婚，以期早得圆满地解决。人凤既有爱我之心，又知我为了伊而牺牲一切，当然没有什么别的问题了。他坐着翻阅送来的报纸，见了杜粹破产逃亡的消息，也不禁有些感叹。暗想：倘然当初杜粹和慧君成了配偶，也许杜粹不至于此。听说那个项锦花十分挥霍，在外边交际很是放浪的。这时电话架上铃声大作，他过去接了，一听便知是白人凤的声音，对他说今天伊有些要事出去，请假一天，明日再见。天乐又不便问伊有什么事情，一会儿，电话已挂断了。他心里十分怅惘，但也无可如何。这天他就觉得寂寞无聊了，若回家里去，也没有什么人了。他只好到书店里去，足足闷了一天。晚上回到家里，只见两个下人、小孩，一个不在这里，更觉寂静无声。他充满着许多惶惑和惆怅，觉得前途仍是难见光明。他企望白人凤的心，热得几乎要爆炸了。

明天他又到编辑室中去等候白人凤，以为伊今天必要来了。谁知等到十点钟过后，芳踪杳然，他实在忍耐不住了，于是跑出去雇了一辆人力车，赶到古拔新村去拜访伊人，一探究竟。跑上秋水楼，不见白人凤的影子，他喊了两声人凤人凤，只见白人凤的姑母冯太太从房里走出来，遂上前叫应，问白人凤何在。冯太太淡淡地答道：

"人凤在昨夜到南京去了，伊有信给你，我正要差人送上，恰巧你来了。"

说着话便去取出一封信来。

第十三回

情海起疑云人遐室迩
瑶函醒绮梦凤去楼空

天乐听冯太太说，白人凤忽然到南京去了，他不由突地一怔，连忙接过信，拆开一看，见一张锦笺上只写着寥寥数语道：

天乐我友：

　　凤因有要事赴京，不久即当返沪。《白虹》周刊已编竣数期，不致有脱档之虞。余容面謦。匆此，即颂。近绥。

人凤谨启

白人凤为了什么事情骤然跑到南京去呢？何以事先没有知照我而偷偷地一走呢？他瞧着这信，呆呆地出了神细想。冯太太在旁瞧着这种样子，不由微微一笑道：

"黄先生，我侄女给你的信上怎样说？"

天乐道：

"没有说什么，伊只说有事到南京去。"

冯太太听了又是微微一笑。天乐见冯太太微笑，更使他心里有些狐疑，却不回去，反而在写字台前一张椅子里坐下。下人献上茶来，他把这信折叠好了，放在自己衣袋中。冯太太见天乐不走，也只得在旁边椅子里坐下来。天乐一手支着下颐，向冯太太问道：

"伯母，我要问一声，人凤近日可有什么朋友从南京来拜访伊吗？那朋友姓甚名谁？是不是人凤和他一同去的吗？"

冯太太笑了一笑道：

"这个我却不十分明了。黄先生，你是知道的，我侄女在外面的名气很大，伊的朋友也很多，叫我哪里记得清？我是一向不过问的。譬如上次你们到广州去，我也是临时方知道的，虽然不放心伊作远游，却也是无可如何。不是我在背后讲我侄女，近年来伊的朋友越多，常常在外边交际，以至在家的时候很少，和我谈话也不多，我又是和伊很客气的，不便去管账，但愿伊好好儿配了一头亲，将来嫁了一个如意郎君，使我也安慰得多了。"

天乐趁机探问道：

"那么近来人凤可有什么意中人呢？"

冯太太笑了一笑道：

"这个我却更不知道了，即使伊有的，伊也未必就肯告诉我。因为伊是绝对自由的新女子，恐怕伊的母亲活在世间时，也不能做伊的主的。"

天乐听冯太太一句真话也没有，态度又比较冷淡一些，只得立起身来说道：

"既然如此，我隔两天再来看伊吧，假使伊回来了，请伊马上打一个电话给我。"

冯太太道：

"当然伊要来看你的。"

天乐又道：

"人凤到了南京，耽搁在什么地方？伯母可能告诉我吗？"

冯太太摇摇头道：

"黄先生，我不是早已说过，我侄女的事情一概不过问的吗？怎能告诉你知道呢？好在伊不久总要回沪，你自己去问伊便了。"

天乐碰了这个钉子，好生没趣，便别了冯太太，走出古拔新村，到哪里去呢？现在他好像失乳的羔羊，离群的孤雁，觉得左也不是，右也不是好。又因白人凤背了自己，忽然到南京去，十有八九是和伊朋友去的，但苦于不知是哪一个。伊既然知道我和慧君离了婚，在这个时候我正缺少安慰，伊就不该骤然之间跑到南京去。伊的心里究竟是什么意思？令人万分不安。我不如也跑到南京去找寻伊，在这紧要的当儿，千万不能放松一步的。我为了伊的缘故，闹着很大的危险，做了很大的牺牲，若不能得到伊时，我将何以自解呢？他这样想着，心中更是杌陧不安，决定要到南京去走一遭，早见白人凤的面，而得到伊的许诺。因此他就赶回家中，吩咐下人好好看守门户，自己要到京里去。匆匆地带了行箧，坐车到火车站，乘了午车回京去。

他到南京的时候，天色已晚了。但他并不回家去，因为他唯一的希望是要找到人凤。不过这么大的一个石头城，叫他到哪里去找寻呢？然而天乐是很有勇气的，不算一件难事。他就雇了一辆汽车，往各处较大的旅馆探寻芳踪，每到一家旅馆，先向木牌上细瞧一遍，然后再向账房里问询，可有一个年轻貌美的上海女郎独自到此，或同朋友前来？可是跑了数处，不见一些影踪。后来问到一家国泰大旅社里，见木牌上写着"白凤"两个字，他暗想：这"白凤"，莫非就是白人凤故意缩去一个"人"字的？本来著作家喜欢用别署或化名，安知白凤不就是伊的化名吗？于是他就跑到账房间一问，知道这白凤果然是个少女，写明是上海来的，开的房间在二楼三十六号。他暗想：十分之七八是了，他就跑到楼上去，寻至三十六号房间门前，见房门紧闭着，不敢冒昧从事。回头见旁边有一个茶房点点头，天乐又问道：

"从上海来的了吗？可是一个人？"

茶房又点点头。天乐又道：

"可是前天来的？"

茶房答道：

"正是，不过这位小姐很忙，常常出去，也有男子来看伊，像个学界里的人物。方才瞧见伊从外边和一个西装少年回来的，先生你要见伊吗？"

天乐道：

"是的，我是伊的亲戚。"

茶房点点头去了。天乐暗想：这里面住的必然是白人凤，我用了十二分的诚意待伊，自以为好事垂成了，却不料伊故意辟了我，跑到南京来和别的朋友鬼混，那么伊的心变了。我现在去见伊，看伊有何面目见我？他这样一想，心头非常气恼，不暇思虑，遂把房门很快地一推，自己已闯了进去。只见窗边大沙发上坐着一个眉清目秀的西装美少年，怀里拥抱着一个少女，正在接吻。再瞧那少女的背影，腰细如柳，烫着向上卷的头发，发上缚了一根青色的束发带，不是白人凤还有谁呢？天乐怒上心头，便走近数步，说道：

"人凤！人凤！你背着我在这里干什么啊？"

那沙发里的两人正沉浸在爱河之中，忘记了身外的一切，如醉如迷，似饧如蜜，不防室外突然闯进一个人来。那美少年喊了一声"哎哟"，慌忙将少女推开，跳起身来，指着天乐说道：

"你……你是谁？"

天乐尚未回答。那少女也已站起娇躯，回过脸来看是什么人。此刻天乐方才瞧清楚少女的面庞，虽和白人凤有几分相像，而鼻梁里有一点黑痣，并非白人凤的真身，不由呆住了，没得话说。那少女也指着天乐说道：

"你是谁？"

少年听少女也不认识此人，益发大着胆喝道：

"你这人怎样如此不懂规矩，向人家房间里乱走乱闯。"

天乐知道自己鲁莽，连忙赔着笑脸说道：

"我寻一个女子，但是认错了，对不起得很！"

说罢，回身便走。少年早冷笑一声道：

"嘿！寻人是这个样子的吗？眼珠都没张开，滚你妈的蛋！"

少女涨红了脸，也把脚上皮鞋猛力一蹬道：

"倒霉！活见鬼。"

天乐脚下跑得快，早已出了房，打从阳台上跑下楼来，暗想这也是自己的错误，天下同名同姓的人也尽有，何况姓名中间还少了一个字呢。但也巧得很，一样是从上海来的，否则也不至于此，不知那是一对野鸳鸯在这室中谈恋说爱，被我闯进去，惊扰了他们，毋怪他们要对我发火了。那少女口里说倒霉，但像我真是倒霉，跑来跑去找不到人，反挨人家一顿骂。他虽然这样想，却并不灰心，仍坐上汽车到别家旅馆去找。直到十一点钟，南京城里头二等的旅馆差不多已踏遍了，仍不见伊人情影。自己肚子里咕噜咕噜地一阵阵响，饿得很厉害。

原来自己一到南京，就跑来跑去找人凤，晚饭也没有吃，到此时不要饥饿吗？他只得在最后一家旅馆里开了一个房间，把钱开发了汽车回去。坐定之后，便吩咐茶房开一客晚饭来充饥。可是这时候饭也有些冷了，菜又不好，胡乱吃了一些，向旁边沙发里一坐，两手扶着头，只是猜想白人凤到了南京究竟住在哪里，也许伊不写着自己的真姓名，那么叫我向哪一家旅馆去找呢？也许伊寄宿在友人的家里？那么更难访问了。自己转了一个念头，要到南京来找伊，立刻坐了火车赶来，然而到了南京却又不知向哪里去找寻了。自己这种烦恼去告诉给谁听呢？心中觉得非常沉闷，不知所可？又想在南京地方有几个大名鼎鼎的文人，他们和白人凤时常来往，《白虹》周刊里也常有他们的稿件，白人凤到了南京，也许他们可以知道伊的芳踪何在。我明天不如向那几个人所住的地方去探询，或可得到一丝消息。他决定了明日所要做的事，遂解衣上床安睡，乱梦颠倒，仿佛自己东奔西走地还在那里找寻人凤。

次日正是星期日，他一早起身，吃了点心，便走出旅馆，到他所要去的几个文人府上，访问了数处，有的不在家，有的却说不知情。天乐又饱吃着空心汤团。看看日已近午，自己立在一条马路转弯处，垂头丧气的想不出再好的方法。这时候有一辆机器脚踏车啪啪啪地从他对面驶来，车上坐着一个健美的少年，对他紧瞧了一下，便喊道：

"天乐兄，你怎么站在这里？"

天乐抬头一看，原来是毅生，遂向他脱帽招呼。毅生早把机器脚踏车停在路旁，跳下车来问道：

"你几时回南京的，怎么我们没有知道？"

天乐答道：

"我有些小事，昨天回来的。"

毅生道：

"那么你可见过美云？"

天乐摇摇头道：

"我还没有回家去，美云在家里吗？"

毅生道：

"是的，伊昨晚带了你的两个小孩子到岳母处去住一宵，今天约我去吃午饭，所以我从部里赶来。你既然没有返家，自然是不知道。现在你可有别的事吗？"

天乐点点头，又摇摇头，嘴里咄了一声。毅生对于天乐和慧君离异的事，早经美云回京时详细告诉过他了，他也很不赞成天乐这种行为，只因天乐已入迷途，断非一时所能劝醒，所以他现在见了面，也不问起这件事，只说道：

"你可是没有事吗？要不要和我一同到家里去？"

天乐本不欲回家，此刻途中忽然碰见了毅生，倘然再不回家，在理上说不过去，遂懒洋洋地说一声也好。毅生不欲多耽搁时候，于是回到车上，指着旁边一个座位道：

"天乐兄，你趁现成坐着吧，我把你带回去。"

天乐只得坐到椅中去。毅生加足了速力，风驰电掣的，一会儿已到萨家湾。天乐一见自己的家门，心中有些惆怅，脚下也有些趑趄。毅生把机器脚踏车徐徐止住，一同跳下来，毅生推着车子，走进门去，天乐只得硬着头皮一同步入。毅生把车儿放在一边，和天乐一先一后地踏上阶沿。一个下人见了他们，说一声：

"姑爷同少爷一齐来了，老太太和姑奶奶等正在会客室里。"

毅生点点头，走到会客室前，推门进去。天乐跟着步入，见他的母亲正坐在沙发上，抱着伯燕坐在伊的膝上，美云穿着很美丽的秋季新装，坐在旁边，阿香抱了仲蓟，看墙上的画。黄太太起初见了毅生，便带笑说一声：

"毅生，我们已等候你多时了。"

再一看和毅生同时走进来的乃是自己的儿子天乐，脸色顿时改变，侧转脸去不响了。天乐走近数步，唤了一声母亲，黄太太只是不睬。美云瞧见天乐回来，不明白是怎样一回事，立起身来点点头和天乐叫应一声，又问毅生：

"如何你们二人会一起来的？"

毅生说了。美云依然不明白。此时伯燕、仲蓟见了天乐，一齐高声叫起爸爸来。天乐瞧瞧这两个小孩子，依旧如此欢笑跳跃的情状，但他们的母亲却不在这里了，心中更觉有些感触。美云遂对伊母亲说道：

"你本来说要问哥哥，今天哥哥回来了，你去问他吧。"

黄太太叹了一口气道：

"这种不肖的儿子，自己的家都不要，今日跑回来有何面目见我？"

天乐勉强一笑道：

"母亲，你在南京，当然不知道我心里的苦闷。我没有做什么犯罪作恶的事，怎么不容我到老家来呢？母亲，你休要错怪我。"

黄太太回过脸来说道：

"你不要狡辩，好好的妻子偏丢弃不要，闹出离婚的事来，却在外边恋爱着小妖精，不知是什么心肠？你自问对得起慧君吗？你虽然不要伊做妻子，我却仍要伊做我的媳妇。"

天乐道：

"母亲要伊做媳妇，不知伊肯来不来？这却不干我事。此番我所以和伊离异，也因我心里自有说不出的苦闷，外人不知道的……"

天乐的话还未说完，黄太太冷笑一声道：

"什么苦闷苦闷？你离弃了慧君，恐怕今后的苦闷更要大了，这叫作得福不知足，自己寻烦恼。"

天乐听了，不觉默然。毅生瞧了这个情景，知道这种事是有理说不完的，岳母态度很是严厉，恐怕天乐面子上有些下不去，便说道：

"时候不早了，你们叫我来吃馄饨，究竟有没有做好？我吃了，还要到部里去，不要累我迟到啊！"

美云笑道：

"你不要发急，我们都已预备了。哥哥大概没有吃饭，我们一同吃吧。"

遂叫阿香到厨下去，吩咐将馄饨快些煮熟，我们要吃了。阿香答应一声，抱着仲蓟走去。美云便陪着毅生、天乐和自己的母亲以及伯燕等，走到餐室里去。坐定后，阿香和奶妈都走来了，一个女佣早托着一个大盘子，盘子里放着四个大碗、两个小碗，碗中都盛着馄饨，一一放到桌子上，还有一个小碗虾仁酱油、一小瓶胡椒，说道：

"太太、少爷、姑爷、姑奶奶一齐请用吧，厨下还在煮，要添时马上添来。"

美云先把两小碗馄饨交给奶妈和阿香去伺候两个小孩子吃，自己取了胡椒瓶，向毅生说道：

"你喜欢吃这个东西，我代你多撒一些吧。"

说时在毅生面前的一碗馄饨里撒了数撒。毅生道：

"谢谢你，够了。"

于是举起匙来舀着馄饨送往嘴里大嚼大咽，一边吃，一边向美云说道：

"这馄饨裹得不大不小，内中的馅子又很充实，虾仁和肉拌和着，味道真是不错。"

美云笑道：

"我因为听你说要吃自裹的馄饨，这里的饭司务很会裹的，我在家里时常吃，所以今天约你来尝试尝试。这虾都是特拣的鲜虾，又加上冬菇末和虾子酱油冲的汤，自然味道很好了。你吃得下时尽管吃，我特地吩咐多制的。"

毅生道：

"好，好。"

美云也跟着同吃。可是黄太太和天乐各拿着匙儿，懒懒的似乎吃不下的样子，毅生早已狼吞虎咽地把一大碗馄饨都吃完了。黄美云自己添了一碗，却吃不下，遂问毅生可要再添，毅生道：

"我已吃得很多，不要再添了。"

美云笑道：

"你的吃量很大的，再吃一些又何妨？偏要你多吃几只。"

遂从伊自己的碗又舀了四五只到毅生碗里，说道：

"你代我吃了吧。"

毅生道：

"夫人有命，敢不领情？"

遂又把这几只馄饨吃下肚去。美云笑了一笑。天乐眼瞧着他妹妹和毅生亲热的情形，心里又不免有感。黄太太见了儿子，怀着一肚皮的气，所以他们二人都吃不下，慢慢地把一碗馄饨吃完。毅生揩了面，又去摸摸小孩子的面孔，伸起手腕来，一看自己的手表，说道：

"已快近一点钟了，我要回到部里去，停会儿再同你们相见吧。天乐兄可要在府上住几天？"

天乐抬起头来说道：

"我是说不定的，也许明天便要回沪。"

毅生又说了一声再会，他匆匆走出去了。这里大家又回到会客室里，伯燕嚷着要他的父亲抱，天乐遂抱了一会儿。黄太太坐着，脸上一些没有笑容。美云忍不住向天乐问道：

"你此番回到南京来，可是想念着两个小孩子，还是有别的要事？"

天乐道：

"我略有小事。"

黄太太道：

"你这回到南京，若不逢着毅生，恐怕你家里也不想来了。一个人怎样变得这般快？我虽一向知道你的性情是很活的，但以为你有了慧君这样贤惠美好的妻子，又是你自己看中的，总可以白头偕老，没有什么变化了，谁知你忽然又去爱上了姓白的小妖精。你以为姓白的才学高妙？其实，慧君的学问也何尝不好，否则伊也不会从南京大学里毕业出来，而考的名次又在美云之上。伊是你妹妹的同学，彼此熟悉。至于那个姓白的，我们都不知伊究竟是怎样的人，你却为了爱伊的缘故，就和慧君离婚了。事前也没有告知你的父母，若不是你妹妹告诉我，恐怕至今还是蒙在鼓中呢。"

天乐道：

"母亲，请你原谅，你们自然不知道我心里的一种苦闷。况且此事是慧君先和我提起的，伊不情愿跟我，而愿一心一意地去服务教育，当然我不能勉强伊的。"

天乐说到这里，美云本站在旁边用牙签剔着自己的牙齿，听天乐这样说，遂也忍不住说道：

"哥哥，究竟是慧君要离婚，还是你要离婚？你不要全抹在慧君身上，使人听了不服气。你该知道，若不是你逼迫伊到山穷水尽的地步，伊岂肯丢了丈夫和儿子而再去度凄凉的生涯呢？文过饰非，君子不为。"

天乐见美云一同开口，知道自己理屈，说不过她们。现在白人凤尚未找到，在此空谈无益，于是他就说道：

"好了，好了，这都是我的不是。白人凤究竟是怎样一个人，你们后来瞧吧。伊绝没有慧君那样古怪脾气的。我还要去看个朋友，今晚便要坐夜车回上海，改日再谈吧。"

说毕便取了他的呢帽，回身匆匆便走。当他走出门的时候，还听他母亲在室中骂他不肖呢。

他自己想这番回到南京来，真是触着一鼻头的灰，现在别的事不要管他，还是去找白人凤。于是他坐了车子，又到各处文化机关里去探询，仍没有白人凤的信息。晚间又去戏院里留心找寻，依然不见。他心里非常的躁急和烦闷。黄昏时候踯躅在十字街头，彷徨无计，只得回到客寓中去歇息。以为白人凤也许回上海去了，所以次日坐了火车返沪。到上海时已近三点钟，他立刻跑到白人凤家里去探问。但是冯太太对他摇头说：

"白人凤没有回上海，也没有信寄来。"

天乐无可奈何，又回到编辑室里，见桌子上有一大堆的信，遂一检视，大都是些投稿的函件，没有人凤写给他的瑶函。他哪里有心思去拆看？又到书店里去问问白人凤可来，店中人也说不见伊的芳踪。晚上他独自一个儿回到家里，心中非常烦闷，又觉得神疲力倦，只得上床去睡。谁知到明晨醒来时，头脑涔涔作痛，胸头也是非常气闷，一摸身上也觉得冷得有些发抖，自己额上有了寒热，兀自勉强穿衣起身。洗脸后，早点也没有吃，刚才走出大门，只觉眼花缭乱，支持不住，没奈何回到室中去睡。下人见他有病的样子，便来问他可要请医生。天乐叫下人去煎三钱福建神曲。这是他家里预备好的，以前稍有不适，吃了就好。不多时下人把神曲煎好送上来，天乐吃了，拥被而卧，昏昏沉沉地睡去。睡醒时出了一身汗，觉得胸中已不像早晨那样的气闷，身上也不怕冷了。于是他偃卧在床上，静寂的空气，使他回到想以前家庭里的情况来，心中便有些难过。自己冒了大不韪而逼得慧君离婚，可说是非常勇气了。白人凤业已明了此事。又是伊自己鼓励我如此的，理该早些给我安慰，一同组织新家庭，不负我一片爱伊的心肠。现在伊忽然背了我，往南京一跑，要学尹邢避面，究竟怀的是什么意思呢？这倒令人大有可疑了。唉！人凤人凤，无论如何，天可荒而地可老，你不能有负于我啊！如今我的愿望只差一线尚未达到，而自己先受到一种凄凉滋味。假使一直这个样子，叫我也要闷死气死了。他想了一刻，下人蹑足上来，瞧瞧他的动静，见天乐已醒，便问：

"少爷可觉好些？"

天乐点点头道，问下人可有人打电话来，下人道：

"有的。"

天乐突然一喜道：

"莫非是白小姐打来的吗？你为何不来喊醒我？该死！该死！"

下人摇摇头道：

"不是白小姐，这是从店里打来的，问问少爷为什么不到书店。我不敢来惊醒你，所以代为回报了。"

天乐听着，默然不语，下人也退去了。晚上天乐喝了一些粥汤，依旧睡眠。

到明天已觉得好了，再也守不住在家里，上午九点多钟先到编辑室里去坐了一歇，不见白人凤来，挨到午饭时，他就坐了车子到古拔新村去访白人凤。他一直跑到秋水楼上，不见一个人，连忙咳了几声嗽，方见冯太太从房里走出来。天乐便叫了一声伯母，又问白人凤可曾回家，可有什么消息？冯太太见天乐又来了，脸上毫无笑容，淡淡地答道：

"没有回家，黄先生有累你连跑数趟。这小妮子太没有交代了，等到伊回来时，我可叫伊到你府上来请罪，你也不必白跑了。"

天乐见冯太太的态度似乎有些讨厌的模样，只得说道：

"有烦伯母，请伊回家时打一电话给我也好。"

说完了，便告辞而去。在路上暗想：我这个人也太痴了，一趟趟地来寻伊，伊不在上海，即使我走千万遍，也是无用的，反惹人家的憎厌，不如耐性守候吧。伊若是不忘记我，终要和我相见的。到那时我可抓住了伊，不使伊溜滑了。于是他就跑到书店里去，恰巧店里正在用午膳，他就一同坐下。吃过饭，办去一二小事，见有些来函都是问询白人凤《南国游记》何时出版，他不觉怅然有感。走出店门，不知往哪里去好，便去找个朋友谈天。有两个朋友知道他和白人凤十分亲密的，都向他戏谑，说他艳福不浅，得了美妇，又有知心着意的女朋友，南国之游乐如何？天乐听了，心里真是说不出的沉闷，自己肚里的心事怎能够告诉人家呢？晚上独自去看电影，到十点多钟方才回家去睡。

这样约莫过了几天，他每日无可消遣，只是去看电影。白人凤那里既没有信息，又没有电话打来，究竟白人凤走到哪里去了？这个闷葫芦再不打破时，自己肚皮要饱胀死了。他只得硬着头皮，又跑到古拔新村去探问。当他走到那里时，见一辆小汽车直驶出来，他急忙避让时，汽车在他身边疾驶而过，车中坐着一个少女，在那里开车，旁边还坐着一个很伟硕的中年男子，穿着西装，口里衔着雪茄。因为那少女恰坐在那一边，面庞被那男子遮蔽，视线不能直达。但在这一瞥之间，觉得那少女似乎便是白人凤的倩影。再一看那汽车背后的号码，果然是白人凤的汽车。他不由呆住了，嘴里说一声：

"咦，我眼睛没有花啊！"

那汽车去得已远了。天乐只得回转头来，依旧走到秋水楼去。冯太太正走下楼梯，一见天乐，便说道：

"黄先生，你可是来找我侄女的吗?"

天乐点点头道:

"是的，人凤是不是已回来了?"

冯太太走下楼梯，立定了答道:

"人凤是昨天晚上回家的，我已告诉了伊，说你来了好几次。伊说一声知道了。不知伊要不要打电话给你，现在伊不在家，也许迟早伊要和你相会的。"

天乐又问道:

"人凤刚才和朋友出去吗?"

冯太太顿了一顿道:

"这个我不知道，伊是来来去去忙得很的。"

天乐见冯太太这个样子，也就不便再往下说，只得说道:

"那么等人凤回来时，请你再告诉伊一声，说我今天又来拜访伊的。无论伊怎样忙，千万请伊明天上午十时左右到编辑室走一趟，我准在那边等候。"

冯太太答应了，转到厨下去。天乐也就回身走出。今天他越觉懊恼了，白人凤已回到上海，却不来见我，明明是有意与我回避了。方才车中和伊同坐的男子，不知是谁? 他们又到哪里去干什么事? 唉! 白人凤这样对待我，很有些不妥，我将怎样做才好呢? 他越想越气，闷怀着一肚皮的气，踽踽然地归去。

次日，他在九时跑到霞飞路编辑室中去，等候白人凤会面，哪里知道等到了十一点钟，望穿秋水，仍不见伊人惠临。暗想:自己对待白人凤非常的热恋，甚至于把自己的家庭都毁弃了，伊应该明了我的心肠的，岂知伊态度忽然反而改变起来，那么伊日记上写的字句和医院里说的话，难道都不是由衷之言吗? 伊若是不爱我的，何不早早明言。现在弄到这个样子，岂非给我上个大当，使人好像哑子吃黄连，有说不出的苦呢。他想到这里，恨极气极，酸极气极，于是取过几张信笺，拿出自来水笔，写了一封言辞很长的信去向白人凤要求答复。他自己先读了两遍，封好了，揣在西装袋里，又跑到古拔新村去。冯太太正在楼下和一个当差模样的人讲话，见了天乐，却别转了脸，只当没有瞧见。天乐只得耐着气上前问道：

"伯母，人凤在楼上吗？"

冯太太摇摇头，继续仍和那个人讲话。天乐又道：

"伊今日没有到我编辑室里来，伯母可曾告诉伊？"

冯太太冷笑一声道：

"黄先生，不瞒你说，我侄女昨天出去了，至今也没有回来，叫我怎样通知伊呢？此刻我们有事很忙，你也不必再来了。伊若要和你相见时，总会到你处来的。"

天乐又碰了这个钉子，气上加气，遂从身边摸出那封信来，交给冯太太道：

"这一封信我写给白人凤的，等伊回府时费神转交，我也不再来了。"

说罢，回身便走。走出了古拔新村，仰天叹一口气，呆呆地站立在那边，想等候白人凤可要回来吃饭，这番见了伊，一定不轻易放过伊的了。但是守到十二点半，仍不见白人凤的汽车回来。他暗想：自己到南京去找伊，却空劳跋涉，伊的芳踪竟杳如黄鹤。现在伊并没有做黄鹤一去不复返，已回到上海。可是伊不来看我，把我丢在一边，难道伊又结识了新知，胜过于我十百千倍的吗？我总要见了伊的面，才能明白真相。然而一个上海市也是广大得很，叫我到哪里去找伊呢？且看伊见了我的信，怎样回答，便可知伊的心迹了。于是他又回到书店里去，面上露出一团不高兴的样子，闷坐在经理室里，不多与人讲话。好容易把这一天无聊的光阴挨受过去。

到了次日，仍不见有白人凤的回信。自己没处走，仍到店里去吃过饭。店里的人大家坐着休息，那位发行部的主任是喜欢看小报的，拿着一小叠小报在看，忽然把一张小报很郑重地递给天乐说道：

"黄先生，你看这个消息确不确？大概你总知道的。"

天乐接到手中，跟着他手指的地方一看，见有一则新闻，标题是"凤去楼空"，写的立体字，所以很是触目。旁边又注着数行小题，乃是"女作家乘桴浮海""某要人出国考察""优哉游哉，各得其所"。天乐刚才看了这标题，心里便突地一跳，接着再看那段新闻道：

　　此次某要人出国考察，同行者虽殊寥寥，而有一腻友同行，伊何人？盖即名闻骚坛风流倜傥之女作家白人凤女士是也。闻某君云，白女士所作之《秋水楼诗词草》，尤为某要人讽诵不辍，心折靡甚者，曾许为今世之李易安，因此与白女士诗简唱酬，顿成文字之交。盖某要人亦颇喜吟咏，自命风雅之儒也。今者乃与白女士一同出国，将历访欧美各大邦，从此海天碧浪中不患寂寞。而瑞士山巅之月，埃及之金字塔，罗马故都之雄伟，威尼斯水乡之风景，伦敦巴黎之繁华，新大陆自由之空气，无一而非白女士笔下之诗料矣。他日倦游而归，必将更有海外佳作，供我人浣薇捧诵矣。昨夜某要人与白女士坐法国邮船公司琴拉鲍号轮船离沪，先赴马赛，但以行前颇为秘密，故送行者不多，知者甚鲜。记者从某君处得到消息，故驰往码头守候。亲见白女士驾自备汽车，与某要人同至。白御欧式新装，挟大皮夹一，睨人微笑，益见秀丽。而某要人则神采飞扬，与其友人言，此去一年为期，倘途中无事稽迟，来年重阳节边，或可与白女士返国云。

天乐一口气读完了这段新闻，自己的魂魄顿时像渺渺出舍一般，周身都觉得虚空，又觉心头冰冷得无以名状，恍如做了爱司开马人坐着皮筏子漂流在北极的浩大冰川中。良久良久，说不出话来。众人瞧了他的面色，疑心他是在发痧，都问：

"黄先生怎样？可有些不舒服吗？"

天乐摇摇头道：

"不，不。"

他就立起身来，将这张小报卷起，握在手里，说道：

"奇哉怪哉，某要人出国的消息宣传已久，今天在《新闻报》上也见过他向各界告辞的启事。但白人凤和他一同出洋去，这个却令我做梦也没有想到，不知这小报上登载的消息是否正确？我不得不去探听一下了。"

天乐说罢，拿起帽子戴在头上，匆匆地走出去了。他心里怀疑着这件事的真相究属如何，也许是确实的。白人凤前数天背地里到南京去，大约就是被那某要人邀去的。但伊既要出国，也可以老实告诉我，使我明白，何必这样鬼鬼祟祟呢？现在伊已去了，我再也赶不上了，难道伊始终一个字也不肯写给我吗？还有伊主编的《白虹》周刊，稿子也只有一期了。伊出国之后，交给谁人去编呢？伊这样悄悄地一跑，不又是拆我的烂污吗？我现在只得再到伊家里去走一遭。他这样想着，遂立刻坐了车子，赶到白人凤家里，一径走上秋水楼，见冯太太正坐着吸水烟。天乐立即问道：

"人凤可是跟了某要人出洋去吗？"

冯太太点点头道：

"是的，这事在昨天我方才知道。伊临去时留着一封书信在此，叫我们要送给黄先生的，恰巧黄先生来了，免得我们送上了。"

冯太太一边说，一边放了水烟袋，去从抽屉里取出一封信来，上面写着"即送黄天乐先生亲启"，信口缄封很密。他接了信，说声谢谢，且不拆着，要想向冯太太探问数语。但是冯太太态度很是冷淡，去做别的事，并不来接待他。天乐也就不敢再惹憎厌，回身走下楼去，匆匆地回到霞飞路编辑室中。坐定后，将白人凤的信拆开来看。信笺上是用紫墨水写的中国行书，一行行的很清楚，也很娟秀，恰如其人。写着道：

天乐我友：

　　这几天我因为事务很忙，京沪奔走，席不暇暖，所以实在抽不出工夫来看你，反使你到我家里来空跑了数趟，这是我十分歉疚的，现在先请你原谅。

　　一个人的求知欲是没有满足的日子，我虽然在大学毕业，得到一个女作家的头衔，可是这终是虚名不足恃的。我常常想要到海外历游欧美各强国，考察他们的文化，增长自己的见识。然而我因经济问题，终于不能实现，一向抱着这个缺憾。现在我的缺憾可补了，我岂肯失去我的机会呢？因某要人也是我的朋友，他此次出国考察，腰缠甚富，很想约几位朋友同行。他曾到上海来访问我，征询我的同意。那时我还没有决定，后来他邀我到南京去，在他的别墅里住了数天，见他的态度很是坦白而诚恳，所以我就答应了。昔宗悫有乘长风破万里浪之志，在昔交通不便，中西文化尚未沟通，一班男子也很少机会到海外去观光。近今欧风美雨，相继东来，我国人留学在外洋的也是年年增加。我既然是个新女子，岂可踪迹囿于域内而不去一觇西方的文明呢？这样，想你得到了消息，也一定为我欢忻的。我希望你奋发壮志，也能出国一游。

今天我要离开祖国了，为了我的前途，我对于一切的亲戚朋友毫没有一点儿黯然魂销的离愁别恨。我本想到你处来辞别，只因一则时间不容许我，二则反恐你生出依依不舍之情，使你心里难过，而增加我的咎戾，所以我忍心背着你走了。料想你接到我这封信时，我们已出了吴淞口，在海天之中破浪而行了。

天乐看到这里，把皮鞋脚在楼板上用力践踏了数下，咬着牙齿，自言自语道：

"不错！你们已远行了，我一时也不能追上你们同去的。有了新朋友便忘记了旧朋友，变化得这样快，使我真是料想不到的。现在还要在信上对我说什么好看的话，'海天之中，破浪而行'。这也是无意中流露出来的得意话吧。哦！要人究竟是有财有势的朋友，要他拿出十万八万来，巴结一个女朋友，也是很省力的事情，我黄天乐当然比较不上了。好忍心的白人凤。"

他叹了一口气，再把这信读下去。

我和你虽然是文字相交，而踪迹很亲的，尤其是南国之游，常萦恋于我的脑际。你待我的深情，我也没有忘记，令我十分感激。但近来我觉得你的态度对于我未免有些误解，而我对于你和尊夫人离婚的一件事也是不敢赞同的。你的心似乎太活动了吧？恕我有不得已的苦衷，无法来安慰你。在临别赠言的当儿，希望你们能够故剑复合，破镜重圆，弥补情天的缺陷，方是你前途的幸福。

"方是你前途的幸福。"这一句天乐念了两三遍，猛地将手向桌子上一拍道：

"幸福！幸福！我的幸福已粉碎无遗了，还有什么前途不前途？若我不为了你，何至于会和慧君离婚，先毁坏了自己的家庭呢？我为了你朝思暮想，寤寐求之，差不多热度已达到寒暑表上的沸点，而你却淡淡地说什么'恕我有不得已的苦衷，无法来安慰你'就算了事吗？哼！有什么不得已？你现在跟着别人走了，所以断然把我抛弃，全不为我着想，好忍心的白人凤！"

咚的一声，又把桌子击了一下，击得桌子上的东西一齐跳起来。再看下去道：

《白虹》周刊编至中途，我忽然弃职，这也是我万分抱歉的，恐怕数万读者也要大大地失望吧。没奈何，只有想补救的办法，我的文友虎痴，他是一位很有名誉的新文学家，常为《白虹》周刊撰稿，颇得读者欢迎，也是我们的台柱子。我已写好一封信寄给他，请他代理我的编辑事务。倘然你要继续维持这个周刊的寿命，不妨到西摩路三十三号去接洽。有了我的信为先容，他绝不至于拒绝的。倘然你不愿意办下去时，那么算我废话吧。

临别匆匆，写不完许多话。即祝愉快！

人凤书于十月二十八日出国之夕

天乐看完了这封信，向桌上一掷，恨恨地说道：

"你去了，一切都完了！我还要办什么刊物呢？恨起来连那书店都要关闭了。唉！人凤人凤，你这个样子无异哄我上当，给我吃个空心汤团，到如今悔之何及？我虽然自己太信任人家了，太肯牺牲了，所作所为，当然不免有些鲁莽，可是若没有你这玫瑰之酒醉倒了我的心灵，我也绝不至于出此的。唉！我起初以为你这玫瑰之酒是甜蜜的、清冽的、芬芳的、醇厚的，愿此生一直沉醉在玫瑰之酒里，却不料结果是完全给我满口的酸味、辣味、苦味、涩味。这件事能够告诉给谁听呢？你是个诗人，我总以为你是不慕虚荣的，谁知你也是一个拜金主义的信徒，跟了有钱人跑。我恨不得抉去我一双眸子，愿今世不复见人。"

他想到这里，一抬头瞧见了墙上悬着的白人凤倩影，一双妙目正向自己含情凝睇，樱唇半启，露出白而整齐的巨牙做微笑状。这是自己特地从家里搬到这里来挂的，也就是广州那位名画家精心描绘而成的。他瞧了一下，说道：

"芙蓉其面，蛇蝎其心，我为了你如此牺牲，而你却和别人向海外一走，这个当岂非使我上当不浅吗？你既然不赞成的，那么事先我早已将心事吐露在你的面前，你何不极力遏止，反和我说什么勇气不勇气呢？唉！真是岂有此理！"

他跳起身来，把墙上画照双手扯了下来，只一脚，踏得镜框和玻璃都碎坏了。抽出那张画来，拿在手中，一手握着拳头，向白人凤的脸上一拳尽力打去。哧的一声，那张画照已被打了一个洞，白人凤的脸蛋儿已破碎了。他又用手撕成数片，划上一根自来火，把它完全烧去了。他又坐到椅子里，只觉得心头异常愤怒，无可发泄，天地虽宽，也觉此身局促难容。闭上双眼，不住地想，但想到以前的事，没有一件不使他懊恼与惆怅，倒不如不想的好。良久良久，他勉强抑制狂怒的情绪，走出编辑室，回到书店里去，见店里主顾很多，接一连二地前来，大都是买《白虹》周刊，或者是订户来领取的。因为今天是二十七期初出版的日子。发行主任拿了一本，递给天乐看看。天乐接在手中一看，里面有两张风景照，一是荔枝湾头的游艇，一是在桂林山巅上自己代白人凤摄的小影，人凤立在一个巉岩之上，脚下有倒生的老松一株，如怒龙腾跃，自己立在下面向上摄的，所以照上去姿势很是雄武，题名为"振衣千仞"。当时白人凤摄这张照的时候，走下岩来，脚下一滑，险些儿跌倒绝壑里去，幸亏自己伸手把伊抢住。伊曾抚着酥胸，喊了几声"险啊险啊！"今天想起来，倘然那时伊做个坠楼的绿珠，香消玉殒，哀悼不忘呢。他这样想着，发行部主任对他说道：

"二十八期的稿子已发到印刷所里去了，但是二十九期，白女士尚没有编好，黄先生当知伊如何交代的，是不是仍用伊的名义而找人代理？"

天乐冷冷地答道：

"伊虽有交代，我却不高兴继续办这劳什子的东西。"发行主任又道：

"《白虹》周刊在上海杂志中销数可称独多，能够吸收得数万读者，真不是容易的。况且广告的收入也不少，现在正有几家大商号抢登封面的广告呢，一旦停办，岂不可惜？"

天乐却不回答，把那本周刊向旁边一抛。早有一个小职员立上前来，对他说道：

"黄先生，方才有一个少年要求见你。我们恐怕你今天不再到这里来了，所以叮嘱他在明日上午十时左右到霞飞路编辑室去等候的。"

天乐问道：

"那人叫什么名字？有何事相见？"

小职员回答道：

"他不肯说，我们也不再问他。"

天乐道：

"糊涂糊涂，名片都没有一张，知道他是谁呢？"

小职员听他埋怨，也就低着头走去了。天乐坐了一刻，总觉得这颗心没有安放之处，于是离开了书店，在外边东奔西走，无目的地乱跑。

晚上回至家中，饭也不吃，把房间里的东西乒乒乓乓地乱抛。他实在愤怒得无以复加，所以泄怒在一切物件上了。下人吓得不敢向他开口说什么话。他发了一阵怒，倒在床上，又觉得一阵伤心，不禁洒了几点眼泪。他思前想后，啼笑皆非，本来把白人凤当作自己航海中的灯塔的，现在这个灯塔没有了，便觉眼前一团漆黑，何去何从，彷徨在黑暗中，得不到归宿。那么自己的行为确乎未免鲁莽一些，倘给我妹妹知道了，岂不要怪我没见识，不听伊的忠告吗？还有慧君知道了，也要说我孽由自作，报应给伊看。不要说她们如此想法，连我自己也觉得牺牲得没有一些意思了。白人凤到最后关头，下这一着棋子，等于诸葛亮的空城计，使人奈何她不得。伊还要假惺惺作态，写一封信来向我道歉。伊的计划真秘密而玄妙，谁防到这么一着呢。他想了又想，整整一夜没有合眼安眠。

次日起身，觉得懒洋洋的，缺乏精神。用过早点，想起昨天店里人对他说起有一个少年在今日要到编辑室来相见的，所以他就披上了外衣，坐着车子到霞飞路去。一到编辑室，见地下破碎的镜架已给下人收拾干净了，遂坐着看了一份报。见下人领着一个少年走上楼来，那少年见了天乐，脱帽行礼，说一声：

"黄先生早。"

天乐一看此人，就是白人凤的朋友戴思廉，忙立起身来招呼他坐下。自己没有开口，戴思廉早大声说道：

"黄先生，白人凤跟随某要人出国远游，你总该知道这件事的了。"

天乐答道：

"当然我已知道，但是在事先却没有一些消息，白女士是突然而去的，不免令人惊疑。密司脱戴可知道人凤为什么要出国？伊和某要人又有何种关系呢？"

戴思廉听了这话，握着拳头向桌上一击道：

"大家一样都是朋友，不过人家的魔力大罢了，金钱万恶，这句话是不错的。金钱也是我唯一的仇敌，我现在痛心得很！所以特地要找先生一谈，谅先生必能和我深表同情的。"

天乐听戴思廉这样说，一时摸不着头脑，不便说话。戴思廉又说道：

"黄先生，你总算人凤的好朋友，人凤这个人貌美于花，心狡如狐，我今日才认识伊了，伊的手段也是非常之狠的。我今天老实告诉你，我和白人凤的关系，且将伊的假面具揭穿，使你知道我上的当不浅。"

戴思廉说话时，揎拳捋袖，咬牙切齿，怀着满腔的孤愤。天乐暗想：他又上了白人凤的什么当呢？难道和我一样的苦痛吗？所以静默着听他说下去。戴思廉遂将自己和白人凤怎样认识自己，怎样代伊作诗词、译小说，以及自己抱着何种希望，原原本本地告诉给天乐知道，最后握着拳头在他自己大腿上尽量地敲，且说道：

"我是个傻子！的确，我是个天下第一的傻子！费了许多心血，让别人家去享盛名，而一些不要报酬，所以伊也把我作傻子看待，一味地哄骗我，背地里未尝不笑我死心塌地地上伊当呢。唉！我这个傻子，胸中一肚皮的怨气怎样去宣泄呢？我本想索性傻子做到底，也去领了证照，坐了大轮船出洋去，追上他们。然而一则我也是个穷人子，哪里有钱买得起船票？二则人凤既然不把我放在心上，一向用虚伪的面目对待我的，临去时没有给我照面，只留下了一封信，伊已追随了新的朋友，做了要人的伴侣。即使我追上去，也许要拿闭门羹向我，又有何益呢？黄先生，我的希望一场空，这个傻子做得冤不冤？"

天乐听了，方才明白戴思廉和白人凤的关系，暗想：他说他自己是傻子，他还没有知道在他的面前也有一个大大的傻子呢，倒可称得同病相怜。可惜他能告诉我，我却不能够告诉他的。这样看来，白人凤对待人家都是虚伪而不真实，善于利用他人，伊不是个女诗人，而是个女奸雄了。但凡瞧见了伊的人，却又哪一个不追慕的，安知某要人不也是一个大傻子吗？他这样暗想。戴思廉说了许多话，见天乐不响，忍不住又说道：

"黄先生，你代我评评理看，究竟是谁负了谁？"

天乐只得说道：

"密司脱戴，你说的话我深表同情，白人凤太对不起你了。经你告诉后，我方才知道伊的秘密，代你非常不平。你何不写一篇东西投到报纸上去，揭穿庐山真面目呢？"

戴思廉道：

"算了吧，我是个无名的小卒，在文坛上一些没有地位的，有谁人肯相信呢？况且伊的朋友多，只要大家在笔头上替伊辩护一下就得了，恐怕反要说我挟嫌毁谤呢。你想是不是？"

天乐点点头。戴思廉又说道：

"我初得着伊出国的消息，气恨怨愤得无以复加，往日的希望尽付东流，我几乎要想跳黄浦，不愿意再生存在这个无情的宇宙间。所以昨天曾经跑到江边去，对着滔滔浊流，要做三间大夫的自沉。后来一想，我这样死了也是枉然，白人凤更要笑我傻子没有回头日子。现在我们生在什么时候，若在这里迷恋着一个女子，陶醉着粉红色的梦，过那颓靡的生活，本来是极不应该的。霍去病说匈奴未灭，何以家为，我们一想到这两句话，便自觉惭愧了。倘若再要为了女子而自杀，这是更对不起自己的七尺之躯了。我读过陆放翁的诗，有一首记得是：'金樽翠杓犹能醉，狐帽貂裘不怕寒。安得骅骝三万匹，月中鼓吹渡桑乾。'又一首是：'百战元和取蔡州，如今胡马饮淮流。和亲自古非长策，谁与朝家共此忧？'今日我国的危险甚于放翁之时，我现在觉悟了，我要和国家同忧，不再做粉红色的梦。譬如白人凤已死了，我也死了。我要重新做起一个人来，所以我在后天便要离开上海而到塞上去了。黄先生，你也要说像我这个办法是再好没有了吗？"

戴思廉说到这里，睁圆了双眼，握紧着双拳，似乎勇气百倍。天乐说道：

"足下肯这样做，不愧是个有心志士，而非无聊文人了。佩服！佩服！白女士的事千万请你不要放在心上吧。"

戴思廉道：

"家里的老母也不顾了，还想那个女妖做什么？去！去！去！"

霍地立起身来，和天乐一握手说道：

"再会吧。"

回身走出编辑室去。天乐送到楼梯边，见他头也不回地走下去了。

自己回到室中坐定后想想，觉得戴思廉的说话慷慨热烈，当然是有激而然的。他受了情场刺激，没有蹈海自杀，一变而愿出塞去，斩绝儿女私情，倒使我自愧不如了。他这样一想，心头的气闷稍为松舒，静坐了一歇，然后也离开这个编辑室，此后他就变成了一个形单影只的人，到处都觉得无聊。因为以前美好的家庭已被自己毁坏了，慧君是不可复见，小儿又远在南京，徒然存着这空壳的家庭，增加自己的感叹。至于白人凤是早已远走海外，饱览西方文明，渺渺我躬，早已不在伊的心上了。自己苦思伊也是徒然，好像做了一场噩梦。梦醒了，自身竟得不到一个去处，什么未来的幸福、快乐的家庭，一切都粉碎了。这是自己万万想不到的，倘然料到有今日，也绝不肯贸贸然和慧君离异，对于伊下一痛击了。现在自己也受到白人凤的一下痛击，岂不是天道好还吗？愧没有戴思廉这般勇气，否则也是一条振作的途径。他这样想着，常日郁郁寡欢。

《白虹周刊》已停办了，隔了几时，他无心营业，将前进书店也出盘给一个朋友。他没有事做，每天举杯狂饮，想借此浇愁，沉醉后便拥衾而卧，往往因此小病杜门不出。有几个朋友已知道他的隐事，都为向他劝慰，邀他出游，排解胸中的愁闷。天乐起初还不肯，后来便跟着两个朋友到舞场中去做醇酒妇人之举，聊以解忧。但是他曾经沧海，对于一班庸脂俗粉，也不在他的心上。

有一天，国际舞厅举行茶舞，且邀请从纽约归来的一班女子歌舞团献技助兴，一班喜欢上火山的人都趋之若鹜。天乐也和他的朋友入场。有他们相熟的舞星谭爱红相陪同坐，他朋友正和爱红握着手，娓娓谈话。天乐却独自喝着咖啡，向四围瞧看。只见东边座上有一个丽人，穿着冬季新装，朱颜皓齿，纤腰秀项，十分风流，正和伊身旁坐着的一个美少年恣意笑谈，舞厅里的人对伊都有些注意。因伊确有一种使人疯魔的态度，天乐瞧在眼里，似乎有些熟悉，再向伊的俏面庞仔细看了看，心中便想起那丽人就是杜粹的夫人项锦花。自己以前曾和伊见过的，绝不会认错。同时又想到杜粹早已破了产，孑身远飏，不知躲在哪里？而他的夫人却依旧在舞场中逍遥快乐，没有跟他一起走吗？夫妻本是同林鸟，大难来时各分飞，这真是不错的。天乐心里这样想着，项锦花却依旧谈笑自若，活泼泼的如一只自由飞跃的小鸟，陶醉在灯红酒绿的氛围里，然而杜粹竟到了哪里去呢？

第十四回

日暮途穷分飞同命鸟
纸醉金迷群集百乐门

杜粹自从老母回京，爱女长殇之后，虽和项锦花住在一起，而在他的心灵上已尝到了酸辣的滋味，觉得在这个世界上要求美满幸福，实在是不容易的。他又在莫利爱路遇见过慧君和伊的两个玉雪可爱的小孩子，匆匆一面，虽没有谈吐衷怀，然而在他的精神上未免已有些刺激。这事却不能告诉锦花的。

锦花却和魏明霞等新旧朋友天天周旋在一起，不是舞场便是戏院，今天张家盛宴，明天李家小叙，甚至于跑马厅、回力球场、跑狗场，凡是一切声色豪华之地，都有伊的足迹。家庭反像旅馆一般，日间出去，夜晚回来，难得见伊留在家中的。有时高兴起来，便和杜粹约了几个客人，端整丰富的宴席，在家一同玩扑克。彼此输赢很大，锦花任意挥霍，用完了钱便向杜粹要。杜粹虽然觉得自己的费用也很大，锦花理该撙节一些，可是他要博锦花的欢心，不敢和伊违拗，予取予求，好似自己设立的银公司完全是他夫人的财库，要钱时尽管去拿便了。他们的生活已是趋奢华，难以改变，而且不如是便觉得不快活，所以每月的用途是没有限量的。好在杜粹在金融界中东挪西移地过去，尚没有在人前露出破绽，但因他与人合资创办的跑马场未能成立，亏空得很大，做投机事业，恰又逢着时局不靖，胜的机会也很少，漏卮日深，细细计算，暗中负的债已是为数不小。杜粹总想从无可奈何之中设法补救，所以他依旧只有走侥幸之路。最近他和几个朋友合做标金，买卖很大，锦花也知道的。杜粹心里很想这遭若能多上七八十万，那么不但自己以前的亏空可以填补，而以后的生活更可优适了。他曾遇见一个相士，为人占卜休咎，很有灵验的，说他今年岁底必发横财。所以他怀着极大的欲望，益发着大胆去做了。起初形势很是顺利，杜粹暗暗欢喜，对锦花说，不久可以发财了，当去西子湖边筑一美轮美奂的别墅，春秋佳日，可以一同去住在湖上，饱餐西子秀色，洗涤都会尘氛。锦花也渴望他们的幻想可以成真。

谁知道标金市场里忽然受到外国突如其来的变动，而起了绝大的变化。他是卖空的，大受影响。这几天消息更形恶化，杜粹将要一败而不可收拾。他心里当然异常发急，还不肯敢在锦花面前透露这个噩耗，自己朝夕苦思，毫没有一些办法。全身坐立不安，好似热锅上的蚂蚁。锦花却照常出外交际，且从事豪博。星期六在跑马厅里又输去了一千多，伊向杜粹要三千块钱，杜粹只得想法去取给伊，但已是竭泽而渔了。

到得交割的前两天，杜粹见颓势难挽，自己快要破产，最后的危险关头到临。他从友人处回到家里，见锦花不在家，知道伊今天是到善钟路陆太太家里去吃寿酒的。自己一个人坐在书室里，双手按着额角细细思量，这一次的失败是很重大的打击，自己没有财产的，有什么法子去支出这项巨款来弥补呢？大同银行里暗中已有亏空，总经理业已密切注意，不能再想法儿。至于新办的信托公司，所有储户存款早被自己挪用殆尽，公司只存着一个空壳子，倘然消息一漏，存户都来提款时，公司立刻要拉铁门的，自己总难免吃一场官司。还有锦花是爱游惯的人，现在不免也要连累伊了。倘然我挺身而出，情愿吃官司，但不知何时方能脱于缧绁？而铁窗风味也是不好尝的。况且身败名裂，我将来也难再在上海方面立足了。计算外边现款可以挪移的，尚有近万之数，不如索性取在身边，和锦花一同跑到别地方去隐姓埋名，重做人家吧。但不知锦花可能跟着我走？这件事必须要在事先向伊征求同意的，最迟今晚必要决定，要走时明天马上不动声色地溜之大吉，否则要脱身已不及了。我杜粹本想做个好男子，有利于社会，有益于国家，无奈为环境所逼，不得不如此下场，当然是出于不得已了。还有家中的老母和妹妹、寡嫂等，也不可不给她们知道的，也顾不得我母亲将要怎样发急了。他这样想定了主意，立刻写好一封快信，寄到南京去的，大略说自己投机失败，陷于破产，不得不出之一走，望母亲千万不要惊惶而垂念。且嘱她们见信之后，早早收拾细软，避往亲戚家中暂居，以免波及。他遂把这信吩咐下人速去投寄。又默默地静坐了一会儿，便换了一身西装，披上大衣，坐了自备汽车到善钟路去。

陆太太是锦花新认识的朋友，伊虽然给人家称呼太太，而伊的年龄才过花信，今年尚不过二十六岁，是一位大亨新娶的太太，举止非常豪华的。今天是伊的生日，所以邀了许多朋友在家里吃寿酒。杜粹到了那里，进去见锦簇花团、珠光宝气，屋子大都是女宾。他走到东边一间客室里，见锦花正和几个很摩登的太太、小姐们在圆桌子上打扑克。那位寿星陆太太也坐在中间，装饰得异常娇艳。杜粹也来不及和众人招呼，脱下呢帽向陆太太点点头，说一声：

"拜寿拜寿。"

陆太太笑道：

"不敢当的，杜先生何不早来？你夫人今天手气十分旺，同花顺子和四张头常在手里，变作常胜将军了，请坐请坐。"

杜粹这时已挨到锦花身旁，早有一个下人端一椅来，请杜粹坐下。锦花回头来，对杜粹微微一笑道：

"你今天没有他事，跑来吃寿酒吗？陆先生方才要打牌，凑搭子缺少一位，你可以在此打一夜的牌了。"

陆太太道：

"他现在有些小事出去了，停会儿就要回来的，杜先生请你宽坐一会儿。"

魏明霞正坐在锦花左面，也回头对杜粹说道：

"密司脱杜，我家千里今日恰巧有些腹泻，发寒热，睡在家里，所以没有同来。锦花姐大胜而特胜，你该为伊快活。"

锦花道：

"我是常常输的，此刻却被我赢了一千多块钱，大约绝不会输本了。"

一边说，一边拈着牌儿瞧。杜粹正有极大的心事，众人说的话都不进他的耳朵，他笑了一笑说一声很好，便趁个空隙凑在锦花耳朵边，低声对伊说道：

"我有很重要的事件，要守秘密的，请你回家去商量商量，不要打这扑克吧。"

锦花正在兴高采烈之际，忽然听得这话，顿时眉头一皱，说道：

"等到打完了两圈再说。"

杜粹碍着众人面前，不敢再向锦花啰唆，只得坐在伊的旁边看伊打扑克。不料锦花分了心，失利了一次，风头转变，回回不利，等到两圈打完时，退去了五六百块钱。

这时天已晚了，大家休息一会儿，有的要去听弹词，有的要去听唱弹簧，预备宴席散后重行入局。杜粹便在这个当儿，逼着锦花同走，陆太太和魏明霞等送出来，见锦花露出一团不高兴的样子，而杜粹的脸上愁眉深锁，不知他们有什么尴尬事情，也不便询问，看他们坐上汽车去了。

杜粹和锦花回到家里，一直走到楼上，小娘姨便跟着上来，送上两杯香茗，把火炉里的炭加多一些，又问他们是不是在家里用晚饭。杜粹点点头，小娘姨出去了。杜粹轻轻地把室门关上，自己脱下大衣和呢帽。锦花也把身上一件丝绒大衣卸下来，杜粹上前接在手里，便去挂好。锦花又去换上了一双绒鞋，喝了一口茶，走至火炉边的一只大沙发上坐下，向杜粹瞧了一眼，说道：

"这真是倒灶，今天我手气很好，却被你走来后立刻失利，退去了一半，大大地扫兴，又逼着我回家来。究竟你有什么事要和我商量？你的事情我素来不管的，现在你快快对我说吧，不要吞吞吐吐。"

杜粹走到伊的身旁，一手按在沙发扶手上，折转了腰，对锦花说道：

"今天我不得不向你报告一个恶消息，所以要逼着你回来。这原是我的不得已，请你不要见怪。"

锦花很不自然地伸了一个懒腰，说道：

"大概你的标金买卖不顺利吗？这种投机事业，我是门外汉，你何必来和我商量？"

杜粹苦笑了一笑，说道：

"锦花，我不是和你商量怎样去做买卖，是要和你商量今后我们的去路。因为我做标金大失败，明后天便要宣告破产了。"

锦花一听这话，双目一瞪，说道：

"破产吗？你不要骗人，即使失利，不妨向大同银公司和你设立的信托公司去筹款弥补。你不是一向自诩为手段灵活的吗？何至于一败而不可收拾呢？"

杜粹叹口气说道：

"我若然有可设法弥缝的地方，何必要和你这样说呢。往日你向我要钱时，即使我身边没有，我也一定去筹措给你的，在你面前绝不肯絮聒半句话。现在各处都已亏空，实在无可挪移。我本希望这一遭可以有很好的希望，但不幸得很，不但我的希望粉碎，而我变成了被困垓下四面楚歌的楚霸王了。楚霸王垓下之歌不是有'虞兮虞兮奈若何'一句吗？我预备即日要到别处去远飓了。别的多舍得抛弃，只有你却不忍相离，所以要问你可愿意跟我同去？我们是夫妻，有福同享，有难同当，你以为如何？"

锦花把手向沙发边上一拍道：

"你怎样竟会弄到这个地步？平常时候太糊涂了，瞧不出你是个银样镴枪头，表面上好看，暗地里无用。你要逃走吗？不要害什么人！"

杜粹立直了身子，将手摸摸头说道：

"我哪里敢害你，事实上逼得我如此。我若不走，便要吃官司，并且这个官司是吃不穿的啊！"

锦花把头一偏道：

"破产！破产！你本来有什么财产？横竖吃官司不吃官司，不是我来害你的。你自己既知力量不足，为什么要冒这样的险？你要走时叫人立刻跟你走，恐怕没有这样容易吧，我家里也没有知道。"

杜粹道：

"若等到别人知道时，我们要走也不能了。我虽然希望你同走，也要请你先考虑一下的。此后漂泊天涯，与故乡要作长时间的离别。"

锦花道：

"你预备逃到什么地方去呢?"

杜粹道：

"若不至香港，便到天津或北平，但也不能一定的。倘然到了那边，风声仍紧，也许再要到别的地方去躲避。"

锦花皱着眉头说道：

"这种流浪的生涯，我是一天也过不惯的，况且我是个女子。"

锦花的话尚未说毕，只听门上笃笃地敲了两下。锦花道：

"进来，有什么事?"

接着便见小娘姨推开了半扇门，探身向二人说道：

"少爷、少奶请到楼下去吃晚饭吧。"

杜粹微微叹了一声，遂和锦花一同到楼下去进晚餐。当二人吃饭的时候，彼此脸上露出紧张的神情。小娘姨等在旁瞧着，不知主人有什么不快活的事。杜粹饭也吃不下，吃了一碗，便放下筷子，锦花也只吃了一碗半。二人洗过脸后，仍旧回到楼上，杜粹仍把门合上，对于锦花能否跟他同走的问题，急切要得一个解决。锦花换了一件衣服，坐在妆台边，凝着双眸，好似在那里转心事。杜粹忍不住又去问伊到底走不走，锦花却摇摇头说道：

"请你原谅，我不能跟你同走了。"

杜粹闻言，呆了一呆，说道：

"你果然不走吗? 为什么呢? 我所以要求同行，一则不舍得和你做劳燕分飞，二则我走后你孤身独处，凄凉的生活，你怎能忍受得来呢? 请你再想想。"

锦花冷笑一声道：

"多谢你的美意，但我也自有法儿的。不日你就要身败名裂，即使逃到别的地方去，一时也不能出面做事，只好永远销声匿迹。我是活动惯的人，跟了你去躲避，这种日子毫无趣味，试想我怎样忍受呢？所以我还是不走的好。你去后，我若不回南京，仍可借在魏明霞家里的。"

杜粹叹口气说道：

"你果然不肯随我同行，和我同患难吗？我们的爱情，到了这个时候也不能维系吗？这是你的自由，我绝不敢勉强你的，不过此后我在外边的生活更觉凄凉而无人慰藉了。"

锦花低着头说道：

"这是没奈何的事，你不要怪我无情。"

杜粹双手合抱着，在室中走了数步，又说道：

"我绝不怪你，这是我自己害自己的。以前的事譬如昨日死，以后的事譬如今日生。我决定明天动身，请你千万代我严守秘密。我去后，你也可速即将家里一切细软和贵重物件一股脑儿暂搬到明霞家中去保存。但以后你的生活，我也顾不得了，好在你母家本是王谢门第，必能庇护你一人。我只好对不起你了，从今后，我们好似棒打鸳鸯两分飞，试想我心里多么的难过。"

杜粹说到这里，喉间有些悲梗，声音也颤动得很。锦花向杜粹看一眼说道：

"当然这是非常难过的事，谁愿意猝然遭受。你出走后家里必然要被官中查封，报上也必然登载你的新闻，连我也觉得无面目见人了。"

杜粹把足一蹬道：

"所以我要劝你同走啊！"

锦花道：

"除了回南京，我是决定不到别的地方去的。但恐你的事牵累我，请你写一张纸条可好？"

杜粹又是一怔道：

"你要我写什么纸条呢？"

锦花道：

"请你写明因投机失败，不得已而远出，所有一切的事与我无关，从此脱离关系，各过各的生活。"

杜粹睁圆着眼睛说道：

"这样写法，无异我和你自愿离婚了，你倒好忍心，到了这个地步，要强逼我离婚吗？使我的打击上再加打击，我这颗心要碎了。"

锦花勉强一笑道：

"你不要误会，我所以要你写这纸条，是预备对外的，至于我和你，却各自知道，始终不变。将来你倘有一天能够回来，我们仍可破镜重圆。"

杜粹冷笑一声道：

"我也不知何日方能重归故乡，你说的可是心里话吗？无论如何，我不愿意写这种纸条的。你既然不肯跟我走，自有你的主意，姓杜的绝不会牵累于你，何必多此一举。无论如何，我绝不写这种纸条的。"

锦花立刻板着面孔，哼了一声道：

"你既不肯写也好，我绝不勉强你的。我只恨自己没有眼睛，嫁了你这种无用的人，玷污了自己，结果上了你的当。"

杜粹冷笑道：

"你始终不能原谅我吗？那么别的话也不必再和你说了。但我以前为了你，可谓尽心尽力，务求你快活。至于我此番破产，当然也有近因远因。你倘若明白的，细细一想，便知也不是我一人之罪了。"

锦花道：

"若不是你一人之罪，难道又是别人害你的吗？你不要和老太婆一般见识，怪到我身上来。"

杜粹冷笑道：

"我也并非怪你，不过这样说罢了。"

锦花把手一摇道：

"不必说了，我头疼得很。"

说着话，一横身子躺在床上。杜粹见锦花不要听他的话，他也就负气不说了，坐在沙发上，取出一支雪茄，燃着了，衔在口里吸烟，把心神镇定一下。此时房中寂静无声，锦花和衣睡了一会儿，坐起身来，见杜粹坐在沙发里吸烟，面色带着惨白。伊不去理会他，自己开亮了台灯，熄去了正中的电灯，解衣入衾，独自安睡，不多时已沉沉睡去。

但伊究竟有了心事，不能如平日一样的熟眠，不多时候醒转来，觉得眼前大为光明，正中的一盏电灯依旧开亮了，在沿窗桌子上放着一只手提箱，杜粹很忙地在那里收拾他自己的物件，炉火熊熊地炽着。伊照见了，也就爬起身来，去取过伊的皮箱，也把自己的物件一样一样地收拾，眼看着这个富丽堂皇的房间，没有一件东西能够舍弃的，这是自己和杜粹平日精心布置的，是个安乐之窝，不料现在要离别了，心里也不免大有感触。杜粹见锦花也在料理伊的行箧，不觉长叹一声，二人不言不语地各自收拾。天色渐明，大家事毕，杜粹向沙发里一坐，瞧了锦花一眼说道：

"我们快要分离了，以后的事谁也不能知道，我请你今天不能在人前泄露一句话，免得我来不及走。"

锦花道：

"我早已说过，这是没面目的事，做什么我要在他人面前声张呢？你放心走避便了。"

杜粹听锦花这样说，也就默然无语，自去熄灭了电灯，到面汤台边去洗脸漱口，洗好脸后，取了一只木梳，对着镜子梳了几下，回转身来向锦花脸上看看，像再要说什么话的样子。锦花倚在玻璃大橱边，脸上好似罩着一重严霜，双手合抱着，鼓起两腮，活泼的眸子也定住了，显见得伊心里也有十分的不快。杜粹只管把木梳去梳自己的头发，也不开口，隔了一会儿，手指一滑，那木梳早落到地毯上去。杜粹也不伸手去拾，旋转身去，叹了一声说道：

"疾风知劲草，板荡识忠臣。人心本是一时看不出的，到危难临头的时候，方见分晓。我杜粹一生无负于人，而人家却……"

说到这里，又顿住了。锦花冷笑一声，答道：

"你不负人吗？现在弄到这个地步，丢下了他人，跑到别地方去，什么事都不管了。我项锦花是个金枝玉叶的女儿，王孙公子都不嫁，却爱上了你，难道有什么地方负于你吗？究竟是我们女子吃了亏，你还要说什么负不负，令人格外气恼了。"

锦花说时，将脚上睡鞋用力蹬了数下。杜粹听锦花如此说，便将嘴唇咬着牙齿，也不用话辩驳，去揭开窗帘向天上望了一眼，见阳乌在东方刚才放出它的晨曦来，天空里的晓星，隐隐还有数点留在淡蓝色的穹幕上，一钩残月尚在西面，回转伊的临去秋波恋恋不忍遽去。可是人间的美人儿却似铜钱制就的心肠，在这个最后一别的时候，却一些没有情感的秋波，照射到将要远奔天涯满怀痛苦的人儿身上去，以前的深情都付与逝水，不知流到哪里去了。杜粹不觉又长叹了一声，遂披上外面的大衣，戴上呢帽，又戴了一副黑色眼镜，向室中四下里看了几看。此时锦花却走前一步说道："你要走了吗？我的费用不给我留一些吗？"

　　杜粹冷笑一声道：

　　"我又不曾和你离婚，要我付什么赡养费？在这个当儿，叫我哪有钱再给你？我知道的，虽然我是弄到破产的地步，而你却尚有一些私蓄，还可以过几时，只要你节省一些就是了。往后的生活，谁也料不到底的。并非我无情拒绝，没有夫妇之情，请你再仔细想一下，以前你向我手里拿的金钱，也有很多的数字了，整百整千我是没有一次拒绝过你。即使我身边缺少，我也是尽力想法去挪移来给你的。我虽然是个没有家财的穷人子，而为了你用去的钱也很可惊人了，没有一件待错你的。此刻和你离别，也是不得已而出此，绝非抛弃可比。你不肯跟我同去，我也不敢勉强你，然而我的心是粉碎了，此刻我心灵上的苦痛，绝非言语可以形容。我去了，你倘然不忘我的，将来也许有一天可以重逢。我去了，锦花，请你自己珍重吧。我去了，再会吧。"

　　杜粹连说几个"我去了"，声音十分颤动，一句低一句。他虽然戴着黑色的眼镜，而眼泪已从镜边流到颊上，过来握住锦花的手，用力摇了数下。锦花心里也有些难过，低垂粉颈，一声不响。杜粹又把一手搭在锦花的肩下，向锦花脸上再看了一下，见伊眼中一点泪珠也没有，又叹了一口气，将手放开，过去双手提起行箧，向锦花点点头，立刻开了房门，走下楼去。锦花立在室中看杜粹走出去，也不觉呆呆地出了神。小娘姨刚才起身，瞥见杜粹两手提着行箧，匆匆走下楼梯，暗想：今天少爷为何这样早起，难道有什么要事吗？便带笑问道：

276

"少爷出门去吗？可要去唤汽车夫起来伺候？"

杜粹摇摇头道：

"不必了，我要到杭州去几天，待我出去雇车吧。"

小娘姨还要上前代他提携行李，杜粹也不要伊帮忙，只管低倒着头很快地走出门去。小娘姨虽然不知是什么一回事，但瞧瞧杜粹的形色，便觉主人有极不快活的心事，伊心里不免也有些忐忑。锦花站在室中瞧杜粹去后，微微叹了一口气，看看伊收拾好的箱箧，想起还有几件心爱之物未曾藏起，遂又去取了放在箱中，其余的东西也不要带走了，只得割爱丢弃。又把壁上悬着自己的照片——从镜框里取下，收拾一过，便去妆台前梳洗。小娘姨走进房来，见地上放着箱箧，不由一怔，忍不住向锦花问道：

"刚才少爷一清早出门，说要到杭州去，少奶奶可是也要出门吗？"

锦花道：

"我吗？"

说了这一句，略顿一顿，又说道：

"是的，我因少爷出去了，家里太冷静，所以也想到朋友处去住几天，你们好好看守门户。"

小娘姨又问道：

"少奶可是到蒋家去吗？"

锦花对着明镜，正用胭脂抹脸，并不回答。小娘姨也不敢再问，只在房中洒扫。一会儿，锦花装束已毕，伊心里正烦躁得很，早餐也不要吃，独坐在沙发里，支颐静思，将近十一点钟时，伊便喊小娘姨把箱箧搬下楼去，一共两只白皮箱、两只手提皮箧。锦花将房门锁了，把钥匙交与小娘姨，又给伊十块钱，遂坐着自办汽车出外，吩咐汽车夫开到蒋家去。汽车到了蒋家，早有蒋家下人帮着将箱箧搬到里边。锦花取出一张五元的纸币给汽车夫，叫他把汽车驶回去，今天不必来接。汽车夫答应一声，把车开回家去，和小娘姨等窃窃私议，胡乱猜测一会儿，但他们怎会知道主人快要破产呢？

锦花等汽车夫去后，一径走到魏明霞的楼上睡室里去，明霞刚才起

277

身，蒋千里坐在旁边喝燕窝汤。锦花向他们点头叫应，明霞夫妇见锦花在这个时候到来，都有些奇异。明霞便问道：

"锦花姐，昨晚密司脱杜硬拖你回去，可有什么要事？今天你为什么一早跑来？"

锦花道：

"你说一早吗？我在破晓时便起来的。"

此时女仆送上茶来，问锦花带来的箱子等放在什么地方，锦花道：

"放在你家奶奶的箱子间里也好。"

明霞听说锦花带了箱箧前来，又见锦花的面色很不好看，不像平常时候总带有几分笑容的，今天伊的蛾眉深锁着，一点儿笑意也没有，便猜疑到锦花和杜粹或是有什么口角，所以锦花负气一走，带了箱子到这里来了。蒋千里也是如此忖度。明霞遂走过来握着锦花的手问道：

"密司脱杜在哪里？做什么你带了箱子来，莫非你们俩又有什么不欢的事吗？"

锦花叹了一声，见左右无人，只有千里在侧，便将足一蹬，说道：

"我和你是知己朋友，不妨老实告诉你。现在杜粹破产了。"

明霞和蒋千里听了，都不由突然吃惊。明霞便道：

"密司脱杜在金融界周转很灵的，何至于此？"

锦花遂向旁边沙发上一坐，把杜粹昨夜和自己说的话详细告诉二人。千里听了，不由摇头叹息。明霞连说倒霉倒霉。锦花咬着牙齿说道：

"真是倒霉！我现在没有面目见人了，所以跑到你们这里来暂避数天。可笑他还想带着我出去呢，此后天涯海角，怎知道哪里是他的安身之处，流浪的生涯我是过不惯的。我嫁了他，自悔当时一念之错，为爱情所冲动，受了他的诱惑，误了我自己。到了这个四面楚歌的地步，岂肯还跟着他出去受苦呢？因此只有硬着头皮向他拒绝，大概我和他的姻缘已满了吧。"

锦花说到这里，一手握着粉拳，连连向伊自己腿上敲个不停，表示出十分悔恨的样子。魏明霞走前数步说道：

"你还是向他拒绝的好，倘然跟他出去走，一定更要挨受许多苦痛。密司脱杜怎会弄到这个地步？我要怪他平时没有盘算了。"

千里摇摇手道：

"这也不好错怪他的，一个人命运不济时真没得话说，我们应当原谅他。"

明霞冷笑道：

"你不要为他辩护，杜粹的成败不足惜，可是害了我的锦花姊姊了。"

锦花道：

"这个害人精，今天他已预备一走了事，我也不管他到什么地方，只有我走我的路，隔几天还是回南京。不过此事若是给我母亲等知道，他们不要怪我自己没有眼睛，嫁错了人吗？"

明霞道：

"这也不好怪你的，谁能预测到后来的事？你不必回南京去，可以住在我的家里。我们都是自己人，姊姊遭逢到不幸的事，我代你非常扼腕的。不过姊姊一向自命为新女子的，非弱者可比，请你不要悲哀，仍为着你自己的前途奋斗，未尝没有光明之域，千万珍重玉体。"

锦花听了明霞的话，点点头道：

"你说的话正中我的心意，我非旧式的弱女子，断不肯为了他而牺牲我的幸福。现在是人家负我，非我负人，此后我仍当为了我自己而奋斗。"

明霞微笑道：

"姊姊能够这样想便好了。"

于是锦花在这天起，便住在明霞家中，明霞特地腾出一间精致的卧室，给伊安居，常常用话安慰伊。

可是到了明天，杜粹破产的事实泄露了，报章上就载其事，许多友人都代他惋惜。便是慧君和美云等故谊难忘，也为了他而深深叹息。然而锦花却非但不怜惜杜粹的厄运，反恨杜粹误了伊自己，累伊一时见不得外人，静安寺路的安乐窝已被封闭了，下人星散，艳迹成尘。杜粹往日处身温柔乡中的旖旎风光，已如梦幻不可复得，他也不知流浪到何处去了。这件破产案也是悬而不解。南京的杜老太太得到儿子破产的消息，洒着老泪对伊的长媳绮霞说道：

"粹儿爱着那妖精，我早知他要不可支持的，果然有这不幸的事，都是那妖精害了我的儿子。现在人家完了。"

伊哭哭啼啼地带了媳妇、女儿也往亲戚家去避匿，从此终朝倚闾，恹恹成疾，心中只是怨恨着锦花。

锦花住在明霞家里，起先几天深居简出，懒洋洋地躲在楼上。自以为杜粹破了产，自己虽然没被连累，但总觉扫颜无光，一向喜欢出风头，在外交际，现在却不能了，好如笼鸟槛兽，兀的不闷杀人也么哥。伊的母亲卢氏，得到了女婿杜粹破产出亡的噩耗，并知伊女儿寄居在明霞家中，很不放心，便特地跑到上海来和锦花见面，详询一切情况，要劝锦花回南京。但锦花以为无颜再见家人，免得家人要冷嘲热讽，说些不入耳之言，怪伊自由结婚的没有好结果，情愿借住在明霞家里，一辈子不回去。卢氏知道伊女儿的脾气，奈何伊不得，自己在沪住了数天，只得独自回京了。明霞见锦花郁郁寡欢，伊便和千里邀了数家戚友在家中陪锦花打扑克，也不出去跳舞。杜粹的命运虽然不济，而锦花的牌风很盛，十场扑克倒有九场赢的，半个月来被伊赢了不少钱。明霞向伊戏言道：

"密司脱杜投机失利，弄得破产而走，姊姊却变了常胜将军，红得很，并不像倒霉的人，可知姊姊的命宫本是好的，都是杜粹害了你。"

锦花点点头道：

"不错，都是他害了我。他丢了我走，谁负谁？这只有姊姊知道了。"

明霞道：

"我劝你把烦恼的念头一齐抛弃，今后春花秋月，凤舞蝶歌，还是尽情欢娱，享受现实吧！"

锦花是活泼惯的人，听明霞如此说，真觉得英雄所见略同，二十世纪的新女子不用相信宿命论的，以前种种譬如一梦，以后的生活还是仍靠着自己去奋斗，寻找未来的乐园，所以伊匿居了二十多天，再也忍耐不住了，依旧跟着明霞等到外面去酣歌恒舞，酒食征逐。人家见了锦花，知道伊的也不以为奇。杜粹的事也不在一班人的脑海里，锦花却仍像一朵香艳醉人的玫瑰花，不过锦花欢乐之余，每晚归来，总有些惘惘若失。眼见着许多少年情侣，一对一对地同出同入，好似比翼之鸟、比目之鱼，便是明霞和蒋千里并肩携手，花开并蒂，自己却孤衾独拥，好梦难成，这种凄凉滋味，叫一向在温柔乡中快活惯的人怎生忍受得下呢？于是伊十分感觉到生活上的干枯了，很想重浴爱河，再疏情泉，创造些奇迹，心灵上可以得到一些安慰。然而曾经沧海难为水，除却巫山不是云，外面风流的少年虽也不少，而要求如往日杜粹那样的倜傥可喜、温柔堪醉的情侣，也是凤毛麟角不可多得之叹，蒋千里的朋友，富家子弟也不在少数，很有几个愿和锦花蒂交，但锦花都有些看不上眼，少所许可。

　　有一个晚上，伊和千里、明霞以及陆太太、刘小姐等上百乐门去。刘小姐是陆太太甥女，姿容美丽，装束入时，也是一位有名的交际之花，比较锦花、明霞等年轻，正在十七八妙年华，所以锦花对之，也感觉到后生可畏了。跳舞时，有两个西装少年，丰神俊拔，都是刘小姐的稔友，过来要求和刘小姐同舞。刘小姐竟有些应接不暇的样子。陆太太向众人夸赞伊甥女风头之健，别人倒不过如此，随口附和，只有锦花坐在一旁，心中很是难堪。今晚伊懒懒的只是坐看喝咖啡，并不起舞，迷漫的乐声，送入伊的耳鼓，明艳的灯光，照到伊的眼帘，芳心中很是苦闷，好似失巢的乳燕、绕树的乌鸦，彷徨回顾，不知怎样才好。忽听革履之声托托，门外走进一个美少年，穿着一身笔挺的西装，插着一枝紫色的鲜花，举目回望，果瞧见了锦花，连忙走到锦花的身前，脱下呢帽向伊微微一鞠躬说道：

　　"密昔司杜，好久不见了。"

第十五回

惨剧刹那生香消玉殒
迷途一旦返今是昨非

锦花星眸微回，见是吴迢，且惊且喜，出于意外，便带着笑容答道：

"吴先生真个好久不见，请坐请坐。"

此时吴迢又向明霞、千里等招呼后，便移动椅子坐在锦花之旁。锦花轻启樱唇，先问道：

"吴先生，听说你曾到外埠去的，是不是？"

吴迢笑笑道：

"可不是嘛，前两个月我在汉口，又到长沙去了一遭。家兄要我入川，但我觉得内地的生活实在苦得很，怎及在上海大都会里优游舒适？别的不要说，就是我最喜欢的跳舞场，绝对没有的。所以我虽然到了重庆，宁违家兄之命，依旧跑回上海来。一个人生在世上最要紧寻快乐，何苦要到那些地方去挣扎呢？只是在上海方面的诸位好友不免睽违多时，我很抱歉的，临行之前没有预先向你告辞，但也因……"

吴迢说到这里，略作一顿，转变着语调说道：

"但是今宵我们能够别后重逢，使我快慰万分了。"

锦花笑了一笑道：

"原来你到过四川去的，那边当然没有上海好。在此地也有许多事业可做，何必到别处去干呢？"

吴迢点点头道：

"所以我跑回来了。"

二人刚说话，音乐台上乐声又起，明霞对锦花带笑说道：

"姊姊正愁没有对手，鼓不起你的兴致，现在密司脱吴来了，他是舞国健将，伴你同舞，可说珠联璧合，快快一同起舞吧。"

锦花微笑不语。吴迢一手拈弄着领带，一手举起杯来，喝了一口咖啡，带笑说道：

"密昔司蒋未免过誉了，密昔司杜当然可称得明日之珠、连城之璧，可是我却像一块不值钱的顽石头。倘蒙密昔司杜不弃，极愿追随步履。"

锦花又笑了一笑，吴迢早已立起身来，挽锦花的玉臂。锦花跟着站起娇躯，二人手挽手的和明霞、陆太太、刘小姐等同去舞了。这样舞了三四回，锦花和吴迢有说有笑，色舞眉飞。明霞瞧着锦花，背着伊凑在蒋千里的耳朵上，低低说了几句。千里向吴迢紧瞅了一眼，不由点头微笑。刘小姐和陆太太见锦花有这样风流可喜的美少年伴坐，也是特别注意。趾高气扬的刘小姐此时也觉珠玉在前，使自己和伊的朋友不能独占其美了。夜半时，明霞有些疲倦，想要回家，陆太太等也要回去。吴迢虽然精神异常兴奋，毫无倦色，然而锦花未便独留，也只得随明霞夫妇离去。吴迢已探知锦花住在明霞家中，临别时，他对锦花说道：

"今晚我得遇密昔司杜，陪舞了数回，这是我回到上海后觉得第一次真正的快乐，多谢密昔司杜不弃微贱，加以青睐，好像在我的心田里得到了甘霖玉露。明天我当造蒋先生之府拜访，请密昔司杜千万不要外出。"

锦花听吴迢连连称伊为密昔司杜，觉得这个称呼，现在异常刺耳，杜粹业已逃亡，自己在名义上虽然仍是杜粹的夫人，但虽不愿人家再称呼伊这个名词，所以伊忍不住蛾眉一皱，向吴迢说道：

"吴先生，杜粹的事也许令兄已告诉你，大约知道一些了，缓日我当将详情奉告，请你不要见笑。但我要郑重请求你，以后不要再称呼我为密昔司杜，使我听了，怪难受的。"

吴迢听了，忙立起身向锦花一鞠躬说道：

"抱歉抱歉，你既如此说，我当遵命改口。又有一句冒昧的话，倘能许我径呼你的芳名，那么更是幸事的。"

锦花道：

"一个人的名字当然用给人家叫的，你以后就唤我锦花，有何不可？我是一个新女子，不比那些旧式的闺女，羞称她们的闺名。男女交际，一样是朋友，朋友见面，当然呼名，何必多礼？反见得扭扭捏捏。"

吴迢拍着手掌说道：

"锦花，你说得真是非常爽快，今后我斗胆呼你的芳名了。只是我也有一个请求，要请你不必称呼我吴先生，何妨也唤我的贱名呢？"

锦花点头道：

"也好。"

回头对明霞等笑笑。明霞等众人也哈哈大笑。吴迢遂送他们走出国际舞厅，一一道晚安而别。这夜锦花回去，心灵上有些异样，伊和吴迢本来由杜粹介绍而相识的，吴迢的跳舞功夫确乎高妙，而且对待女性也十分恭谨而体贴，使自己不知不觉地愿意和他接近。不过后来因为杜粹猜疑心甚，自己遂和吴迢形迹渐疏，这是男子们一种极不合理而极端专制的态度，谁不愿接受的，而吴迢大概已有些觉得，也就不再前来，所以他离开申江，我也丝毫没有知道。今番重逢，杜粹再不能在旁阻挠了。吴迢是个典型式的新青年，像这种人和他交友时，可以得到愉快了。锦花想了多时，脸上红红的出了神，夜间竟没有酣睡。

次日恰巧蒋千里的姑母住在圣母院路的，纪念伊的亡夫七旬阴寿，请了一班茅山道士在家里诵经做法事，要明霞夫妇去陪客，所以二人不得不去。明霞本想拖拉锦花同去，因昨夜听吴迢说今天要来拜望锦花，所以他们把伊留在家中，夫妇俩在午时坐着汽车同去了。

饭后，锦花独坐在楼上，将前尘影事细细回溯。约莫在两点钟的时候，女佣上楼来报，有一位姓吴的少爷求见，又呈上一张名刺。锦花知道吴迢已来，伊把名刺随手放在一边，看也不看，立刻移步下楼，走到会客室里去见吴迢。吴迢见了锦花，竭诚献媚。他已知道今日的锦花不比往时有杜粹监护，自己不得不避嫌三分。现在他可以施展自己的手段，尽力向伊进攻了，在情场中一定可以奏效的。锦花也将杜粹投机失

284

败的经过约略告诉了一遍，并说明自己不肯跟杜粹出亡的意思。伊说时常将贝齿啮唇，表示无穷冤屈的样子。吴迢便用温语安慰，劝伊放下愁怀，自求多福。

二人足足谈了两个钟头，四时过后，吴迢伴着锦花一同出去。等到明霞夫妇晚上从姑母那里回家时，已近子夜，不见锦花倩影，明霞便问下人可知杜家奶奶同吴先生到什么地方去的。下人回答不知情，因为锦花出外时没有吩咐。蒋千里微笑道：

"大约他们必在舞场中了，我们也不必去顾问。"

明霞也一笑道：

"锦花闷了好多时候，我觉得伊左不是右不好地提不起劲儿，现在逢见吴迢，确是伊的对手，可以聊寻快乐了。"

二人也就回房安寝。明天起身后，方知昨夜锦花到了三点钟过后方才回来的。伊和明霞是无言不谈的好友，所以把自己和吴迢的游踪一一告诉，当然明霞是很赞成的。从此吴迢差不多天天来拜望伊，二人时常并肩出游，舞场戏院，足迹殆遍，锦花依旧在灯红酒绿舞衫琴声里过伊的快乐光阴，杜粹的影儿在伊的脑蒂里更是渐渐淡忘了。

这一天晚上，他们俩到国际舞厅去跳舞，无意中却被天乐遇见，天乐瞧着锦花一种浪漫的情景，暗暗代杜粹扼腕，也没有去和锦花招呼。也许锦花同时也瞧见天乐，因彼此没有什么关系，故视若无睹。天乐虽处身火山，而心中的热情已受了极大的打击，而渐冷渐灭，种种景象都足以勾起他的新愁旧恨。经友人极意的拉拢，勉强和谭爱红舞了一次。谭爱红是很红的明星，天生妩媚，众少年无不注目。伊见天乐态度不十分和伊亲近，反有些不高兴，虽然坐在天乐身旁，也不多说话。倒是天乐的朋友极尽敷衍能事，所以谭爱红还能安然伴坐。天乐冷眼瞧锦花和吴迢同舞，俨如一双俪影，他不认得吴迢是何许人，有一个朋友知道吴迢的来历的，告诉了他。吴迢的哥哥吴智，天乐是一向闻名的，方知吴迢是一个豪华子弟，自然容易博锦花的欢心。夜阑时，天乐和友人告辞而归。

他今夜遇见了锦花，使伊想起了杜粹，又因杜粹而想起了自己以前的结发妻室潘慧君。觉得慧君和锦花的人格性情比较起来，可谓薰莸异味，兰艾不同。当初杜粹若不和锦花发生恋爱，而与慧君订婚，也许杜粹不至于弄到这种一败而不可收拾之势。现在杜粹不知匿迹何方？而自己又因醉心白人凤之故，鲁莽灭裂，不加深思，硬头皮逼着慧君离婚，而慧君孑身他去，使伊心灵上重增一道极大的创痛，今日细想，还是我负了慧君，而项锦花也负了杜粹。天下的事情真是变幻莫测，难道碧翁翁在暗中故意播弄人间许多痴男怨女，使情场中偏多恨事吗？多情自古空余恨，好梦从来最易醒。我到了这个进退狼狈之境，也有些觉悟了。只是覆水难收，破镜难圆，叫我如何是好呢？出家去做和尚吧，然而情愫难断，俗虑未捐。恐怕佛爷也不收我这种六根不清净的弟子呢。天乐这样想着，他就决定不再进舞场，牵惹起情缕恨丝，整日价守在家里，翻译一部西方的政治史，对于他的友人方面也懒得通信。白人凤出国后，也没有瑶函玉札寄来，只在报纸上见到某要人在巴黎和法国诸名人宴会，以及留法学生欢迎会的一段新闻，大概白人凤周旋嘉宾之间，一定颠倒许多碧眼黄须之辈，足使某要人格外生色了。

残冬已尽，大地春回，江南三月，群莺乱飞。天乐对着这骀荡的春光，一颗心更是按捺不住，书空咄咄无以自慰。恰巧有二三知友约他去游苏州的灵岩，梁溪的鼋渚，宜兴的善卷、张公二洞，他也很想到青山绿水的地方去荡涤愁怀，于是他遂离开了这个苦闷岑寂的家，出外畅游了七八天。果然稍解愁烦，便有一个姓郑的友人提议组织旅行团体去北平浏览，因闻最近期内在北平将开故宫博物馆展览会，有许多清宫宝物陈列在内，所以愿去一饱眼福。大家都赞成，要求天乐加入。天乐在上海住得太觉乏味了，被他们再三邀请，便答应同往。于是这一行人大家预备预备，过了一个星期，同乘沪平特别快车到故都去观光。

他们到了北平，寓居春明饭店，大家出去访问戚友。天乐没处去，便到他的叔父黄珏家里去探访。黄珏夫妇对于天乐和慧君离婚的事尚没有知道，彼此音信久疏，所以见了天乐，便问起慧君和两个小孩子的近情，又说为什么不和慧君同来？天乐因他的叔婶和慧君情感很好，不敢直说，只是含糊回答。黄珏留他在家中用饭，天乐想起自己以前和慧君寄寓北平的情景，星期日时时携手并肩，到这里来闲谈吃饭。记得有一次自己不留心，在庭阶上滑跌了一跤，手臂擦碎了出血，慧君亲自把他扶起，代他包扎，抚摩痛处，定要叫他到伤科医生处去诊治，自己因没有重伤，所以无意去看。回家后，慧君时时问他痛不痛，十分关切。现在旧地重来，已变了孤雁无伴，抚今追昔，不能不平添不少感慨，所以他埋头闷吃，一句话也不说。黄珏觉得天乐此来，精神有些异样，没有往年的活泼，但他怎知道天乐的心事呢？饭后，天乐略坐一刻，便起身辞去。

明天他和友人去参观故宫博物展览会，会场中女士云集，发影衣香，如入山阴道上。他参观了许多室，稍觉疲乏，和姓郑的坐在廊下曲槛上休息。那边正有紫藤花架，开着烂漫的花，双双粉蝶在紫藤花下翩跹飞舞，一阵阵春风吹来，遍体和暖，虽在北国，无异处身江南园林。忽听后面革履声响，一阵香风，中人欲醉。他回头看时见有一个少妇，穿着春季新装，脸上敷粉涂脂，修饰得非常明艳，一双很活泼的眼睛，两颊露着笑容，顾盼多姿。手中提着一只摄影机，身旁倚着一个美少年，手里代伊挟着单大衣，有说有笑地从他旁边走过。天乐不由一怔，暗想：这真是再巧也没有的事，怎么我到这里，他们也会不远千里而来的呢？他斜着眼尽望着这一双影儿，渐走渐远，视线被别的游人所蔽，方才微微叹了一口气。姓郑的瞧天乐大大注意着这一对青年摩登男女，不知是什么一回事，假使天乐和他们认识的，那么为何并不招呼？如若不相识的，他为什么又叹起气来？动了好奇之心，遂带笑向天乐查问这位摩登少妇的来历，天乐约略告诉了一些。姓郑的也觉男女之间，爱情虽是神圣的，然而有时也不足恃，梁鸿、孟庄只可得之于古而不能求之于今了。

原来那摩登少妇，便是杜粹以前的夫人项锦花，那个美少年不问而知是舞国健将吴逊。他们在上海厮缠了多时，男有情，女有意，恍如干柴烈火，立即燃烧起来，又似滔滔情潮冲破了礼教的提防，数次幽会，竟发生了肉体的关系，于是他们俩便到北平来遨游，无异作一番蜜月的旅行，想不到又会和天乐无意邂逅。可是锦花和吴逊并肩移步，都没有瞧见天乐，他们俩沉浸在爱河中，怎知道背后竟有人为着他们而感叹呢？天乐和锦花是风马牛不相干的，他有他自己的心事，不过偶然兴感，谁高兴多管闲事，也就不在心上了。

过了数天，北平忽然宣传起一桩疯汉杀人的奇案，人人惊异，报章上兢载其事，争摄其影，又使天乐闻见了，心中大大地震动。这件事情怎样发生的呢？近几天在头发胡同那边马路上，常见有一个少年疯子，头发养得长长的，好似一团乱草，身上穿一件半新旧的哔叽夹袍子，脚上踏一双头穿跟破的皮鞋，徘徊在十字街头。有时纵声狂歌，有时顿足哀哭，有时仰天大笑，有时低头喃喃。大家认为他是一个疯人，没有人去理会他。警察因他并不妨碍人家，又不像歹人，所以也懒得送他到疯人院中去。不料这天，那个疯子站在胡同口，目光灼灼地好似在那里等候什么人，约莫在午后一时光景，胡同里走出一对很摩登的少年男女来，亦步亦趋，且笑且话。那疯子蓦地狂吼了一声，从他的袖底倏地掣出一柄明晃晃的牛耳尖刀来，飞步奔到那女子身边，照准伊的面门，用力刺去。那女子毫没有留心防备，闪避不及，脸上早中了一刀，鲜血直流。男子十分惊异，连喊：

"不好！不好！有刺客，有刺客！"

那女子双手掩面，回身逃命。疯子又喝一声：

"哪里走？"

追上数步，左手揪住那女子的衣领，右手将刀觑准女子头上，一连乱搠了八九刀，那女子早已跌倒在血泊中，一缕香魂归离恨天去了。那疯子刺死了女的，恶狠狠扬着尖刀，还想来刺男子。这时候警察早已赶来，途人也四面围集，把那疯子拘住，夺去了刀，连同那少年男子一起带往警署中去询问行凶经过和事实真相。当这杀人惨案刚发生的时候，天乐恰巧和友人在附近行过，好奇心生，遂去间瞧。谁知他一见地上躺着女尸，不由失声而呼道：

"锦花锦花，可怜被谁杀死的呢？"

倾城尤物，颠倒过许多男儿，只落得如此结果，这真是"天乎人乎，而今已乎"，在他的心弦上大大地刺激了一下。于是他急于探明那凶手是谁，其中究竟有什么冤孽。然而等到凶手的姓名在报上发表时，又使他呆呆地惊住了。原来刺死项锦花的疯子，不是别人，乃是锦花的故夫杜粹。这岂不是一件很奇特而很残酷的事吗？

杜粹为什么要下这毒手呢？他在去年因破产而从上海秘密出走，起初带了一些款项，到大连去住了一个多月，羁迹异域，举目无亲，只是在旅馆中坐了吃，吃了坐，无事可做，异常沉闷。想起春申江畔的锦花，不知作何情景，从今以后再难瞧见伊如花似玉的面庞了。回忆温柔乡中的滋味，心头更觉奇痛。可恨伊不肯随他同行，共受患难，以致自己形单影只，十分凄凉，孤衾如铁，得不到一些温存。以前认锦花为玫瑰之酒，自己终日醉倒在玫瑰之酒里的，现在这一种玫瑰之酒已不能再沾唇了，只能借白兰地、威士忌以及本国的高粱，每日狂饮，博个沉醉，醉乡中的天地或可暂扫愁恨。

有一次，喝醉了酒，睡倒在马路上，被日警拖到警局里去，拘留了一宵，罚款数十元。他觉得再住在大连，越发无味了，便又到天津访问一个旧时的同学，想和他合作些事业。谁知反被那同学骗去了三四千元，中了人家的翻戏。世道险峻，人心鬼蜮，令人防不胜防。于是他囊中的金钱渐渐匮乏，在岁尾年头时又到了北平，可是他仍不敢出头露面去找事做，恐防人家要告发他的旧案。但生活问题益见困难，他遂借住在一个友人家中吃闲饭。那友人待他尚好，但是友人之妻是个非常吝啬而刻薄的妇人，时常在伊丈夫面前啰唆，怪伊丈夫不该留下杜粹。那友人也不理会伊，于是伊竟用冷言冷语去讥讽杜粹，使他安身不得，说他枉自做了一个男子汉，又是个大学生，却来人家吃死饭，做寄生虫。杜粹虽然穷途落魄，怎受得下这种腌臜气？他遂立刻离去，寄宿在公寓中，心头益发不自在。有一个晚上喝醉了酒，跌落河中，虽然被人救起，可是从此以后忽然患了神经病，语无伦次，七颠八倒，时常在外边东跑西走，歌哭无常，也没有人去管他。

锦花和吴迢到北平来，并没有知道杜粹也在这里。他们借居在头发胡同一个姓许的友人家里。一天，他们从别地方游罢归来，暮色苍茫中遇见一个疯汉立在胡同口，仰天叹气。锦花坐在车子上，没有注意到路旁的人。不料这疯汉便是杜粹，他已瞧见了车上的锦花，心中又惊又喜，神经突地清楚起来。正想上前去呼唤，却又瞧见了第二轮胶皮车上的吴迢，不由倒抽了一口冷气，缩住脚步，双目直瞪，呆呆地看那两辆车子拖进胡同。他的眼睛里好似突然有火星爆出，上下牙齿咯咯地紧咬着，双手握着拳头，向着胡同里虚晃了数下，回身去了，然而锦花和吴迢却一些没有觉察到啊！

明天，杜粹遂依旧踅到这胡同口来守候，就在此发生了这件疯汉杀人的血案。大概杜粹的神经又受了莫大的刺激，妒火中烧，不能遏制，于是不顾一切，向锦花、吴迢二人狙击。却恨吴迢没有受伤，便宜了他。事后因杜粹已是一个疯汉，所以把他监禁起来，未治杀人之罪。杜粹既杀锦花，益发疯狂，他也知道两案俱发，自己无可避罪，决心待死了。不过吴迢此次北上，满拟畅游一回，再设法使锦花登报和杜粹离婚，达到同居之愿。哪里知道平地起风波，冤家路窄，偏偏遇见了疯狂的杜粹，闹出了血案，玉殒香消，锦花的香魂不知归于何处。无异自己间接害了伊，我虽不杀伯仁，伯仁由我而死，心中也异常悔恨，遂将锦花遗体买上等棺木盛殓，便在北平城外一处公墓上代谋窀穸。一抔新土，长埋芳魂，锦花地下有知，将怨杜粹毒辣呢，还是怨恨自己不好？这却令人无从知晓了。

吴迢把锦花的丧事办妥，他不愿意再在北平羁留，就悄悄地溜回上海来了。魏明霞夫妇闻得这个惊人的噩耗，都代锦花悲哀。然而吴迢却依然在跳舞场中厮混，明霞每次逢见他，必要使伊想起亡友，平添不少感慨。

又有那黄天乐，在北平目睹锦花如此结果，脆弱的心弦因迭受刺激，懒懒的又振作不起精神，于是他更要想到慧君的好处。他觉得人家的爱情，如白人凤，如项锦花，不免都带有几分虚伪，无异有刺的玫瑰，怎及得慧君那样纯挚高洁、历久不渝的？可见得他人是春风桃柳，一时绚烂，而慧君是岁寒松柏，终岁长青。于是他把慧君的好处一样一样地想起，从初交到结婚，以至京沪同居，种种情况，慧君和自己始终保持着一种相当的热度，可以说得温和如春，而自己偏被白人凤所疯魔，吃了迷药似的，忽然见异思迁，不满于现在，而想创造未来的新园地，以至于闹得和慧君离了婚。想慧君在离婚的时候，一定有无限苦痛，伊本是有宿疾的，年来稍觉好些，而因遭受重大打击，肝疾复发，叫伊盈盈弱质，如何忍受呢？只怪自己不好，当初不知怎样的毫无惜玉怜香的之意，肆意向慧君进攻，把伊看作眼中之钉，亟须拔去一样，虽经我妹妹多方劝解，言之谆谆，而我却一点儿也不动，无怪我妹妹要说我铁石心肠了。今日我大梦已醒，方觉得我真是个薄幸郎、负心人，一百二十分的对不住我亲爱的慧君。伊这样爱我，非常踏实，非常纯洁，而我如此报答伊，唉！我这个人还有心肝吗？天乐这样深深地想着，他越想越悔，越想越恨，背心上好似有千万芒刺在刺他，刺得他坐立不安，心神难定。他这颗心又牵系到慧君身上，恨不得立刻跟到慧君那里去，长跪在伊的面前，肉袒负荆，求伊的饶恕，最好伊用鞭子把自己狠狠地抽上二三百下，伊越抽得重时，使我的心里反而愉快，自己的罪孽因此可以减轻一些。唯恐伊不肯高抬贵手来责打我这个负心人罢了。我怎样能使破镜重圆、故剑复合呢？只怕这事没有挽回的希望吧。现在的天乐竟好似吃奶的小孩子，失了乳，非常难受。他想到这里，脑海中又现出许多幻想，心田里又燃起旧时的热情，他急切想去找寻离婚后的慧君，使自己这个迷途羔羊、失巢孤燕，重新得到归宿，恢复往日的境地。成功不成功，虽不得而知，然而不得不去一试。否则天地虽大，无处可以容身，不将要烦闷死吗？所以他决定主意，即日离开北平，束装南下，重又到了石头城下。

这一次，他并不过门不入了，回到萨家湾老家，上楼去见他的母亲。黄太太心中虽然痛恨儿子不肖，但见了面却又发不出怒，只不去理会他。天乐赔着笑容，上前叫应，问问老人家身子可好，又问起父亲在苏州可有什么好消息。美云妹妹近况如何。黄太太见儿子忽然肯谈起家常来，早消去数分怒气，详详细细地告诉他，遂也问起天乐在沪的光景。天乐只说闭户读书，修身悔过，最近和友人游罢北平而归。黄太太点点头道：

"恐怕你现在也觉悟了？白人凤出国之事，你妹妹已告诉过我。你这人太痴了，伊是不是情愿做你的妻子，还没有知晓，却先把自己的家室毁坏，牺牲得没有价值，也是太愚了，不是天下第一个大傻瓜吗？"

天乐垂着双手，立在一旁，受他母亲的责备，叹了口气说道：

"我今悔之莫及了，这叫作报应，很快地报给慧君看，使伊可以稍吐胸中之气啊！"

黄太太听天乐这样说，知道他儿子已在忏悔，便不忍再去埋怨他。天乐问道：

"两个小孩子可好吗？我长久没有见到他们了。"

黄太太道：

"一双小孩子日见长大，前天美云曾领他们到这里来玩了一天而去。今日你吃了午饭，可以前去看看也好。"

天乐答应一声。黄太太便一按叫人铃，吩咐厨房里端整午饭，伊就和天乐下楼来同吃午膳。母子俩久不同桌而食了，黄太太叫天乐吃这样，吃那样，天乐今天方才觉到母亲伟大的慈爱了。午饭后，坐着喝茶憩息，恰巧有两个女太太来陪黄太太打牌，天乐遂立起身来，告诉他母亲说，自己要到美云家中去。黄太太道：

"很好，今晚你可住到家里来吗？"

天乐道：

"要的。"

他就戴上帽子，整整衣襟，大踏步走出家门，坐上街车，赶到毅生家中。

那边是一座小小的欧式新屋，环境很是幽静，屋后还有个小小园林，红的花，绿的树，点缀出春之美丽。天乐走上阶沿，见阿香正托着一大盘切好的花旗蜜橘，打从那边甬道里走向客室中去，便喊了一声阿香。阿香回头瞧见天乐，遂带笑说道：

"少爷来了吗？"

天乐点点头，又问道：

"二小姐可在家？室里是不是有客人？"

阿香把一手指指客室道：

"在里面，没有什么外客。"

说罢，微微一笑。天乐遂跟着伊走到了客室门前，听得里面有美云的笑语声，和伯燕、仲蓟的叫喊声。阿香推开室门，天乐急于要瞧瞧这两个玉雪可爱的小儿，所以一脚踏进客室，大声说道：

"美云妹妹，我来了。"

但是视线甫触，便如全身触了电一般，动弹不得，呆呆地站在室门那边，一时开不出口。原来室中圆桌旁南向坐的是黄美云，东边是两个小孩子坐在椅子上，拈着糖果，笑嘻嘻地且吃且玩。至于西面的，不是别人，正是他离婚后的妻子潘慧君。

第十六回

破镜欲圆觍颜陈痛语
长风有志慧剑断情丝

可怜的慧君，自伊被迫而和天乐离婚以后，伊的人生观更觉空虚，觉得情场中到处有旋涡，凭你怎样谨慎，辄不免有覆舟灭顶之虞。自己和天乐的婚姻可谓慎之又慎，当初确乎不肯答应，无奈一则被天乐情丝缠缚，二则又给美云数次作冰，百折不挠，要想玉成这段姻缘。所以自己鉴于他们兄妹俩的诚意，被感情所冲动，而改变了宗旨，答允天乐的请求。到今日细想前情，自己本是不该曲徇他人，牺牲一切的，我不是自贻伊戚吗？虽然可以怪怨白人凤，也是天乐的爱情不真挚所致。否则虽有百十人凤，哪里可以移动他的心志，而使我们夫妇的关系中断呢？现在事已如此，也只得把往事视作云烟，且打叠起精神，愿为女子教育而服务，以冀稍有裨益于一班可怜的女同胞了。因此伊在校中除掉授课集会，行使伊应尽的职务外，绝不出校门一步。每有余暇，常和学生聚在一块儿，指导他们，爱护他们，也和他们一起游戏，增加他们的兴趣。这样校中的学生没有一个不赞美潘先生是一个良好的尊师的，对伊的情感非常深厚。校长见慧君如此忠诚勤劳，也是青眼相看。可是有几个同事不免生出嫉妒之心来，要想毁谤伊、妨害伊。然因慧君兢兢业业，与人无争，无隙可乘，只和伊冷淡。慧君未尝不觉得，但想自己仗着手和脑，不懈不怠，恪尽职守，何必定要和人家联络呢？故伊在校除了校长以外，落落寡合，大有鸟兽不可与同群之概。只有一位女教员，姓杨名冰心的，时和伊亲近。杨冰心姿容很美，不假人工修养，而神采四射，秀色可餐，曾在师范科毕业，到东洋去留学过两年而归国的。年纪尚不满三十，望去如二十许人。可是知道伊身世的，便是杨冰心早已做了青年嫠妇。伊的丈夫在国民党中崭然很露头角的，在东京留学时开始相识，从腻友而成伉俪，可谓良缘天合，不幸在武昌被人狙击而死。杨冰心空帏独守，孤燕含悲，已有三年了。但伊在校中任事，只有一年工夫，对于慧君很佩服伊的学问和道德，愿意和慧君交友。黄昏时常到慧君的寝室中来闲话古今，志趣相投，彼此的身世都知道，虽属初交，而为知友，大家各用话安慰，因此慧君得以稍解岑寂。

朔风虎虎，天气大寒，已近耶稣圣诞节了。这一天正是星期日，慧君坐在宿舍中，批改学生的课卷。杨冰心换了一件新制的丝绵旗袍，罩上皮领的咖啡色呢大衣，手中拿了一个黑皮夹，跑到慧君室中来，带笑向慧君说道：

"潘先生，你在看卷子吗？我今天想到大新公司去选购一些绒线，因为我想添织一件绒线衫和一双手套，请潘先生伴我一起去走走可好？你是难得出去的，我也无事不惯外出，这一遭望你答应我的要求。"

慧君微微一笑，放下手中墨水笔，对杨冰心说道：

"好，我就陪你去。"

杨冰心道：

"要走就走，我请你到冠生园去吃点心。"

于是慧君立起身来，也不更换衣服，只披上一件黑呢大衣，手里也拿着一个手皮夹，便和杨冰心走出校门，坐了公共汽车到大新公司。二人找到卖绒线的一部，杨冰心便开始向柜台里的职员要了数种绒线，选择颜色。慧君立在旁边，瞧着玻璃窗内花花绿绿的许多绒线，又见柜台边挤着许多人，都在那里挑选绒线。伊心里遂想到在南京的两个小孩子，去年的绒线衫已嫌窄小，穿不上身了，际此冬令，正要添置一些。虽然黄美云必能代我照料添购，而我做母亲的在这圣诞节里边也应该送一些礼物给他们。上星期美云曾有信来报告仲蓟曾患咳嗽，几成肺炎，幸经医生治愈。我已决定要在国历年假边赶回南京去望望他们，那么何不也购些绒线？代他们两个各织一套呢。伊正在默思，又见有一个二十多岁的少妇，携着一个四五岁光景的小孩子前来，买一种苹果绿色的蜜蜂牌绒线。小孩子手里挟着一袋水果，生得十分美丽，口里闹着说：

"妈妈我要去玩。"

少妇拿着绒线，笑嘻嘻地对他说道：

"小漪，不要闹，你瞧这绒线多么好，我爱你，买了回去做一件线衫，好不好？"

小孩子点点头道：

"好好好，还有家里的小妹妹也要做一套。"

少妇笑道：

"你自己要了不算，还要代妹妹争吗？我都要买的。"

慧君瞧在眼中，心弦激动，更觉得非买不可了，遂向柜员要了数种颜色的英雄牌绒线，拣一种天蓝色的买了数磅。杨冰心问道：

"潘先生，你买这许多绒线做什么？"

慧君道：

"我想代在南京的两个小孩子各织一套。"

杨冰心道：

"那么你何不购现成的，却去费许多功夫织制吗？"

慧君道：

"我要织得紧密一些，所以只好自己费力了。"

杨冰心遂也不说什么，两人购得绒线后，付去了钱，各自挟在身边，走出大新公司。见两旁各商店的玻璃窗内都是陈列得五光十色，奇异缤纷，圣诞卡片、贺年片、儿童玩具、糖果、食品，这些东西大多特多。有许多父母携着他们的儿童，穿了冬季的新装，在马路闲逛，手里都挟着大大小小的物品。慧君看了，很有些感触，依伊的心里，便要回校了。但是杨冰心一定要和伊到冠生园去吃点心，强拖着伊一同到那边去。在进点的时候，慧君又瞧见有些少年夫妇，带着他们的小孩子都来吃喝，还买许多糖果，于是伊也买了数块钱的糖果，预备带到南京去给伊的小孩子的。杨冰心又想去看电影，慧君不肯同意，二人遂坐车回到校中。

早餐后，杨冰心独坐无聊，又走到慧君室里来，瞧见慧君坐在椅子里织绒线衫，遂微笑道：

"你太辛苦了，教课很繁忙的，织到几时才好呢？"

慧君道：

"我觉得必要代两个小孩子各织一套绒线衫，使他们穿在身上，温暖一些，也算在新年里送他们一些礼物。所以我要赶紧织制，到元旦日必要带往南京去的，只可不辞辛劳了。在这些日子，人家都是快快活活地揽儿挟女，出外游玩购物，而我却和两个小孩子远离着，不能时时相见，古人诗'每逢佳节倍思亲'，我的双亲是早已作古了。现在世间最亲爱的便是我那两块心头之肉，只因遭逢着家庭间的变故，以致不能不和他们分离，虽然已托相当可靠之人照顾着，然而我的心中常常要挂念着的。杨先生，这也是人情之常，说出来谅你不致见笑的吧？"

杨冰心听了慧君的话，微微叹道：

"不错，舐犊之爱，是为父母者少不了的。慈母手中线，游子身上衣。'游'字可改'赤'字。你的两位小宝贝，前星期你给我看过一张新摄的照片，果然玉雪可爱，无怪你要挂念在心头。你虽是天地间一个畸零人，遇人不淑，身世可怜，但如我却更是畸零更孤单，因为你遭逢脱辐之凶，而尚有此一对佳儿，他日足以慰你的桑榆暮景，而我却早赋黄鹄，膝下一无所有，顾影凄凉，膈臆谁诉？岂非言之伤心吗？"

杨冰心说着这话，眼圈儿早已红了，背着灯光，徐徐坐下身子。慧君听了，也不由长叹一声道：

"伤心人讲伤心话，所谓悠悠苍天，此何人哉？我们的际遇，可以说是人世间的不幸者了。我们若要消除我们的痛苦，只有努力于妇女教育，尽我所能，去扶助他人，培植他人，去创造一些立人达人的成绩，方不负此忧患余生，所以我是早已矢志于妇女教育事业了。"

杨冰心道：

"潘先生此言实获我心，如蒙不弃，我当追随骥尾，永远在一起做这工作。"

二人说着话，忽听窗外飕飕嘘嘘起了风，跟着便有雨丝打上窗来。

杨冰心道：

"奇呀！今日天气很好，怎么晚上忽然有风雨呢？"

慧君道：

"也许气候暖了一些，所以变了，这真是天有不测风云。世间的人事也是如此，谁能意料？"

杨冰心又叹了一口气，随手向桌上取过一本书来展开。慧君低着头，双手起落不停地织那绒线小衣。室中十分静寂，窗外风声益发怒吼，撼得门窗都有些动摇，雨点下得更大。接着校里的睡铃锵锵锵地响起来，从那风雨中传送到耳鼓里。杨冰心把书放下，打了一个呵欠，说道：

"睡钟打动了，我要回室去，甚是凄凉，可是阳台上风雨扑入，有些行不得也哥哥，我又是胆怯的。你能伴送我回寝室吗？"

慧君听着话，起身走到门边，微微把门一开，便有一阵寒风，雨点射进室来，急忙将门砰地关上。回头对杨冰心说道：

"你不要出去了，不嫌肮脏，还是与我同榻吧。"

杨冰心道：

"很好，我就老实不客气了。"

这晚杨冰心便和潘慧君同床而睡，寒夜漏长，絮絮地谈至子夜，方才酣然入梦，从此二人的感情更是融洽了，可是他人的嫉妒心也越发增高。

有一天，慧君上罢了课，正要走回楼上去。杨冰心忽然走来，对伊说校长有一件事要和我们二人商量，请你快到校长室中去。当时有几个同事，王先生、袁先生等都是女性，在旁听了，两人面对面地霎霎眼睛。慧君也不觉得，便和杨冰心到校长室去见校长。原来校长因见慧君对于教务非常热心，所以想在下学期请伊做教务主任，而请杨冰心担任教育主任，以期这学校可以格外发达。慧君本无不可，只因伊也觉得同事方面很有几个人和伊感情不佳，倘然自己一旦做了教务主任，她们必要从旁掣肘，遂没有坚决地答应。而杨冰心的意思，若然慧君能够答应，伊也可以担任，否则不能应允。校长见她们不能即刻应诺，便说过了新年再说。二人又讲了一刻话，退出室来，见王先生和袁先生等三四个同事坐在教员室里谈话，一见二人到来，立刻停止不响，也不理会二人。慧君在自己的书桌上，取了一些东西，马上和冰心回身出去。只听王先生带着嘲笑的声音说道：

"你们瞧这两个宝货，一个当然是现成的寡妇，一个却是弃妇，无异于活孤孀，所以聚在一起，亲热无比，真所谓寡妇腔了。"

慧君耳里听得这话，不由脸上变色，和杨冰心立定了脚步，便在西首墙前侧耳静听。接着便听袁先生说道：

"同病相怜，红颜薄命，都是苦命鬼。哈哈！"

说到这里，室中人一齐笑起来。王先生又说道：

"这两个寡妇都是没有家室的，吃饱了饭很空闲，抢着事情做，拍校长的马屁，却不像我们各有家务，都有小孩子的，怎能够像她们一样，一心一意地把全副精神都用在学生身上呢？大概校长要请伊做教务主任了。"

又听袁先生问道：

"你怎会知道这消息呢？"

王先生又道：

"教务主任林先生恐怕要到南洋群岛去，下星期不再在此担任教务，这是密司沈告诉我的。林先生倘然去了，当然这把交椅要让那活孤孀去坐了。今天校长请伊去谈话，也许就是为了这事。但若那活孤孀真真做教务主任，我们谁高兴听伊的调度呢？"

袁先生道：

"我第一个先要反对，我们要想法驱逐那活孤孀。"

慧君听到这里，愤气填膺，不能够再听下去，便和杨冰心向楼上走，且对伊说道：

"杨先生，你听得她们的说话吗？岂不令人气死？校长先生定要叫我们做教务主任时，我也一辈子不做的。这些人尚可与同事吗？"

杨冰心叹道：

"她们都是妄人，我们也不必和她们一般计较，自己不肯做事，却偏嫉妒人家，真是教育界的败类。滔滔者天下皆是也。"

慧君也不再说，别了冰心，回寝室去。伊是个多愁善感的人，方才听了袁王二人背后讥刺嘲笑的话，心里的气恼一时难遣，只坐在灯下赶织绒线衫，直到夜深方睡。

到了国历元旦那一天，两套绒线衫恰巧赶织完工，慧君预先在隔日出去买了许多食物，以便送给美云的。便在元旦之晨，带着轻便的行装，坐特别快车赶至南京。伊瞧着这个巍巍的龙盘虎踞的石头城，难免怅触前尘，心中有无限感叹。火车靠站，早见黄美云穿着灰背大衣，一手挽了伯燕，立在月台上，向伊招手，背后还有阿香携着仲蓟，笑嘻嘻地将手乱招。这两个小孩子都穿着很新的猎装，外罩小大衣，面貌依然胖胖白白，宛如一对小天使，又活泼，又美丽。慧君唤脚夫代拿了行李，走下车来，先和美云握手相见道：

"天气很冷，你们还要来车站候我吗？不敢当的。"

伯燕、仲蓟见了慧君，都欢跃上前，叫起母亲来。慧君屈着娇躯，满脸笑容地向小孩子说道：

"伯燕、仲蓟，你们都好啊，我来了。"

似乎很是快慰，但在伊的笑脸上，眼睛中却隐隐有些泪珠，盘旋了一下，没有滴下来。阿香瞧慧君的娇容较前清瘦一些，也上前带笑叫应。美云对慧君说道：

"前几天我接到你的信，知道你要在这个新年假期到南京来聚首，且坐这班火车。我得到消息，非常快活，便告诉这两个小孩子听。他们也急切盼望你来，所以今天我带他们到此地来欢迎你。你瞧他们不是很好吗？"

慧君点点头，微微一笑，于是一行人坐着汽车，到了美云家中。坐定后，慧君便问毅生在哪里？美云道：

"他今天很忙，有数处宴会，一清早跑了出去，还嫌分身不开呢。"

伯燕、仲蓟向慧君索糖，慧君遂立起身来，开了皮箧，取出伊所买的各种东西来，分赠给两个小孩子，又送给美云。美云毫不客气地收了，只说：

"何必这样多礼呢？"

伯燕、仲蓟拥着许多玩具和食物，嘻嘻哈哈地只是张着嘴笑，好在慧君给他们的是分着两份，一色一样，毫无轩轾，自然没有什么争夺了。慧君吩咐阿香、奶妈代他们收藏好，不要多吃，又取出伊织就的两套绒线衫来，把自己的动机告诉美云听。美云叹道：

"父母爱子之心，无微不至，伯燕、仲蓟这两个小孩子将来不能够忘记你这位慈母的，但姊姊太辛苦了。"

便叫阿香、奶妈代他们换下旧的，穿到身上去。慧君又问起黄太太可好？美云道：

"母亲在今冬身体还健，前星期六，伊老人家曾到这里来看过这两个小孩子的。我父亲也有信来，他得知道你们不幸的事情，心里也很气恼，骂天乐不肖呢。"

慧君默然，拿着茶杯喝。伯燕忽然向慧君问：

"妈妈，我们的爹爹在哪里？"

慧君听了，别转脸去不答。美云道：

"好孩子，你们和母亲一起快乐，不要问爹爹，他到外国去了。"

伯燕也就不响，仍拿着玩物和仲蓟一同玩耍。美云遂陪慧君到楼上房里去谈话，彼此问问别后的状况和学校里的事情。美云又告诉慧君说：

"明天午时母校有校友大会，且有聚餐摄影，会登报召集，自己很想去一聚。"

要慧君同往，胜会难逢，切勿错过。慧君因左右无事，到母校去玩玩，和一些久违音颜的老同学叙谈，也可稍遣闲愁，聊倾积愫。晚上美云特请慧君到南京酒楼去进餐，且携伯燕、仲蓟同去。慧君瞧着两个小孩子，心头稍慰，所以菜也吃得较多。回来后和两个小孩子玩了一番，方才让阿香、奶妈领他们去睡觉。美云早已收拾一间客室，为慧君下榻，慧君略觉疲倦，和美云道了晚安，自去安眠。

次日一早起身，伯燕、仲蓟已拖着阿香到伊房里来叫妈妈了。毅生在昨晚半夜归家的，此刻和慧君见面，彼此很客气地寒暄数语，想要陪慧君去看京剧。美云道：

"今天母校开校友会，我们二人上午便要去的，你还是同朋友出去玩吧。"

毅生道：

"昨天我在外边整日未归，今天想伴着你和慧君嫂嫂一同游玩，谁知你又无暇，大煞风景了。"

美云道：

"好在有三天假期，明日我准奉陪你便了。"

毅生笑笑。在十点钟时候，美云装束毕，和慧君一同坐了汽车到南京大学去。毅生也往别处去走走，家中只留下小孩子和阿香等众人。慧君、美云到校后，会见许多阔别已久的老同学，大家见了慧君，都来问询，弄得慧君大有应接不暇之势。其中有一个姓陈名琇的，以前虽非和慧君同班，而因慧君主持夜校事务时，曾请伊助教过半年，彼此很有相当的情感。后因陈琇中途辍学，音问不通，所以淡忘了。有人说陈琇是去出嫁了，慧君很不以为然，深怪陈琇为什么因婚姻而牺牲学业，这不是新女子所应有的态度。但陈琇在伊面前没有吐露，伊当然也不能进什么忠告了。此番别后重逢，陈琇握着慧君的手，不胜依依之情。慧君问起伊的近况，陈琇叹口气说道：

"一言难尽，我此回到南京来，住在秣陵饭店里，少停可否请姊姊到我那边去宽坐数小时，我可以原原本本地告诉你听。"

慧君瞧伊这种情景，遂一口答应。聚餐时，男女同坐了六十多桌，大家言笑晏晏，开怀畅饮。有校友会的主席报告了几项消息，慧君听得自己以前经营的平民义务夜校，学生增加，十分发达，心中也觉快慰。席散后，众校友又到草地上去合摄一影，然后大家尽欢而散。美云本要和慧君一同回去，但是陈琇紧跟在慧君身边，挽住慧君的玉臂，一定要伊到秣陵饭店中去谈话。慧君因自己早已允诺，便对美云说道：

"姊姊请先回府吧，我去去就来的，琇姊多时不见，我很想和伊畅谈一下。"

美云点点头道：

"也好。"

于是美云独自坐车先回。

慧君随着陈琇同坐汽车，驶至秣陵饭店。陈琇开的是三楼一百五十八号房间，两人从电梯上去，到房间里坐定。大家脱下外面的大衣，挂好后，陈琇便请慧君在上首沙发里坐，自己去倒一杯茶来，放在几子上。慧君道：

"我们有好多年不见了，今日难得重逢。"

陈琇道：

"正是巧极，我常要思念姊姊的，因为姊姊的学问道德都是高人一等，不知姊姊现在哪里做事？"

慧君道：

"我在上海一个女子中学里执教鞭，自愧没有什么成绩，可以告慰旧雨，姊姊现在何处？"

陈琇道：

"你要问起我吗？唉！我所遭逢的是人间最不幸的事，说出来又惭愧，又愤怒，现在左右无人，待我来告诉姊姊，使你一掬同情之泪。"

陈琇一边说，一边在下首沙发里坐定身子，眼圈儿已红起来了。慧君料知伊有满怀伤心的话，但是自己也有一肚子的酸辛，陈琇又怎会知道呢？陈琇咳了一声咳，瞧着慧君的脸说道：

"我记得那年离开南京大学的时候，是十分匆促的，没有和姊姊等细诉衷怀，至今觉得非常抱歉，恐怕你们都要在背后讥笑我求学没有恒心，怎么一去不返，半途辍学呢？姊姊，你可知道我就在那个时候改换了我的生活，也起始过我不幸的岁月，断送我一生的幸福吗？因为我是回去做新娘的啊！"

陈琇说到这里，顿了一顿。慧君道：

"姊姊既是回去出阁的，为何不可告人？却瞒过我们许多同学？"

陈琇又叹口气道：

"在人家看来，这是一件喜气洋溢的事，而我却认为莫大的羞耻，所以不欲透露一些消息了。一因我方在求学之年，忽然跑回家乡去出嫁。这是多么不长进的事，倘然给你们知道后，不要讪笑吗？二因我的出嫁，竟非出于自愿……"

陈琇的话没有讲完，慧君又由接口道：

"哎哟！你对于终身大事却不是出于自愿吗？为什么呢？"

陈琇点点头道：

"这就是我的不自由了。姊姊，我们的家庭是个守旧的专制的家庭，一切不离封建形式，而我家又是偏一乡的簪缨望族，我双亲都是十九世纪头脑的人，我能够到南京大学求学，不知费尽了九牛二虎之力，方才允许我出外。但是仍有许多人反对，不让我圆满功德的。我父亲因为以前宦游温州时，生了一场极危险的病，幸经一个名医姓冯的一手治愈，方庆更生。后来我母亲回乡，冯医生到南京去，带了他的儿子冯耀南，特地到甪直来访问我父亲，顺便参观唐塑。我父亲陪着他们欢叙数日，请他们下榻我家。那时我还在苏州景海女学肄业，恰巧放春假回乡，谁知冯医生瞧见了我，便代他儿子向我父亲乞婚。冯耀南是在杭州某大学念书的，瞧上去是个纨绔子弟，活泼得过了头的人。我父亲一则要报答冯医生前番的恩德，二则赞许冯氏子的貌美，所以不待我的同意，立刻做主将我许配与冯耀南了，这不是专制的婚姻吗？那时我宛如一头羔羊，只有驯服，无力反对。"

陈琇说着话，长长地叹了一口气，又道：

"我本不欲早嫁，记得那年在南京大学里，接到我的家信，要我退学，回去出阁，我鼓足了勇气，写一封回信，要求待我毕业后再举行婚事。谁知我父亲定不应允，又经他人的怂恿，他遂自己赶到南京来逼我回去。他责备我不孝，且说我若然违背父母之命，他就没有面目见人，一条老命也不要了。母亲也是这样说。我不得已只得辍学回乡，牺牲我的学业，一任他人摆布了。我们是在上海结婚的，婚后我就跟着冯家回温州，远离双亲，这又是多么令人难过的事。那里冯耀南已在温州县政府里办事，他不像是个学子，一天到晚在外边流连荒唐，干不正当的事情，真是《诗经》上所说的狡童狂且，毫没有人格的。我知道了他的为人，心中十分悲伤。不久他姘识了一个姓汤的小寡妇，火一般的热，完全不放我在心上。我数说了他的不是，他反恼羞成怒，把我痛打一顿，打得我遍体鳞伤。我的气恼无处告诉，大病一场。我本无意活在人世了，也不想吃药，但是他父亲再三代我诊治，要我服药。后来我渐渐好了，便借着归宁为名，回转家乡，把我身受的苦况告诉了双亲。那时他们也有些悔悟了，一住三个多月，冯家也不来接我，我也决定不再到温州去，便在家中养息。那年我父亲故世，他临终时遗嘱将家产提出十万金，给我过用一世。我得了这款项，先请律师和冯家离了婚，恢复我的自由，遂想办法办一个学校，为社会做些教育事业，便到湖州去和几个朋友创办敬德女子中学，兼设附属小学和幼稚园，到今岁已有三年了。姊姊，你想我这个人不是牺牲在旧礼教下吗？我心中的痛苦有谁知道呢？只有告诉你听，博你的怜惜。"

陈琇说到这里，声音凄哽，珠泪已夺眶而出。慧君忍不住也将手帕去揩伊的眼睛，微微叹口气道：

"同是天涯沦落人，姊姊的遭遇固是可怜，然而你哪里知道我的身世也是非常不幸得很呢。"

陈琇道：

"哎呀！难道姊姊也是遇人不淑吗？我们离别甚久，大家都不知道大家的事了。你能告诉我听吗？"

慧君点点头，遂将自己和黄天乐离异的经过，一一告知陈琇，陈琇眼眶里的眼珠益发多了。真是流泪眼观流泪眼，断肠人对断肠人，彼此触动悲怀，泛滥不已。良久，还是慧君开口说道：

"我们都是人间的可怜虫，换了旧时代的人，便要说是红颜薄命，命之所存，天实为之，尚何言哉。可是我们私人的幸福，虽然已断送了，为了他人而牺牲了，然而我们却都能为着妇女教育而努力，把我们后半世的精力用在这个上面，也未尝不是一件美事。以前的种种经过，可视作一场噩梦，不必再去牢记它了。我们且收拾过血泪，打叠起精神，为我们的事业奋斗，为他人造幸福，那么我们的身心也有很好的寄托了。姊姊以为如何？"

陈琇点头说道：

"你说的话正合我意，我所以办敬德女子中学，也是这样想。可惜我的身体不甚健康，三年来劳心劳力，没有什么显著的成绩，而自己已累得人困马乏。医生曾叫我要多多休息，但仔肩在身，不容轻卸。且憾自己的学问和经验都是欠缺，常苦没有志同道合者助我一臂，以致自己太辛劳了。现在遇见姊姊，陡地使我好像得到了一个机会，不肯轻易放过它。因此我不揣冒昧，请求姊姊可否在下学期辞去那边教务，而到敝校来担任教务主任？现在这一个职务是我兼任的，很想择贤以代。姊姊是我心目中最好的人物，学术高深，经验丰富，倘蒙你惠然允许，便是敬德前途的幸事了。我现在要求你务必慨诺，切勿推却，姊姊当能鉴及我的诚心的。"

慧君听了陈琇这个要求，又见陈琇的态度十分真挚，心中顿时活动起来。因为伊在沪校虽然校长先生待伊很好，要把教务托伊主持，可是同事方面不甚融洽，自己遭忌太甚，尤其是王先生、袁先生等，冷嘲热讽，无所不用其极，恶势力太大。幸亏自己是个心平气和，不肯和人家对垒的人，否则杭州国秀女学的故事必将演出，又岂是学生的幸福呢？陈琇见慧君沉吟不答，便又说道：

"姊姊，请你直截了当地答应了吧，你到敬德来主教务，是于我大大有益的。也许明春我还要到牯岭去住数月，我有姊姊在校主持一切，就很放心了。好在这个时候正近学期结束，你若向贵校长辞职，必能办到，千乞你就答应我，好叫我安心。"

慧君给陈琇催紧着，遂说道：

"姊姊要用我时，我自当效力，只是我的学问和经验都是非常浅薄，恐贻陨越之讥。"

陈琇道：

"不要客气，姊姊已答应我了，一言为定，我回去后就将聘书寄到上海来，月薪八十金，甚为菲薄。幸亏姊姊素以服务教育为怀，大约不至于断断多寡之数的，一方面也请你早早向贵校长辞职，学期结束时，我或可亲自来沪迎接你到湖州去，商量下学期校务如何进行的事宜。我是个心急的人，说办就办的，姊姊赞成这样办吗？"

慧君道：

"承蒙姊姊不弃，一定要我到贵校去工作，一切谨遵台命，我就回去辞职便了。"

陈琇转悲为喜，又说道：

"那么我这次到南京来聚校友会，可算不虚一行了。"

于是二人又谈了一刻，不觉天色渐晚，慧君恐怕美云等得心焦，遂要告辞回去。陈琇欲请慧君同吃晚餐，且邀美云，慧君不肯答应，遂约明日上午再见。

慧君别了陈琇，回到美云家中，把这事告知美云，美云也很赞成。次日毅生正想请她们出游，而陈琇忽又登门奉访，坐谈一会儿，由毅生做东，请她们同到外边去午宴，下午又去游五洲公园。慧君忽然想起杜粹，对着一泓清水，不胜惆怅，前后不过数年事，而物换星移，往事成尘，徒增人感伤罢了。毅生却兴高采烈地划桨前行，施展出他的好身手来。美云不甘示弱，也在船后把兰桨力划，追出了许多游艇。慧君却和陈琇并肩而坐，十分静默。天晚时离了五洲公园，又到一家酒楼去吃喝，都是毅生还钞。慧君因为明天便要返沪，遂在酒楼上和陈琇又谈了一刻话，方才各道珍重而别。陈琇告诉慧君说，伊再在南京逗留两三天，也就要回转湖州的。

慧君和美云夫妇回到家里，伯燕、仲蓟都睡了，慧君跑到他们卧室中，见奶妈和阿香正坐在灯下做鞋子，一见慧君走来，连忙立起。慧君瞧伯燕、仲蓟分睡在两边床上，伯燕朝着外床，睡得正甜，鼻子里发出鼾声，两颊红红的如金山苹果，十分可爱，便过去俯下螓首轻轻地在小孩子的小嘴上吻了一下。伯燕将手臂向上伸了一伸，翻转身去，慧君不欲惊动他，又回身走至仲蓟床边，仲蓟却合爬着身子而睡，一张小脸藏在枕下。慧君便伸手将仲蓟挪移过来，仲蓟张开小眼睛，见了慧君，叫一声妈妈，立刻又睡着了。慧君也在他小颊上吻了两下，把被角代他塞紧，然后回身对奶妈说道：

"小孩子不可让他们趴着睡的，因为呼吸不畅，肺部受压，妨碍发达，大有影响于小孩子身体的健康。倘然朝天而睡，不给被角堵塞口鼻，便好得多了。这虽是小事，希望你们都要当心的。"

奶妈和阿香一齐说是。慧君又从皮夹里取出两张五元的法币，分给二人道：

"你们代我带领这两个小孩子，很是忠心，我本要购一些东西送给你们，临行匆匆，未及去买，所以这一些钱请你们拿去自己买吧。"

二人接过，谢了又谢。慧君遂走出室去，回到自己客房里睡眠。伊这次到南京来，望望两个小儿，见他们都很安好，稍慰胸怀，又邂逅陈琇，坚请伊到湖州去主教务，比较上海学校里好得多了，因此愁怀稍解，安心入梦。

次日伊就辞别了美云，坐车返申。隔得一星期，接到陈琇从湖州寄来的一封快函，内附聘书一份，函中措辞非常诚挚急切，于是慧君便向校长提出辞职书，大略说明自己身体软弱，上海空气混浊，故欲往内地去执教，下学期的教务难以蝉联，有负雅意云云。校长得了这辞职书，很不高兴，以为自己待慧君甚好，而慧君偏不肯帮忙，未免错看了人，所以不再挽留，一口答应。慧君又将这消息告诉了杨冰心，冰心十分不愿意和慧君分离，情绪嗒丧，慧君也不忍和冰心判袂，遂问冰心可能一同到那边去执教？彼此仍可朝夕相聚，不致寂寞。冰心道：

"孑然一身，到处是家，倘能追随骥尾，这正是求之不得，即请姊姊鼎力介绍。"

慧君道：

"姊姊若允同去，使我也可得一臂助，十分欢迎，因为同志很难得了。"

二人商定后，慧君便作复寄与陈琇，并介绍杨冰心，附了冰心的履历一纸，力代冰心揄扬。数日后，陈琇又有函来，函中又附有聘书、应聘书各一份，聘请冰心去任教职。慧君便将佳音报告与冰心，签字在应聘书上，寄还陈琇。王先生等得知慧君和冰心辞职他去的消息，一齐惊奇，但也很快活。

光阴迅速，转瞬已是寒假，腊鼓声中，慧君和冰心离去了繁华的上海而到清静的湖州。二人是带了行李，坐轮船去的。陈琇虽没来沪迎接，早已在轮埠恭候，雇着汽车接她们到校，并设宴接风，邀请全校教职员相陪。席上陈琇代二人介绍，极口夸赞慧君的道德学问，众人听校长如此钦佩，无不尊敬。陈琇待慧君休息几天，便和伊商量校务，慧君尽心擘画，预定下学期的方针，甚是投契。从此慧君又转换了环境，做了敬德女校的教务主任，全校师生莫不爱戴。陈琇为学校深庆得人，十二分的倚畀，便把校里一切行政完全托给慧君，自己就到牯岭去养疴了。慧君独当大任，夙夜匪懈，在短时期内已颇见显著的进步，不负伊为教育而努力的本旨。可是心里时常要惦念两个小孩子，这一遭伊带了不少东西，又到南京来探望。刚才到得一天，坐在美云家中和小孩子玩笑，再也想不到天乐也会突如其来，重行见面的。

当时慧君的神经陡地一震，忙别转脸去，眼瞧着地毯，一声儿也不响，只作没有看见。天乐直立着，见慧君不睬，自己也不好意思上前去招呼。虽然心中是很愿意向伊表示忏悔的诚心，伯燕早指着天乐，喊起爸爸来。天乐便走到伯燕身边，抚着小孩子的头说道：

"你们都好玩。"

又向美云说道：

"妹妹，我今日从母亲处吃了午饭才来，毅生在哪里？"

美云道：

"他出去了，你怎样来的？我听说你正游北平啊！"

天乐道：

"兴尽而返，一些没有意思。因我亲眼瞧见一幕惨剧，震骇了我的心，令人可惊可叹。"

美云忙问道：

"什么惨剧？哥哥快些说给我听。"

天乐将手一搔头皮说道：

"项锦花被杜粹刺死，这不是可惊的惨剧吗？"

慧君一听这个消息，不由回过脸来，看了天乐一眼，又侧转脸去。

美云把脚一蹬道：

"这件事果真吗？杜粹如何要刺死锦花？煮鹤焚琴，太不应该了。"

天乐道：

"这倒不好怪杜粹的，现在的杜粹已成疯子了。"

遂将锦花和吴迢同游故都，被杜粹撞见，怨恨在心，便持刀狙击，被逮下狱等情，详细告诉一遍。美云道：

"原来如此，那是锦花自取其祸。平心而论，确是锦花负了杜粹，因为杜粹的破产大半也由于锦花奢侈之故。杜粹破了产，锦花却依旧逍遥作乐，别结新欢，那么伊以前和杜粹的爱情，厚薄真伪，可想而知了，死在杜粹手里，也是报应。但若杜粹没有神经病，虽遇锦花，也不至于遂下毒手的。可怜！可怜！"

天乐道：

"锦花和杜粹的惨剧，使我迷茫的头脑清醒了不少。世间有许多人谈恋说爱，实则都是虚伪而脆薄，不足恃的。杜粹和锦花的婚姻，当初谁也不说是有情眷属，然而结果如此，又是谁也料不到的，无以名之，名之曰冤孽而已。"

说罢，长叹一声。美云微微一笑道：

"天下的事大都如此，所以古人说，情场即是恨场，可惜一班人往往陷溺其中，唤之不醒，言之无益呢。苦海无边，回头是岸，又能有几人极早回头呢？"

慧君听他们讲话，仍然不动不变，如石像一般，坐在那里。仲蓟见他母亲默然不语，便跳下椅子来，一拉慧君的衣襟说道：

"妈妈，你伴我到外边去玩吧。"

慧君趋势说道：

"你坐不牢吗？我就陪你到后园去。"

一边说，一边立起身来，携着仲蓟的手，走出室去。伯燕见了，大喊：

"妈妈不要走，我要一同去。"

阿香早跑来，把他扶下，跟着慧君出去。天乐又回头向慧君的背后影瞧了一眼，把上齿咬着嘴唇皮，在室中踱了几步。此时室中除了天乐，只有美云兀自坐着。美云叹口气说道：

"哥哥，今日想不到你会突然而来，再和慧君见上一面。因为慧君也在昨天刚从湖州赶来，探视两个小孩子呢。往事成尘，不堪回首，谅你们的心中也一定各有很重的刺激。即如我第三者也不胜感叹呢。方才我听你的话，似乎因项、杜的惨剧而有些觉悟了，不知你是出于一时呢，还是真心忏悔？"

天乐立定了身子，很郑重地答道：

"妹妹，我是真的忏悔了。"

美云道：

"不再想白人凤吗？难道你已扬的情丝能收回来吗？"

天乐叹道：

"落花有意，流水无情。女子要捉弄人家时，任何人都易入彀，我只悔恨当初自己着了魔，不顾一切，径情直逐，以至于此。但白人凤出国以后，我就幡然醒悟。现在瞧见了杜梓狙击锦花的惨剧，更使我心弦激动，忏悔以前的错误，很欲破镜重圆，弥补缺陷。但不知慧君心中可是依旧恨我怨我？一些不能原谅我。妹妹觉得这事尚有数分的希望吗？"

美云听了，冷笑道：

"哥哥，我不该怪你当初心肠太硬了，你若能早纳我忠告，岂不是好？然而一个人总是不到黄河心不死的，到如今恐怕后悔已迟。慧君岂容易和你重谐呢？伊的心已像槁木死灰，一辈子为教育而尽瘁了。"

天乐便对美云一鞠躬说道：

"这事仍须仰仗你的大力帮忙。"

美云把手摇摇道：

"啊呀！现在我是一些不能帮助你了。以前你和慧君的婚姻，虽然是我做的介绍人，一再促成的。但是彼一时此一时也，谁叫你盲人骑瞎马地一意孤行，自毁家室，弄到这个地步？自古说，覆水难收，我怎能再代你去向慧君说项呢？这事是万办不到的了。镜花水月，劳而无功，我不能再捐人家的湿木梢去自讨没趣啊！"

天乐道：

"你竟不肯相助吗？当然以前我是十二分对不起慧君和你的，今日

311

我悔悟后，觉得非常苦痛，徘徊歧途，似蒙在黑暗里，得不到光明，所以我这遭跑回来，本想和你谈谈，可有什么挽回的妙法。我盼望你效法女娲氏采石补天，功德无景。倘然一定不肯援手，不是使我完全绝望吗？"

美云站起身来说道：

"我自然也很愿意见你们重归旧好，不过知道是十分困难的，并且我没有面目再去代你说情，请你见谅。"

天乐把手搔着头，只是长吁短叹。这时候毅生忽然回来了，天乐也不便再去和他妹妹絮聒。毅生见了天乐，便握手寒暄，知道他从北平来，便问问故都近况，天乐约略告诉一些。美云趁这空隙，便离开客室，跑到后园去伴慧君了。天乐和毅生坐谈一刻，恰巧又有毅生的朋友来拜访毅生，天乐遂立起身来，告辞而去。

他懒懒地不高兴再到别处闲逛，仍回到老家里，听到楼上骨牌声，知道他母亲正做方城之戏。他遂坐在书室中，猛吸纸烟，冥思适才情景，想不到今天自己会和慧君不期而遇的，好叫我异常惭愧，几致无地自容。不知慧君见了我的面，心里怎样感想，伊是恨我呢，还是怜我？伊的为人是十分仁慈的，也许不会大大地愤恨于我啊！瞧伊的面庞，确乎比较以前清瘦得多了。唉！思前想后，总是我负了伊。现在我虽然忏悔前过，渴望破镜重圆，可是我妹妹不肯再助我一臂之力，如何是好？他想了好多时候，没有善策，神志颓废地坐着。直到黄昏时，黄太太打牌已毕，戚眷已去，走下楼来，和天乐同用晚餐。伊今天牌风甚好，一家独赢了五十多块钱，所以兴致更佳，问天乐道：

"方才你到美云处去的吗？小孩子可好？他们常常在我面前牙牙学语，说爸爸不好，妈妈好。别说小孩子不解事，也知道谁是谁非呢！但是也很可怜的，孩提之年，竟不能和父母同居，反而一家分散，住在别人家中。幸亏美云仗义，代为抚养，到底是自己人，异常疼爱，如同伊所生的一般，否则寄托在不关痛痒的他人手里，小孩子不要吃苦吗？你更对得住他们吗？想你们本有很美满的家庭，为什么弄到这个地步？岂非好肉生疮，都是你心志不坚，一念之错。今天你瞧见了小孩子，又觉得怎么样呢？"

天乐听了老人家的话，心中更是难过，叹了一口气说道：

"我是十分对不起你们的，然而再巧也没有的，刚才我跑到美云家里瞧瞧小孩子时，却遇到慧君也在那里。"

黄太太忍不住又问道：

"咦！慧君也在那里吗？你见了伊可曾讲话？"

天乐摇摇头道：

"没有。"

黄太太道：

"伊恨你吗？怨你吗？"

天乐道：

"伊始终没有开口，我怎能知道伊心里的念头？"

黄太太道：

"无论如何，伊是总不会忘记以前你给伊所受的苦痛的。我和伊也没有见面过，因为你把伊遗弃，连我也愧见伊了。但听美云说起，伊今年不在上海，已到湖州一个女校里去主教了。伊和美云的情感依然很笃，你如真心诚意悔过的，那么何不托美云去设法转还呢？"

天乐又摇摇头道：

"美云本是不赞成我的，因我以前坚不肯听伊的劝谏，也许伊对于我仍是怀恨。我已托伊代我说项，试试慧君的衷怀，可能恕我前过，既往不咎，容许我有悔罪的机会。但美云向我拒绝，伊不欲再向慧君去疏通，这是无可奈何的事。"

说罢，又长叹了一声，吃了一碗饭，将筷子一搁，不再要添，立起身来，洗过脸，向旁边椅子里一坐，默默无语。黄太太瞧了伊儿子的精神，倒不忍深责，反动了怜惜，所以吃毕后，走到天乐的身前说道：

"只要你决心悔罪，我想美云和你究竟是兄妹，断不能袖手旁观到底的。"

天乐听他母亲如此说，心中一动，便说道：

"母亲，我可在你老人家面前宣誓，现在的我已是孽海回头，欲思补过，只望有一天能够和慧君等重聚，恢复我昔日的家庭。至于白人凤这妖魔，我已视作蛇蝎，死心已久了。所以我要请求你去和美云一说，务必代我在没办法之中，找出一个办法来才好。母亲，你能够答应我吗？我想美云准肯听你说话的。"

黄太太道：

"你到今天方才抱佛脚吗？我也很希望你们有一日重能团聚，以慰我桑榆暮景，明天我到那边去代你向美云要求便了。"

天乐道：

"恐怕慧君就要离去的，最好你今天便和美云一说，这个机会稍纵即逝，不能失去。"

黄太太道：

"那么我打一个电话，叫美云到这里来谈吧。"

天乐说好。于是黄太太便去打一电话和美云说，自己有要事叫伊快来。美云接得电话，不知母亲有何要事，立刻坐了汽车前来。天乐早已避去，让她们母女俩到楼上去密谈，他自己仍旧独坐在书室里，静候好音。约莫过了半点钟，听得叽咯叽咯的革履声，打从书室门前走过，一会儿，又走回来，在书室门上轻轻地叩了两下。天乐连忙立起来说道：

"请到里面来吧。"

门开时，早见美云穿着一件绿色软绸的夹旗袍，臂上挽着一件春季单大衣翩然而入，立在圆桌边，对天乐说道：

"你倒很会想法的，可是我实在难以想法。因为要我再去劝慧君重圆好梦时，我没有仪、秦之舌，良、平之智，怎样向伊开口呢？你偏要向我缠绕不清，真是苦了我了。"

天乐忙向美云深深一鞠躬道：

"对不起得很，今日的我，彷徨穷途，无枝可依，因为鸱鸮已毁我室了。"

美云冷笑道：

"你今天才知道那人是鸱鸮吗？恐怕你以前视作祥凤一般，五体投地地去输诚于伊，真是枉费心机，自讨苦吃，悔之晚矣。"

天乐将足一顿道：

"妹妹，我已悔恨达于极点，你不要再责备我了。你若可怜我的，希望你快一援手吧。"

美云道：

"薄幸如哥哥，不但创伤了慧君的心，也气恼了我。以前你的手段太残酷了，太决裂了，现在如何转圜得来？但我瞧在母亲的面上，不得不代你想一法儿，成不成却不可知，碰碰你的命运吧。"

天乐闻言大喜道：

"妹妹有什么妙法？请你快些示知，倘能成功，我终身不忘你的大德。"

美云道：

"慧君在后天便要回去了，伊曾对我说起丁家巷的兰心别墅，景物幽倩，意欲一游。只因这是私人的花园，外人不易进去，我知道毅生和别墅主人从小相熟，所以告诉伊可以在便时前去一游的。明天我就和毅生陪伊到那边去吃晚饭，好在菜肴可向外边馆子里叫送的。吃了晚饭，我们仍在园中游玩，你可在傍晚时也到园里来，预先隐伏在我们附近的地方。我可以和毅生等故意避开，让你出来再和慧君相见。那时候你可以坦白地向伊陈说一切，忏悔一切，要求伊瞧在小孩子的脸上，不念旧恶，恢复同居。你更可用书面去向伊请罪。伊是多情善感的人，也许见你的态度诚恳而回心转意的。那时我再见机行事，代你疏通，以期达到你的目的。然而此次不比前次，恐怕十分费力，希望还是很渺小的。"

天乐道：

"我总要试它一试，但仍要你一切帮忙。"

美云道：

"我的帮忙是有限的，须你自己善于措辞，怎样去挽回伊的芳心。我不过给你找一个机会，你自己努力吧。"

天乐点点头。美云便道：

"时已不早，我要回去了，明天再会。"

说罢，回身走出室去。天乐忽又说道：

"且慢，我和薛小修也是素昧平生，兰心别墅门禁甚严，我如何得入呢？"

美云道：

"你可用毅生的名片前去，我们找到那边时也可预向司阍人说明一声，便不至留难了。毅生的名片，明晨我可差人送来。"

天乐道：

"一切费神，愿你晚安。"

遂送至门前，美云是坐汽车来的，仍坐汽车回家。

天乐送了美云，回到客室，见黄太太带着笑容走来，对他说道：

"美云已允代你设法，明日傍晚你可到兰心别墅去守候机会。"

天乐道：

"妹妹已完全和我说了，明日准去一试。"

黄太太道：

"美云已告知你吗？很好，伊起初一定不肯答应，经我再三说后，方才想出这个办法来呢。我切盼你们可以言归于好，就是黄家之福了。"

天乐听说，很觉惭愧。母子俩又闲谈了一刻，方才各自安寝。

美云回去将这事告诉了毅生，毅生摇摇头道：

"慧君不是寻常妇女，前番的事，伊受的教训很深，恐怕要使伊重和天乐同居，是不可能的。"

美云道：

"当然是十分难以达到的事，但我被母亲纠缠着，不能不勉强想法，倘然有挽回的希望，这是很好的事，也可以稍慰母亲的心意。万一无效，人力已尽，我总算对得住哥哥，此后也不再顾问了。"

毅生笑道：

"你真是热心的人，你哥哥却是一个大傻瓜，上了白人凤的当，受害不浅，换了我时……"

毅生的话没有说完，美云早已将纤手向他一指道：

"换了你时，又怎样？你说，你说，白人凤倘然和你交友，恐怕你也要一样受惑的。你们男子的心都是靠不住。你说，你说。"

毅生摇摇头道：

"你既如此说，我就不说了。"

美云将身子一扭道：

"你不说吗？我偏要你说。"

毅生道：

"我就说也好，换了我时便不上白人凤的当。家中已有了贤德的美妻，何必要去自寻烦恼呢？"

美云微笑道：

"你这样说信吗？未必见得吧。一个人到这地步，恐怕自己也做不动主的啊！"

毅生道：

"我是有实力的人，生平只有你爱妻一人在我心坎里，别的却如《诗》云，出其东门，有女如云，虽则如云，匪我思存了。"

说罢，又笑了一笑，遂握住美云的手，同入罗帏。

明晨美云起身后，去见慧君，瞧伊坐在窗前桌子旁，一手撑着香腮，呆呆出神，料知伊昨天遇见了天乐，心中必又有大大的刺激了。慧君见美云走来，便立起说道：

"美云姊，我想今天下午动身回去，校中事务很紧，不能多耽搁的。"

美云道：

"你本说明日离此，只差一天，何必急急？你是难得来的，我一定不放你就走。你以后不是说过，很想一游兰心别墅吗？今天晚上我和毅生准陪你到那边去一游。园中的夜景，很足玩赏。今宵又有明月，我们不必秉烛而可夜游了。"

慧君道：

"谢姊姊的美意，只是我的心头很不自然，无心行乐，所以亟欲归去。"

美云假意问道：

"为什么呢？"

慧君道：

"我昨天听得杜粹和锦花的悲剧，激动了我脆弱的心弦。因为我和杜粹以前也是友谊很深的同学，你是完全知道的。他的人格和学问都很高尚的，他的前途应该灿烂而光明，不但于己身有益，亦当为社会造福，何以自趋没落，弄到这个地步？岂不可惜。即如项锦花未尝不是个倜傥英爽的新女子，却也纵情声色，自甘堕落，以至有这悲惨的结果，给人家说新女子太无道德了。我为了他们，心中十分难过。"

美云点点头道：

"你真是个多愁多恨的女儿身，情感很丰富的。可是世间的事变幻莫测，大抵美满的少，而缺陷的多。你若一一代他们惋惜悲悼，恐怕洒尽太湖泪水也是不够，不如得开怀处且开怀吧。"

慧君勉强一笑道：

"等是有家归未得，杜鹃休向耳边啼。姊姊笑我太痴吗？"

美云道：

"我们是新妇女，理该旷达一些，胸襟要如南溟北辰，光风霁月，不要做痴心女子，憔悴自伤，终日以泪洗面。国难方殷，吾辈当以漆室女自居，倘有志，何事不可为，反钻进牢愁窟里去做什么呢？"

慧君道：

"妹妹的话很有生气，不过人们的环境，各个不同……"

慧君的话没有说完，美云早把手摇摇道：

"不要说空话了。我今天一定要请你去游兰心别墅，大家快活一下，无论如何不放你走的。"

慧君见美云又诚恳，又坚决，遂不得已答应前去一游。今天上午美云是有课的，所以和慧君说定后，便要赶到学校中去。毅生驾着机器脚踏车，先把美云送到校门口，让美云下车，大家点点头笑了一笑，然后他就赶向部里去办公。慧君留在美云家中，和伯燕、仲蓟一起玩耍，叫他们识几个字。小孩子很聪明，一叫便认识不忘。伯燕忽然向慧君问道：

"爸爸呢？他今天为什么不来，又在哪里？"

慧君听了，并不回答，却叹了一口气。

待到下午四点钟后，美云、毅生先后回来，毅生便叫美云快去换装，此刻可到兰心别墅去了。美云遂拉着慧君同去房中妆饰，美云今晚特地换上一件新制银色蓝点花绸的夹旗袍，装饰得非常富丽。慧君却略施脂粉，依然不失朴素的风度。美云却硬将瓶中香水精在慧君手帕上滴了几滴。二人一同下楼，两个小孩子也早由阿香等代他们换上了新衣新鞋，因为慧君、美云都要携他们同往，于是毅生去雇了一辆汽车前来，大家坐着驶向兰心别墅而去。

一会儿，已到别墅门前停住，毅生付去了车资，一手携着仲蓟，陪众人入内，伯燕紧跟着伊的母亲。走入园门时，美云故意让慧君、毅生先走向前去，伊独自落后数步，向司阍者低低说上数语，司阍者点点头遵命，慧君却没有瞧见。美云立即赶上，指点园中景物。慧君真的一心玩赏，觉得亭台花木，结构却很新颖，比较西湖的刘庄更是华丽而宽大了。大家信步而行，穿廊绕池，玩了好多处，只走得别墅的西南一隅。伯燕、仲蓟见池中系有小艇，嚷着要坐船。恰巧有两艇，毅生遂向守艇的人说了，大家分坐两艇，在绿水中泛游一个圈子，又觉幽深邃密，和五洲公园不同了。暮色笼罩，天已将晚，园中的五色电灯一齐亮将起来，好看杀人。于是舍舟登岸，走向绿树深处，花香扑鼻。忽听背后有人呼唤，毅生回头一看，乃是一个园丁，问他们酒席已送来，设在哪里。原来毅生早已在家中打一电话给菜馆，叫一桌精美的酒菜送到兰心别墅的。毅生道：

"此地哪里有空，便设在哪里，我们是不熟悉的。"

园丁道：

"今晚主人没有请客，处处都空，舞鹤草堂、春水榭、玩月轩、凌虚台、梅花春屋，一概可以设座。"

毅生道：

"就是玩月轩吧，我们可以饮酒玩月。"

园丁答应一声是。美云又问道：

"那边近不近？我们不认得路，你就引导我们去。"

园丁点点头，遂领着他们一行人，打从假山东边绕道过去，穿过了一个月亮洞门，早来到玩月轩前。这地方十分宽敞，前有竹松清流，后有名花奇石，地势也很高，窗明几净，摆设异常富丽。玩月轩三字匾额，还是前党国要人胡展堂先生的手笔。轩内轩外悬着不少对联，电炬通明，都是用着幽雅颜色的灯罩和灯光，所以色彩很是可人。毅生坐定后，便问园丁道：

"薛先生在哪里？我要见见他。"

园丁答道：

"主人今天下午有事到龙潭去了，不知归不归？他也向我们说起今天不能款待来宾了，非常抱歉的，叫我们小心伺候。所以你们如有什么呼唤，可以按动壁上的叫人电话，我们便会来的。这里实在地方太大，照应不到，因此每个坐息地方都装设电铃的。若要打电话，舞厅后面也有的。"

毅生说道：

"很好，烦你们停会儿将酒菜送到此间便了。"

园丁答应一声退去。不多时，又有一个园丁送上一壶香茗、六小个精美玲珑的茶杯来。毅生带笑对美云、慧君说道：

"薛小修是个王孙公子，国民政府里的要人大半相识，但他不想做官，娱情声色，自得其乐，在南京城里，可以说他第一个会享艳福的人了。他家里的夫人、侍婢，尽是风流美丽到极点的，人家誉为人间玉阙，天上神仙。他又聚合一辈惨绿少年，在园中新筑的舞厅里，常常举行交际舞，美其名曰香草联欢会。许多在南京有跳舞瘾的人，没有公共舞场去跳舞，都喜欢到这里来上火山。所以这兰心别墅可称今之金谷园了。薛小修年纪虽有三十多岁，而容貌十分漂亮，望之如二十许人，可惜他今晚不在这里，否则他必要出来相见，我也可代你们二位介绍一见了。"

美云道：

"我们和他没有什么关系，不见面也好，省得多一番虚伪的应酬。这些贵族化的公子，我不愿意瞧他们高傲矜夸的颜色的。尝忆杜少陵

《哀王孙》诗，有云'腰下宝玦青珊瑚，可怜王孙泣路隅。问之不肯道姓名，但道困苦乞为奴'。又《哀江头》诗，有云'黄昏胡骑尘满城，欲往城南望城北'。王孙公子的末路如此，无怪杜陵野老吞声哭了。现在是什么时候，而一班富贵人家，极尽物质上的享受，把整千整万的钱去造美轮美奂的大厦，宫观园圃，粉饰河山，似乎可以长享其乐一般。谁知铁骑压境，四郊多垒，栋折榱崩之下，怎能幸存？也只落得断井颓垣，鬼磷荧火，徒增人黍离麦秀之感罢了。孔尚任《哀江南》，有云'山松野草带花桃，猛抬头秣陵重到，残军留废垒，瘦马卧空壕，村郭萧条，城对着夕阳道'。又是多么凄凉。现在的南京，建设是确乎非常进步了，要人们的别墅大厦也增加了不少，足壮观瞻。但是我心中常憧憬着这一阕《哀江南》，怵惕着外患的严重，恐怕他难免有此一天。那么这些千万金钱还不如用在国防上有益得多呢。这丁家巷一旦变成了乌衣巷，岂不多一重感伤吗？深怪现在的人太注重于目前的繁华、现实的享受了。"

美云发出这一段议论，不觉顿时忧形于色。慧君听了，点头微喟。毅生对美云紧瞧了一眼说道：

"奇哉怪也！你一向是个很抱乐观的人，今晚我们特地陪着慧君嫂嫂到这里来饮酒赏月，你却忽然说这些肃杀的话，发什么牢骚，扫人家的清兴？"

美云笑道：

"事有必至，理有固然。我不过借着薛小修这般人说说，你说他们享艳福，我就以为他们的艳福不可长享呢。你不喜欢听时，我就不说可好。"

这时候伯燕却将小手指着轩外东边榭梢上高悬天空的一轮明月，嚷起来道：

"月亮亮。"

仲蓟跟着也喊："月亮月亮，好一个圆圆的大月亮。"

两个小孩子登时手舞足蹈起来，慧君等也举头外望，只见皎洁的明月如烂银盘一般，照耀在蓝色的天空里，四周一些云丝也没有，清光下射到这个园林中，四围的景色，更是幽雅可人。有树的地方，月光从树枝隙缝里照到青花纹砖砌的地上，便印出斑驳的花影，又如千万点银色小圈，风移影动，珊珊可爱。轩中虽有灯光，而与轩外月色相映着，只觉一样恬静，好如使人处身在琼楼玉宇里，忘却一切尘嚣了。毅生不觉喝一声好。大家走到栏楯边凭槛望月，伯燕、仲蓟一齐唱起《明月之歌》，歌不成句，引得三人都嘻开着嘴好笑。毅生道：

"古人说春花秋月，又说月到中秋分外明，似乎秋天的月儿最为皎洁。然我瞧春月也未尝不妩媚可喜，况且又有烂漫的春花，更增月色的美。春宵赏月，岂较秋夜减色呢？"

美云道：

"大好园林，映着大好月色，自然格外可爱了。瞧你今天的兴致甚好，少停酒不可多喝的。"

毅生笑道：

"谨遵夫人之命，但这里并无能饮的人，叫我一个人也不会喝许多的了。"

慧君却携着小孩子的手，十分静默，不多说话。少停园丁已将酒席摆上，美云便请慧君上坐，慧君也不谦让，大家随随便便地坐下。伯燕、仲蓟坐在下首，各人面前放着一个小碟子。美云代他们东夹西舀地放上许多菜肴，给他们慢慢地吃。毅生提起酒壶来，先代慧君、美云各斟满了一杯，然后自己斟了一满杯，彼此自己人，都不用客气，随意吃喝。慧君不喝酒，只吃些菜，见一道一道的热菜送上来时，便说：

"今晚人少，何必如此丰盛？"

美云道：

"难得有此的，不多不多，今夜我们的欢聚，虽有异于李白春夜桃李园之宴，不能飞羽觞而醉月，但是幽赏清谈，亦能开琼筵以坐花。这一双玉雪可爱的小孩子，便是他日的康乐、惠连啊！"

慧君道：

"蒙姊姊谬赞，使我很惭愧的。将来这两个小孩子能否造成大器，端赖二位的抚育栽培了。我做了他们的母亲，都不能亲自抚育他们，真是万分歉疚的。"

美云听慧君这样说，知道慧君的芳心又在起牢愁，连忙接着说：

"自己人不用说这些话，他日伯燕、仲蓟成立后，自会迎接你这位贤德的母亲，承欢膝下，融融泄泄的。"

伯燕、仲蓟不懂美云等正在讲他们，只是将食物送进嘴里去大嚼。毅生因为美云在侧，不敢多饮，并且没有对喝的人，也不能多喝。美云陪他喝了一杯，粉颊上已现绛云，空着杯子再不让毅生来斟了。菜多人少，一会儿，大家俱已腹饱，略进稀饭。搬去残肴，洗过脸后，伯燕、仲蓟忽又嚷着要坐船。美云道：

"天已晚了，明日再坐吧。"

伯燕一定要去坐船，毅生展开双手，挽着两个小孩子说道：

"你们在此坐坐，我去陪他们划一会儿船就来的。"

说着话，便和伯燕、仲蓟走向东边去了。

美云遂和慧君坐在轩前卍字栏旁的两个雨过天青的花鼓凳上，园丁见了，立刻从轩中端过一张鸭蛋圆形的楠木小几来，放在二人面前。又捧上一壶香茗、两个茶杯、一碟黄埭瓜子，代二人冲上两杯茶，然后悄悄地走去。二人坐着细嗑瓜子，随意闲谈。娟娟明月将伊的清光倾泻到二人身上来，园中四周寂寂，唯有风吹花木之声，幽静极了。

隔了一会儿，美云独自立起身来，反负着手，在曲槛前走了数步，渐渐步下庭除，走到前面绿竹丛中去。慧君正默然有思，猛抬头不见了美云，一看自己腕上的手表，已有八点一刻，暗想：自己和美云夫妇在园中盘桓多时，可以回去了。但不知毅生携着伯燕、仲蓟去划舟，何时兴尽而返？这两个小孩子也太任性了。美云忽然不见，大概前去找寻他们吧？伊这样想着，不觉也立起身来，慢慢儿一步一步走下轩前的石阶，左右望了一望，不见他们的影踪，便放开脚步，向东首荔枝径上叽咯叽咯地走去。瞥见那边竹林里有个人影一闪，不由心中一跳，立定了脚步，细细看时，革履声响，从竹林里走出一个人来。那人穿着一身藏青色的西装，丰神俊秀，正是自己以前的藁砧黄天乐。慧君虽然昨天在美云家里和他不期而见了一面，再也料不到会在这兰心别墅里月下相逢，哪里知道这是黄美云故意布成的局面呢？刚要掉转身躯，天乐早已三脚两步抢到伊的面前，向伊深深一鞠躬道：

"慧君，慧君，我们得能再见，诚为莫大的幸事。"

天乐说着这话，声音异常颤动，态度异常迫切。慧君只得立着，别转了脸，一时说不出话来。天乐又发出很柔和的声音道：

"慧君，慧君，此刻你还怨我吗？恨我吗？以往的事，实在是我的错误，受人愚弄，迷塞心窍，汨没了天良，积怨丛愆，悔之嫌晚。现在我明白你的贤德了，更觉得我一百二十分的对不起你，虽馨南山之竹，不足以书我之过，虽擢圆颅之发，不足以数我之罪，情愿跪倒在你的面前，求你的饶恕，方使我心头稍安。"

慧君听了天乐这几句话，不由冷笑一声道：

"黄先生言重了，慧君是不祥之身，乌足挂齿？蒲柳之姿，樗栎之材，一切都不敢望他人的项背。赋性愚鲁，不解温柔，数载夫妇，徒然加添了黄先生的烦恼，所以逢君之怒，弃我如遗。我只怨自己，恨自己，安敢怨恨他人？自念此生已矣，忍辱含垢，偷生于世，为教育而服务，聊尽一分子的天职。古井不波，死灰难燃，以前的事还去谈起它作甚？黄先生，未来乐园中正有新天地，前途幸福无量，请勿以不祥之人为念，重增我的罪过。"

天乐听慧君如此说，便知道这事已难挽回，况且"黄先生"这三个字出自慧君樱唇，怪刺耳的，比打他骂他还要厉害。但自己千方百计，好容易觅到这一个见面的机会，无论如何，总得照已定的计划进行，成功不成功只好听天由命。所以他厚着脸儿，硬着头皮，又对慧君说道：

"慧君，我再请你原谅，君子不念旧恶，你是豁达大度的人，千万不要再将前事放在心头。我今日在你面前，很诚实地向你忏悔，以前都是我的荒谬错误，自掘坟墓，做了一场噩梦。如今梦醒了，觉得不安异常，此后的岁月，得不到归宿，只有求你恕我前过，给我一条自新之路，好使我有机会来赎我以前的罪孽，弥补我们夫妇间的缺憾。我今带得一封陈情书，语虽不多，句句都是从我心坎里发出来的，请你细细一阅，给我一个好音。我黄天乐终身感谢不尽了。"

一边说，一边从他西装衣袋里掏出一个紫罗兰色的信封来，双手递于慧君，态度十分恭敬。慧君只得伸手接过，便向伊自己怀中一塞。天乐见慧君虽未即刻拆阅，而这封信已能为伊接受，不能不说十分之中也许有二三分的希望。月光照在慧君的脸上身上，昔日的鸳侣，别来无恙，倒影倒映在地上，梦耶？真耶？这个境界微妙而神秘极了。只不知芳心可能软化，再有翩然来归，重温旧好的一日？自己也就默默地凝视着慧君。良久良久，慧君叹了一口气，对天乐说道：

"我再修书复你吧。"

说罢，掉转身躯，走回玩月轩去了。天乐听慧君说了这句话，业已走回，自己也不便再去絮聒，且看伊如何答复再说，也就回身向东首微步而去。慧君回到轩去，在椅子里坐下，对着灯光，蛾眉紧锁，激动了自己的心弦，好生不快。自己业已和天乐离婚，分飞异地，此心已如死灰槁木，绝不料还会有这种藕断丝连的缠绕，倒叫自己难于应付。彼苍者天，何故弄狡狯乃尔？伊默思一会儿，听得伯燕、仲蓟嘻哈哈的笑声，方见毅生、美云各人挽着一个小孩子走回来了。美云见慧君脸色大异，眼眶中隐隐有泪痕，便对慧君带笑说道：

"对不起得很，我因不见他们回来，所以丢下姊姊，跑到那边去瞧瞧，果然毅生和这两个小孩子还在池中荡舟。夜露已大，水面上虽有月光照射，终是不十分清洁的，倘然一不留心跌到水里去，真不是玩的，遂硬要他们一同走回的。"

慧君是聪明人，明知适才之事，绝非出于偶然，稳是他们兄妹俩设下的局。美云虽和我深表同情的，毕竟手足情重，仍想帮助伊的哥哥，希冀把我挽回，唉！以前若不是美云喜作丰干饶舌，何来此种孽缘？现在覆水难收，还想离而复合吗？这岂是儿戏之事啊？所以伊就勉强笑了一笑道：

"多谢姊姊的美意。"

这句话也可算得双关妙语。美云虽知天乐此时已会见了慧君，但尚不能明白适才的一刹那可有几分希望，若干收获？慧君不先说起，自己也只得依旧装痴作呆，不闻不问，不能够去问伊了。慧君又打了一个呵欠，立起娇躯，说道：

"今晚有劳二位伴我快游名园，且蒙赐以佳馔，使我非常感谢的。但明天我还要动身，不如早些回去吧。这两孩子恐怕也要睡了。"

毅生接口道：

"不错，他们一停止，立刻要睡觉了。"

说着话，伯燕、仲蓟都把小手去揉搓自己的眼睛，一牵美云的衣襟说道：

"继母回去吧，阿香在哪里？"

美云点点头道：

"可以回家了。"

毅生见一个园丁送上热手巾来，他遂取出一张十元的法币来，递给园丁道：

"这是我给予你们茶水之费的，所有菜资，让他们到我家里去算便了。"

园丁接过，谢了一声。于是毅生夫妇陪着慧君母子一同走出园来。月明如水，夜莺娇啼，凉露已滴在襟袖间，而一处处的五色明灯发出幽艳的灯光，照在亭台花榭间，更见园林静睡的妙态。

他们出了兰心别墅，仍雇得一辆摩托卡，驶回家中。阿香和奶妈，早在门口守候，仲蓟已在车中睡着，连忙一人一个抱着进去，到楼上去安睡了。慧君随毅生夫妇走到楼下客室里，下人又献上香茗，美云正想用话去试探慧君。不料慧君并不就座，又向他们谢了数句，便告辞去睡，剩下美云和毅生在室中坐着闲话。慧君跑回自己的客室，开亮了电灯，闭上了房门，坐在桌子边，将一手支着香腮，冥想方才的情景，叹了一口气。就从伊怀中取出天乐的一封书来，拆开细阅，见信上写着道：

我至爱之慧君：

能许我再作此亲密之称谓乎？请先恕我冒渎之咎，再责我

326

薄幸之罪。我本愧见故人，然中心欲重晤玉颜，则又如汤之沸，不可复遏。故都归来，即作踵门负荆之思，不谓邂逅于我妹美云之家，此殆天怜余小子而冥冥之中有以玉成之也。当斯时也，我颇欲搂抱我至爱之慧君在怀，而痛哭流涕以血泪洒于玉颜，表示忏悔之真忱。然而我又以形格势禁，而不敢孟浪。我之为此言，似嫌亵渎，而将复遭痛责。然我极愿受最严重之谴责，鞭我笞我，都甘以身承之，且愿长跪地下，乞怜于我至爱之慧君膝下也。嗟乎！昔人有诗云，"一失足成千古恨"，"不堪回首话当年"。其余之谓乎？虽然珠还合浦，剑跃延津，鲰生未尝不作此痴想也。倘能怜我之愚而恕我之过乎？则以前种种譬如昨日死，以后种种譬如今日生。昔日沉迷苦海中之黄天乐，将得慈航拯救，而不至永遭灭顶之祸，此全悬于我至爱之慧君手中矣。至于分飞后之痛苦，料有我至爱之慧君所不堪尝受者，此诚我之罪戾。然而我身受之痛苦，亦无涯涘也。《诗》云，如可赎兮，人百其身。我常思赎罪之计而不得。愿以此一颗破碎后之赤心，洗涤旧眚，显曝清白，重又贡献于我至爱慧君之前，其能得遽接受矣乎？我之新生命悉系于此，收召散亡之魂魄，被濯如山之尘垢，庶几破镜重圆，天伦再叙，情天可补而恨海可填矣。渺渺我躬，羌无归宿，鸾飘凤泊，海角天涯，天长地久有时尽，此恨绵绵无绝期矣。且膝下双雏，牙牙学语，我等宁忍令其长受他人荫庇乎？纵不我愿，苟念及两儿者，覆水或可重收乎？满怀痛心之话，不知从何说起？纸短情长，心伤泪落，唯我至爱之慧君怜之谅之而已。鹄候好音。

天乐再拜

这封信充满着忏悔之情，写得很是婉转凄怆，恳切动人。但是天乐以前所留给慧君的印象太恶劣了，<u>丝毫不留余地</u>，不特揭穿他自己爱情

327

的不专一，而又暴露出男子们龌龊的心肠、狰狞的面目，把慧君的心摧残创痛得粉碎无遗，再也鼓励不起了。这次重逢，适足增重伊的苦痛，哪里能如天乐的希冀而使伊回心转意，重合旧欢呢？譬之落日返照，彩云一现，徒然空留一影痕而已。慧君读完了天乐的陈情书，暗暗洒了几点珠泪，低倒了头，将心神徐徐镇定，苦笑了一声道：

"天下有这样容易的事吗？我潘慧君自承是一个畸零的女子，誓愿粉笔黑板，尽其心力于教育，我一世凄凉的生活，不再做什么绮罗梦了。"

于是从伊的皮包里抽出信笺信封，握着自来水笔，在灯光下立即修好一封复书道：

天乐先生大鉴：

　　覆水岂可再收？破镜亦难重圆。我等夫妇之情谊已绝，不必强求，徒增烦恼而已。尊函语多诚恳，虽足见君之勇于悔过。而我心匪石，不可转也，恕不能允君之请矣。歉甚罪甚！唯悬崖勒马，孽海返舟，大彻大悟，亦智亦勇，颇代君之前途庆幸。方今中原版荡，神州多故，蒿目时艰，殷忧无已，诚志士渡江击楫，闻鸡起舞之时也。风雨晦冥，乾坤一掷之期殆已不远。君志大才高，向尝以古人爱国自许，海阔天空，任重道远，何必恋恋于儿女之情，长向脂粉场中度烦恼之生活，以自取苦痛，汩没性情哉？唯善人能受尽言，君如有真觉悟者，当不以我言为河汉也。为国自爱，毋复多言。掬诚直告，主臣主臣，子夜孤灯。

慧君谨复

慧君写这复书时，纤手不住地颤动，所以字迹很是潦草，纳入信封，加上地址，预备明天投邮。夜深了，身上衣单，觉得有些寒意，便解衣上床，拥衾而睡。脑蒂上便觉有些刺痛，双颊热烘烘地不得安眠。

辗转反侧，直至天明灯熄，方才蒙眬睡着了一句钟。

一会儿又醒，立即披衣起身，盥沐毕，美云已在门上弹指轻扣。慧君说一声：

"请进来。"

美云走入，对伊的脸上看了一下，说道：

"今天姊姊一定要回去吗？"

慧君道：

"校务丛脞，势难多留，今日必要动身，以后再来聚首吧。"

美云道：

"既然如此，我也不能再行坚留。今天上午我没有课的，当送姊姊至汽车站，你可是仍坐长途汽车回湖州吗？"

慧君道：

"是的，我怕坐船，倘然坐火车到无锡，便要再坐锡湖轮船，打从太湖里驶行，如有风浪，我就要有晕船之苦了。"

美云点点头道：

"还是汽车爽快，你可有什么话吩咐我吗？我们是自己人，一切都可以说的。我总是对于你十二分的抱歉。"

美云说到这话，无异暗中向慧君打个招呼，也欲向伊试探一些口气。但慧君不动声色地答道：

"承姊姊的美意，我这个不祥之人，别无所恋。此来不过挂念两个小孩子，特来探望，兼候姊姊安好罢了。伯燕、仲蓟仍要拜托贤伉俪照顾的，后会有期，幸自珍重。"

美云也说道：

"姊姊身体并不健强的，望勿过劳，保重保重。"

说了这话，遂即退出。慧君在房中梳妆后，收拾行箧，便走下楼来，和美云同进早餐。伯燕、仲蓟早已由阿香等给他们吃过了牛乳和面包，大家拿着图画美丽的小书翻阅，很是津津有味，阿香站在一旁照料。慧君因要离别，遂抱起他们来，在他们的小脸颊上各吻了一下。他们不知慧君要去，叫了数声母亲，要伊陪他们出去玩。慧君放下他们，用好话哄骗一番，因为坐车之时已近，遂和美云携了行箧，一同坐车赶到长途汽车站。美云代伊购了车票，送上汽车，然后握手叮咛而别。

慧君回到湖州敬德女学，杨冰心接着，欢谈一番，次日照常授课，把天乐那边的事忍心丢开，不再理会。至于伊写给天乐的回信，早在美云家里交给下人去投在邮政信箱里了，料天乐接到此函，定要使他大大失望。然而这是无可奈何的事，悔之无及，只要他能够大彻大悟，把儿女之情移到国家上去，便是他前途的光明了。不多数天，伊接到美云的来函，也不过普通问候，并报告伯燕、仲蓟的近况，绝不提起这事，当然美云也不便再出主张了。

日居月诸，春往夏来，熏风燠人，已近暑假，校中上下学期的功课将要做一大结束，以及举行会考和毕业典礼等许多事情。慧君是教务主任，陈琇在牯岭养疴，一切事务都由慧君代行，因此更是辛劳，夙兴夜寐，罕有暇暑。到放暑假时，陈琇方才赶回，主持毕业典礼的仪式。暑假既放，慧君想要到南京去一行，但是身体忽觉疲倦无力，晚间有些寒热，次日竟有些头晕眼花，不能支持，只得睡在床上。陈琇和杨冰心等都来问候，齐说慧君操劳过度，以至精神不佳了。陈琇便请校医前来代慧君诊视。校医说，慧君无甚大病，因为神经有些衰弱，恐怕旧时的肝疾也要发作，亟宜趁此暑期，到山巅水涯空气清静的地方去消暑，多多休养，便可不药而愈，恢复健康。所以只代伊配了一瓶药水而去。陈琇在旁听了医生的话，遂劝慧君出外避暑。

且说伊前在牯岭，风景虽佳，可是住得有些腻了，在这炎炎长夏中，想到普陀山去玩赏海景，住上一两月。因为伊有一个亲戚廖二奶奶，青年寡鹄，看破红尘，在山上净修庵中带发修行，屡有信来招伊去避暑。那边是个私人寺庵，十分清静的。自己正愁无伴，倘得慧君同去，足解岑寂。慧君听了，有些心动，便答应了陈琇的劝邀。在校中休息一星期，渐觉精神良好一些。忽然美云携着伯燕、仲蓟赶到湖州来探望了。因为慧君前日曾有一函寄京，告诉美云说自己正在小病，不能即来，须俟病愈可以动身。美云接到了信，很不放心，立刻带着两个小孩子来湖问疾。相见之下，知道慧君芳体稍复，心中顿觉安慰。陈琇竭诚

330

招待，一住数日。慧君把伊要从陈琇同往普陀避暑之意告知美云。美云听了，自然赞成。慧君云换换新鲜空气，也不再邀慧君到南京去小住了。

七月十五是陈琇和慧君动身离湖之期，美云于先一日挈两小儿回归白门。陈琇和慧君把校中暑期学校的事，托给杨冰心代理。她们坐小轮船到了上海，然后再坐大轮船前往普陀。慧君是旧地重来，弥增感慨。她们到得净修庵，廖二奶奶亲出款接，握住陈琇的手，絮絮相问。陈琇便代她们二人介绍。慧君见廖二奶奶还不满三十岁，面貌美丽，身材婀娜，云发虽没有削去，而披上一件白色考绸的海青，穿上一双黄色的僧鞋，已做了出家人，也是个薄命红颜。至于自己和陈琇的身世都是畸零苦痛，有难言之隐，大千世界真是一个牢愁窟了。廖二奶奶的法名是慧明，庵中还有一个老尼姑和一个女佣、一小尼姑，甚是简单。廖二奶奶特地亲往厨下添煮许多精美的素肴，请二人用午膳。且说这里都是山肴野蔌，无甚美味，况又是佛门中，只备素菜，幸恕简慢。陈琇说：

"我们到此的目的，本来是避暑养疴，不在铺啜。况夏令素食也合乎卫生之道，我们带有不少罐头食物，荤素皆有，也可随便佐膳，大家不要客气。"

廖二奶奶道：

"如此很好。"

吃过午饭，廖二奶奶自去佛殿上做功课，陈琇和慧君随意憩坐。庵中十分清幽，背后又有一个小园，缘竹猗猗，清风徐来，山鸟嘤鸣，寺钟镗鞳，使人尘心一清。晚间廖二奶奶早为二人收拾得一间小楼，在伊芸房之后，南向青山，可以迎风玩月。二人便卸下行装，安心住在庵中静养。廖二奶奶知书识礼，闲暇时常来伴二人清谈，不过头脑太旧罢了。她们在普陀休养了一个多月，看看已过七夕，慧君只和美云常常通函，有时纪念两个小孩子，别的无所萦恋。

这天陈琇因为廖二奶奶要到山巅大寺院里去听讲佛经，硬拖伊同往，陈琇虽不信佛，而碍于廖二奶奶的面子，只得敷衍着同去。慧君独留在庵中，焚香一炉，手握一卷，消磨伊的长日。恰巧上午下过一阵大雨，午后虹销雨霁，天气转凉，慧君兰汤浴罢，换了一件轻纱旗袍，走出庵来，想到海滨去散步，玩赏海天景色。一个人信步走去，不知不觉走到海滨。这地方正是自己昔年和陈益智在普陀避暑时候常常莅止的所在，伊独自站着，向海滩边望去，只见碧海中有不少男男女女，载沉载浮地在那边做海水浴。

淡淡的夕阳映射天空的云霞，镂金错彩，十分好看，觉到和当年的风景无甚差异，所可异的是益智墓草已宿，永痛人琴，而自己缘孽未尽，年来在情场中又做了一场噩梦，徒增心头上一重永永难灭的创痕，这又岂益智所能料及的呢？假令益智地下有灵，又将如何代伊惋惜呢。伊正自低头想着，忽听背后有人娇声唤道：

"潘先生，你在这里吗？几乎使我寻找不着了。"

慧君回首看时，正是净修庵里的小尼姑，手中高高持着一封信，匆匆地赶来，跑得光头上汗珠点点。遂问有什么事要来寻找，小尼姑指着伊手中的信，带喘说道：

"这封快函是在潘先生刚走出庵门时收到的，因是快函，恐怕有什么紧要事，老师太特地吩咐我追上来把信交给你拆阅的。"

慧君道：

"原来如此，我要谢谢你了。"

一边说，一边接过信去一看，看见寄信人的地点乃是上海南京路大东酒楼一五七号黄缄。心里不由不怔，口中却慢慢儿地说道：

"这是一个朋友寄给我的，不见得有什么要事。"

小尼姑听说不敢在外逗留，便一步一步走回去了。慧君遂在身后一块大山石上坐下，又将信封仔细看了一来。然后拆开，抽出一张信笺来。信上写的是：

慧君女士雅鉴：

　　前在首都兰心别墅月下相逢，得睹玉颜，并荷赐书教督，勖以爱国大义，屏绝儿女私情，足见襟怀浩大，愧杀须麋。天乐亦知覆水难收，空存镜花之想，春蚕作茧，莫挽流水之情。

红楼隔雨相望冷，珠箔飘灯独自归，我实为之，其又何尤？从兹力挥慧剑，斩断情丝，跳出爱河，献身党国，倘有所成，亦所以补我之过，庶使女士知我非徒《红楼梦》中人物矣。故数月来，积极筹划出洋之举，今已决定随某大使赴英，佐理外交事务，折冲樽俎之间。齐之晏婴，汉之陆贾，区区之心，窃慕于此。

明日即将首途，远离祖国。女士所谓海阔天空，任重道远，喻此皆矣。

闻女士方养疴名山，领略海上之清风，与山间之明月，倘得我书，其将莞尔而笑孺子尚可教乎？

负疚之人，不敢多渎，聊书数行，以告我志。

即祈珍重万千，多为女界造幸福。

天乐手启

慧君读了天乐这封书，不由眼眶里滴下两行热泪，自言自语地说道：

"他果然醒悟了吗？这实在是他的胜利，也是他前途的幸福。天乐，天乐，愿你海天安渡，早达彼邦，为国努力，立己立人，改变你以前沉溺情场的生活。那么你虽然也许要骂我矫情忍心，我也愿受了。大丈夫志在四方，岂可局促如辕下驹呢？从今可登光明之域了。"

慧君这样想着，在伊的脑海中顿时好像浮现出一幅图画，乃是海天风涛中，一巨舶鼓浪前进，一少年立甲板上，把千里镜远眺遥瞩，高怀雅抱。一霎时又映现出一幅图画，乃是自己和天乐结婚时的华堂，红烛高照，乐声悠扬；一霎时又现出一幅图画，乃是自己和杜粹在夜校里教书归去，桃花桥边风冷雨凄，野狗惊吠，魅影追逐，杜粹奋勇保冲，形影相随；一霎时又现出一幅图书，乃是自己坐在益智病榻之前，流泪相对，万般酸楚。一幅一幅地映现不绝。

蓦地一声钟响，从远处传来，顿时把伊惊醒过来，消失了一切的幻

333

景。手中虽然仍是握着一封书，但是心地顿觉空明透彻，一身俱轻。抬起蝼首，瞧着天上一片片的浮云，随风飞渡，不知何处来，不知何处去。又想起了数年之前自己和益智在海滨的一段感语，更有所悟。点点头，立起身来，一步一步地走回净修庵去。

斜阳照着地上的倩影，渐渐没入林中，山寺里的钟声仍作蒲牢之吼，好似要唤醒一切的世人。正是：

　　情场荆棘，孽海风波。悲欢离合，尽是南柯。

跋　一

　　夫小说之为物，不唯可作茶余酒后、月夕花晨之资料，亦渝人智慧写其一得之作品也。故社会写真，惕人以深意；武侠说部，导人以尚武；侦探著作，警人以审察；言情小说，诲人以正轨。其技虽小，其道顾不伟哉？然而世之作者，往往尚于武侠者不能兼善社会，习于侦探者不能取美言情，故于今日文坛之中欲求一善此能彼者，不可多得。而吾师明道具焉。

　　师为人蔼然大雅，教诲谆谆，出其余绪，走笔为说部，蜚声艺林二十余年。既尚武侠，又擅言情，融新知于旧章，抒情理于言外，读其文者，有口皆碑。所著社会言情小说《惜分飞》，长凡三十七万言，曾刊登《新闻报》附刊，情节之曲折，章法之谨严，字句之生动婉转，个性之刻画入微，胥有引人入胜之妙，尤为余所嗜读者。

　　兹将付之剞劂，出单行本以问世，俾一班未窥全豹者得以快睹，亦说林中可喜之事也。

辛巳仲夏受业夏德馨谨跋

跋 二

文生于情，情生于文，故无真性情者虽为文而亦言之空洞无物，羌无灵魂。而不善行文者，有意而不能达，有情而不能抒，此作者之所以难也。

余好读小说家言，曩读顾师明道所著长篇说部《惜分飞》，每日刊登《新闻报》附刊，觉其情致缠绵悱恻，其文辞芬芳高洁，洵文情俱茂之作也。

八一三战事既起，顾师自吴下避至沪上，创办明道国学补习社，余闻名往学，始得偿瞻韩之愿，沐时雨，坐春风者，三年于兹矣。师每天讲授之暇，走笔为小说，求者纷集，辄苦无以应之焉。兴至时，亦尝与余等讲述小说源流及谋篇布局之法，旁征博引，娓娓不倦，学者都向往之。

今闻《惜分飞》一书已由春明书店印行，复有国华影业公司摄制影片，行见不胫而走万里，足供爱读者之快睹矣！余又以为小说类多空中楼阁，是书所述，或不能免，盖以黄天乐与潘慧君之缔合，不可谓不出之以审慎，持之以深情矣！何以曾几何时，中途生变，致演仳离之悲剧乎？当以此问之顾师，则云："此固非全为海市蜃楼也。"

数年前，顾师曾目睹此等之事发生，特不能举其真姓名耳。顾师当日："我生多病善感，故每月怅触，辄不能已于言者。"

由此可知，小说诚为一时代社会人事之反映，亦为人生之殷鉴。吾人读其书，味其意，则对于此社会庶几有所认识而发其警惕激励之心。所谓言之者无罪，闻之者足戒，岂曰小补之哉？

　　　　　　　　　　　　民国三十年仲夏女弟子唐丽敏谨跋

图书在版编目（CIP）数据

惜分飞. 第二部 / 顾明道著. -- 北京：中国文史

出版社,2018.5

（民国通俗小说典藏文库·顾明道卷）

ISBN 978 - 7 - 5034 - 9983 - 8

Ⅰ. ①惜… Ⅱ. ①顾… Ⅲ. ①长篇小说 - 中国 - 现代

Ⅳ. ①I246.5

中国版本图书馆 CIP 数据核字（2018）第 009985 号

点　　校：清寒树　旷　野

责任编辑：薛媛媛

出版发行：**中国文史出版社**

网　　址：http://www.chinawenshi.net

社　　址：北京市西城区太平桥大街23号　邮编：100811

电　　话：010 - 66173572　66168268　66192736（发行部）

传　　真：010 - 66192703

印　　装：廊坊市海涛印刷有限公司

经　　销：全国新华书店

开　　本：720 × 1020　1/16

印　　张：21.75　　　字数：303 千字

版　　次：2018 年 5 月第 1 版

印　　次：2018 年 5 月第 1 次印刷

定　　价：65.00 元

文史版图书，版权所有，侵权必究。

文史版图书，印装错误可与发行部联系退换。